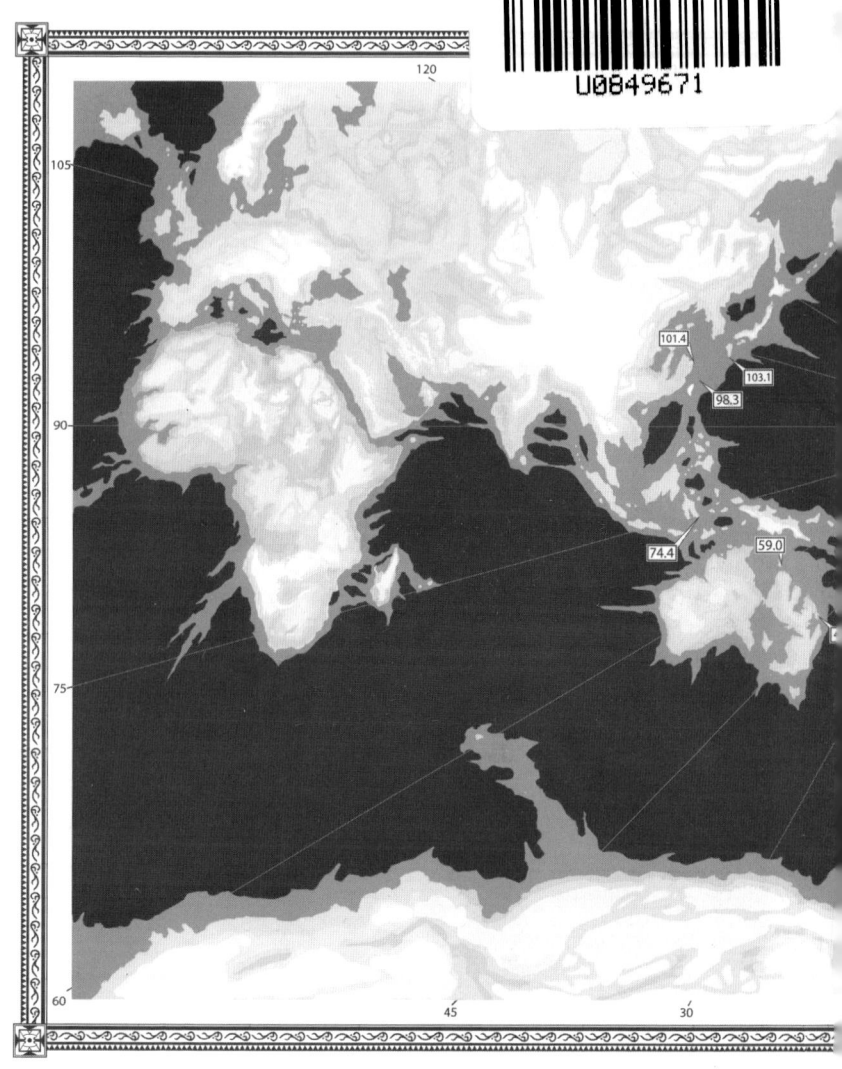

雪封区域

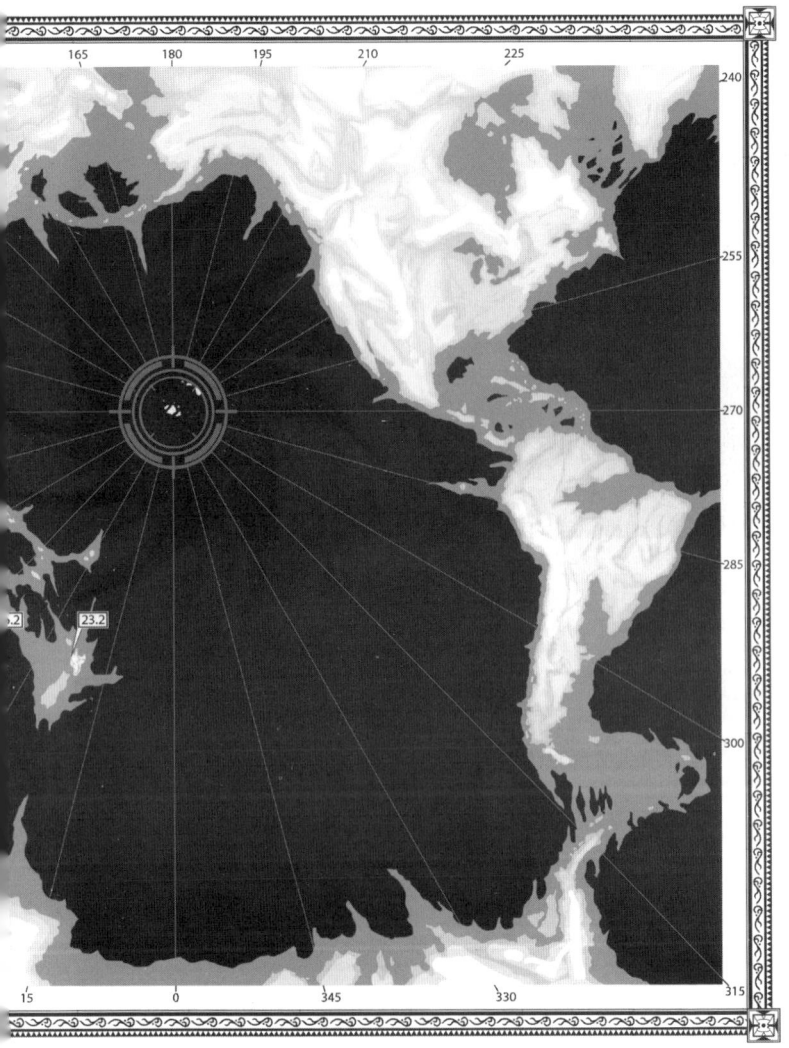

封区域　　　　　　　　　　残存海洋区域

—— 想象，比知识更重要

幻象文库

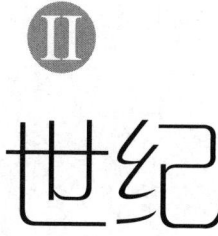

迁徙

世纪

余卓轩 著

新星出版社　NEW STAR PRESS

序　言

老友卓轩又出新书，嘱我作序，感慨余兄精力旺盛之余，赫然发现竟是一部既经典又颇具新意的奇幻小说，不禁更添激动。

认识卓轩已十年有余，最初的机缘便是因为奇幻。后来大陆奇幻坎坷蛰伏，但卓轩因为活跃于科幻、漫画和游戏，一直多有联系交流。这些年来，他创作科幻小说，做架空世界设定，策划出版漫画，甚至涉及企业管理等诸多方面，我每每为其涉猎广博却又于每一行业都颇为专精而震惊，并有过多次合作，但这部《白凛世纪》，实实在在让我惊喜——这本书让我仿若回到二十年前初遇奇幻的时光，而正是那些时光，让我最终走上了幻想文学编辑的道路。

卓轩获得《权力的游戏》原著作者乔治·R.R.马丁创办的首届《地球人奖》，获得向其取经的宝贵经验，从《白凛世纪》三部曲便可看出经典奇幻的轮廓与内核——

宏大世界观加上细腻的地图，从开篇便说明这是一部冒险史诗，并用多视角、多主线的方法，让叙事线之间相互牵引，环环相扣，编织出宏大立体有血有肉的故事。

此外，今天提到中国的奇幻文学，往往会提到两个来源：西方史诗奇幻和中国神话传说。但在这二者之外，还有一个重要来源，即诞生于世纪之交的网络奇幻小说。这类小说后来深刻影响了海峡两岸的奇幻风格，《白凛世纪》竟也颇有这种"本格"之风的经典气息，特别是那些完整、独特又自成一体的架空设定，能让我这种"设定党"立刻感受到找到组织的兴奋！

幻想史诗的世界逻辑，蒸汽朋克的齿轮元素，西式奇幻的残酷描述，甚至网络游戏常见的力量体系……应有尽有。

究竟这是一部严肃奇幻文学，还是东方视角的创新神话，还是经典网络奇幻？我想不同的读者会获得不同的答案，这也是卓轩这系列的魅力所在——他萃取各类型的优势，糅合成属于自己的独特风格。

《白凛世纪》不仅仅是复古，传统韵味之外更多新意，最显著的便是故事背景设定在了极具科幻色彩的"未来"。这其实正是奇幻文学的有趣之处——和很多人直觉的不同，奇幻小说的"空间"非常广阔，故事背景既可以是虚构的，也可以是现实的，故事发生的时代也可以是过去、现在和未来，也正是因为这个原因，在奇幻和科幻界一直有人推动"大幻想"文学创作。遗憾的是，随着奇幻的式微，干流消失，这类支流更是罕见，所以看到《白凛世纪》这样一部"未来奇幻"，如何不叫人热血沸腾、摩拳擦掌？更难能可贵的是它的未来背景自然地融入了环保主题，因此本系列虽然是一部奇幻文学，却超脱了奇幻小说往往更关注个体的局限，具有了对人类整体的观照。

翻开本书踏入卓轩创造的世界，希望这部《白凛世纪》，带给你一段清冷凛冽又血脉偾张的阅读时光！

目录

1	序 章

PART I　隐蔽意图

17	漈 霜
24	拂 羽
37	离 焱
69	芬 澜
96	拂 羽
115	芬 澜
123	漈 霜

PART II　万里长征

139	绚 痕
156	拂 羽
170	芬 澜
189	离 焱
195	漈 霜
210	拂 羽
225	芬 澜
248	绚 痕
256	宇 蚀
264	拂 羽
281	漈 霜
290	拂 羽
304	芬 澜
314	漈 霜

目录

318	芬 澜
323	潾 霜
332	拂 羽
336	离 焱
340	潾 霜
351	离 焱
361	宇 蚀
371	芬 澜

PART III　两种命运

389	拂 羽
399	潾 霜
415	离 焱
424	芬 澜
439	潋 芒
444	离 焱
454	芬 澜
462	潋 芒
468	潾 霜
476	宇 蚀
481	潋 芒
484	绚 痕
488	离 焱
491	终 幕
493	雪纹能力表

登场人物

统领阶层（能参加秘密会议的人）

恩格烈沙	长老，武器是长柄巨斧
陀文莎	缚灵师
亚煌	奔灵者总队长，翔鹰形灵
安雅儿	首席愈师，蜘蛛形灵
冰眼 额尔巴	远征队长，巨鳄形灵
红狐 费奇努兹	远征队长，资深狙击手
哈贺娜	远征队长，螺旋光轨倩灵
飞以墨	远征队长，扫击光波倩灵
帆梦	研究院的首席学者
麦尔肯	研究院的年轻学者
雨寒	黑允长老的女儿

居民

黑允	长老

蓝恩大妈	净水场管理
汤比	牧园管理
贝琪	菜园管理
骆可菲尔	灵板工匠
布闵	银匠
大块头	实习银匠
葡慕	艾伊思塔的玩伴
费氏兄弟	艾伊思塔的玩伴
杜朗达	石器工匠
乌理修斯	资深学者
索菲亚	居民少女
莰蒂	居民女孩

奔灵者

艾伊思塔	出生在所罗门，人称"引光使"
凡尔萨	人称叛逃者，父亲是知名奔灵者
亚阎	神秘的资深战士
俊	联合远征部队的生还者
琴	老园长汤比的侄孙女
莉比丝	女弓箭手，巨型光柱倩灵
朗果	武器是双圆锤

汤加诺亚	新人,球体护盾倩灵
蒙勒	桑柯夫长老的亲信
尼古拉尔斯	武器是双边刺刀
海渥克	武器是两柄战斧
帕尔米斯	弓箭手,可数箭齐放
依可萝	女弓箭手,水莲形灵
尤里西恩	以速度闻名,武器是双刃环
奥丁	愈师
牧拉玛	愈师,树根形灵
韩德	狙击手,一度知名的远征队长
普拉托尼尼	人称"捕手",光网倩灵
比克洛陶宛	新人,驼背雪兽形灵
达特	曾任探寻者支部
泰鸠尔	武器是虎爪耙
辛特列	武器是双刃巨剑,远古巨鳗形灵
黎音	猎豹形灵
佩塔妮	双胞胎姐姐,武器是三叉短戟
佩罗厄	双胞胎弟弟,武器是三叉短戟

序　章

束灵仪式尚未开始，厅堂内已气氛诡谲。

岩壁间的狭长黑影仿佛有了自己的仪式，舞摆，摇晃，朝她无声呐喊。

缚灵师挺起身子，手拎灯罐，步履缓慢地走到墙边。罐子里的萤火虫幽光依稀照亮她白皙的手臂和修长的手指。陀文莎是名高挑的女子，一身丝绸贴附胴体，薄得近乎透明，在萤光渲染下透出了柔美的身躯，胸脯的弧度若隐若现。

和往常一样，她闻到潮湿的皮革味，听见岩地的脚步声。但今天，这些感知被推挤到意识的朦胧边缘，被脑中某个鲜明、险恶的黑影给盖过。

她弯身把罐子轻放在墙角，然后回过头，看向长形石桌前的四个人。

黑发少女。

娃娃脸的挺拔少年。

鼻子长满水痘、下巴方正的青年。

以及，明显年过四十五的中年男子。

他们都穿着厚实保暖的衣裳，在过去二十四小时内陆续从外头的雪地归来，抱着已捕捉到雪灵的栖灵板——由钢铁、银纹及魂木打造而成的狭长板子，尚待缚灵师进行封灵。

现在，他们战战兢兢地盯着缚灵师，静候仪式的启动。

陀文莎打量着四个人，一股不安的感觉骚弄着她的脑门，如同从地底缝隙里爬出来的蜘蛛似的，不停地挑动她的神经末梢。这种隐隐的难受使她忆起了什么。

来自回忆深处想忘却的角落，某种极度不祥的预兆。

* * *

那些天生拥有缚灵资质的人类，能感受到邻近区域的原生雪灵的动态，甚至可以探知不同雪灵的深层潜能。然而这种与生俱来的能力伴随着代价，让这些被称为"缚灵师"的女性五感朦胧，身体冰冷。常人所感受到的事物和情绪，对她们而言难以领略。

在冰雪世纪，老一辈的缚灵师一旦发现某些孩子拥有这样的天赋，便会从非常早的时期就开始培养她们，并在她们的第二性征出现之前，通过仪式令其正式成为缚灵师。她们以身体作为媒介，担任这时代最神秘的力量的容器，她们的判断会主导每一位奔灵者的命运。

然而缚灵师却永远无法拥有自己的雪灵。

在陀文莎十四岁，初次担任此一职务的那年，瓦伊特蒙同时有三名缚灵师。这还不算多，据说两三百年前奔灵者为数众多的年代还曾同时出现十几名拥有缚灵资质的人……然而能束灵的人数却一代比一代少，直至今日，仅剩她一人。

所幸陀文莎的能力是公认的百年难得一见，足以撑起瓦伊特蒙所有奔灵者的需求。她可以清晰感受到偏远角落的原生雪灵，引领每位新人在指定的日子出发寻觅。多数情况下，她所判断的结果均令人心服口服，各个奔灵者支部都在她的引导下茁壮成长。

于是年少的陀文莎在崇拜与爱慕中成长，逐渐接受自己的身份，沉浸在身为史上最伟大的缚灵师的赞颂与虚荣之中……

然而在她首次接触到"暗灵"的一刻，一切改变了。

当时她以最年轻缚灵师的身份担任仪式主司，其他两位年长的缚灵师则陪伴身旁。盛气凌人的陀文莎隐约感觉厅堂的气氛有异，穿着薄纱的身子不自觉地微微颤动，但两位长辈不停催促，而且她也笃定无论发生何事自己都有能力处理。

于是，当时的陀文莎不顾内心的不安，开始进行仪式。

犹记得当那异变的雪灵忽然出现时，吓慌了在场的所有人。"暗灵"散发着纯黑色的光芒，从那年轻人的板子里冒出来，钻进少年的体内并反噬了他的意志。

少年的眼睛翻白，在她面前倒下。仪式大厅陷入慌乱。

事后，长辈们告诉陀文莎那并非她的错。她们说广大雪地里隐藏着亿万个原生雪灵，确实有极小的机会人们会捕捉到"暗灵"，也就是雪灵的突变种，那代表邪恶、无法降伏的远古意志。每个世代都会出现一两个这样的不幸事件。长辈们还说单看原生的彩影根本看不出差异，只有历经束灵仪式才能将暗灵的真实形态释放出来。因此这一切不是陀文莎的错。

然而陀文莎的心底却再清楚不过，仪式启动前那股不祥的预感就快把她淹没，但她选择了忽略。她早该拒绝束灵，中断仪式，果断毁掉那少年的栖灵板……

虽然长辈说了那么多的安慰话，事实便是在事件发生后，她再也没听见人们说她是史上最具资质的缚灵师的话。

这是陀文莎心中的烙印，无法忘怀的失败。接下来的二十年，她的能力稳健地成长，再未面对当初的窘境，也再没体验过当初那种不安的预感。

——直到今天。

* * *

恩格烈沙长老走进仪式厅,发辫上的铁环在肩头当啷作响。他的手中捧着结霜的栖灵板,似乎刚从外头归来。他脸上深长的伤疤在萤光照耀下格外明显,那是在数个月前魔物入侵瓦伊特蒙时所留下的。

目前,瓦伊特蒙只剩恩格烈沙一位长老坐镇,负责监看束灵仪式。

他在陀文莎的旁侧坐下,威严地朝她点头。

陀文莎却犹豫了。不祥之兆啃咬着她感知的末梢。她几乎能确定,这就是当初遇见暗灵的感受。她开始考虑是否应该停止仪式。

这一次,没有其他年长的缚灵师在她身后盯着。只有自己一人了。她必须下决定。

陀文莎可以确定眼前四人所带回的原生雪灵之中包含了暗灵。或许她应该叫他们全部放弃手中的板子,回到雪地重新寻觅。

然而,时间不够了……再次要灵板工匠为他们量身定做板子需要时间,外出寻灵也需要时间。瓦伊特蒙对新人战士的需求却迫在眉睫。

四分之一的概率……

做决定前的短暂一刻,陀文莎轻轻闭上眼睛。

她和二十年前不同了。现在的她,处于缚灵一职的真正全盛期。不……压下不自量力的傲气。她已见识过暗灵的恐怖。会毁了那位奔灵者的一生。

但为了一位奔灵者,要其他三人一并放弃自己的雪灵吗?

他们接受缚灵师指示,冒死带回初见的雪灵,那也是雪原里最适合他们的雪灵。那三人会愿意放弃最理想的原生雪灵,妥协找个次佳的吗?

而她自己……难道也想放弃这雪辱二十年前污点的机会吗?

许久不作声的陀文莎缓缓睁开眼。她知道有一个风险极高的方法:只要在暗灵现身的前一刻探出它的所在,就可以阻止它。

或许这正是命运赐予她的机会。就算整个瓦伊特蒙都不了解,陀文莎必须证明给自己看,今天的她有能力面对暗灵。

"开始吧。"陀文莎终于开口。转念之间,心意已决。她必须直面这个挑战。

她吩咐四名新人将带回的生雪撒在板子的表面,引领他们同声念起仪式祷文:"消逝的生命,莫忘远方的执念。

自沉睡之中苏醒，唤醒对方到来。两者相互牵引，此乃属于你的意志……"

四名奔灵者齐声附和。角落的萤光莫名地闪动，让他们的面孔蒙上一层诡异光影。

"以未来弥补过去，我们并未忘却远古的誓言。灵魂紧系，相守相依……"她斜视墙角的阴影，"纵使光明灭绝，黑暗丛生；即使天地崩裂，生命终结……"

众人的声音就像池面扩散的涟漪，回荡在岩壁间。厅堂内的气氛庄严，不安的感觉却像投入池面的石子打乱一切节奏，沉入陀文莎胸口，揪住她的心脏。

接下来的阶段，缚灵师得逐一唤醒原生雪灵的本质。她的神色未变，心跳却已飞快。她必须在"暗灵"出现之前，早一步采取动作。

陀文莎挪身到黑发少女面前，伸出双手触碰她的手背，指引女孩把额头贴向板面的雪末。陀文莎的体温逐渐上升，驱动栖灵板内的雪灵蜕变；在她的意识中，所有原生雪灵就像无数光点，没有固定形态，直到她以感应将其凝聚为更实质的形体。

暗灵的威胁像道阴影在意识的边缘徘徊。

"'绚痕'。"少女照着缚灵师的话，说出自己的雪灵的真名。

霎时间在她的面孔底下，栖灵板表面浮现出醒目的雪纹。彩色的光波从四方缓缓溢出，像游动的烟丝爬满石桌。少女轻抬起头，睁眼盯着发光的板子，以及海草般延伸的雪灵。

陀文莎轻吸一口气，感到胸口一阵冰凉。她的目光扫向剩下三人，情绪越趋紧绷。

下一名是个娃娃脸的灰发少年，殷切的微笑带着稚气，似乎等不及想看自己雪灵的模样。陀文莎的不安却倏地加剧，呼吸急促。她突然不确定自己是否该继续下去，因而好一阵子没有动作。

"陀文莎，怎么了？"恩格烈沙长老投来质问的眼光。

她往旁边瞥了一眼，设法定住心神。是的，她曾被暗灵击败过，但这次她绝不容许失败。

陀文莎的身子往前倾，薄衫飘晃，露出了圆润的乳线。她的双掌握住对方的双手时，少年似乎一阵羞赧，前额压向雪末时还撞出了声响。

"'魄凡'。"他的雪灵是道球状的旋光，以少年为中心敞开，像是突然吹起的巨大泡沫。球形彩光几乎紧贴厅堂的岩壁，像水波般飘动。不出一阵子，圆罩般的光波回缩包裹住他的身子，看得少年满脸惊奇。

陀文莎坐直了背，望向最后两人。

第三名青年神色黯淡，宽大的下巴和长满水痘的鼻子，并未在她的意识中触动什么感觉。然而，坐在最旁边的第四名新人,中年工匠,却令陀文莎想起了什么……

人类在十来岁的青少年时期,与雪灵之间的共鸣最为强烈。因此瓦伊特蒙选出的战士,很早就必须接受奔灵的培训。通常过了三十岁便难以找到与自己绝对契合的雪灵,在雪地晃了一圈却无功而返的概率高达九成。也有人因为找不到雪灵,冻死在外头。

但陀文莎知道,眼前这人是个例外。

她记不得他的名字——她记不得任何人的名字——但她知道这男人长久以来的工作就是修补通往外头雪地的隧道。因此他时常身处于风雪之中,年过四十五却体魄强健,领着居民在瓦伊特蒙的周边做粗活。最近不知为何,这名工匠突然向缚灵师提出自己想成为奔灵者的要求,希望缚灵师给出指点。

起初陀文莎拒绝了。但男子异样地坚持,无论缚灵师允不允许他都要出发。陀文莎在六天前将他送往外头的白色大地。

这位中年男子成功捕捉到雪灵已是天大的意外,更令陀文莎感到诧异的是,他在获得雪灵前,竟有办法独自在外存活将近一周。

恐惧像只无形的手揪住陀文莎的脑门,揪住她的颈子,揪住她的胸口。暗灵的压迫感忽然令她喘不过气。

难道这次……我又要失败了?陀文莎有点儿不知所

措,脑中全是即将破茧而出的黑暗预兆。

她立即做出决定,跳过第三名青年,直接来到中年男子面前,命他以额头贴雪。

此举令所有人迷惑,包括中年男子自己。恩格烈沙长老也挪动身子,似乎想问些什么,最后却选择不吭声。他们知道仪式中必须完全遵从缚灵师的决定。

"此乃你的雪灵真名,跟着我念。"陀文莎赶紧握住他的手,感觉自己的身体正不断升温。中年男子的视线有些飘忽不定。陀文莎禁不住颤抖,却逼自己说出了对方的雪灵真名。

"'琨瀚'。"男子跟着说。

有几秒,厅堂里一点儿动静也没有。

突来的光影从板中射放,穿透男子的胸膛,在他身后散开。所有人惊讶地抬头。七彩的光波凝聚起来,形成一种庞大的生物形态:驼着厚实的背,高至岩顶,大如石柱的前肢支撑身子,空洞的双眼释放杀气,身上彩光凝结成鳞甲,波光粼粼。那雪灵静峙在男子的身后,像座守护主人的巨塔。男子回过头,神情僵硬在那儿,似乎被自己的雪灵给吓着了。

不是他?陀文莎盯着中年男子,恐慌掐住自己的喉咙。仪式大厅早已弥漫着暗灵的浓厚气息,已超过她能阻止的界限。慢慢地,她将视线挪向第三名青年。

对方坐在石桌前,盯着板子的神情有股异样。

"你……"陀文莎惊惶开口的一刻,黑影突然出现。瞬间她的听力、视觉遭剥夺,体温剧降,意识昏眩,感知被邪恶的意念给占据。待她回过神来——

她看见鲜血猛然从那青年的口中溢出,沿着宽厚的下巴滴落。数道黑雾从青年的身子钻出,在胸前打开一片血红。

"这是什么?!"一旁的灰发少年大喊。所幸他的球状雪灵仍像一层保护膜依附于身,阻挡了腰间好几道曲卷的黑色异物;它们像是邪恶的意念,想突破彩光护罩啃噬里头的人。"你……你的雪灵……"少年慌张地连滚带爬,退后好几步。

此时,所有人都看见了。

黑发少女的雪灵不再是彩色的,不知何时已转为黑色光芒般的波缎。它像整片活过来的乌烟,笼罩面前的石桌。

少女显然吓坏了,不知所措。暗灵像漆黑的海藻以恶心的模样甩动,倏地袭击仪式厅里所有人。水痘鼻的青年因胸口负伤,来不及逃脱,从脖子到脑门被黑烟劈过,裂出一道道鲜红的肌理。他的脸颊融化,露出白齿,血液溅得到处都是。

游动的黑烟朝陀文莎扑去,却被恩格烈沙长老挡住。

闪烁的虹光从长老的栖灵板冒出,形成一道弯刺钻入岩地,再以强大的物理影响力掀起整片石板,拦住凶猛的暗灵。

中年男子也踏了上来,身后的庞大雪灵挥动彩光凝成重拳,瞬间打散了黑烟。暗灵却像被吸引的尘埃,重新凝聚在少女的栖灵板上。

"雪灵刚诞生,会依附奔灵者的精神来活动,"陀文莎对长老说,"得想办法让她失去意识!"

暗灵再次袭来。灰发少年咬紧牙关,张开虹光护罩与之对冲。此刻,恩格烈沙长老孤注一掷,抛下栖灵板,绕到少女身后单手锁住她的颈子,另一手重击她的后脑。

少女昏过去的数秒后,暗灵以扭曲的姿态慢慢缩回栖灵板中……

"这到底是怎么回事?"少年喘着气,慌张地问。

"他没救了。"中年工匠跪在全身血红的青年旁边,伸手触摸他鲜红的颈部。

"这是'暗灵'……"恩格烈沙长老望向缚灵师,"这女孩叫琴,对吗?"

陀文莎茫然地点头,眼神却无法从震惊中恢复。

她真的再度失败,就和最初那次一样。

她无法即时侦测出暗灵的所在,也阻止不了奔灵者受害。人们会知道缚灵师再次辜负了所有人……

恩格烈沙长老捧起少女瘫软的身子。"那么现在怎么办？她已完成'定魂'，脱离不了暗灵的束缚……"

"长老！恩格烈沙长老！"有人冲进仪式厅，惊慌呐喊，"啊！您在这儿——"那人是守护使支部的奔灵者，弯着腰在昏暗的灯光下气喘吁吁，似有急事报告。当他看见躺在冰冷地面的死者，以及满地的鲜血，顿时语塞。

陀文莎已不在意身边任何事，只在脑中不断重复一句话。

我无法……再面对瓦伊特蒙了。

"有什么事等会儿再说，我们有突发事件得处理。"恩格烈沙对前来的使者摇头，抱着琴准备离开仪式厅。

使者停顿了几秒，硬将目光从尸体上挪开，急切地说："但是长老，联合远征队……"他环视所有人，以极度不可思议的口吻说，"联合远征队的成员……从所罗门归来了！"

相传在旧世界的二十一世纪,有颗陨石毫无预警闯入地球大气层,坠落于太平洋中央。

冲击力使地壳板块与海洋水位起了巨大变化。数年之间,厚重的云层凝聚于天空,永恒降雪,逐渐将地球密封。全世界平均温度降至零下,文明相继灭亡,生命逐一消逝。

从此,世界进入"冰雪世纪",地球全然转为一颗白色星球。昼夜依旧,但白天的一切变得朦胧,夜里的天空则永远漆黑。

"阳光"成为传说的五个世纪,却因"恒光之剑"被发掘而重返世间,点燃所有人剧变的命运——

PART I 隐蔽意图

潾 霜

石壁间传来朦胧的声响,空气中有股空灵的哀伤。一向暖和的瓦伊特蒙,已不如以往。

在人称"阳光殿堂"的小洞穴,钟乳石丛沿地铺开,只有一条走道从中央通往末端的一面墙,上头尽是符纹壁画。走道两旁,上千个银饰以线绳悬吊在钟乳石上,代表无数世代的奔灵者为了瓦伊特蒙付出了生命。

白发的奔灵者低着头,独自坐在洞窟角落。他裹着残破不堪的黑色远征衣装,暗淡无光的长发遮蔽面容。

不知为何,岩壁偶尔微震,钟乳石上的银饰发出叮当声。

回到瓦伊特蒙时,他第一时间交出从所罗门带回的资料,并双眼茫然地告知人们所罗门已灭亡,联合远征队也已瓦解。

接下来不知多久,他恍惚地回答他们的每个问题。联合远征队发生了什么,所罗门发生了什么,他发生了什么；沿途的情况如何，所罗门周边的情况如何，所罗门内部的情况如何；所罗门里的尸体有着什么样的伤口，精确死亡人数多少，远征队的每位成员如何阵亡……

他面无表情，逐一回答问题。恩格烈沙长老急切地提出更多问题，总队长亚煌则坐在一旁聆听，从头到尾没说一句话。他有点记不起来自己回答了什么，靠本能来回应，且双眼空洞地盯着前方。

"先让他去休息吧。"亚煌最后开口，人们才静了下来。

然而他没有回自己的窟房。与许多奔灵者一样，他父母双亡，也没有其他亲人。最像兄弟的那人，他背叛了他，独自回到瓦伊特蒙。

因此他来到阳光殿堂，从怀里拿出一小片饰物。上头的银纹像是怒吼的狮子。

他选了一柱钟乳石，将它叠在成串的银饰上。然后坐了下来，再也没有动作。

不知过了多久，或许数小时，或许数日。这种对时间丧失敏感度的感觉，他非常熟悉……他曾与一群伙伴被困在同一个地方，尝试坚信不会到来的希望。

白发的奔灵者就这么坐在殿堂里，直到感受不到时间的脉搏。

不时有人来到他身旁探望。前探寻者支部的同伴,首席学者帆梦。恩格烈沙长老、总队长亚煌也再度到来……他们都想跟他说话,却无人能让他抬起头来。

"能生还下来,便是好事。黑允长老昏迷了,桑柯夫长老他……总之,现在瓦伊特蒙的事宜暂由我掌管。"厚实的嗓音在耳边说,"你放心,短期内不会再派你出任务,先好好休息吧。"他一动也不动,说话者离去了。

"你辛苦了。"另一人说道。但他什么也没回答,对方仅将手放在他肩上一阵,便拖着跛行的脚步声离开。

"谢谢你带回那些资料,非常宝贵,研究院已在研读。"轻柔的声音说。

"俊……"

他完全听不见身旁人所说的话。他们对他来说毫无意义了。

因为他的耳中,只听见风声。

卷动雪尘的风声,对抗魔物的风声;在他疾驰的身影后方,逐渐消失的风声。

苍灰色的天空下,他在深雪中疾驰,紧抱怀里的卷轴筒,紧盯前方的海岸线。成千上万的狩——那些冰晶骨架、雪块肌理的魔物,不断放出震天嘶吼,卡在他身后某个关口,却无法通过。

——因为路凯只身镇守在那儿。

俊咬着牙死命往前,看着越来越近的海岸线,逼迫自己不能回头。他差点儿无法克制折返的冲动,辜负战友以生命托付给他的信任。

后方传来极度剧烈的轰鸣,炸裂声掀起一波雪尘扫过身旁,仿佛大地正在怒吼。

不停涌出的泪水在冰天雪地瞬间结冻。他没有放缓速度。

后方安静了,耳边只剩栖灵板的刮雪声响,他却没有放缓速度……

记忆中,路凯总站在俊的前方,先于他面向所有挑战。但那是最后一次了,未来也不会再有了。

现在,俊低着头,双臂靠在膝盖上,眼角的伤疤隐隐刺痛。

在他身旁是个破损的行囊,以及严重毁坏的栖灵板;银质的边角几乎全磨掉了,透出里头变形的钢环。一道巨大的裂痕切过板子底部,暴露出干裂的魂木。

偶尔,几丝幽然的蓝光从板子冒出,在空气中晃动。他依然埋首在手臂里,动也不动。那飘晃的柔光无奈似的,再度没入板中。

回忆像是一缕轻烟,在混沌的脑中漫延,直到它浓烈得不堪承受,像炽热的火焰扭曲所有念想。俊的双手合拢、颤抖。

俊脑子里冒出很久以前的画面。

第一次知道路凯的时候,两人才十二岁。

瓦伊特蒙的资源稀缺,因此只有即将成为学者或奔灵者的人,才有资格学习阅读与书写的技能。这些奔灵者的候补生平时在外以木板锻炼滑行,课余时间就和导师坐在雪地,运用白昼的明亮来练习读写文字。一有考试,每个孩子每天都会分配到一颗拇指大的蜡烛,在短短的一小时内,自己在阴暗的书舍复习所学。

那次俊离开书舍时看见一堆孩子挤在广场,似乎分成两派起了冲突。双方的头目怒气冲冲地对骂。而站在他们中间的,是个矮一点的黑发男孩。

"别打了。"那孩子似乎想阻止两边的人打起来。他把小手放在大孩子的胸口,却被对方揍了一拳。

"路凯你滚开!我非教训他们不可!你不让开我连你一起揍!"

但那孩子动也没动。他的嘴角滴血,再次把手按在大孩子的胸口上。"别打了。"

白发的俊站在远处,看着这一幕。

三年之后,两个少年将一同从雪地归来,把双手放在各自的板子上,说出束灵仪式的祷文——

纵使光明破灭，黑暗丛生；直到天地灭裂，生命终结……

又有人走进了阳光殿堂。

脚步声停在不远处，那人似乎坐了下来，之后许久没有动静。俊没有多加理会，依然垂着首。他甚至感觉不到饥饿，身体早已麻痹。他忆起那场决定命运的等待，十几天来除了雪水，没有任何东西进入胃里。熟悉的痛麻感来到腹部，他想借着身体去回忆，想象时间能倒流，仿佛只要再一次承受极限的痛苦，就能回到那一刻。伙伴依然存活的那一刻，他必须选择离去之前的那一刻。

空气中一点声音也没有，身旁却多了一层淡淡的香气。

"路凯真的……不会回来了吗？"

俊没有回话。

好几分钟过去，那人叹了口气，站起身。这时俊才仿佛第一次听见她的声音。

他想起什么似的，缓缓抬起头来。白发遮着憔悴的面容，望过去，看见女孩的手中握着玻璃蜡烛，微微点亮柔顺的绿发。她宝石般的眸子里，是反射着烛光的泪水。

俊凝视她好一阵子。

动起胳臂时，僵硬的筋络阵阵疼痛，但他从一旁拿来行囊，在里头找到一个小型的铁质筒。然后他伸出颤抖的手，"路凯说……必须亲手交给你。"

女孩迟疑了几秒，接过来后立即抽出里头的东西。那是一沓薄薄的文献，似乎是从某个记事本上撕下的。

"这是……这是所罗门的日志……"她的目光从纸张挪向白发的奔灵者，"外头带回的东西，不该先交由长老或研究院吗？"

俊再度低下头，不再回应。

他看不见女孩的表情，却听见她叹了口气。"俊，谢谢你……"

女孩离去的脚步声回荡在岩壁间，就像无法返回的时间，越渐稀薄，在白发奔灵者的耳中逐渐消失。

取而代之的，是魔物的嘶吼声和刮雪的余音。

以及脑中的无尽风声。

拂　羽

首席愈师坐在黑允长老床边，栖灵板平放在大腿。释放而出的彩光像只比人还大的蜘蛛，凝聚在长老的胸前，以弯曲的长脚没入她的颈子、双肩、双手及腰间。暖绿色的光波潋滟闪烁。

一阵子后，巨型蜘蛛恢复七彩的色泽，慢慢消散于空气中。虹光的残迹流回了栖灵板。

"谢谢你每天来这儿，安雅儿……"雨寒站在一旁搓着冰冷的双手，声音泛着伤痛与愧疚。

"这是我该做的，黑允长老的生命力很强韧。"首席愈师安雅儿露出淡淡的笑容。但雨寒知道那仅是安慰的话，母亲一点儿起色也没有。

安雅儿的瞳孔是极浅的绿色，像被萤光照亮的水面。翡颜裔的绿发盘成两轮圆圈，贴在头的两侧。她身穿高雅的连身厚袍，脸蛋却总泛着孩子般的笑意。

雨寒看着母亲失神的目光。几个月来，黑允长老虽已度过危险期，意识却似乎再也回不来。多数时间除了落入梦境，就是呆滞地盯着前方。她听不见别人的话，只在食物来时张口，早已不是母亲过往的模样。雨寒在面前，她也视而不见。

"别担心太多，你的母亲一定很快就会康复的。"安雅儿虽这么说，却避开了雨寒的视线。她的雪灵和雨寒的"拂羽"性质不同，无论抗缚性或灵体分散性都偏弱，但其治愈能力却无人能出其右，无数次救活了濒死的奔灵者。

或许她无法接受自己的治愈能力在母亲身上一点用也没有。雨寒低着头想。

首席愈师踌躇了一下，转身离开黑允长老的窟室，出门前差点儿撞上另一个身影。

"啊，愈师大人。"蓝恩大妈打了招呼后，看着安雅儿离去，才蹒跚地走进来，手中端着一个铁盘。

隆隆……岩壁发出微晃，令她肥胖的身子差点儿走不稳。窟房屋顶落下些许粉末。

"又地震了……"雨寒看着上方。

"刚从菜园里拿来的，有点熟透了，"蓝恩大妈把盘子摆在桌前，以利落的动作将里头几个白色果子给剥开。滑溜的果皮包着多汁的果肉，一股香味飘散出来。铁盘里还有碗黏稠的粥，浮着一层灰色的油。蓝恩大妈来到黑允长老身旁准备拿粥喂她。"雨寒,赶紧吃掉那些水果,不然它们干化得很快。"

"好的。"雨寒小心翼翼地拿起一个白果子,才刚咬一口,又有人探头进来。

那是探寻者支部的蒙勒。"'边缘之门'已打开,大家都到了。"他对雨寒说。

"啊,好,我马上去。"雨寒放下手中的果子。

"等一下,什么事那么急?"蓝恩大妈有些恼怒地说,"先让她好好吃个午饭吧。"

"这是与死者道别的仪式,她得代表黑允长老出席。"

"没关系,蓝恩大妈,我不是很饿,带一个在路上吃就行了。"雨寒再度拿起果子在蓝恩大妈面前晃了晃。

她跟着蒙勒绕过半座瓦伊特蒙,明显看见过去数个月的重建工程已有成效。到处是重返工作岗位的人们,日常生活也开始正常运行,许多人提着萤光灯游走在暗沉的隧道间。

"今天也是你代表探寻者支部吗?"雨寒问。

"是的,目前也只能这样了。"蒙勒用略带恭敬的口吻回道。他是桑柯夫长老的亲信,之前由他镇守被长老监禁的缚灵师,与凡尔萨起了冲突。

雨寒又探头问："那么……桑柯夫长老怎么样？他还好吗？"印象中，瓦伊特蒙战役结束后，许多人把怨恨全指向桑柯夫，他便从公众眼中消失了。

"长老他……不太好。"蒙勒搔搔自己的下巴，下唇的整串唇环发出清脆声响。"有人提议要公审他，否则褫夺长老地位。"

雨寒心想这是必然的，囚禁缚灵师一事差点儿导致瓦伊特蒙的灭亡。但她没说出口。

那些曾经遭到魔物入侵的洞穴修复得完好如初，已看不出激斗的痕迹，只有墙面偶见的黯淡冰屑——由狩体爆开后嵌入岩壁的残迹——提醒人们当时的惨况。

雨寒看着居民坚毅的神情，心生钦佩。没人预料到狩能闯入无雪的地底，很多居民还是第一次见到它们骇人的模样。

但他们已经往前走，把控好生活的节奏。雨寒如是想的同时，他俩步出了一个通道来到黑底斯洞。

位于瓦伊特蒙中心的巨大岩洞被上百万个萤火虫覆盖，数座巨型钟乳石柱没入岩顶，像幽幽冷光中的黑影。然而，存在于洞穴北半边数百年的一大片萤光，现在稀疏黯淡。那是狩群入侵时温度剧变的结果。

奇怪的是，暝河的北角依然留有残冰。工匠们花好几个星期想处理掉那些碎冰，不知为何却一直遇到困难。雨寒盯着河面的浮冰看了一阵,被蒙勒叫上,跟着他绕过黑底斯洞。

龙骨洞穴就在前方,从湿气都闻得出来。

"小心这儿的岩地崎岖不平。"蒙勒生怕她跌倒,频频回头以灯罐替雨寒照亮步伐。

不出一会儿,他们来到一个相对明亮的宽广洞穴。石笋之间悬挂着一长串绳索,上头的萤光灯点亮了某种动物的骸骨。雨寒每次见到都感到震撼:石化的骨头像被时间凝固,一半没入岩石中,却能明显辨识出那远古生物的全貌。

一排排弧形的骨头拱起它的肺腔,底下有四片鳍状物,工整的颈骨随着岩壁的角度向前弯曲,比它的身子还要长。连接的颅骨像在呻吟,整副骨骸可谓完整无缺,除了几处在世纪轮转间被钟乳石给截断的地方。

"这里有个坑,啊,这里边缘有片软苔,要小心!"蒙勒殷勤得令雨寒有些不知所措。她被迫说了声谢谢,但蒙勒接着伸手扶她。萤光灯在对方手中,雨寒只好惶恐地拉着他,小心翼翼攀爬在骨骸与石笋之间。

龙骨如此巨大,两人耗了好一阵子时间才走到洞穴另一端。前方的道路终止在岩壁围成的三角夹缝里,中央是道敞开的铁门。

"边缘之门"位于瓦伊特蒙最南方,仅与一个人的肩膀同宽,却高得看不见顶,像根铁柱没入上方的黑暗中。

雨寒跨出铁门,立刻踏入柔软如泥沼的湿土。

地面发出黏稠的声音,仿佛吸着她的脚步,前方却传来明显的水流声。有虫子在无边无际的幽暗空间鸣叫。蒙勒手中的灯光偶尔照亮身旁的钟乳石,却驱逐不了没有边界的黑暗。雨寒跟在他身后左右张望,想象石柱之间有魔物扑来。如果凡尔萨在场,她八成会抓他袖子,搞得他愤怒地甩手……

好像只有凡尔萨在身旁,她才真正感到安心。

渐渐地,雨寒望见左前方有几簇绿光。那是河岸边的人群。

这已是几个月以来,她第三次代表母亲来到这儿。雨寒循着水流声走到他们当中。那些人的手中都提着灯罐,被萤光照亮忧愁的脸庞。他们是死者的家属和朋友,来送死者最后一程。

河水漆黑,而一旁的湿地上,躺着三具用亚麻叶裹住的尸体。

她看见几个守护使支部的奔灵者,应该是代表恩格烈沙长老前来。雨寒沉默地望着他们,忽然想起茉朗。她想象自己的导师就站在所有人中央,微笑着转过头来……

哀伤令雨寒低下了头。瓦伊特蒙战役牺牲了许多人,包括茉朗。几个月前,战争刚结束的初次道别仪式送走了三百多人，由雨寒亲自捆包茉朗的遗体。第二批也有几十名亡者。现在眼前这三具尸体，想必是挺着伤势撑过好几个月，最终依然对抗不了命运的残忍。

有奔灵者双双抬着那几具遗体踏入水中，将他们悬浮于水面。

"请阳光保佑这些人的灵魂……"他们念起瓦伊特蒙的祷文。河边的人群垂首哀悼，有人发出啜泣声。雨寒想起恒光之剑的归来。既然人们已见到阳光的模样，为什么仪式还是得在这种阴暗的地方举行……

"希望地心，会永远为你们保持温暖。"语毕，奔灵者放手了。那几具遗体半沉半浮地顺着水流而去。岸边似乎有人想追上去，却绊倒在湿土地上。他们的哭泣被黑暗吞噬。

雨寒望着漆黑的河川。

边缘之门外头的这条河，没有名字。即使人类已在瓦伊特蒙住了五个世纪，却从未为它命名。

"雨寒——"她跟随人群走回龙骨洞穴的途中，被人叫住。雨寒回过头，看见那人左眼的蓝光。

"额尔巴先生。"雨寒站直了身子。对方是远征队支部的主要领队之一，年过六旬却依然健壮。他失明的左眼埋着一道冰色的碎片,据说是与狩交战时发生的意外。他本人爱开自己玩笑,说这冰屑让他老迈的身躯有无穷的力量。

"正巧我得去找一下缚灵师,你和我一道过来吧。有件事,也得让你知道。"平时总穿着远征装束的老将难得只穿着几层布衣,腰部缠了好几捆麻带。

"有什么事呢?"雨寒开口问。身旁的蒙勒也露出好奇的神情。

老将压下音量,神秘兮兮地说:"这儿不方便,到仪式厅再说吧。"

蒙勒似乎有自知之明,尴尬地与她微笑道别后便跟着人群离开。因此雨寒尾随额尔巴再次穿越黑底斯洞。

途中,她不断听见有工匠在争吵,似乎是新带回的魂木才过一天就白化了。这比过往更加严重。铸铁工坊、色染工坊、净水工坊全都抢着要尚存的魂木助燃。

最后两人绕过镜之洞,来到仪式厅。刚踏进去,雨寒便听见一个熟悉的嗓音:男子的口吻酝酿着濒临爆发的怒意。

"我说过很多次了,能找的地方都找过了,你必须给我更明确的指示。"凡尔萨站在缚灵师面前,气急败坏地说。

短刺的黑发和白色羊驼毛制的披风,全都挂着雪末,显示出他刚从外头归来。凡尔萨正用手解开两边袖口的系绳，手肘处和裤管都垂着细长的皮质带子。他不经意转头和雨寒四目相接时，雨寒不知为何胸口感到一阵闷热。

"陀文莎，你得再试试。不然根本是浪费时间！"凡尔萨继续催促。

仪式厅只有他们四人。此时雨寒才注意到缚灵师的异样：以往总散发着从容的美丽女子，现在坐在仪式厅的角落，神色不宁。

"我不……我不知道……"陀文莎以模糊的眼神望着地面，摇头说道："整个地方……大地都在摇晃……我的感觉，我没办法去决定……"

额尔巴来到他们身旁。"三个支部都已调动人力去勘察。周围雪域确实发现狩的踪迹，但这和以往并无不同，就是一些零星的偶遇。我们每隔几天就得和它们交战无数回。"老将深沉地说："那些零零散散的狩反倒像是上次战役失败后，不甘回来找碴儿的。"

额尔巴说得一派轻松，雨寒却心知肚明，有了上次的教训，再无人敢担保会发生什么事。

如今奔灵者竭尽心力想加强防御，却因少了缚灵师的明确指引而茫然。

陀文莎依然失神地盯着前方，伸手压住自己的额头，神情痛苦。雨寒和凡尔萨交换了眼神，心里涌现一阵担忧。缚灵师近来的情况已非糟糕所能形容……自从被桑柯夫长老监禁在"深渊"的牢房开始,陀文莎的身体便一直不好。雨寒听说最近一次的束灵仪式更是出了大灾难:传说中的"暗灵"冒了出来,还惊传有奔灵者死亡。

在那之后,陀文莎的精神状态一直不稳定,无法再进行仪式,说出的话都语焉不明。

即使是曾经救过她、理应身受缚灵师信任的凡尔萨,也搞不明白陀文莎想表达什么。

三个支部的人都绷起了神经,害怕几个月前驱逐的狩群大军将归返而来。缚灵师的异状让奔灵者进入戒备。

凡尔萨叹了口气。他收拾起烦躁的口吻,缓声对陀文莎说:"我再看看吧,你最好多休息。"

"不,缚灵师没有时间休息。"老将额尔巴忽然插嘴,对其他三人说道,"我带了个消息来,明天将有一个秘密会议,陀文莎你也得参加。说不定,这与你探知到的威胁有关联。"

"关联……秘密会议?"陀文莎缓缓抬头。

"嗯,是联合远征队带回来的资料……研究院彻夜不眠去解读,发现了一些东西。他们似乎有重大消息要宣布。"额尔巴眼窝中的冰屑微微发光。"帆梦说明早我们得做个紧急决定,而且消息绝不能外传,尤其不能让任何居民知道。这得切记。"然后他对雨寒说:"所以,你还是得代表黑允长老出席。凡尔萨,你也一起来。"

凡尔萨露出诧异的神情。"我……"

"这是恩格烈沙长老的吩咐,我也同意。说来有点儿讽刺,但凡尔萨你脱离支部体系好一阵子了,反而没什么包袱。我们需要你的意见。"

离开仪式厅后,雨寒看见凡尔萨提着栖灵板和双刃大刀朝着北环大道走去。她跟在他身旁,双手握在背后,不自觉捏着自己的手指。

"你现在去哪儿?"凡尔萨瞥了她一眼。

"我、我要去贮藏窟,帮母亲盘点一下存粮。"她脱口而出,才发现自己竟撒了大谎。所有人都知道储粮盘点和远征队支部的黑允长老一点儿关系没有。她纯粹是想跟着凡尔萨走这一小段路。

雨寒羞赧地红着脸,偷偷地往上瞄,看见凡尔萨一贯地皱着眉头,没说什么。对方似乎感觉到她的视线,瞥过来时,雨寒慌张地赶紧低下头。凡尔萨径自朝前走去。

雨寒再度试探性地望向他。"你又要去外面了吗?"

"嗯,我相信陀文莎的感知力。她在挣扎,有什么想说的却做不到,这种情况反而让我更不安。多到外头走走,说不定会撞见什么。"

"是吗……"雨寒想了想,"那么你……需要人帮忙吗?"

凡尔萨斜视过来,把银纹满布的巨刀扛在肩上。"别说笑了,你做好自己该做的吧。"

"喔……"雨寒缩了下脖子,心跳加速。凡尔萨的意思是……不想要我帮忙吗,还是觉得我总没有做好本分?

她的心里有千百种混乱的想法,却又一次偷偷侧过脸,盯着他胸膛的牙骨项链。他的身上有股陈旧皮衣的味道,衣领间透出热气。

"黑允的事你别管太多。"凡尔萨突然说,"瓦伊特蒙重建得差不多了,许多事都解决了。你该多花点时间练习奔灵。不然再出状况,你一样会是个累赘。"

"我……我想多帮母亲一些忙。等哪天她醒来,若知道我是靠谱的助手,一定会很高兴的。"

凡尔萨瞪了她一眼。"啧,随便你。"

到了通道口,凡尔萨拉紧披风准备回到雪地。才走了几步,他又回过头来。他的神情有些别扭,没有直视她。"我的意思是,若你找不到人陪伴做奔灵练习……跟我说一声。"

雨寒愣了一下。"啊?哦,好……"她看着对方立刻转身的背影,突然觉得心跳得好快。

待对方离去,雨寒才不自觉地露出笑容,因为她明白凡尔萨想说什么。她站在原地好几秒,然后快步朝母亲寝房的方向走去。

离 焱

夜晚降临前,疾风拉起缎带般的飞雪。

凡尔萨站在雪地里,披风沉重地飘摆。两只虹光凝聚而成的猎犬伫立在身旁,空洞的眼珠仿佛在燃烧,全身释放丝丝光影随风晃动,成为阴沉大地上唯一的色彩。

在"恒光之剑"归来而解救了瓦伊特蒙后的这几个月,人们把怒意全部指向桑柯夫长老,同时视艾伊思塔和凡尔萨为英雄。居民更是把凡尔萨解救缚灵师的事迹广为传颂。

这些突如其来的扭转令他有些无法适应。

这阵子以来,缚灵师似乎只在他俩面前才会透露出信赖,说出她所感知到的蛛丝马迹。此举招来一些奔灵者的妒意和另一些人的钦佩。但只有凡尔萨自己明白那些都是无稽之谈,因为陀文莎的呢喃连他也听不大懂。

记得瓦伊特蒙战役过后不久,有次他走过亚麻田时,几位居民围了上来。

"我们听说最早是你警告了三长老,咱们才有时间准备防御。真是不幸中的大幸!"

"长老他们根本不懂怎么领导,差点儿把我们家园给灭了……幸好有你在,否则情况必会更糟。"

"谢谢你,凡尔萨。为了所有人的安危,只有你敢触犯规矩,点燃烽火绳!"

"原来你不是'叛逃者'。我们都听说了关于你父亲的事……"

最令他吃惊的是最后一句话。是谁告诉居民那么多事的?

这种闻风而来的攀谈现象越来越多,搞得他喘不过气。或许相较于感谢的声音,他更习惯人们质疑的目光。因此他时常得溜到雪地,躲避人民,只不过这次是为了完全相反的理由。

现在他绕着瓦伊特蒙的周边滑行,只稍停下动作,随手往雪里捞,就可看见失去光芒的冰屑——狩的残痕。当时数千只魔物就挤在这儿,准备突入人类最后的要塞。

凡尔萨拾起一片细小的冰屑,试着用指头挤压。那硬度堪比钢铁,若没有雪灵的力量介入,刀刃怎么也劈不碎——

地面忽然震荡。一阵轰鸣,像是大地龟裂的声响,又像把狂风扭曲的怪叫。他警觉地四处张望。

过了几秒这现象便停止了，留下满天的飞雪和逐渐变暗的天空。

这种现象最近似乎越来越频繁，瓦伊特蒙的上空也总出现不寻常的风。凡尔萨严肃地凝视雪地，回忆起魔物大军做出消耗战的影像。现在回想起来，他一直觉得整件事情有种说不出来的怪异……但他又想不起来究竟是哪儿不对劲。

凡尔萨摆动后腿前进，让栖灵板在白雪中划开弧形轨迹。他不断在雪里看见战后的碎冰残迹。有时一阵强风掀起的雪浪，在空气中撒下无数暗蓝色的块状物。一股说不出由来的不安卡在他的心里。

陀文莎已感受到瓦伊特蒙正面临某种重大的威胁。但每当有人询问哪个方向的雪地聚集了狩群，她却又说没有任何地方，语焉不详。

或许这一次，连缚灵师都无法确定他们将面对的是什么……

我们不是击退它们了吗？这到底是怎么回事？凡尔萨思考着，感到雪灵在体内膨胀，传来暖意，并将暖流导向他的手腕和领口处，那些暴露在风雪中的皮肤表面。

"恒光之剑"已回归瓦伊特蒙，狩群应该知道自己没有任何胜算。难道不是这样？

然后他想起了亚阎。战后他们曾经仓促地碰过一次面，凡尔萨立刻明白"恒光之剑"其实是那家伙带回来的，而不是瘦弱的绿发少女。然而在战役结束后亚阁就消失了踪影，不知去向。

又一次无功而返，凡尔萨踏进闸门，解开结霜的白毛披风，用它裹住栖灵板。他闷哼一声提起板子和巨刀，步入北环大道，试着避开驻守的奔灵使复杂的目光。

倦意令他打算先回到"深渊"的居处。然而，某个突来的想法令他止步。

冰冷的空气中，凡尔萨盯着前方，一动也不动。他询问自己挣扎的内心，是否该造访一个他已许久未去的地方……

他踏着犹豫的步伐来到北环大道的东南侧。这里有几个遭到封锁的隧道，也是当初狩军最先突破的缺口。相较于以往的空无一人，目前守护使支部派驻许多人镇守在此。凡尔萨经过时，其中一人向他点头，另一人则以奇特的眼神看着他。

他记起他们的名字。脸颊消瘦的是尼古拉尔斯，粗大脖子上有爪痕的是海渥克，他们都是相当有经验的奔灵者。然而凡尔萨与他们并不熟识，些许尴尬地点头示意。

他穿过几条通道，终于怀着不安的心情来到一座幽暗的洞穴。上一次来到这里已是好几年前。

洞穴像是天然成形的厅房,荒废许久,尽是软苔。湿气沿着不规则的岩壁滴落,在两旁的地上淤积成小水坑。他盯着房间尽头那道破碎的红砖墙。它是由早期的居民从"边缘之门"外头取回的红土所砌。

爬满墙面的,是整片白色的藤蔓。

人们不会相信好几百年前,这儿曾是通往外头雪地的唯一通道。在那个时代,奔灵者唯一的工作就是从这里保护瓦伊特蒙不受魔物侵袭,因此当初只有守护使支部一个单位。可想而知,这通道外头发生过无数可歌可泣的战事。

而后,奔灵者的崛起带动了人们探索外面世界的欲望。早在凡尔萨出生前的一百多年,祖先们已沿着北环大道开通各个出入口。

后来人们决定封锁这儿的旧通道,用岩石和湿土把它堵住,筑起最后一道红砖墙。时间流逝,却无人晓得藤蔓是从哪儿出现的,它们像数不尽的白色触须,逐渐覆盖墙面。有人猜测它们来自后方被封锁的通道里,汲取奔灵者祖先的血液滋长,坚忍地穿透了石块与硬土。

凡尔萨刚往前挪动几步,便发现厅房里竟然还有另一个人。

洞穴里唯一的萤光灯悬挂角落,点亮那人的黑披风和墨绿色发辫。她回望过来,从装束判断应该是名远征队员。

"'叛逃者'——凡尔萨。"对方以尖细的声音说。

这句突来的话激起了凡尔萨许久未曾感受的怒意。他直视着那个女人。"你是谁?"

"你不晓得吗?也难怪,我成为远征队队长时你已经躲在自己的窝里不出来了。"她发出嘲讽的笑声,"我叫哈贺娜,刚从南方'基督城'的遗迹归来。"凡尔萨看见她眼角白色的蔓纹刺青,觉得心里一阵不舒服。她那双深黑色瞳孔的外围有圈淡淡的绿光;只有体内灰薰裔和翡颜裔的血统匀称才会有这样的色泽。哈贺娜看来和自己差不多年龄,却显老成许多,面部的皮肤有长期暴露在外的干裂痕迹。雨寒曾说这阵子越来越多远征队员从外头归来,他们错过了瓦伊特蒙战役,现在才知道黑允长老出事了。哈贺娜必是其中之一。

"看来你似乎找到方法弥补自己的过错了,许多人都在谈论你呢。"哈贺娜露出更加讽刺的笑容,"恩格烈沙长老有要你归队哪个支部吗?"

"他知道没有支部适合我。"凡尔萨回。

"呵呵。意思就是你不适合与其他奔灵者合作。"哈贺娜冷笑道。

凡尔萨选择不回答。只要她的讥讽未获回应,便会自讨没趣地离去。这是他长年应对他人的方法。

然而哈贺娜的下一个动作,却令凡尔萨差点儿呛了气。

她伸出一只手,拉开砖墙上繁密的藤蔓。哈贺娜的目光锁死他,笑容却变得深沉,五指持续扯开一层层干硬、皱缩的蔓痕。底下的墙面逐渐露出模糊的字迹。

凡尔萨的心跳变得急速。他恶狠狠地盯着哈贺娜数秒,才把视线挪往墙上的文字。

父亲的笔迹以白墨写下的一段话。

哈贺娜看向白字,眼神似乎浮现某种情绪。她松开手,扬起披风往凡尔萨的方向走来。

她在他身边停下脚步。"加尔萨纳告诉我们无论发生什么事,绝不抛下伙伴。外头的世界只有敌意,但伙伴会扛着你一起活下去。"

凡尔萨握住颤抖的拳头。

"加尔萨纳曾在单眼负伤的情况下,领着十几位奔灵者突破数百头狩的包围,"哈贺娜继续说,"他救出全队同伴,没让任何一人阵亡。"

凡尔萨没让自己的视线从父亲的文字上挪开,脑中一片空白。

"他是我们的恩师,却有了你这不孝子。"哈贺娜闷哼了一声,"别以为运气好,做对几件事就想与你的父亲平起平坐。你还早得很呢。"

凡尔萨就这么盯着暗红砖墙，一句话没说。他甚至没有听见哈贺娜离去的脚步声。

他再度被本能绑架，双腿像遭到冰封，无法采取行动。就跟过去两年一样。

他的思绪飘向父亲在世时，两人因价值观不同而发生的永无止境的争吵。加尔萨纳——人称"疾驰焰痕"的知名奔灵者，认为当今的三支部体系严重拖累奔灵者的组织能力，向往着单纯而统一的领导格局，也就是仅由总队长来决定一切。他反对什么事都得通过三位长老来分配职责，瓜分相应的利益。

当时的凡尔萨认为父亲的观点与现况极度脱节，他看不清奔灵者的体系也必须进化。要扛起日渐繁杂的责任，体系的复杂化是必然。

两代人之间的争执越演越烈，也在奔灵者支部间成为广为人知的话题。

凡尔萨从不愿承认，但他明白即使在争执最激烈的时候……他也从心底以父亲为荣。他见过父亲把双剑操控得淋漓尽致，驰骋魔物之间，利落斩断冰脊。许多年轻的奔灵者都是加尔萨纳教出来的，包括亚阎。

凡尔萨渴望父亲这样强大的战士会认同自己的想法。现在回想起来，或许他就是为了向父亲证明自己正在茁壮成长，才频繁地与他争吵……

不知为何,他的思绪飘向更远的时空。自己很小的时候看过父亲给新人上的第一堂课,就是在这儿。

加尔萨纳带新人们来到这个密封已久的通道,看着这片象征性的红土砖墙。他诉说祖先们曾在这儿经历的种种战事,并在砖墙上以白墨写下文字,告诉他们身为奔灵者的真正意义……

但在三年前,由于三长老的背叛,加尔萨纳所率领的队伍全灭了。一些学生与伙伴为了悼念他,便在眼角刺了白色蔓纹。

凡尔萨终于挪动双腿往前走,贴近破碎的砖墙。他不自觉伸出手,握住干皱的藤蔓,然后闭起了眼。

父亲的死,让他质疑自己曾经相信的一切。两年来支撑着他让他不崩溃的信念,是对三长老的恨意。在瓦伊特蒙战役结束后,黑允和桑柯夫都得到了应有的报应。不知是否因为如此,凡尔萨的情绪平静许多,却依旧不晓得该怎么面对与父亲冲突的过往……但至少,做噩梦的次数减少了。

他猛然睁开眼,提醒自己仍有一位长老尚未得到应得的惩罚。

凡尔萨握住拳头,干硬的藤蔓在五指间发出脆裂声响,挤压出灰色粉末。他紧紧盯着墙上的字迹。

……那片白色的大地是人类这个物种最大的天敌……

而奔灵者的远古使命便是代替人们去面对外面的危险，确保其他人永不需要与冰雪世界交会。这该是至死不渝的天命……

凡尔萨握紧右拳。

"嘿！"他猛然出拳，粉碎了在红砖墙中央的父亲的字迹。

在瓦伊特蒙最西边的"深渊"某处，凡尔萨躺在岩壁凹陷处的一块简陋的雪鹿皮垫上。

他已脱掉上衣，双手枕在脑后。明天一早首席学者将召开秘密会议。现在只有恩格烈沙长老会参与，因为黑允和桑柯夫已经丧失了领导者的实权。他忽然想起了雨寒。那傻乎乎的女孩依然忠于自己的母亲，代替她东奔西跑，期盼有天黑允能恢复意识。

一丝莫名的罪恶感浮现。当初若他快一步解救黑允，或许……

凡尔萨发出咒骂，翻身压下复杂的情绪。他身旁一点儿光也没有，冷空气中时而飘来微微的暖流，像是地心的规律呼吸。

曾经当他闭起眼，看到的尽是黑暗。曾经复仇的意念啃噬着内心，是支撑自己活下去的唯一理由。

然而现在,连眼前的黑暗也模糊了……因为不知从何时开始,他总看见视野边缘的微光……

凡尔萨有种非常不安的想法。

那次他昏死过去,被茉朗和雨寒所救,女孩的雪灵进入他体内时,触碰到的不仅仅是肉体的伤口。她放了一股深沉而强烈的暖意到他感知的深处。

他应该要痛恨雨寒、痛恨与黑允长老有关的一切才对啊……他深吸了口气,忽然发现弥漫心中的其实是恐惧,而且是他从未体验过的一种恐惧。

一度可以依赖的黑暗被剥夺了。现在的他,总能瞥见那羽翼般的微小光点……

黑暗中的光,这才是他从不熟悉的。

秘密会议的地点在黑底斯洞南方的湿土洞穴末端,一个废弃已久的地窖里。

凡尔萨带着缚灵师来到入口,一个不规则凹洞的边缘,侧边绑着亚麻绳梯。他往下爬了一会儿,离地面尚有几尺便跳了下去,以稳健的姿态落地。

然后他呼喊缚灵师的名字,过了好一会儿,陀文莎才以缓慢的动作攀爬下来。她的丝绸裙摆被麻绳挂住了,露出苍白的腿。

陀文莎紧抓着绳梯,似乎不知该怎么办。

"跳吧,我会接住你。"凡尔萨说。

几秒钟的宁静,然后缚灵师落了下来。凡尔萨接住她柔软的身子,诧异地发现她几乎没有体温。缚灵师的目光蒙眬,眼睛像两颗失焦的灰色珠子,直盯着凡尔萨的脸庞,却仿佛什么也没看见。

为什么她的神情总是泛着彷徨?凡尔萨看着陀文莎惨白颤动的双唇,帮她站直了身子。他担忧缚灵师的情况将牵动整个瓦伊特蒙的命运,但以她现在的模样根本无法胜任她该做的事。或许之后,他得想办法找她独自沟通,看有没有令她恢复的方法……

他们走过的路,两旁尽是钟乳石,在广大的幽暗空间里像遭遗忘的墓碑。突然他意识到前方有抹昏暗的光。

当两人越走越近,路的尽头是一扇半开的木门,橘光从里头透了出来,仿佛伴随某种镇魂曲的韵律,微微闪动。

凡尔萨原本预期这是个小型会议,因此推门进去的一刻着实吃了一惊。简陋的小房间里,已聚集不下十个人。

恩格烈沙长老,总队长亚煌,首席愈师安雅儿……

而在他们身旁,是四位黑色装束的奔灵者:"冰眼"老将额尔巴,以及人们广称"红狐"的费奇努兹。另外两人的面孔不算熟悉,其中一人凡尔萨昨天已见过,就是带着轻蔑笑容的哈贺娜。她看见凡尔萨时立刻变了表情。而第四人留着直顺的灰发到腰间，是个神情冷酷的男子，与哈贺娜的手肘相贴。她称他为飞以墨。

从衣装来看，这四个人应该都是远征队的队长，是黑允长老的亲信。

而站在人们中央的是首席学者帆梦，身后跟了一位研究院的年轻小伙子。他们面前的桌上摆着零零散散的资料。

房间里的人看见凡尔萨走进来，要不皱眉，要不毫无表情，只有帆梦如往常一样对他露出微笑。就像自己遭瓦伊特蒙唾弃的那几年，也只有帆梦和亚阎两人对他的态度从未改变。

首席学者将白发在脑后绑为一束，他的神情极为憔悴。凡尔萨看着那副古老眼镜后面精力殚竭的神色，仿佛数日未眠。

"凡尔萨，进来吧。"恩格烈沙长老对他发出友好的招呼，却令凡尔萨的情绪微微波动。他颔首回应。

最后，他的视线落在这群人中最娇小的那个身影上。

雨寒顶着一头黑色波浪似的卷发，总缩着脖子，一副不知所措的模样。看见凡尔萨出现，她露出殷切的神情。凡尔萨刻意避开她的目光。

众人围绕着陈旧的石桌，堆叠上头的蜡烛摇曳着烛光。在这么隐蔽的地方燃起珍贵的烛火,这赋予了会议严肃的意味。凡尔萨瞥了一眼身旁的缚灵师,算算包括他自己,房间里共计十二人。

所以,屏除了桑柯夫长老,瓦伊特蒙的最高领导者都在这儿了……凡尔萨心想。

人们恭敬地让位给神色不宁的缚灵师。凡尔萨自己却倒退几步,选择站在墙边。他仍不习惯这一切,觉得自己不属于这帮人。视线对面,哈贺娜似乎正在打量他,嘴角挂着明显的嘲讽,对身旁的长发男子飞以墨说了些什么。

"人都到齐了。"首席学者环视所有人。

帆梦那暗淡的神情与以往不同,似乎颇有犹豫。"在开始之前,"他继续说道,"我必须先告诉各位……接下来要说的事,在我们共同做出决定之前,绝不能让这房间以外的任何人知道。所有居民,所有奔灵者。包括研究院的所有学者。"

包括他自己的学者同伴?凡尔萨感到诧异。会说出这样的话,不像帆梦。

气氛立即凝重,一股不安的情绪悬浮在闷热的空气中。

恩格烈沙长老指着桌面的文献率先打破宁静:"帆梦,难道不是研究院的同人协助你解读这些资料?"

首席学者伸手把资料整理起来,沉静了半晌。"是的……但只到某个阶段。"他的神情有明显的罪恶感。片刻后,他吸了口气,举起手中的文献说:"这些……是联合远征部队用性命换来的。"

烛光映照出淡褐色纸张的粗糙表面,以及上头密密麻麻的音轮语。"所罗门的日志。"他告诉众人。

"我们只获取了一部分,但分析出来的内容都指向同一个结论。"帆梦接着说,"在过去几年间,所罗门探索旧世界的方法彻底改变了。他们开始研究狩的动态,想从远古遗迹寻求线索,找出根除魔物威胁的方案。"

几位远征队长露出不解的神色。老将额尔巴问道:"首席的意思是……他们派出的远征部队后来都以此为目标?"

"是的,尤其是远征队。日志里写着他们的第一守则——抵达各遗迹时,首要任务便是集中精力找寻与'狩的起源'相关的资料。"

四名远征队长交换了目光。打从数年前开始,人们对所罗门奔灵者的印象就是他们贪得无厌,每达一座遗迹都拼命翻找东西,却未想过他们可能在寻找实物资源以外的东西。

深受所罗门影响的人,凡尔萨的父亲是第一个。但凡尔萨从未想过有帆梦所说的可能性,因为瓦伊特蒙自己的远征队就从未有过如此明确的目标,他们甚至没有想过要从远古文献里去找到"抵抗魔物的方法"。

在黑允长老的领导下,各个远征部队搜刮远古文物,仅用以协助研究院拼凑旧世界文明的样貌,仿佛那是最重要的精神食粮。

"从什么时候开始的?"恩格烈沙长老问。

"或许三四年前,甚至更早。"

"那时正值我们冲突愈演愈烈的时刻⋯⋯"老将额尔巴眯起了双眼,冰晶般的左眸眯成一条深湛的蓝光。"所罗门有这样的想法,却从未告知我们。"

凡尔萨想起父亲便是三年前与所罗门进行合作任务,率领部队前往旧世界的斐济岛,才会遭遇不测⋯⋯

石桌另一端,某个深沉的声音开口:"我们双方缺乏信任,错在他们。所罗门总对我们隐瞒许多事。他们的奔灵者甚至不曾露脸,总戴着面罩。"说话的是费奇努兹。他是位年纪稍长的远征队长,复杂的发辫披在头颅上,像张网子。他拥有深褐肤色与刚强的眼神,左眼角也有白色的藤蔓刺青,一身黑色衣裳披着染红的雪狐披肩,因此拥有"红狐"这个称号。"那么,他们发现了什么关键信息?"

帆梦转身朝陪同的年轻学者轻声说:"麦尔肯,把东西给我。"对方立刻打开一个大袋子,从里头小心翼翼地拉出又一沓文献。帆梦接过手。"我们都知道狩真正的居地——'白岛',远古时期并不存在。"

众人点头，仔细聆听。

"五百年前它降临在海中央，开启了冰雪世纪。"帆梦一边整理着手中的纸张，一边将目光投向总队长亚煌，"前一阵子，总队长和路凯……找到一张画有'白岛'的地图。当时我们推测那是唯一捕捉到冰雪世纪真实样貌的图。看来，我们彻底错了。"

帆梦在众人面前摊开好几张地图，接着说："这些是所罗门收藏库里的东西。"

愈师安雅儿发出微微的惊叹，老将额尔巴也倒抽了口气。就连凡尔萨也不免感到震惊；在他们眼前至少有十几张白色世界的地图——苍白的陆地，暗沉的海洋，全世界遭冰封的模样。

每张地图的大小都不同。它们当中有些边缘莫名地泛白，呈现的地理范围也不尽相同。然而这些图都有个共通点：它们全都捕捉到太平洋中央的白色岛屿。

"这怎么可能？他们从哪儿找来那么多这样的地图？"哈贺娜尖声质疑。

"冰雪世纪的大地样貌……"额尔巴用宽厚的手掌拨弄它们。"这些全是所罗门的收藏品？"

帆梦用手推了下眼镜，烛光在镜片上跃动。"在所罗门的记录里，提到这样一件事……"他的声音听来像在颤抖，"'白岛'的面积，在不同的时期，是不同的。"

凡尔萨惊愣一下，松开交叉在胸前的双臂。他离开墙边朝桌面靠了过去。其他人似乎才刚会过意来，陆续凑身向前，盯着散布面前的图像。

这些尺寸不对等的一张张地图，单凭肉眼对照当中的细节，已可察觉首席学者所说的是不争的事实。

"会不会是绘制地图时的误差？"哈贺娜还是满脸不相信的样子。"或者是附近海面结冰的结果？"

"旧世界的魔法几乎不会出差错，这点我们早已印证。"帆梦的口气十分笃定，却压不住焦虑。"若依照所罗门标识出来的时间来推测，所有的迹象只证明一件事……"帆梦的手指扫过每张地图角落的字迹，然后将它们的顺序重新排列。

他的动作不算流畅，阴暗的火光下，仿佛在害怕什么。人们不自觉地屏气凝神，宁静的房间只剩纸张搓动的声响。

"看这里……"众人的目光顺着帆梦的手，略过一张又一张地图。开始有人发出惊讶的叹息。凡尔萨咬着牙，立刻知道帆梦想说什么。

"'白岛'，正在随着时间成长……"

摇晃的烛光在这一刻显得相当诡异。众人仍不确定眼前的信息代表什么，一阵子无人说话。此时总队长亚煌问道："首席，这代表现在'白岛'是什么样子，没有人知道,对吗?"

他们全看向他。

"是的……"帆梦点头,"有可能比我们所处的大陆更加巨大,也说不定。"

"这怎么可能呢?"哈贺娜瞪大了眼,用不可置信的语气说道。

"旧世界用以捕捉世界模样的魔法,必须依赖一种被称之为'电'的特殊能源,如今已不存在。"帆梦说,"因此这些图应该来自冰雪世纪初期。如果照它成长的迹象推演,过了数百年的现在,'白岛'的样貌将难以揣测。更重要的问题是,究竟什么驱使它成长?这与狩群的活动有关联吗?没人晓得原因。"

"这与瓦伊特蒙有什么直接关系?"恩格烈沙长老打断了他的话。

帆梦不安地回望长老。"所罗门的日志里,不断用音轮语重复一句话。翻译过来的意思大概是……'恶魔已突破火焰,人类都要灭亡。'"

凡尔萨忽然注意到缚灵师的情况不太对。她以单手紧抓着丝衣,压在胸口上。

"在这里,'恶魔'应该就是'狩'的意思。而'火焰'……"首席学者用手在海洋周边比了一圈说,"我们有理由认为,'火焰'代表的是'太平洋火环带'。在冰雪世纪，地热成了文明生存的必要条件，也直接保护人类不受魔物侵扰。所罗门，以及我们瓦伊特蒙，都位于火环带的边缘，因此五世纪以来，只有我们幸存下来。"

人们开始议论纷纷。凡尔萨知道在这一刻，众人的脑中必然想着同样一件事——所罗门文明已被彻底歼灭，现在只剩瓦伊特蒙了。

"这种臆测太夸张了。"恩格烈沙长老将双掌压在石桌上，面对首席学者说，"狩的威胁过去五百年一直存在。这不是第一次，也不会是最后一次。"

"是啊，就算它们想大举入侵，最后胜利的依旧是我们。"老将额尔巴也附和，用安抚似的口吻说，"所罗门灭亡，不代表我们会有相同的命运。"

在一旁，红狐吸了口长气，似乎若有所思。火光照在他棱角分明的脸上，令他看来格外阴沉，只有那双细长而锐利的眸子相对明亮。那是身经百战的弓箭手的眼神。"有件事情你们得想想……"红狐开口，"几个月前，我们头顶上集结了千万只魔物。这种情况在历史上不曾发生过。试着回想那些魔物的形态，有多少我们连见都没见过。那些嘴巴里含着紫光的巨兽，我活到这把年纪还是第一次见到。难道你们曾见到过？"他望向恩格烈沙与额尔巴。

他们沉默了。

那次危机的解除,是凡尔萨贸然闯入狩群大军斩杀一头口含紫光的巨兽,待它死去连带周遭的小型狩群一并崩解。对于所有奔灵者,那都是他们第一次面对这样诡异的敌人。

"不管将来出现什么样的敌人,我们守护使支部都不会松懈守备。"恩格烈沙长老固执地告诉众人,并扭过头说,"帆梦,你召集我们来这儿,还有别的意图吧?"

首席学者沉思数秒,才再次望向麦尔肯。年轻的学者从大肩袋里翻出一个卷轴筒,从里头掏出又一沓厚重的资料。它们看上去无疑应该是旧世界遗迹,是远古时期的人运用某种魔法把画面冻结。尽管色彩已褪去,却仍能清楚看见结满冰雪的建筑,甚至是"城市"的全貌。

众人意识到所罗门私藏的宝物多得令人诧异,无不神色惊愕。然而首席学者略过一张张惊人的图片,从中挑出一张粗糙的手绘稿。

"这是什么?"恩格烈沙长老盯着那张唯一的黑白稿,看样子像是地理平面图。

帆梦将它摊平于桌面,曾担任使节的老将额尔巴立刻认了出来,凑身过来说:"这是所罗门大本营的内部结构……这也是联合远征队带回来的?"

"是的。"帆梦轻声回应。它画出了所罗门内部的通道、厅房、阶梯。凡尔萨想起在父亲的时代,当双方文明出现严重冲突,这样一份地图必然会为瓦伊特蒙带来强大的战略优势。但没人料想到所罗门就这么灭亡了。

众人好奇地传看,直到首席学者伸手指向地图的中央部分:几个大厅房的交会口,隧道与河流彼此穿插,被几层交错的阶梯环绕。它也是所罗门大本营主要道路的汇集处。

在那儿,帆梦食指触碰的地方,有道潦草的音轮笔迹。

"'恶魔的起源'……"愈师安雅儿说出口,"这是什么意思?"

"日志里明示,这是他们首次发现狩出没的地方。"帆梦回答。

"怎么可能?这儿可是他们地底要塞的正中心!"额尔巴一把将图抓了过来,他的独眼瞪得老大,仔细检视那张图。"所罗门的入口离中央厅堂非常远,狩怎么可能直接在要塞的内部出现?"

帆梦没有回话。

"说不定他们有些外人不知道的密道……"安雅儿做出推论,"而狩就是从密道突入要塞中央。"

帆梦这时摇头,语气变得更加严肃:"这是最令人匪夷所思的地方。我问过俊,那个联合远征队的生还者。他说他们六人花了相当长的时间勘察整个地方,并没有找到额外的密道。所以看见这张图的时候,路凯他们也相当纳闷。"

"首席,你的判断呢?"总队长亚煌切入要点地问。

"我不知道……我翻过所罗门的每一张记录,再没有找到相关的讯息。很不幸,联合部队避难的地方似乎只是众多的储藏库之一,或许还有更关键的日志,俊没有找到。"

"'恶魔的起源'……"安雅儿那浅绿色的双眸反射着烛火,盯着那不祥的字迹。

所有人也沉默地凝望着石桌。众人不安的神色,代表他们都明白一个最糟糕的可能性——瓦伊特蒙很可能正面临相同的危机。

这一次,无论缚灵师或是研究院,都找不到问题的症结。

"有太多难以理解的事了……"帆梦压着额头,嘶声说,"联合远征队带回来的东西给出了更多的谜团,而非答案。但这些破碎的信息已经很明显了,我感觉……"帆梦忽然停顿,似乎无法让自己说出接下来的话。

四名远征队长正盯着他,恩格烈沙和安雅儿的目光也看向他。首席学者试着开口,却发不出声音。

"首席。"在他身后的麦尔肯轻声叫道。

"嗯。我们必须做个决定……或许……"他咽了口唾沫后,终于对众人说,"这只是微乎其微的可能性,但我们得考虑让所有居民做好准备……我们有可能得撤离瓦伊特蒙……"

摇曳的烛光下,所有人的神情茫然。有些人交换了眼神,似乎还无法理解听到的话。雨寒瞪大了眼,捂住双唇。

凡尔萨注意到在场只有两个人的表情未显诧异——亚煌,以及红狐。仿佛早在帆梦开口前,他们便已思考过这种可能性。

"但如果撤离……还能去哪儿呢?"愈师安雅儿疑惑地问。

"你说要让所有人离开瓦伊特蒙?"恩格烈沙长老一反过往威严沉着的态度,表情变得异常锐利。他肩头的两圈铁环把橘黄色的光反射在脸颊上,仿佛他的表情遭怒意点燃。"帆梦,你得想清楚。我感觉你这次言过其实了。"

"不……这才是我召开这次会议的主要目的……我得询问你们对这件事的看法。"帆梦说,"是的,这听起来很荒谬,但我们必须考虑最坏的可能性——"

"帆梦!这根本不是解决之道。你明白这个提案代表什么吗?"恩格烈沙长老提高了音量。

"一切……得由统领瓦伊特蒙的你们来决定。"首席学者望向几个远征队长,"若真有那么一丝可能性,要离开瓦伊特蒙,远征队的角色是最重要的。得派他们先去寻找下一个栖息地……"

恩格烈沙长老激动地反驳着,但站在一旁的凡尔萨却没留心去听,因为他这才惊觉一件事……

过去好长一段时间,缚灵师总把新的奔灵者编入远征队支部。事实上,这正是当初三长老发生冲突的引爆点。现在回想起来,莫非缚灵师早已料想到什么?

众人在桌前激辩,凡尔萨却悄悄地望向陀文莎。

奇怪的是陀文莎似乎没在听任何人说话。她眼神恍惚,面容苍白,只是呆望着石桌。

此时帆梦身后的年轻学者面带惶恐地举起手,以畏缩的姿态自顾自地说:"联合远征队的生还者说过,所罗门从入口开始,一直到要塞的深处,到处都是死尸。而且多数都是毫无防备的居民。"说话的麦尔肯看来不到十八岁,声音极度轻细,甚至带了点羞怯,但他的眼神却含有某种坚定。"这代表一个很恐怖的可能性……"

人们纷纷望向他。

"魔物的袭击定是突发的。所罗门里的人,没有任何时间反应。这和几个月前我们面对的从外部攻击的魔物是不一样的。当初我们还有机会叫居民逃往黑底斯洞,派遣战士在洞穴交错的节点部署防御……对吧?"

显然麦尔肯这番话让众人陷入沉思。就连恩格烈沙长老也静了下来。

帆梦接着麦尔肯的话说:"是的。现在没人知道狩群是用什么办法突入所罗门的中央地带的。但如果同样的情况出现在瓦伊特蒙,我们一样毫无招架之力。"

"所以你希望所有人都做好离开瓦伊特蒙的准备?"愈师安雅儿说,"帆梦,你知道这个提议会付出多大的代价?"她摇了摇头。"我们正处于疗伤期,现在丢一个震撼弹给居民,没有人可以承受。"

恩格烈沙长老深吸了口气。"安雅儿的想法是对的。况且我们刚打完一场胜仗,突然就说瓦伊特蒙要灭亡了,这毫无道理。你得考虑到这件事将冲击居民对奔灵者的信心。"

还是,冲击居民对你这位长老的信心?凡尔萨讽刺地想,或许帆梦犯的最大错误,就是把这么重要的信息只让这群人知道。

"我们想个最简单的问题吧。若踏出瓦伊特蒙,人们还能往哪儿去?"老将额尔巴质问。

"我还不清楚。但若你们认为有必要采取行动,我会立刻动员研究院的全部力量,勘察迄今积累的所有旧世界资料。或许我们有机会找到可以迁徙的据点——"

"首席,恕我冒犯,你们学者可曾亲身在外头的雪地里待过?"远征队长哈贺娜露出僵硬的笑容,"离开瓦伊特蒙,你认为有多少居民能顺利活下来?别说找到下一个像瓦伊特蒙一样的地方,就说三天吧。三天。你认为有多少居民撑得过三天?"

帆梦紧闭双唇,无法回答。然而这次红狐却开口了:"论最糟的情况,一部分有能耐的人存活下来,总比所有人都被屠杀来得好。哈贺娜,你不同意吗?"

哈贺娜愣了一下,似乎想反驳,但总队长亚煌接道:"那还只是一个层面的问题,费奇努兹。"他又对红狐说道:"安雅儿先前的顾虑不无道理。我们得考虑现在这个时间点,要居民从心理上做最坏的准备,目前已分崩离析的社会机能,必会全面瘫痪。"

"那是必然的。但是面对危机,你指望不付出任何代价?"红狐反驳亚煌。

"由谁来付出代价,居民还是奔灵者?"

"适者生存,乃是天理。人类的文明得延续下去——"

"够了!"恩格烈沙长老厉声吼道。烛火把他的瞳孔染得炽热,他用目光横扫所有人,"瓦伊特蒙是我们祖先牺牲多少东西,付出多少性命拼死守护,才成为世界沦陷后的最终庇护所?我没想到竟会有一天,我们在讨论该不该舍弃它。"恩格烈沙长老很少动用这种语气,石桌前的众人都吓了一跳。"你们忘记了吗——'奔灵者的远古使命是确保其他人永不需要与冰雪世界交会。这是我们至死不渝的天命!'"

恩格烈沙的凝视给两位学者巨大的压力。他们陆续低下了头。

"帆梦,我了解所罗门的灭亡是件大事。我相信你在研读那些资料时,脑中满是对瓦伊特蒙的担忧。这是美德。"恩格烈沙放缓了口吻,嗓音却依然不失嘹亮,"但别忘记,瓦伊特蒙有最优秀的战士。我们会誓死捍卫自己的家园。你是首席学者,请你相信守护者支部,请你相信所有奔灵者誓死保卫居民的决心。"

帆梦看着石桌周围的人们,似乎想寻求支持,却发现自己孤立无援。

"我们绝对会保护瓦伊特蒙,无论魔物从哪儿出现。相信我。"恩格烈沙说。

红狐似乎想说些什么,最后却没出声。

恩格烈沙毕竟是在场唯一的长老,此话一出,无人敢提出反对意见。凡尔萨看见其他远征队长也神情坚决,逐一点头同意。总队长亚煌正在沉思。麦尔肯垂首,帆梦轻轻叹息;两名学者也颔首示意让步。

渐渐地,凡尔萨意识到一件严重的事。或许瓦伊特蒙五千多人的命运,在这一刻已遭定夺——就像当初,三位长老擅自决定了他父亲的命运一样。

"……食古不化的垃圾。"

几根蜡烛烧得只剩矮蒂,火光隐隐收缩,让房间变得昏暗不明。过了好几秒，石桌前的人们才一个个回望过来，看向凡尔萨。

"你刚才说什么？"恩格烈沙侧首凝视。

凡尔萨已经许久未有现在这样的感受。瓦伊特蒙战役完结之后，他在过去两年里紧绷的神经得到舒缓，差点儿忘记那一股可以贯穿脑门的恨意。在这一瞬间，凡尔萨想起自己当初为何痛恨这地方。

他的面孔深陷在暗影中，只有皎白的眸子被烛光点亮。凡尔萨直接回应恩格烈沙："你打算说服所有人，他们后代子嗣在未来几千年、几万年，都还会待在瓦伊特蒙，还是你打算恐吓人们，未来数千万年，只要待在地底就会永远安全？"他压低嗓音，听来却更加愤怒。"所以我说你是食古不化的垃圾。"

"凡尔萨！搞清楚你是在和长老说话！"额尔巴恼怒了。

"没关系，让他说下去。"恩格烈沙举起手，"是我要他来参与这次会议，每个人都有发言的权利。"长老的眼神也燃烧起来，表情却像石雕般沉静。

"奔灵者想不想誓死守护这个地方，和居民需不需要做好迁徙的准备根本是两码事。"凡尔萨瞥向首席愈师安雅儿，"你说瓦伊特蒙战役让居民饱受惊吓，所以他们需要时间做心理疗伤？在我看来，现在不正是披露最坏可能的最好时机吗？"

凡尔萨怒视她。哈贺娜的身上有父亲的鬼魂,她不会放过任何机会羞辱他。

凡尔萨感觉脑子有些晕眩。他又回到了以前的模样,与决策者起了冲突。心里某个声音在呐喊,自己总是干涉太多。他总不由自主地把自己逼到这种境地。

奔灵者的未来、居民的未来、瓦伊特蒙的未来,根本都与他无关。他有股冲动想掉头就走,自己本不该踏进这房间。凡尔萨扫视石桌前的众人最后一眼,接触到每个人冷漠的眼神。

然后他看见雨寒。

黑色卷发的女孩蜷缩在石桌的对角线,双手紧握,惶恐不安地回望着他。她那漆黑的瞳孔里有烛光在跳动,让凡尔萨忆起每当自己闭起眼,那些在暗夜中的微小光点……

他的情绪缓和了下来。

"……如果你们真想以瓦伊特蒙的统治者自居,凭借十几人聚在一起就想决定瓦伊特蒙的未来,"凡尔萨低下头,咬着牙说出口,"那么至少把所有可能性都考量一下吧。找'引光使'艾伊思塔过来,告诉她这些危机。她有能耐往返亚细亚大陆和瓦伊特蒙,你们需要她的判断力。"

至少,她和亚阁有勇气做到我不敢做的事,凡尔萨心里想着。他俩凭借一己之力,做到了这群自以为是的家伙从来无法办到的事!

芬　澜

　　天地之间一片雾蒙，只有那束光穿透了风雪，像道宁静永恒的存在。

　　山谷间，上百个朦胧的身影围绕着"恒光之剑"轻诵着祷文。在他们头顶，柔光像是笔直的金色长矛刺入天际，在铅灰色云层的中央开了一个洞孔。周围的云缓慢转动，仿佛有只看不见的手正在空中拨弄，卷起了涡流。

　　然而，除了恒光之剑的周围，天空中的大片云层依旧像遭时间冻结，层层淤积，绵延千里，囚禁着整个世界。

　　艾伊思塔站在人群的外围，将栖灵板直直地插在雪地里，微微依身其上。她的兜帽遮住半边脸，静静凝望这些居民。开启恒光之剑时，天空总会浮现绵绵细雨和缥缈的雾气。雪雾模糊了所有人的身影，只有当他们轮流贴近恒光之剑的暖光，五官才忽然清晰。

　　居民流露出各种神情。有人敬畏，有人困惑，有人哀痛流泪。

洁白的雪地里,几位奔灵者护着那神秘的仪器:样貌奇异的底座,架着三根并列的玻璃管,于昼时启动,召唤"阳光"回到人世。这是她与亚阎贸然前往子幅线96.9度的巨大岛屿"方舟"所带回的远古圣器。

研究院小心翼翼地对待恒光之剑,第一次发现他们的藏书和文献再多,也剖析不了这个圣器如何运转。但帆梦依旧热切地认为旧世界的人类找到了终极的魔法来源,以"Aqua"——水,为燃料启动各种圣器。

但冰雪世纪的降临似乎早一步毁灭了所有的智慧结晶,在终极魔法普及之前,冰冻了地球。

远古人类惯于仰赖的旧式燃料全部失效,在结冻的地表再无法对抗不断出现的魔物。艾伊思塔觉得这有点儿讽刺……若他们早个十来年掌控水的法术,冰雪世纪岂不会为人类带来取之不尽、用之不竭的能源?那么面对狩群,或许人类文明不会那么早灭绝……

数个月以来,奔灵者每天正午来到外头的雪地,在缥缈的白色山谷间启动恒光之剑,召回传说中的阳光。终其一生待在地底的居民,带着震惊的情绪从北环大道一排排走出,想见证奇迹。这一带再没出现狩群的踪迹。

今天被派驻来保护恒光之剑的几位奔灵者当中,艾伊思塔认出了其中三位。以圆锤为兵器的朗果,女弓箭手莉比丝,以及刚成为奔灵者的汤加诺亚。其中,汤加诺亚比她小两岁，从前两人算熟识，有机会溜到外头总会带着木板去比赛，看谁在雪地滑得快。艾伊思塔的滑行技术厉害许多，却不幸在成为奔灵者的一刻遭到长老们的监禁。汤加诺亚的情况也没好到哪儿去，他的天生反应迟钝了些，控板技术不佳，迟了好几年才被允许去寻找雪灵。

前阵子他好不容易受缚灵师嘱咐外出，带回自己的雪灵，却在束灵仪式遇上传说中的"暗灵"，差点儿吓破胆子。据说缚灵师短期内将不再派新人外出，因此汤加诺亚算是最后一批成为奔灵者的新人。

恒光之剑底下，汤加诺亚稚气的面孔不时望过来，和艾伊思塔四目相接时会不自觉地傻笑。艾伊思塔则朝他做了鬼脸。

眼前奔灵者的职责除了守护圣器，还得负责居民的秩序。他们画出一个半径五米的禁区，一次只让三位居民踏进来，允许他们用手接受阳光洗礼。

而那些在外围等待的居民，个个仰头看得入迷。飞雪像雾一般浓，混着薄薄的细雨，只有光束穿透之处清晰明亮；金色光芒的外缘，偶有大片雪花螺旋纷飞，给人一种它们正朝着天际而去的错觉，然而实际上它们正从空中落下。

艾伊思塔听着居民诚心的歌声。不时有人在雪地双膝跪地，做出祈愿的姿态。哭声偶然穿透风雪而来，艾伊思塔却说不出是哪些人在啜泣。

然而最令她不解的是,依然有许多人双手环胸,僵着站姿,摆出质疑的面孔。最近这种人似乎越来越多。

亚阎曾说当人们亲眼见到"阳光",它的地位在人们的心中就有可能改变。随着一天天过去,人们对恒光之剑的反应确实渐渐出现分歧;从诧异到接受,从接受到质疑。大家开始习惯了每天的正午十分,恒光之剑便会启动。多半居民来到外头是为了见证奇迹,但也有越来越多的人,来这儿只是为了重复审视它。仿佛只要长久盯着那仪器,他们便能道出真理,解开某种隐讳的逻辑。

艾伊思塔觉得百感交集,亚阎的话帮她做了心理准备,但人们的转变依然比想象中来得更快。她当初预期恒光之剑的归来会使人们意识到自己并非被抛弃的子民。她期待自己带回的是希望,永远不灭的希望。她想看见居民满怀希望的脸……而不是满脸的怀疑。

有居民用手去拨弄那道光,似乎想捞住无形的光来洗面。也有人蹲下身想研究圣器的底座,立刻被奔灵者给阻止住。艾伊思塔看着人群各种极端反应,不自觉在心底问,是不是只有永远接触不到的东西,才能成为恒久的希望?才能成为无法磨灭的信仰?

还是,希望本就无法永存于人心?

她盯着恒光之剑,忽然想起了乔安。假如烛将仍活着,看到了"阳光",他又会告诉她什么?

或许恒光之剑唤起了多数人的无比敬畏,但艾伊思塔更怀念把烛火握在胸前,感受那微微的暖意。

打从她刚来到瓦伊特蒙起,烛将乔安就总是偷偷为她点起火苗,即使这触犯了只有长老与学者才有权使用烛火的法令。当她身在远方,乔安死了。烛将与许多居民一同落难。最后一次见到他,烛将给了她一个小巧的蜡烛,伴随她撑过整趟旅程。

她赶紧用手套抹干泪痕,怕它结冻在脸上。

还有亚阎……艾伊思塔想起他。亚阎现在人在哪儿呢?

"啊,我协助你找到恒光之剑,所以你也得有所回报对吧?麻烦你,可爱的淑女,千万别告诉任何人有我与你同行。"当初狩群大军被击退后,亚阎曾私下告诉她。

"什么啊!所有人都看到你和那只六臂魔物作战,还叫大家要保护恒光之剑!"

亚阎耸了耸肩。"是啊,但谁会晓得是我和你一起去了亚细亚大陆?"

"那么……等别人问起我怎么找到方舟的,我该怎么回答?"

"就说你凭借一己之力办到的。"

之后不管艾伊思塔怎么逼问,亚阎都不透露他为何这么坚持。很明显感觉事不单纯,他隐瞒了许多事,从未告诉她。然而亚阎总有办法导开话题，或压住艾伊思塔的手腕，或用嘴唇封住她的口。

然后有一天，亚阎就这么消失了。无影无踪。

"引光使。"有位裹着褐色厚皮衣的居民来到她的面前，令艾伊思塔回过神来。薄雾之中，那居民欠身亲吻她的手，"你是如此勇敢，自己前往远方带回了创世的奇迹。我们想说声谢谢你……"他说自己的孩子有多么兴奋，夜里不再感到害怕，能够满怀希望地睡去。

艾伊思塔的心中升起一股暖意。

"我并没有做什么，这是阳光的指引。"她微笑着回道。起初她总觉得不好意思，无法克制地羞红了脸，但久而久之，她开始露出开朗的笑容，甚至开始习惯人们给她的"引光使"称号。

第二位迎上来的居民，却皱着深锁的眉头，以不确定的语气问："啼啼瓦虫的萤光，长老大会的火把，都为我们带来光亮。不算什么奇迹。那么'恒光之剑'是不是也……仅是某种更强烈的……该怎么说……"他语塞片刻。"说不定它只是某种……"

这次艾伊思塔主动上前握住对方的手，看着他的眼睛说："我们旧世界的祖先曾经创造许多奇迹，或许我们终此一生都无法彻底了解。'恒光之剑'就是他们留给我们最重要的东西。"艾伊思塔看向直通云霄的光束，那居民也随着她的视线仰头。"它带着先祖的意念降临,或许就是希望跟我们说,这世界并非一直像我们理解的那模样。或许它曾有过别的样子。不是吗?"

"这……很难想象……"

"尝试看看,"艾伊思塔微笑,"看着那道光想象看看,其实没有那么困难。或许有一天,世界也会回到那样子。"如果人们愿意坚定这信念,恒光之剑的出现就是最大的奇迹。

至少,她是这么相信的。

那人的目光飘忽在她与光束之间,最后盯着恒光之剑许久,才抿唇点了点头。艾伊思塔在心中松了口气。似乎每天都有人提出这样的问题。然而那居民才刚转身离去不久,事情便发生了。

一声尖叫穿透风雪。几位奔灵者挡住一名老妇人。

"还给我!"妇人陈旧的披风落在地上,满头褪了色的绿发随风飘摆。她挥着手臂想往前冲,却被朗果和另一位奔灵者给架开。后方的莉比丝已扬起长弓,汤加诺亚则站在一旁,一副不知所措的模样。"我的儿子还没走!他一定还没走!"老妇人嘶吼着,"别让'阳光'带走他——把他还给我!"

艾伊思塔立刻抽起栖灵板往前抛,跃上去后刮起雪尘,蜿蜒绕过人群。她的兜帽被吹开,露出满头绿发和随风飘晃的贝壳串。她回身一转来到他们身旁。朗果一施力把妇人推开,艾伊思塔正好接住她。

"你弄痛她了!"艾伊思塔不悦地对朗果说完,从地上拾起妇人的披风,抖掉雪末。为她披上。她认得她。老妇人一家人在肉食储藏窟工作,她的孩子在战役中受了重伤,撑了数个月却回天乏术。就在昨天,他的遗体被送到边缘之门外,由那条无名之河带往地心。

老妇人两手捂脸,把头埋入艾伊思塔的怀里,低声啜泣。"大人……引光使大人……求求你唤回我儿子的灵魂,别让阳光带走他……"

"这……我……"艾伊思塔不知该说什么。她只能紧紧搂住那老妇人,将手轻放在她的发上。

"别让阳光带他走啊……为什么……为什么你不早点儿回来……"老妇歪着头,声音出现异样。"就是你……为什么不早点儿回来?"老妇人游丝般轻细的声音,猛然转为咆哮:"你为什么不早点儿回来赶走那些怪物?!"她抬头的一刻,艾伊思塔愣得松开了手。

老妇人哭红的双眸满是血丝,只有瞳孔被恒光点亮。她的脸颊覆盖着好几道冰痕。

她的家人从后方慌张地赶来,拉住已崩溃的老妇人。他们赶紧向艾伊思塔道歉,硬拖着老妇人离去,在雪地留下凌乱而沉重的足迹。

莉比丝走了过来，收起她的弓说："守护'阳光'的责任就交给我们吧，你大可回黑底斯洞去。你每天来这儿凑热闹，会让居民很困惑。"

艾伊思塔压下想反驳的冲动。她明白多数奔灵者怎么看待她，狐疑和不信任写满他们的脸。因为只要在外头的雪地待过的人，便难以想象艾伊思塔连奔灵者都称不上，怎么可能安然从亚细亚大陆归来。

她只感到异常疲惫，觉得自己确实该返回地下了。此时面前一个娇小的身影出现，踏着深雪走来。那女孩的身后有名身穿红色披风的奔灵者，伫立在远方等待。

黑发女孩走近时，面容从雾气中变得清晰。她那乌黑的眼袋与仓皇的神情很明显，口中断断续续冒出热气。

"雨寒？"艾伊思塔说。

"引光使大人，"雨寒脚下是白雪轧过的声响，她喘着气道，"我们在找你。"她分心瞥了恒光之剑几眼，才接着说："恩格烈沙长老和首席学者叫我来带你过去，出了很紧急的事。请你跟我们走一趟。"

自称为"红狐"的费奇努兹走在两个女孩的前方。即使有披风覆盖，依然看得出他背膀宽厚，头上结着细腻复杂却又略显粗犷的发网。不知为何，他的背影令艾伊思塔想起了烛将乔安。乔安应该和他差不多年龄吧……

费奇努兹领着她们通过丘陵洞穴,再穿越高不见顶的蝠眼洞。身旁不少人群忙碌往来,不时有孩子朝艾伊思塔挥手打招呼。多数居民对她的态度和奔灵者截然不同,人们的微笑让艾伊思塔稍微重拾起精神,试着去忘掉刚才发生的事。

而一路上,红狐向她解释了一切。

他简要地道出首席学者想传达的事情,却刻意把危机轻描淡写地带过。这令艾伊司塔双手抱紧栖灵板,碧绿眼眸张得老大,好几次差点停下脚步。"这种事……不需要召开居民大会,先告知人民吗?"

"没有必要。"红狐侧首过来,"先让统领阶层决定该怎么应对,再想下一步。你的角色是提供远行的见解,会起关键作用。"

艾伊思塔沉默了。要是半年前,她一定会主张立刻让瓦伊特蒙的居民都知道迫切的危险。然而她却再度想起刚才那位老妇人,以及恒光之剑对人的影响。

若给予人们希望,会激起种种极端的反应……那么,绝望呢……

"引光使大人,"雨寒贴近她,轻声说,"是凡尔萨说服所有人,说应该要找你一起,听取你的想法喔。"

"嘿,别那样叫我。"艾伊思塔立刻没好气地回道。自己和雨寒认识已非一两天。"你刚才说凡尔萨？"那位……叛逃者？她想起在瓦伊特蒙战役时，亚阎曾与他并肩作战。艾伊思塔又看着雨寒，不确定为什么这女孩子提到凡尔萨时会露出一丝笑容，仿佛倍感骄傲似的。

"是的，'引光使艾伊思塔大人'……啊！"

艾伊思塔用手指轻点一下雨寒的鼻头，令黑发女孩眯起眼。"雨寒，叫我艾伊思塔就好。"

"啊……好的。"雨寒搓着双手，微微缩起脖子。

"那么联合远征队的俊呢，你们有没有找他？"

"帆梦叫他一起来参加会议，但他拒绝了。俊已经把所知的事情一五一十告诉研究院，不愿再参与其他讨论。联合远征队的事……对他打击太大了……"雨寒露出忧伤的神情，艾伊思塔也沉默了。

在他们经过黑底斯洞时，艾伊思塔忽然发现自己的胸口有股闷热感，而且愈渐强烈。"等等……嗯？"她压着胸口想歇会儿，却在不经意间发现一件奇怪的事。

气泡般的虹光正从她拿着栖灵板的那只手腕浮现，缓缓飘旋。她并没有呼唤自己的雪灵出来。

"怎么了？"红狐和雨寒同时回望。

"没……没什么。"她跟上他们的步伐，目光却直盯着飘晃在手臂附近的光点。这并非"芬澜"第一次自己莫名奇妙冒出来。

他们经过喧嚣的街角，有人推着载满陶器的木车，有人端着装满蔬果的亚麻篮。孩子们四处奔跑，孕妇与丈夫牵手漫步。满天的繁密萤光把黑底斯洞笼罩在一股柔迷的光晕中，数不尽的人群像剪影般挪动，犹如无声流动的浪潮。一阵气鸣般的声音让人潮散开来，眼前出现了一头体积庞大的角鹿。它的暗白皮毛有着柔顺的纹理，背上坐了三四个人。阴黄色的巨角蒙上一层冷光，像有尖锥的大盆子，上头悬吊着各种杯状物，随着它晃动的步伐敲击出声响。

艾伊思塔环视周围的景象，心想好不容易，瓦伊特蒙开始恢复战前的生气……她低头，却发现虹光点已消失了。

他们踏上一座石桥，桥的彼端没入一个窄洞，离开了黑底斯洞与背后的光。前方柱子上挂着好几串萤光灯，他们各自取下一盏，红狐前行一段距离。

一路上，雨寒低声向艾伊司塔解释会议中人们的立场。"所以凡尔萨觉得学者们才是对的，要让人群做好万全的准备。但恩格烈沙长老非常反对。"

艾伊思塔点点头，聆听着。

"然后会议里有四位远征队长，都是我母亲很信任的人。哈贺娜和飞以墨的感情相当好，虽然他们很久才见一次。不过他们两人好像都不太喜欢费奇努兹……"雨寒再次压低音量,似乎怕红狐会听见,"事实上额尔巴也不喜欢红狐。可能远征队之间有竞争关系吧,时常比较谁从遗迹带回更珍贵的宝物。"

"那么额尔巴也支持首席学者的提议吗?"艾伊思塔知道"冰眼"的名声。他是知名的老将,虽然出任务少了,但在奔灵者当中依旧有影响力。

雨寒摇头。"额尔巴通常会力挺恩格烈沙长老的决定。他们算同辈的奔灵者,有很好的私交。啊,其实恩格烈沙长老好几次想网罗他,转支部担任守护使的队长。他已经在慎重考虑了。"

艾伊思塔看着这个娇小的女孩,有些吃惊她竟然懂那么多奔灵者的人事关系。但或许她不该吃惊,雨寒可是黑允长老的女儿。"那么总队长亚煌呢?他的立场很关键。"

"这我不太确定……"雨寒想了想,"他似乎有所犹豫,没有表态。"

艾伊思塔沉思了一会儿。情况已很明显,这场密会不会为瓦伊特蒙带来太大的改变。没有奔灵者的支持,研究院任何提议都是纸上谈兵。

"对了,首席愈师也在会议里。安雅儿自然希望稳定,所以对学者的提案抱持怀疑态度。"雨寒说,"所以目前只有费奇努兹一个人,与凡尔萨同一阵线。"

"雨寒,你观察得好入微。"艾伊思塔微笑道。她自己平时只和居民朋友打交道,对奔灵者的事一概不知,现在被雨寒给上了一课。

"没……没有。跟在母亲身边,时常都得接触类似的事。"

三人的脚步声回荡在岩壁间,一个坚实,一个急促,一个轻柔。艾伊思塔知道这里的所有地形,最南端的尽头就是湿土洞穴,它隐藏了数个废弃的窟室,想必是秘密会议的地点。

万一某天瓦伊特蒙真的出事了,人们又该搬往哪里?艾伊思塔不自觉想起俊交给她的东西,以及里头蕴藏的那些令人难以置信的秘密。她曾想过是否该直接告诉帆梦,但当她仔细反复阅读那一小份文献,把每一行音轮字迹看了不下百次,最后却打消了念头。

那不是瓦伊特蒙需要知道的,也不是她现在应该面对的。

路凯的遗物——那三张破碎不全,从不同的日志上分别撕下的纸张——已彻底颠覆她的人生。

我曾经以为瓦伊特蒙不是我的家乡,不停想念自己出生的所罗门……艾伊思塔心底的情绪翻涌。她发现自己或许大错特错了。

她本能地握住胸前的黑水晶项链,被亚阁称为"灵凛石"的宝物。

当她挤进那十几人的房间，讨论的情况已白热化。

这群统领阶级的与会者正在争吵采取什么样的对策。首席学者帆梦认为至少未来数个月内，各远征队的任务主轴必须改变，要集中寻找下一个可能的栖息地，而且居民得做好随时踏上迁徙之路的准备。站在他对立面的恩格烈沙长老则认为奔灵者的调度必须聚焦在守备上，而且不仅外缘雪地，就连瓦伊特蒙的内部也需要派驻人手，防止所罗门的悲剧在这儿上演。

多数人同意长老的逻辑。亲历过白色大地的险恶，就知道绝大多数的居民将难以在外生存。

"奔灵者有雪灵来调节体温，这是我们在雪地存活的主因。"首席愈师安雅儿急切地说，"普通居民一辈子习惯了地底的环境，你要他们怎么承受外头的天候？"

雨寒回到这群人当中便不再说话了。即使她替代黑允长老出席，却无法为远征队支部做任何决定。另一方面，总队长亚煌提出了几个深入的问题，却时常陷入无言的沉思。最后，站在角落的凡尔萨面露愠色，也不再答话。在场的缚灵师也从头到尾没说过一句话。

讨论从迁徙的可能性一面倒向怎么防卫瓦伊特蒙才是最有效的。

艾伊思塔听着众人争执，视线飘动在散布石桌的文献上。那些地图、遗迹的图像，以及写满音轮语的纸张。因此当话题突然指向她，艾伊思塔一时不晓得怎么回答。

"你用直觉告诉我们实话就行了。"恩格烈沙长老问她："如果算上近期归来的所有远征部队，目前奔灵者的总数有三百三十人，居民却远远超过五千。只有你去过那么远的地方，你认为一旦所有人离开瓦伊特蒙，集体存活率有多高？"

"应该……"艾伊思塔知道她必须实话实说，"……非常的渺小。"假使没有亚阁的陪伴，她肯定也无法活着回来。

她无法想象要求他人不依靠雪灵在外头存活。奔灵者与居民的数量远远不成比例，兼顾不了那么多人。然而她再一次想起路凯托付俊交给她的文献，不确定自己该不该道出一个额外的想法。

他们不可能相信我的，艾伊思塔很笃定，他们只会责怪俊为什么没把那几张纸交给统领阶层……

接着，众人开始询问她远方世界的模样。她花了点时间重复阐述旅程中的惊险境遇：龟裂的峡谷，突来的川流，想象力不可及的骇人地形。但就和之前告知研究院时一样，艾伊思塔只说了去程的事，没提及返程所发生的事，也没道出亚阁的名字。

她只强调一件事:"就算我有栖灵板,也好几次差点儿丧命。普通的居民若想徒步跨越随便一座冰崖,那生存的概率太渺茫了……而且离开瓦伊特蒙越远,地势的不可预测越会超乎想象。我们……我自己,好几次在一望无际的雪原挖窟露宿,夜里被地震给吓醒,一起来发现身旁的地表已破碎成海洋。"

几位远征队长神情不变,倒是帆梦听了面无血色。

"现在回想起来,我怎么活下来的都不知道。若是五千居民露宿在外,你们想象一下……"她吞了下唾沫,话锋一转说,"还有许多地方,我甚至没办法用言语来描述。有可能几秒钟的误差,数千条人命就被冰原给吞没了。"

人们神情严肃地聆听。当中,哈贺娜和飞以墨这两位远征队长却冷冷地盯着她,眼神充满不信任。

艾伊思塔忽然察觉自己是不是说得太令人绝望。众人沉默,许久没人作声。

恩格烈沙长老正色说:"帆梦,凡尔萨,你们都听见了。要找到下一个像瓦伊特蒙这样的宜居地点,根本不可能。我们最大的胜算就是保护好自己的家园。"长老瞥视艾伊思塔,她点头同意。无论如何,她都不想让居民冒险进入冰雪大地。

"那好了,这阵子就别再派遣远征队出去了。所有奔灵者都分驻在瓦伊特蒙吧。"额尔巴下了结论,这次不再有人反对。

雨寒凝望艾伊思塔,眼神中似乎有一丝失望。

人们开始讨论起守备工作的调度。首席学者默默叹了口气,他身旁的年轻学者开始收拾桌上的东西。艾伊思塔这才发现那名少年的存在,印象中他叫麦尔肯,当初艾伊思塔就是从他手中骗走了方舟的资料誊本……

当她发现麦尔肯正盯着自己,艾伊思塔一阵尴尬,视线下移。

此时,她看见少年手里拿着的某样东西。"等一下,这是什么?"艾伊思塔问。

"嗯?"麦尔肯本能地护住零散的资料,明显不想再与她打交道。

"这个——"艾伊思塔整个身子向前倾,半身越过石桌,从他怀里抽出了一张有某种护膜的旧世界纸张。

"这也是从所罗门仓库里找到的,是远古时代的'城市'图像。"麦尔肯无奈地回答。

艾伊思塔睁大双眼凝视手中的图。这张由远古空中魔法所捕捉到的影像,是密密麻麻的拥挤建筑物。雪雾朦胧了许多地方,周边已遭白雪埋没。

"这没什么特别的,我们研究院还有好多这样的图,都是远征队带回来的。"麦尔肯把图抽了回来,明显想打发她,"我们有三十几张这样的城市古图——"

这次，艾伊思塔直接绕过石桌来到麦尔肯身旁，把少年吓了一跳。她二话不说直接从他怀里抢来整沓资料。

"你、你干什么？！"麦尔肯错愕地喊，帆梦也看了过来。

"闭嘴。"艾伊思塔仓促地从里头翻找，最后找出三张类似的图，目不转睛检视着，"这些是哪几座城市，你知道吗？"

"这……这一张是远古北美大陆的'洛城'遗迹。"麦尔肯回答道，"有大片冻结区块的是'香港'，在亚细亚大陆的南端。最后这张太模糊了，所罗门也没写任何注解，不知道是哪个遗迹。你有什么疑问吗？"

"这儿，看这些纹路，三座城市都有。"艾伊思塔顺手抓来一支蜡烛，贴近图像中央的某种纹理：阴暗的深色线条穿插在遗迹的道路之间，像是翻出地面的触手。整体看上去，就像一片破碎而干枯的巨网，覆盖整座城市。

"这……有可能是旧世界建筑体系的一部分。我们尚不了解。"麦尔肯说。

"不，我亲眼见过这东西。"艾伊思塔轻声说。

两位学者立即盯着她瞧。帆梦皱起眉头问："你在哪儿看到过？"

"'方舟'。"艾伊思塔忆起与亚阎站在白色巨塔顶端所看见的景象。"那里的遗迹地表也被同样的纹理覆盖。光看这些图你们可能感觉不出来,但是……我很确定这不是旧世界人类造出来的。"

"你怎么能断定?"帆梦又问。

"它们的质地不是人工物,和遗迹普遍不同。更像是天然发生的。"艾伊思塔拎起图,摆在首席学者眼前。"不需要亲临现场,直接看着这些图,也能明白。"

帆梦的神情变了,很明显他知道艾伊思塔所言无误。"与狩有关联吗?有没有其他线索,任何线索?"他急着问。

艾伊思塔想了想,惭愧地摇头。首席学者与麦尔肯互望了一眼,神情再次消沉。她这才放下手中的纸张。"抱歉……"

"那么我们会议就到此为止。现在已是危急时刻,未来数个月所有支部的奔灵者都必须扛起守备工作。"恩格烈沙长老说完,额尔巴在他身旁点头。

"看样子,我们会和最初的奔灵者一样,只剩守护使一个支部。"红狐语气平静地说。艾伊思塔无法判断他是不是在嘲讽。

秘密会议似乎就这么结束了,什么也没改变。各远征队长纷纷动身离开。总队长亚煌撑起拐杖,和首席愈师也准备离去。

"对了,陀文莎,"恩格烈沙长老似乎想起了什么事,停下脚步,"现在外头不太安全,但还是不能完全停止束灵仪式。奔灵者急需新人。你有没有什么对策？"

艾伊思塔这时才觉得事有蹊跷。陀文莎只盯着石桌一角，眼神恍惚。

"或许缚灵师可以告诉我们哪个方向没有狩的威胁？"老将额尔巴站在门边说，"我们可以派有经验的奔灵者尾随新人一段距离，照应他们。"

"但这会大大降低原生雪灵出现的概率吧？"哈贺娜转身问道。

"尾随新人半天的距离，应该不会影响他们找到雪灵。以现况而言，确实有必要这么做。"

"是啊，主要还是得确保邻近地带没有狩的威胁……"

"瓦伊特蒙，已经灭亡了。"

人们的话被打断。所有人都停下动作，僵直身子看向陀文莎。

艾伊思塔已忘了呼吸，直盯着缚灵师那昏暗不明的面容。陀文莎猩红的双唇在颤抖，然后她捂住自己的脸，跪了下来，重复念着某些话语。

恩格烈沙长老立刻绕过石桌走来。"陀文莎，你刚才的话什么意思？"然而凡尔萨和雨寒已快一步来到缚灵师身旁，蹲在她身边扶住她。有那么一阵子，众人显得不知所措。房间一片寂静，只剩缚灵师那不知是呜咽还是呢喃的声音。

半晌后，凡尔萨抬起头，斩钉截铁对所有人说："她的情况不太稳定，先让她休息吧。有什么事以后再说。"

不知是否有错觉，黑底斯洞变得比以往更加寒冷。

艾伊思塔一手拿着栖灵板，一手揪着自己领口，觉得胸腔一阵不舒服。缚灵师的话在她脑中注入无法形容的恐惧。某些事已发生了……却无人知晓是什么。

雨寒走在她身旁，凡尔萨则跟在她俩的后方。他们打算去工坊洞穴搬一些器皿到缚灵师的居处照顾她。但艾伊思塔不断想起那些残留在远古遗迹的诡异的纹理，以及她在"方舟"所看见过的纹路。它们有关联吗？如果那些纹理真的与狩有关系……又代表了什么？

她觉得自己错失了某个最重要的线索，某种很明显的线索。

"你似乎和许多居民都保持着不错的关系。"

艾伊思塔回头望了一眼说话的男子。曾被称为"叛逃者"的凡尔萨。他仿佛一点儿也不怕冷，袒露胸膛，宽松的衬衣里头是一串牙骨项链。

"居民就是我的家人。"艾伊思塔侧首回答他。

他们三人踏上跨越暝河的石桥。几艘小船停在河的中央，船上的工匠正在用竿子打捞残冰。

"我已经听说了。你告诉所有人关于……"凡尔萨的声音忽然有些别扭,"关于我父亲的事,那是亚阎在旅程中途告诉你的?"他的声音变得尖锐,还带了点不悦。

"亚、亚阎?你在说什么?我是自己一人——"

"别装了,他告诉过我了。"凡尔萨打断她,"放心吧,我不会泄露他的事。我只想告诉你,别多管闲事。"

"你们在说什么啊?"雨寒的视线飘在两人之间,似乎完全听不懂他们的话。

他和亚阎有那么熟吗?艾伊思塔心想若是如此,她倒想问亚阎去了哪里。但她在桥的中央转过身来,手插胸前面对凡尔萨说:"你说我多管闲事?"

"我的事不需要你管。"凡尔萨说。

"我只是认为人们有必要知道事实,你并不是他们口中的'叛逃者'。"她刻意不去提到黑允长老等人做过的残忍决定,因为雨寒就站在他们身旁,"你应该要感谢我才对,居民们已经对你改观了。"

这句话似乎令凡尔萨的额头紧绷,青筋全冒了出来。"听好,别到处说我的事,懂了吗?从现在起你最好闭上嘴!"

这人怎么那么令人讨厌?艾伊思塔盯着他,被凡尔萨充满威胁的口吻给激怒了。她不甘示弱向前走了一步,碧绿色的双眸直视对方。"你这个没教养的家伙,怎么用这种态度说话？我们素昧平生，好心帮你，连声谢谢都收不到，你竟然敢叫我闭嘴！？难怪居民都那么讨厌你！"

"你——"凡尔萨睁大眼想说什么，却被雨寒给拉住。

"你们别吵呀……"雨寒紧张地看着即将开打的两人，但她似乎想了一会儿，也贴近凡尔萨轻声问："你的父亲怎么了？"

"没什么！不干你的事！"凡尔萨的吼声吓着了这两位女孩。

艾伊思塔喷着鼻息，自讨没趣地把目光瞥往一旁，恰巧看见那几艘停在河中央的小船。船周围的河面隐约反射洞顶的萤光，那些光波被工匠打捞残冰的动作频频打碎。

突然间，艾伊思塔清楚感觉到脑中的血液冻结。

"你给我听好，我不晓得亚阁究竟跟你说了多少，但从现在起，你要再敢提起——"

"你们……"艾伊思塔的喉咙差点儿发不出声，只勉强说出了一句话："他们说，所罗门是从中央遭到突破的，对吗？"

"听见我在跟你说话吗？！"

艾伊思塔的脑中出现如巨网般覆盖远古遗迹的纹理。她这才意识到问题所在。

如果那些远古"城市"的人们并不是因为天候剧变才灭亡的呢？如果……旧世界人类的聚集地，曾经发生和所罗门一样的事呢?艾伊思塔莫名地无法呼吸,胸腔的痛感又出现了。她双手环抱胸口。

"艾伊思塔,你怎么了?"雨寒察觉到异样,拉住她的手臂。

凡尔萨似乎也发现事情不对劲,静了下来。

如果狞有方法……有方法找到所有"人类的聚集地"呢?

那些旧世界人们堪称"城市"的地方,不也一样吗……

她晕眩地盯着船上的工匠,有种他们正以慢动作在拨弄水面的错觉。

瓦伊特蒙……也是人类的"城市"啊!

艾伊思塔指向前方。"那些河面上的残冰……这几个月都不曾消失,对吗?"

凡尔萨这才随着她的目光朝暝河望去。雨寒也不确定地挪动视线。他们全盯着那几艘船。空气仿佛已变得更加冰冷。

雨寒摸着自己下唇说:"战后的残雪都清除了,只有这一带的河面不知道为什么一直出现残冰……"

眼前的画面艾伊思塔早已看过不下百次,但直至此刻,她才意识到这一切代表什么。她低头,发现雪灵果然已经蠢蠢欲动起来,光体萦绕在她的手腕边。"原来是这样。"艾伊思塔打直栖灵板,刻不容缓地走到石桥的边缘。

"告诉我发生什么事了。"凡尔萨说:"你等等——"

艾伊思塔没有看他一眼,纵身跃入河中。

水的温度比想象中冰冷太多,这不该是暝河的温度。她打了个寒战,但身体立刻被虹光包覆。即使身边彩光弥漫,水底依旧是一片深不见底的黑。印象中,暝河是条极深的地底河。

艾伊思塔知道是召唤"芬澜"出来的时候了。她的雪灵已经蜕变过。

从方舟归来的途中,她亲眼见证了雪灵的变化。从过往仅依附在镀银锁链上的缥缈光丝,转变为全然不同的形体。艾伊思塔紧握栖灵板,以意识激发出彩光。

光体在水中像渲开的染料,无声漂动,又迅速凝结为一道螺旋光束往河底而去,并在过程中化为更强韧的形体——流线的腹部,展开的光鳍,那模样是在远古时代被称为"虎鲸"的生物。

雪灵的强光驱逐了黑暗,越游越远,直通暝河底端。艾伊思塔目不转睛地盯着。

然后她看见了。

河床的底部,有某种恶心的纹理。芬澜的光仅点亮一小块区域,却足以让她彻头彻尾地发寒。她用意识让雪灵顺着那表面往前游,看着彩光点亮的轨迹,恐惧越渐强烈。

整个河底,全被这样的纹理覆盖着。

那是某种像是结晶体,却又满布着茎痕的表面。与她和亚阁在方舟所见如出一辙。唯一不同的是,暝河底端的纹理并未干枯,而是平滑、饱满的,像某种怪异的金属物质,却又像在休眠的庞然大物,巨大得令人难以想象,且在遭雪灵点亮时,反射出一层幽暗的光。

代表死亡的冰蓝光。

拂　羽

　　情况转变快得令人无法想象。五百年来，瓦伊特蒙首次陷入极度慌乱之中。

　　人群的焦躁就像空气中的硫黄，浓烈而令人窒息，却不抵每日俱增的寒气给人的恐惧。居民急于搬离黑底斯洞，拥入镜之洞、丘陵洞穴、工坊洞穴，甚至是种满亚麻田的各个偏远洞穴。他们寄宿在为数不成比例的窟房里，人人忧心忡忡。暝河底下出现魔物的消息已传遍四方，所罗门如何灭亡的事情也在迅速扩散。

　　长辈牵着孩子，在幽暗微光的照耀下一批批撤离。奔灵者则逆着人潮，手持栖灵板朝同一个方向而去。

　　人类的祖先把瓦伊特蒙建立成环状的防御系统，黑底斯洞曾是最安全的核心地带。现在一切都改变了。它挨住了数个月前来自外头的进攻，却没人知道接下来将发生什么。

　　奔灵者全被调度进来，驻守在暝河各角落。

恩格烈沙长老下令从这一刻起，栖灵板和兵器必须时时刻刻携带于身，就算在无雪的地底。然而实际上，奔灵者除了镇守在河岸边，盯着漆黑的水面，其他能做的事并不多。五百年来，他们从不需要在水中作战，更不知道怎么在水底自如地操控雪灵。

"雨寒，在黑允长老恢复之前，你来帮忙协助大伙儿。"恩格烈沙长老派遣雨寒负责资源调配的工作，包括分配食物及饮用水，以及充当传令员。"如果遇上困难，就找费奇努兹帮忙。现在人们日常生活的运转已经出了问题，我们得尽快让社会机能再次恢复。"雨寒用力地点头，希望在这种时刻也出一份力。

讽刺的是，秘密会议花了那么多时间争吵的结果，就这么被推翻了。在一片混乱当中，雨寒从凡尔萨支持学者决议是正确的这件事找到些许慰藉。恩格烈沙长老依然固执地坚持没有必要做迁徙的准备。统领阶级的其他人却开始动摇。

有阵子，母亲的情况似乎有所好转，几次下床走动。然而多数时刻她依然神志不清，时常眼一闭就睡去。既然黑允长老无法胜任紧急远征的指挥，这责任全落在总队长亚煌的肩上。

一旦知道敌人已潜入瓦伊特蒙，亚煌及愈师安雅儿立刻确定了自己的立场。

总队长不顾恩格烈沙长老的反对，找来二十位最优秀的远征队员，当中包括哈贺娜、飞以墨，以及曾与他和路凯前往雪梨的黎音。"你们的任务是独自外出，找出一个所有居民能待上一阵子的安全地带。记住，必须离瓦伊特蒙不出一天的滑行距离。"亚煌吩咐这二十人分散开来寻找，以增加概率。"这代表你们将会单独面对危险，但我相信大家做得到。"每位远征队员都严肃地颔首，立刻踏上征途。

雨寒曾经问他："总队长，恩格烈沙长老好像希望所有人都留守在瓦伊特蒙，要是他不同意这样的事……"

"我们没有选择。"亚煌坐在石梯上，捆了一层层新绷带在双腿上。两柄长剑现在须臾不离腰间。

首席愈师安雅儿也组织起她的愈师团队，游走居民之间，明言告知人们要做好离开家乡的准备。有些居民听后表现出极端的反应，愈师们则以雪灵缓和他们的情绪，安抚人群。

事到如今，统领阶层的人们以两种对立的方式面对此危机，令局势更加紧张。

另一方面，研究院也开始有了动作。帆梦已发布紧急号令，要所有学者彻夜不眠地去过滤资料。

首席学者当时也把雨寒找来，私下告诉她："总队长嘱咐奔灵者外出寻找的只是暂时的避难处。我们还是得想办法锁定长久宜居的地方……雨寒,我知道黑允长老私存了一些远征队从各遗迹带回来的东西。我需要看看,确保没有漏掉一切可用的线索。可以吗?"

雨寒犹豫了一阵,最后下了决心,带着一队学者前往母亲窟房的秘密地窖。

因此这段时期她不仅协助恩格烈沙长老做资源分配,还来回奔走研究院。雨寒逐渐了解研究院的逻辑——

瓦伊特蒙的人类能在冰雪世纪存活下来,实非偶然。这儿的环境是由好几个符合文明生存的条件叠加起来的。

"首先是地热。必须拥有足够地热的地理带,才能支撑人类生存。地底不会有过度结冰的危险。"帆梦让所有学者翻遍资料,在好几张庞大的地图上做出标识,打算找到相似于瓦伊特蒙的地方。"我们先把焦点放在太平洋火环带的周边。不过仍得切记,所罗门的日志说过狩群已有能力突破这些地方,所以得拟出更多选项。"

"把板块交接处给标出来,还有那些显著的热点地区。这些地方的地幔温度相对更高,形成的流纹岩能够更好地保护我们。"学者们的面前摆着上百沓远古文献,他们不停地过滤,在地图上画出一圈又一圈的红色标识。

"第二个条件,地理上不能离已知的大陆棚太远。这可以确保无论周边的海洋怎么结冻或龟裂,海岸线都在可触及范围内。这可以确保我们有食物来源。"

"第三个条件,远离旧世界的大城市遗迹。那儿总有狩群出没。"学者们在远古城市的位置上,画下明显的黑色十字。而第四、第五等次要条件则把远古的魂木森林分布考量在内,以及地质的普遍情况。学者们参照研究院的地图,以及所罗门的私藏,进行各种交叉比对。

由于长时间缺乏休息,有欠缺经验的年轻学者撑着厚沉的眼皮,不小心在图上画了错误的位置。"已经没有时间了,你们还敢出这种错!"雨寒听见年长的学者把他们痛骂一顿。"图上的坐标偏差一毫米,你知道会出现多少的误差吗?!"

瓦伊特蒙的紧急局势给了研究院巨大的压力。学者得在慌乱之中扛起人类文明存亡的责任。但帆梦从未放弃希望。他和这些资深学者无时无刻不在开会,揣摩列举各项条件,带领研究院花了一整个星期逐步过滤,重复演算,重复确认,想锁定下一个可能成为瓦伊特蒙的目的地。

在帮忙计算资源分配的时候,雨寒偶尔会看见有奔灵者集体潜入暝河底下。

这阵子,他们不停地设法去攻击河底的奇怪物体。多数人因水深而无法抵达,就算有少数几位"抗缚性"较强的奔灵者完成深潜,也只能撬开一些冰屑,没什么实质作用。雨寒听说恩格烈沙长老想叫艾伊思塔再去一次河底，以她异于常人的水性去试探那东西。但不知为什么，艾伊思塔激动地拒绝了。

若依常理判断，魔物的肌理全由雪块构成，不太可能从水中出来还完好无缺。然而奔灵者依旧紧张地监视河面，仿佛惧怕随时会有魔物大军从水里走出来。雨寒也觉得心底毛毛的，无法料想敌人究竟会以何种方式出现。

黑底斯洞顶端的千万萤光依旧闪烁，然而居民都已撤离，现在这个空荡荡的地底洞窟弥漫着一股肃杀的气氛。

某天，雨寒听说总队长亚煌和恩格烈沙长老吵了一架。没有人亲眼见到，但隔天守备的布局改变了。一半以上的奔灵者收到命令，得抽出更多时间去教导居民在雪地里的基本知识，例如在雪中行走与散热。

雨寒明显感觉到情况正在加速改变。似乎奔灵者都在做出最坏的打算。

安雅儿的愈师团队开始把五千居民分配为十人一组的单位，并指派身体强健的居民为组长。他们叮嘱一个单位里的人要互相照顾，共同准备好远行的装备，包括保暖的衣物、防风护套、皮帐篷、饮水器皿，以及刀刃和线绳。工匠们开始收割温菌草和亚麻叶，并制作雪橇和防雪皮靴。

每天傍晚，雨寒督导着载货的推车，上头装满一袋袋冷鱼干、肉干、菜卷和水果。居民蜂拥而上,每个人都拉着她想多分一些食物。若非红狐和其他奔灵者在一旁阻止居民,她怀疑自己根本无法胜任这样的工作。即使如此,雨寒仍注意到有年幼的孩子从推车上偷粮食,跑回一旁观看的父母怀里。她每每犹豫该不该告诉奔灵者,却都打消念头。或许孩子们需要更多的食物……

奔灵者这一连串不寻常的动作自然在居民之间引起恐慌。人们不断询问统领阶层是不是真的打算放弃瓦伊特蒙。

某一天,当雨寒也被问及这问题,她只能硬生生回道:"这些都只是准备,为最坏的情况做的准备而已……"

"你那么说是不对的。"之后,费奇努兹私下对她说。

"为什么呢?"雨寒和红狐两人坐在装满羊驼毛皮的小船上,经过水阶洞穴往北漂去。

"应该告诉他们若出了意外,我们得先撤离瓦伊特蒙一两天,等危机解除后再回来。"

"但研究院和总队长说过,最糟糕的情况可能……"

"是的,但居民不需要知道那么多。"费奇努兹有条不紊地划着桨,"能不能在危机中活下来,心理状态是第一要素。群众的心理是个巨魔,难以掌控。我们只希望它沉睡,而不是起来嘶吼。你明白吗?"

"啊……"雨寒听不太懂他的话,只得缩了缩脖子。

水阶洞穴被密密麻麻的钟乳石覆盖，大石柱将河道切分为细小的支流。到处都是零散的萤光灯，点亮岩石潮湿的表面以及水面的阵阵涟漪。她看见好几艘小船和他们同行，穿梭在石柱之间。

他们拐了个弯，经过黑底斯洞中央的小岛。那儿空无一人，气氛诡谲。

小船穿过一座座连接小岛的石桥。雨寒歪着头，目光离不开岛上那三座巨大的水钟。再也不会有人爬到水钟塔的顶端敲响钟声，取而代之的只有远方洞穴传来的低沉号角。她仿佛看见母亲和两位长老在岛中央的集会广场激辩，也看见凡尔萨曾经点亮塔顶的烽火环。

记忆犹新，却仿如隔世。雨寒一直觉得当前的危机感异常得不真实，因为她还没亲眼见到河底的异物。

但当她瞥见河岸边的整队战士，那种危机感即刻有了现实的容貌。

数十位奔灵者半身沉浸在暝河中，从水里唤出雪灵。一潭潭虹光点亮河面。她知道恩格烈沙长老正在训练奔灵者，用意志锻炼雪灵的水下活动。

"看来离大举发动攻势的时间不远了。"红狐说。

"长老似乎很着急……"雨寒犹豫地望着那些人。恩格烈沙长老推测河底的东西很可能是个载体，能将狩群自外头的雪地运过来。若有办法破坏它，就能阻止瓦伊特蒙重蹈所罗门的覆辙。"可是对于那东西的本质,也都是我们自己的猜测。如果它持续没有动静,是不是应该继续观察比较好?"她询问。

"理想情况是这样。但没有人能长期承受那种未知的恐惧。居民已濒临暴动,压力全转嫁到恩格烈沙长老的头上。他可是守护使支部的头子。"雨寒似乎听见红狐轻叹了口气。

确实,雨寒也好几次见过居民毫无理性地咆哮,把怒气全发在奔灵者身上,要他们当下就解决河中的危机。不管做了多少准备,不会有人真正想离开瓦伊特蒙。

"费奇努兹,你不加入他们的攻击吗?"

"我的弓箭在水中发挥不了作用。况且……"红狐用锐利的目光盯着河岸上的战士,似乎还有什么话,却止住了口。

"要是能把'恒光之剑'带来地底就好了,说不定敌人就会被吓跑了。"雨寒低下头来。

红狐深吸口气,眼神充满杀意。"敌人定是有备而来。我们所面对的威胁绝不简单。"

就这样,日子一天天过去,情况却非常不乐观。居民的骚动愈演愈烈,任何能发泄怨恨的事都逃不过他们的嘴。他们再一次咒骂桑柯夫长老，责怪他监禁缚灵师过久，导致她的失常，直至现在才发现河中的危机。他们甚至认为这阵子发生的一连串事件全是因为三长老的失职所致。他们咒骂昏迷中的黑允长老，以及扛起防御工作的恩格烈沙。在极端的恐惧下，居民早已对长老体系失去了信任。

唯一的好消息是数周之间，总队长派出的奔灵者已陆续归来。黎音、飞以墨、哈贺娜都找到可以当成临时避难所的地方，并给出双子针的精确度数和准确方向。

远征队支部的各个小队轮番带着上百位居民组长去外头，在雪地里训练他们，教导他们各种必须死记在脑中的知识：穿衣的原则，排除致命汗水的方法，用肉眼判断脚下冰层的状况，以及雪盲症出现时的症状。

他们要求所有居民剪掉胡须、鬓发等容易暴露出来的毛发，并严禁在皮肤上戴金属饰物。雨寒时常去旁听，因为严格说起来，她根本没有任何远征的经验。

"有人说在雪地不能睡着，不然就会不知不觉地被冻死了。"某个看似六七岁的孩子问了远征队长。那孩子已全副武装，裹着好几层布衣和毛茸茸的护颈，戴着不成比例的手套，满脸兴奋，好像期待踏上冒险的旅程。

"胡说，那是用来吓唬你这种小鬼的。"远征队长哈贺娜手插胸前，歪着头看着那孩子。"冻死前，你自己会先醒过来,这是人类的生理本能。然后你会慢慢看着自己的皮肤变成红色,然后紫色,然后黑色,像有千万只虫子在啃蚀你的身体。痛到极限之后才死去。"那孩子听完眯起眼,渐渐露出要哭的表情。在场的老年人露出泰然的模样,反倒壮年居民的脸色惨白,战战兢兢地聆听。

数百年来,在奔灵者的保护下,居民对如何面对外在环境一概不知。他们对于白色大地的印象,只有以往奔灵者带回来的种种故事。要在那么短的时间内把所有生存法则塞进人们的脑中,压根儿不可能……

每一位奔灵者都心知肚明,用言语传达知识是一回事。真正到了外头,能教会他们生存的,只有死亡。

那一天的正午,当事情发生时,雨寒正在研究院帮忙。

数不尽的烛火点亮崎岖而狭窄的研究院内厅,光影不祥地晃动。墙面上的凹槽尽是熔化的残蜡,仿佛瀑流的液体被时间凝固。一支烛火熄灭,便有学者再摆一支上去。

雨寒看见即将完成的地图上满是学者的手绘标注。他们正在进行一道新的手续,按照旧世界石灰岩洞的位置来勾画出更多的标识。从图上看来,可以满足所有条件的区域都离瓦伊特蒙非常远,远远超过所罗门的地理位置。

就算依靠栖灵板，也得好几个星期才可抵达。

帆梦盯着巨大的地图数分钟一声没吭，他眼底有股灼热。想必他正在考虑要如何做取舍。

站在他身旁的麦尔肯提出了建议："首席，我在想……要不要也找出旧世界的产银区？能满足'银'与'魂木'这两项条件是延续奔灵文化的关键。只有奔灵者的数量不减，其他人的未来才有保障。"

"那我们得同时提升远古魂木森林的重要层级。"帆梦说完，雨寒的目光不自觉绕到图上画有大片绿色标识的地方。他们至少必须走到新几内亚岛才有保障。

雨寒感到背脊一凉。从地图上一条条的距离计算线看来，到新几内亚岛的垂直距离超过了四千公里。这还没把地势条件考量进去。这中间全是海洋和没有陆地的冰原。

"不行。"帆梦摇头，"我们的银器多半是从城市遗迹找到的，要把旧世界出产生银的地方当作有效估量，有点不切实际。"

"但产银区周边的遗迹里，找到大量旧银器的概率会更高。"麦尔肯说，"雪灵可以引导奔灵者找到被埋藏的银器。"

"还有缚灵师的问题。如果她一直无法执行束灵仪式，就是奔灵者数量的瓶颈。原始森林也是个问题，没人能保证它们还保有多少魂木。"

研究院有无数的变量需要考量。听着他们的讨论，雨寒却越来越害怕，仿佛要离开瓦伊特蒙已成了既定事实。她低头蹲在一旁，帮忙捆包有重要历史价值的文献。

不知何时，他们的身旁多了一个人影。

没有人意识到绿发的女孩是何时走进来的。艾伊思塔似乎正压抑着紧张的神色，手中握着一个小巧的卷轴筒。雨寒看见她深深吸了口气，才走近帆梦。

"首席，我……我想了很久，还是觉得应该让你看看。"艾伊思塔交出手中的东西。

研究院的空气有些闷热，成群的烛火在岩壁洒了一层晃动的橘光。其他学者继续他们的工作，帆梦则把调整地图标识的工作交给麦尔肯，自己跟着艾伊思塔走向角落。

首席学者好奇地抽出几张纸，花了点时间阅读。然后他猛然摘下自己的眼镜，走到另一张桌子前贴近火光，鼻子几乎要碰到纸张。他的下巴几乎垮了下来。"艾伊思塔，你……你从哪儿拿到这些的？"雨寒从没见过帆梦这样的表情，即使在秘密会议中也不曾如此。她停下手中的工作，悄悄挪了几步，端详那两人。

帆梦似乎想隐藏自己的惊讶，扫了眼正在埋首工作的众学者。然后他抓住艾伊思塔的肩膀，和女孩窃窃私语。

"但是这……这未免太离谱了！"雨寒听见帆梦惊叹。

"我也不晓得怎么回事……"艾伊思塔回道："我了

解现在情况紧急，本来不想打扰研究院的工作。但总觉得……您有必要知道这些事。"

首席学者朝艾伊思塔伸出颤抖的手，在空中停留了几秒，然后拎起她胸前某样东西。烛光反射出一条黑晶色的项链。不知过了多久，当帆梦缓缓松手，雨寒看见他的额头似乎冒出汗来。

过了许久帆梦才说："我懂了，交给我吧。"

艾伊思塔紧张地点点头，快步离开研究院。首席学者仍呆立在原地，死盯着手中的纸张。

"啊……"雨寒立即起身，把三四捆书捧在怀里追上艾伊思塔。

艾伊思塔这才留意到这个黑发女孩。"雨寒？你怎么拿那么大一包？"

"这些是最重要的文献，得先拿到北环大道西边的通道口堆着。"

"要放在雪车里吗？"艾伊思塔问。

"是的，得先做出最坏的准备……"

"那让我帮你吧。"艾伊思塔拿了一半过去，雨寒顿时呼了口气，感觉轻松许多。

她侧首瞟了绿发女孩一眼，好奇她究竟给了帆梦什么东西。然而艾伊思塔有点儿心神不宁。雨寒犹豫了一会儿，吞回已到嘴边的问题。

两个女孩穿过几乎无人的黑底斯洞,依稀可见几位居民的身影出现在左右两旁的小径。雨寒从没想过居民都撤走后的黑底斯洞会有如此荒寂的感觉。就连岩顶的萤火虫也变得暗淡,像染了尘的泪珠。

她一直很羡慕艾伊思塔熟悉瓦伊特蒙的每一处。雨寒从小依附在母亲身边,直到现在才有机会探索家园的各个隐晦的角落,却似乎为时已晚。"艾伊思塔……你觉得我们可以安然渡过这次危机吗?"雨寒抬头。绿发女孩比自己大几岁,也比自己高了一个头。

"我不晓得。但我觉得人们的生命是最重要的,不管得去哪儿。"艾伊思塔若有所思地说。两人的步伐在石径上回响。

"嗯……希望大家都可以平平安安的,希望瓦伊特蒙可以回到以前的样子。如果……"雨寒小声说,"如果可以,等危机过去,我想加入安雅儿的团队,成为一名愈师。这样就可以帮助到更多人。"她想让自己更强大。这样就可以不依赖别人,自己治愈母亲。

"愈师团队吗?"艾伊思塔的眼中闪动着怜惜的光芒,以及某种未知的情绪,"雨寒,你真善良。"

雨寒羞怯得低下头,却忽然听见身边多了脚步声。

有群人影经过她们的前方。更远处还有更多身影出现,全朝着同一个方向走去。很明显,这些人手中都拿着栖灵板。

"汤加诺亚！"艾伊思塔叫住当中某人。那是位挺拔的少年，有着稚气的娃娃脸。对方回望过来，表情略显惊讶。"汤加诺亚，你们要去哪儿？"艾伊思塔追问时，雨寒环视身旁的奔灵者，起码有十几位。

"啊，恩格烈沙长老下令了，我们要对暝河底下的东西发动总攻击。"汤加诺亚急切地说。

"什么？你们不是已经尝试过好几种方法了？没有用的。"艾伊思塔面露恐慌地说。

"这次不一样，过去几个星期我们加强了水中的锻炼。恩格烈沙长老制定了新的攻击策略，这次我们会搭配不同的能力轮番组织攻势，从不同角度尝试击破那东西，直到完全摧毁它！"

"长老要派多少……要派多少人下去？"艾伊思塔问。

"一百多个人，分为五波攻势。"

一百多名奔灵者？听到这数字连雨寒都吓了一跳。这已占奔灵者总数的三分之一。难道恩格烈沙长老调动了整个守护使支部？

"别去……"艾伊思塔突然拉住汤加诺亚的袖子，"你别跟去。"

几位奔灵者经过，对他们投来异样的眼神。汤加诺亚甩着手，尴尬地说："你别这样，这是我的第一个任务。"

他想跟上他的伙伴，但艾伊思塔没有松手。雨寒紧跟他们身后，感觉事情非常不对劲。

"汤加诺亚，求求你别去！我亲眼见识过了，对那东西不管什么攻击都是徒劳的！"艾伊思塔急得几乎要哭了出来。

"那你想怎么办，等待瓦伊特蒙灭亡吗？"

"我……我不知道……"艾伊思塔压着自己的胸口，"总有别的办法可想的。求你不要潜入暝河！"

少年坚定地摇了摇头，放低音量说："艾伊思塔，你应该也感觉到了，居民的恐慌已经超出临界点了。我们在练习的时候，每天都有人来找恩格烈沙长老争吵……再不找到清除那怪物的方法，说不定我们就得拿刀对抗人群。"

雨寒听见艾伊思塔发出泄了气的叹息。汤加诺亚严肃地点头，然后甩开手，跟上其他扛着长板的伙伴。雨寒这才注意到她和艾伊思塔都没有把栖灵板带在身旁。

两个女孩担忧地互望一眼，也跟着其他人焦急的脚步。她们穿过大大小小的钟乳石，穿过蜿蜒下坡路来到黑底斯洞的中心。眼前的景象令雨寒发出惊叹。

暝河两边站着百位奔灵者。他们多数已踏入河中，将栖灵板倒放于水面。虹光围绕着每个战士的腰间——众人的彩光沿着河道的弧度形成一条光带，犹如色彩炫目的巨蟒。越来越多奔灵者踩进河水，召唤出雪灵。

"这里是瓦伊特蒙！这里是我们的领土，人类的领土！"恩格烈沙长老的嘹亮声音响彻整个黑底斯洞。雨寒找了几秒，才看见他那矗立在人群中的身影。

"我们不会离开瓦伊特蒙！"长老怒吼，"今天之后，没人会质疑这件事。我们会守护好自己的家园！"

周边所有战士一同发出了高亢的声音。

恩格烈沙长老的雪灵从他的体内冒出，绕着手中的板子攀上宽阔的胸膛。"我们锻炼过无数次，就是为了这一刻。"他接着说，"无论那些魔物怀着什么鬼胎，我们会彻底摧毁它们！"奔灵者齐声发出震天呐喊。

"开始吧！"恩格烈沙长老猛地挥落手中的长柄巨斧。

数排奔灵者带着幽炫的彩影，以一致的动作潜入水中。不出一阵子，他们的彩光消失在河底。下一波奔灵者跟着踏入水面，同样在水中召唤出雪灵。

"别去，别跟他们去！"艾伊思塔追上去，紧紧拉住汤加诺亚的手。这次少年犹豫了，露出羞愧又惶恐的神色。

"汤加诺亚，第三波攻势要开始了，快过来！"前方一位脸颊消瘦的奔灵者回头喊。他是尼古拉尔斯，手持细长的双边刺刀。"快！你还站在那儿做什么！？"

"是……是！"汤加诺亚浑身在颤抖，他犹豫片刻之后告诉艾伊思塔，"我、我和你不同。我已经是奔灵者了。我是个战士！"于是汤加诺亚跑向前，用有些笨拙的动作踩入河水,溅起夸张的水花。他搂住发光的栖灵板扑进水里。

尼古拉尔斯跟在他身后,沉没在汤加诺亚刚刚消失的位置。

雨寒侧首,看见艾伊思塔单手捂着嘴,泪水已悬挂在眼角。雨寒莫名地感到浑身无力,不晓得该说些什么,只好握住艾伊思塔冰冷的手。

这是第一次,超过百名奔灵者在瓦伊特蒙的境内主动展开任务。而且是不允许失败的任务。

一潭接着一潭耀眼的虹光燃起,战士们带着必胜的气势,没有丝毫犹豫,没入漆黑的暝河之中。

芬　澜

　　她不晓得自己为何如此恐慌，心脏像一面闷沉的鼓，剧烈撞击胸口。

　　艾伊思塔仅见过一次河底的纹理，但那骇人的景象已深深烙印在脑海，挥之不去。直觉告诉她有危险了，仿佛心中某条红色的烽火绳已遭点燃。

　　片刻之后，百名奔灵者的身影消失了，艾伊思塔盯着晃荡的阴暗河面。身旁的雨寒紧紧牵着她的手，艾伊思塔勉强挤出僵硬的笑容，压了压女孩温软的手掌。在河的两岸还有更多奔灵者在观望，或许是其他支部的成员。河面再没有任何动静，人们在悄悄低语。

　　等待的每分每秒都是煎熬，艾伊思塔的脑中回荡着自己的心跳声。

　　就在她觉得快要无法呼吸时，他们回来了。一道彩光从水中扩散开来，在它中央，一位奔灵者仰头破出水面，大口呼吸。紧接着，越来越多的虹光浮现出来，奔灵者的身影归来。那是第一拨下去的战士。

他们让雪灵暂时回归手中的板子,换气后准备再次潜入水里。

当第一拨奔灵者回到了水底,第二拨战士冒了出来换气。艾伊思塔屏气凝望,等待下一拨人的归来。

终于,某位奔灵者半身跃出河面,举起手中的短剑大喊:"成功了!我们击碎它的防御了!"忽然从他的身后有更多奔灵者涌出水面。暝河虹光泛滥,众人脸上难掩兴奋的神采。

"成功了?!那东西果然没想象中那么坚硬!"岸边有人呐喊。

那位奔灵者湿着身子,高举短剑呼号:"没错,接下来得一鼓作气消灭它!"

那奔灵者的话仍含在口中,却猛然化为一声尖叫。他的胸前有道锥刺突了出来,迅速扩大成鲜红的伤口——直到他的躯体扩张,被撕成两截。

数道冰蓝色的尖刺从水中升起。河边的人们在惊吓中骚动起来。

然后暝河在他们眼前变了形。

河面鼓了起来,不断膨胀,水流漫开吞没岸边,瞬间冲走围观的人群。巨浪朝艾伊思塔扑来。

"雨寒!抓紧我!"艾伊思塔单臂勾住一旁的钟乳石,

另一手紧抱着惊吓过度的雨寒。人群的叫声被河水的流动声覆盖，一个难以想象的庞然大物倏地向上甩，像条巨大的触手撞上黑底斯洞的岩顶，直接灭了无数萤火虫。地底洞穴剧烈震荡，爆发的水流漫过周围。

水花仿佛散开的瀑布从触手表面退去，露出底下冰晶般的纹理。艾伊思塔看见它表面碎裂的地方，现在冒出了无数像蛇一般的茎痕，尖端是不停变幻、忽长忽短的锥刺。那巨大的触手重重落了下来，压碎窟室和石柱，以及无法逃开的奔灵者。

轰隆巨响伴随着炸开的血水。

不出一会儿工夫，艾伊思塔身边的水开始倒流回去，再次露出底下的岩地。此时她看见汤加诺亚的身影——少年用身体压着自己的栖灵板，双手死命抱着一根石柱，肩膀被一根细长的冰蓝锥刺给钉在地面。

"雨寒你快逃！"艾伊思塔放开手，也不管自己连武器和栖灵板都没有，就直奔汤加诺亚而去。

那庞然大物遮掩了前方的视野，扭转时不断发出冰块碎裂的巨响，缓缓朝北方挪动。汤加诺亚整个身子被拖着走，痛苦哀号。巨物移动的速度变快了。

艾伊思塔奔跑在湿透的钟乳石间，滑倒了几次，却丝毫不减慢速度。最后一段距离，她整个人向后躺，滑过湿润的地面，撞上那正在挪动的巨物表面。她回身拉住穿透汤加诺亚的细长冰刺。那是种她从未感受过的触感,滑溜,冰冷,既像某种生物的表皮,又像有生命的冰。

她抱住少年,和他一起搂住他的栖灵板。"你的雪灵!快点!"

"需要时间恢复……现在没办法……"汤加诺亚痛得几乎要失去意识。

"不用召唤出来,只要让雪灵包住栖灵板的表面便行!快呀!"他们被拖过一段坑洼的岩地,迎面而来的是根崩塌的石柱。

终于,微弱的虹光在板面洒开。艾伊思塔立即举起它,用力划开一道弧线,割断了冰刺。

他们撞上石柱停了下来,整片恶心的纹理从身旁呼啸而过,朝着北方而去。

"艾伊思塔!"雨寒跑来他们身边。

"雨寒,你的栖灵板呢?"

"离这儿不远,在我母亲家……啊!"雨寒露出惶恐的表情,"母亲还在病床上,我得……我得过去……"

"带汤加诺亚一起走!帮他治愈。我们必须离开瓦伊特蒙!"

汤加诺亚压着自己肩膀,和雨寒跑开。艾伊思塔则朝反方向飞奔——她必须回居所拿栖灵板和铁锁链!

不出片刻,黑底斯洞已成炼狱。她经过好几个破碎的尸体，内脏撒落一地，鲜血被河水带开一片殷红。有具尸体被冲刷过来。是少了下半身的尼古拉尔斯：他消瘦的脸颊像被什么锐物给划开，露出齿骨到耳缘。艾伊思塔捂住嘴，头也不回地跑。眼角余光让她瞥见仍在作战的奔灵者，他们或释放雪灵，或以虹光兵器劈砍正在挪动，像一面巨墙的纹理。无数道冰刺从巨物的表面甩出，接连刺穿战士。

"别退缩！守住瓦伊特蒙！"恩格烈沙长老站在人群后方，扬起虹光怒吼。艾伊思塔看见他少了左手臂，类似白骨的东西黏着皮衣悬荡在侧身，他的左脸也毁了。

她转了个弯，朝上坡爬。回首时她发现那触手已钻入正北方的隧道里，庞大的体积摩擦着岩壁，刮出震耳欲聋的声响。最恐怖的是它的后端不断从暝河中涌出，无法估量它到底有多长。

巨物摩擦洞顶，千万颗萤火如今已灭了一大半，剩下的像发光的粉尘飘落。

艾伊思塔意识到这是瓦伊特蒙的最后一刻了。她忍住不让自己回头。

当她冲进家里，想戴上新的铁链，却发现双手在剧烈颤抖。"快呀……"外头不断传来轰然巨响，岩屑四处撒落。"为什么戴不上去……呀啊！"终于她扣上扣环，立刻披上披风、带上背包，抓住栖灵板往门口冲。

出门的一刹那她差点儿被吹向一旁，撞在窟室的墙上。狂暴的风正在席卷黑底斯洞，带着渐浓的雪雾。

　　连风也和魔物是一伙的吗？艾伊思塔简直不敢相信。那触手必然已贯穿通往外头的隧道。

　　她知道自己必须再次穿越黑底斯洞，找到北环大道西边的出口，因为居民大队都在那儿。然而地面正以不可思议的速度结冰，白雪不断飘灌进来遮蔽了光源，模糊她眼前的一切。不出一会儿，已什么都看不清，只见远方河面的庞然大物持续摆动，像是阴影中的阴影。

　　地震稍缓片刻，但她没有时间喘息，因为她听见了梦魇中的声音——低沉、野蛮的嘶吼声成群响起。

　　远方，冰蓝利齿带出苍白的轮廓，数十……不，数百只魔物占据了洞穴的北方，缓缓朝中央包夹而来。浓雾之中有零星的彩光出现在它们的面前，接着是金属撞击声。

　　艾伊思塔忽然意识到自己要活着穿越战场的机会多么渺茫，便立即绕道前往镜之洞的方向。越向东边跑，地面越渐渐恢复为无雪的岩地，然而冷风不停带着雪雾袭来，似乎想追上她的步伐。忽然在震荡和狩群的号叫之间，她听见某个细微的声音。

　　艾伊思塔四处张望，目光停在右方。是婴儿的哭声！

　　一位母亲被断裂的钟乳石压垮，已没了呼吸。她怀里的孩子在轻声哭泣——而且是两个婴孩。

艾伊思塔二话不说,单手将他们搂在怀里,继续奔命。然而当她急转个弯,却再度停下来,看向一条无人的通道。某个想法在脑中点燃。

她仅犹豫半秒,便唤出彩光,跑进漆黑的通道里。

乔安的故居有个小庭院,后方一道铁架依着石墙,上头摆满煮蜡的器皿。

艾伊思塔把铁架推倒,拉起地面的盖子。里头塞了个挺大的袋子,是乔安的私藏。她咬着牙,费力将它和栖灵板一起扛在肩上,同时没让左手的婴孩滑落。

她来到北环大道,拼命往西边跑。

途中她碰上更多慌张的居民,大家都朝着西边的通道拥去,争先恐后想离开瓦伊特蒙。一阵子后,她和人群越来越接近西边的出口,却忽然意识到一件事:前方有风雪迎面吹来。

不会吧?难道有更多魔物已在外头等候?

突来的光芒让所有人眯起眼,雪越发强烈,狂风呼啸,艾伊思塔本能地想抖开铁链,却发现抱着两个婴儿和一大袋蜡烛,双手根本做不了动作。一阵恐慌让她想转身,却被身后的居民推着走。"等等……停下来!"

她感觉脚下已积满白雪,人们相互推挤,出口迅速逼近。冷风刺痛喉咙，飘雪令她睁不开眼——

她忽然感觉手中一空，有人夺走了婴孩。突来的另一双手抱住她的腰间，把她拉了上来。艾伊思塔试图睁开眼。

"别停下脚步！"她看见哈贺娜在上头，把两个婴孩抱在怀里。另一侧，飞以墨则稳住艾伊思塔的身子，帮她扛起沉重的袋子。其他奔灵者纷纷伸出手，将居民一个个拉上雪地。有更多穿着黑色披风的远征队员在周围形成圆阵，守住了出口。

"别害怕！你们安全了！"哈贺娜对所有人说，"我们会保护你们！"雾气从人们的嘴角飘开，他们的目光全被吸往某个方向——不远处的天空下，恒光之剑正在等待。

奔灵者转过身。"那是我们集合的旗帜。我们去'阳光'底下！"

潾 霜

瓦伊特蒙的内部已完全被冰雪覆盖，到处是走散的居民和张牙舞爪的狩。白发的奔灵者俊却逆着人群，闯回黑底斯洞。

他乘着栖灵板滑过一条漆黑的隧道，前方的雪雾中有隐约的蓝色光影。冲出的一瞬间他回身舞枪，枪柄在风雪中传来强烈的触感，让他明白自己斩断了某头魔物。左肩的旧伤隐隐作痛，但他未减缓速度，凭借本能沿着黑底斯洞的边缘绕行。

视线忽暗忽明，黑底斯洞的穹顶已看不到过往的萤光海，取而代之的是底下密密麻麻的蓝光点，全聚集在一道阴暗而巨大的触手两旁，似乎在和它进行某种互动。那景象十分诡异。

他的心底升起一股不祥的预感，眼前的画面让他有种从未有过的不安。

然而情况紧急，他只能加速绕行。繁密的蓝光中，他还隐约看见零星的虹光点正在被吞没。俊别过头去，试着不去看。

他找到南方岩壁上的陡峭阶梯，直接蹬起栖灵板，跃了上去，然后加强雪灵的力量滑动在白雪铺盖的石阶上。他以极端倾斜的角度向上冲，闯进某个洞穴里。

强风不断从后方袭来，尽头的石墙依然露出漆黑浮雕的一部分，仿佛仍在执着地对抗冷白的风霜。然而两旁的钟乳石早已变成块状的白柱。俊向前滑，心里一阵慌张，他得找到路凯的遗物。

俊用手拍掉一个个钟乳石表面的凝雪，打乱底下一串串晦暗的银饰。随着动作越来越快，他的心跳急剧加快。他依然无法接受战友的死，难以想象要面对外头一望无际的雪地时，路凯再也不在身旁。

俊猛然停下——在一摞暗淡的银饰里，他看见他在寻找的木片。上头的银纹是只怒吼的狮子。

心慌感瞬间减轻。俊伸手，把木片紧握在手心。

十四岁那年，身为奔灵者候补生的俊和路凯曾一起去雪地进行锻炼。他们遇上一群罕见的雪鹿，就在他们藏身的卡西卡特松树林的外头。

"好几年没有候补生逮到雪鹿了，"路凯当时兴奋地说,"我们一定要抓到一只!"

两人踩着没有雪灵的木板划开一道弧形轨迹往下坡去,朝着被惊动的鹿群冲刺。

他们在颤动的大地刮起雪浪,追逐奔腾的鹿群。路凯紧握长矛,注意力全在他的猎物上,是俊先发现一件不妙的事:前方的地势是个向外伸的悬空雪檐。

他放缓速度,开始打量环境。俊和路凯都在与时间赛跑,却是因为不同的原因。

"路凯!我们得回到树林里!"俊喊了几次路凯才听见。这时有几只鹿已蹿回树木之间,有些鹿则更加分散,在雪檐边缘奔跑。

就在两人通过下坡的冲刺力量滑回树林的边角,眼前的雪架崩塌了。涌动的雪崩把好几头鹿向下冲去,活生生埋葬了它们。

所幸周边的大片树林稳固了地势,他俩双手抱着枯槁但结实的树干,吃惊地看着脚边的断崖。

那一次,他们领着探寻者支部的奔灵者回来此地,挖出七八头雪鹿带回瓦伊特蒙。也是那一次,俊意识到他得成为这位不要命的同伴的眼睛。路凯的执着和胆量就和初次见到他时一样,他可以站在两群即将开打的孩子中央,也可以眼中只有猎物,完成常人想都不敢想的事。

但他需要有人在他身后。

一年后,两个少年一同把双手放在各自的板子上。在缚灵师的引领下展开束灵仪式,一同说出——

消逝的生命,莫忘远方执念……

两者相互牵引,永恒循环的意志……

以未来弥补过去,我们并未忘却远古的誓言……

他俩的声音合而为一,轻声默念。

纵使光明破灭,黑暗丛生;直到天地灭裂,生命终结。

我们是——

俊从阳光殿堂跃了出来,落入底下的雪地。他的周边环境都被厚雪吞没,分辨不出窟房和道路的轮廓。狂风不懈地吹拂。

白发奔灵者朝西北边而去,试图躲开魔物的追击。路径满是血痕,以及冰霜覆盖的尸体。偶尔一阵混着血腥味的硫黄气息扑鼻而来,很快又被冷风带走。雪末侵入嘴里,冰凉之余有股不自然的味道。俊单手系住远征队的黑披风,忍住肩伤调整背包,却在穿过又一条隧道时愣住片刻。

工坊洞穴里的雪已高得超乎想象,里头混着一堆残破的尸体。

这景象仿佛就是所罗门的模样。

他闭眼甩了甩头，设法集中精神。所幸在长征中破损不堪的栖灵板已修复完毕，之前"槌子手"骆可菲尔花了相当长时间帮他修补，机动性和全新的板子相当。只是他从未想过第一次使用新的栖灵板，竟是在瓦伊特蒙的内部。

俊驱动雪灵的能力，让板子硬生生带着他穿过工坊洞穴。

然而一进入北环大道，尖叫和怒吼突来。他看见狩群追着奔逃的百姓，连续砍倒居民，为数不多的奔灵者则返身作战。情况一团乱。

俊急速前奔，紧握长枪加入战斗。似乎所有人都卡在通往外头的窄道入口。周围一片漆黑，唯一的光线来自奔灵者的兵器和魔物的齿爪。彩光、蓝光不断划开弧线，交错冲击。

俊刺中一只狩的"核"，感觉它散化为尘，后方却涌来更多的敌人。它们胸前整圈利齿蠕动着，似乎想找目标啃蚀。然而它们吃到的是两道剑芒——双剑的虹光斩裂冷白的身躯。

俊看见总队长亚煌再度回转，又劈散两头魔物。他双腿的绷带像碎布般飘晃，然而亚煌手中的武器从未失准，一刀砍倒一头狩，掩护居民通过。

俊本能地来到总队长身后,和他背对背举枪作战。两人在惊慌失措的人潮中守住通道,犹如急流中的两颗巨石,面对势不可当的狩群。当居民逃离得差不多,他们也跟着撤退。

俊和亚煌经过一个拐弯处,那是整条通道最窄的地方。俊盯着地势,有个想法在心底隐隐沸腾。"总队长,我守住这里,你先带居民离开。"

亚煌仅犹豫了片刻便说:"随后跟上来。"

总队长离去,俊把路凯的遗物握在掌心,架开长枪面对狩群。

越来越多蓝光从雪雾中浮现,带着迫切的杀意逼近。俊稳住脚下的板子,置身在岩洞中的窄口,不打算再离开。

路凯,你就是这样的感觉吗?

栖灵板旋转了半圈,让枪刃像道旋风,平行切开狩群的躯体。它们暴露出里头冰晶般的核心。他再扭动手腕,让枪刃绕过头顶画了道弧,一次劈散两头狩。蜂拥而来的魔物发出嘶吼,似乎因无法通过这关卡而恼怒。一道道冰爪袭来,划开俊的披风和发辫。他的白发飘散开来,他却没退让一步。

不对,路凯所面对的敌人有十倍多!

即使肩膀疼痛欲裂,腿部也出现血痕,俊仍死命压回敌人的攻势。枪刃一时无法扭回来,他甚至用肩头去撞魔物，想挡住它们。这是致命的错误，因为那就像用身体去撞山壁一样，他被弹了开来。俊口中含着血继续起身作战。

他让本能带动身体，带动武器，心头的感受却越来越茫然。

他一直想知道路凯的最后一刻，心里在想些什么。是人类的安危，还是瓦伊特蒙的安危？是什么支撑路凯的信念到最后？

这些困扰他的问题化为一股推力，驱使他面对死亡。或许这样，他就能了解路凯当时的心境，或许他就能……扼杀那一股无时无刻不在啃噬自己心头的力量。

一头魔物把他整个人往后击倒，更多魔物敞开胸前的裂口，放声怒吼。还早……俊心里想着，这些根本微不足道。完全微不足道！他再次起身，耳中只听见风声。

"俊——"

他愣了下，回头看见总队长在隧道彼端等待。一头狞冲过来时，俊直直将长枪刺入它口中，使其化为粉尘。他喘着气犹豫，与几十头魔物对峙了片刻。

最后他转过身，朝洞口滑去。

俊跟在总队长的身后，身边尽是徒步的居民。众人携家带眷，蹒跚地在雪地里一步步前行。风雪虽强，"恒光之剑"依然破开天地,静待人们的聚集。

在这一刻,那道金色光芒在人们眼中成为无可替代的希望。周围的雪地没有狩敢接近。

远方的天空仍是层层淤积的云层,一片不祥的铅灰色。但逃出来的人们已聚集在"阳光"底下。人们耗了数周所做的准备并非徒劳;各种迁徙必需品、雪车、动物,都安然从北环大道的出口处运出。飞雪缠绕着冻雨,在堆叠的物品上结了一层半透明的雪凇。数千位居民裹着褐色、灰色的毛皮衣裳相互依偎着前行。

洁白大地上,瓦伊特蒙的生还者就像一小撮柔弱的蝼蚁,背后是无尽的雪丘。然而当俊和总队长接近人群,令人诧异的一幕出现在眼前。

有个人站在恒光之剑一旁,对着围绕的群众说话。

他苍老的面孔满是皱纹,绿发结为发辫盘于头顶。白雪深达桑柯夫长老的腿胫,他一手提着权杖,一手搂着自己的栖灵板。

群众无声地凝视着他。许多奔灵者正以充满敌意的眼神盯着他,却也无人作声。俊左右张望,感觉长老似乎才刚说完什么话,让在场所有人陷入沉默。

"要是没有人有异议,就这么决定了。"桑柯夫露出一丝邪魅的笑容。

俊认出了艾伊思塔、尤里西恩等人的身影,还有银匠布闵,灵板工匠骆可菲尔等。他看见两名孕妇相互依偎,还有聚在居民当中的研究院学者。这些人的目光全跟着桑柯夫长老移动,就算有人想说些什么,最后却都未开口。情况似乎莫名地诡谲。

在人群的某个角落,黑允长老裹着厚实的毛皮在木质雪橇里打盹,雨寒则守在她的身旁。

桑柯夫长老看见总队长,便朝他们的方向走来。

"亚煌,你来得正好。我已经告诉所有人一个重要的决定。"

总队长一言不发地直视他。俊站在一旁,看见桑柯夫长老在总队长面前几寸停下了坚定的步伐。

"瓦伊特蒙毁灭了,再也没人回得去。"桑柯夫长老说,"但接下来,所有人得面临比狩更残酷的挑战——到了雪地里,无论昼与夜,死亡都会如影随形。"长老不顾自己裤管卷了起来,长靴上方的皮肤正被冰冷的白雪冲刷,蹭得生红。"你最清楚,以前在地底的所有常识在雪地都不适用。想生存下来,我们只需要一位绝对的领导者。一位长老。"他微笑,露出了泛黄的牙齿。

隐隐约约,俊听见有居民在啜泣,人们已陷入失去家园的情绪。开始有人窃窃私语,或相互安慰。

"之前我们三位长老吵得沸沸扬扬,什么事都干不成,还差点儿把瓦伊特蒙的命运给赔上。"桑柯夫的嘴角抽动,

"在找到下一个能长久居住的地方前,人们每一天都得面临生死攸关的抉择。所以做决定的人一位就够了,其他人都该听令于他。"

"我同意,那么谁是长老?"总队长静静地回应这位长老。

"呵呵,"桑柯夫眯着眼,望向某处,"这殊荣,就由黑允来扛了。"

不仅俊感到惊讶,总队长也显得诧异。

"怎么?难不成你以为我会把这么吓人的职责落在自己身上吗?"亚煌没有回应,桑柯夫又朝着人群点头说道,"这些人还陷在震惊之中,没反应过来。等惊愕慢慢淡去以后,他们又会想起我做过的事。他们会指着我的鼻子说,当初就是因为我监禁了缚灵师,才搞得瓦伊特蒙灭亡,我多么不配当长老,遑论'唯一的长老'。"他发出一阵歇斯底里的嗤笑,眼神却软化了些。"更糟的是,他们很可能没说错。"

"但黑允长老的情况……"总队长开口道。

"是是,她的情况所有人都知道。这正是为什么迟早得有更合适的人站出来,你说是不是?"

总队长露出了不解的神情。

"别让我觉得你愚蠢至极!难道你听不懂我在说什么?!"桑柯夫扯住亚煌的领口,把嘴巴凑到他耳边,沙哑地说,"黑允要是一直没恢复过来,长老的职责就落在你身上了。"

亚煌这才露出真正惊讶的神色。"什么?我怎么能——"

"搞清楚状况吧!你的脚已经废了,还想上前线逞英雄几次?你的远征经历无数,且对所有支部了若指掌,我们没有别的人选。人们需要你的领导。"桑柯夫恶狠狠地说,"在外头,每一寸雪地都是战场。只不过你的士兵不再是奔灵者,而是连栖灵板都没碰过的老人和孩子。接下来才是真正的地狱!"

桑柯夫长老把这个重担说得像是万劫不复的诅咒。俊首次看见总队长无话可回。纷飞的雪花在他们之间飘落。

"呵,联合远征队的事你摆了我一道。如果真有机会,我倒想看看你有什么办法掌控瓦伊特蒙的所有人。"桑柯夫的嘴角再次抽搐,他伸舌舔了舔冻结在唇边的口水。

亚煌的神情微微转变。"长老……你打算去哪儿?"

桑柯夫松开了手。他的权杖落在雪地里,他却未拾起。桑柯夫面向瓦伊特蒙的方向,目光却仿佛落在更远的地方。他缓缓开口几次才说出声:"你们这些人什么都不晓得……那段时间粮食短缺,周围百里不见一条冰缝川。我们几个血气方刚的家伙就自告奋勇出走。我和虎牙,恩格烈沙,还有加尔萨纳擅自做出决定。长老们都以为我们死定了。"他露出了苍老的笑容。"我们解决的狩可多了,现在这些根本不算什么。我们还拉了一条小座头鲸回来。你相信吗?四个人。四个人带回来一条完整的鲸鱼。人们直说不可能是我们拖回来的,定是某条冰缝给了我们便利。我们只得解释四人的雪灵都有强大的物理影响力。哈,他们还真信!这还只是其中一个例子而已呢,其他的——"桑柯夫的笑容僵住了,有层阴霾罩住眉间,瞳孔边缘湿润了起来。他沉默了许久,然后目光再度回到亚煌。"希望死之前,你们别受太多苦。愿阳光庇佑你们。"

桑柯夫踩上自己的栖灵板,微弱的虹光在脚踝处闪动。他的神情憔悴,身子看来虚弱无比,似乎连站都站不稳。

"长老……"亚煌试着搀扶他,却被桑柯夫给推开。

"我不是长老,我根本从来不想当长老啊。"他抽出腰间的两柄匕首。俊看见那上头并没有镀银。"所有人都忘了……我也曾是奔灵者,是吧?我可是奔灵者,我得回到伙伴的身边,不跟你们这些无耻之徒瞎混……"

他咳了几声,然后离开了众人。直到他已滑开一段距离,居民似乎才意识到他的离去,望向那孤单的背影消失在雪尘之中。

总队长首先找来愈师团队以及各远征队长,一起盘点生还者的人数。看样子,仍有一部分守护使支部的成员顺利逃脱了瞑河的浩劫。

奔灵者的总数约三百,居民人数则略低于五千。

"走吧,我们得先前往紧急避难处。"总队长侧首过来,"俊,由你带着'恒光之剑'吧。"

白发奔灵者点头,来到那奇特的仪器旁。他脱下手套,用手触碰那道光。

这是俊第一次亲手触摸它。难以形容的温暖从他的手掌蔓延到胸口。他想起自己曾和路凯聊过,想一起组织远征队去方舟寻找恒光之剑。最后这任务却被艾伊思塔给完成了。

路凯带回来的线索促成了这次的发现,他自己却失去了见到"阳光"的机会……

俊仰望天际,看着密封世界的厚重云层。只有那道宁静的光束穿透至彼端。

……路凯,那是你所去的地方吗?

在俊的身后,居民已成群动了起来。低沉的号角声吹响,人们拎起装备,在风雪中缓缓动身。

俊吸了口冰冷的空气,将双刃长枪挂在背上,然后戴回黑色手套。他弯身触碰富含精细纹路的底座,抬起它,也抬起了直达天际的光束。

然后俊踩着栖灵板,滑向迁徙大队的前方。

PART II 万里长征

绚　痕

第一周，死亡人数高达两百人。

　　白皑皑的雪丘绵延地平线，直到视线可及的尽头。恒定之风吹起飘摆的雪浪。

　　数千位居民像是苍白地表上斑驳的尘埃，缓缓移动。人们随时都可望见奔灵者矗立在左右丘陵；那些黑色远征装束的身影在白雪地与苍灰天空之间显而易见，画出了迁徙大队的边界。

　　整个大队分为许多小组，居民裹着毛披风相互扶持。而在拥挤的人群中，还有十几头角鹿，它们的背上摆放着生存必需品，硕大的身躯在雪地留下深深的蹄印。也有居民骑着羊驼，那些体积较小、脖子粗长弯曲的动物。

　　年迈的汤比缩着身子坐在一头大角鹿的背上，粗糙的长胡须几乎要碰到鹿颈。角鹿的盆形角上挂满大大小小的皮袋子，弓起的背则绑着挽具，拖行后方一个长形雪橇，拉着好几个有孔洞的木箱。木箱里头传来各种叫声——鼬鼠、雪狐、幼鹅、蜥蜴等动物，全是从汤比的园里带出来的。

他驼着背，身体随角鹿的步伐摇摆。

"汤比，你口渴吗？"琴来到他身边，递出装水的皮囊。她的靴底踩着椭圆形的雪鞋，是用木条与线绳编织而成，能在松雪上撑起一个人的重量。

汤比挥挥手拒绝，声音沙哑地说："省着点儿，今天日子还长。喝完了得再融雪，太耗时了。"

琴没说什么，但把软塞堵了回去，再把水囊塞回后腰部与皮肤紧贴，然后重新系上布衣旁侧的线绳。披风底下裹着两三层不算厚的衣裳是多数居民的外出服，琴也不例外。

长征的第一守则是绝不能穿戴过厚的单件衣物，否则徒步中流了汗，衣服难换，汗水凝固又会冻伤皮肤。琴的宽松布衣有好几层通风口袋，外头裹着贴身的褐色披风，肩颈部有加强保暖的兔毛。

她的直发深黑，眼睛却是半透明的灰。那两颗明亮的银色珠子般的眼睛看向角鹿后面的庞大雪橇，目光停在骚动嘈杂的木箱底下，一个被厚帆布包着的东西。

忽然角鹿摆晃的幅度过大，或许是累了，因此琴来到巨兽前方牵住缰绳,引领它别走偏。

她所属的居民小组有一半以上都是亲戚,即使只是远亲。汤比是她已故爷爷的兄弟,而汤比的儿女与孙子拖着沉重的步伐,落后她一大截。琴坚持要走在老汤比身旁,即使她的双腿已痛了好几个小时。但奔灵者一直没让人们休息。

在她周围的居民全是体力耗尽、神情涣散的模样。失去了家园,人们已不知要去哪里。

起初,当地底家园遭到魔物侵占,人们跟随奔灵者在一条意外平坦的雪地上走走停停,徒步数小时来到一个天然的露天深谷。当时,奔灵者说这是第一个暂时的避难处。

然而第一天结束时,身体有冻伤迹象的居民已不下百人。他们根本不知道伤口怎么来的:鼻尖、脸颊、耳朵都红肿,有些孩子拼命喊着手好烫,脱下湿冷的手套,发现指头全肿得发紫。愈师们唤出暖绿色光芒的雪灵,终于勉强控制住危机。

奔灵者在夜里点起火把,却只允许手持书籍文献的学者围绕在旁。琴当时便看见那个雪羚羊皮制的大帐篷——黑允长老和她女儿的营帐。里头也看得见火光。

是啊,只有那些人能享有奢华的火焰。

那天晚上，人们将皮套搭在雪橇上做成简陋的篷子。她的所有亲戚都挤在同一个帐篷里头，她才刚爬进去就被几个姑姑给推到一旁。"过去点儿，你的位子在角落。"她们说。

和所有居民一样，琴在阴冷的篷子内只能多裹上几层衣服，连一片温菌草也没有。琴朝自己的手掌不断呵气，在颤抖中睡去。

人们在那深谷扎营短短三天，风暴来袭好几次。深谷少了屏障，白雪如流水般轻易灌注进来。有五六个年过七旬的长者在夜里辞世，据说是心脏撑不住。附近缺乏能送走遗体的河川，因此他们的家人在峭壁角落挖了坑，埋葬死者，还放了些食物当祭品。琴当时心想，那行为很愚蠢。

更夸张的是那些人还拆了一个雪橇，坚持要把木头雕塑为碑，立在墓座上悼念。

当暴风雪愈演愈热，奔灵者催促大伙儿再次动身。

人们在困惑中做准备，抱怨和质问声不断，奔灵者却从不说出目的地在哪里。每一晚，琴盯着那个灯火通明的巨大羊皮帐篷，心想在里头的统领阶层八成还没想清楚要带他们往哪儿走，过一天算一天。

再隔天，地面堆积的新雪让许多人的行走速度降了一半。

"留意手腕和脚踝，尤其衣物的接口处！"奔灵者巡视大队时不停呐喊。

"切记流汗的地方，通风口袋要打开。行走时要顾好身体的角度，把口袋面和风向呈直角——"

奔灵者的种种提醒，琴认为对普通居民而言太难懂了。果不其然，身体出现异状的人越来越多。不仅老弱妇孺，就连看似强健的人们也出事了。

某位居民组长的双脚出现坏疽，完全没了知觉，看上去就像皮肤被涂上一块漆黑的颜料，脚指甲则是干裂的蜡黄。他们选了另一人当组长，双腿坏死的那人则被人抬上羊驼。

到了第五天，身体有冻伤迹象的居民已不下千人。当初愈师们教过的六道处理步骤，人们在面对风雪时全忘光了。

愈师团队也渐渐无法应付急增的负伤人民。

每天正午奔灵者照惯例启动恒光之剑。冻伤的人们彼此推挤，想争取阳光的治愈神迹。琴站在远方凝望挡住居民的奔灵者。在他们当中有个绿色长发的女孩，似乎在不断安抚居民。琴觉得无趣，面无表情地转身离开。

水源是更严重的问题。这片雪之大地，实际上对毫无经验的居民而言每个动作都是危险的。

居民无论长幼，每人都带着一只保命瓶。用奔灵者所教的融水方式太耗时,许多人口渴了,干脆直接抓了雪块就往嘴里塞。当天夜里上百人发了高烧。愈师团队从夜里急救到天明,但很明显,有一大群人已暂时无法行动。

迁徙大队就在一望无际的白色平原停下了。人们试图抢救那些生命,却不知死亡已笼罩上来。

首先,只是轻柔飘落的雪片。奔灵者驱赶人们动身,居民却开始骚动,觉得应该就地休息几天。"殿后的部队回来报告,"一位独眼的老奔灵者尝试告诉众人,"东方云层有异,很可能是暴风雪。现在我们完全暴露在平原,到时候连扎营都有困难。"

人们彼此连拖带拉,终于缓缓跟随奔灵者的引导朝西北方挪动。然而这一次才过半天,大队变得又长又零散,拉长了至少三公里。

现在琴位于大队的中段,正牵着角鹿的绳子一步步往前走。汤比已在角鹿的背上睡着了。

"你走那么快干什么?"一个男人气喘吁吁地跟上来。

琴回头,看见他也踩着狭长的雪鞋,半滑行半踏步地接近角鹿,急着从它的侧边解下一袋东西。汤姆斯是汤比的儿子,算是琴可以称为伯伯的远亲,也是他们的组长。

"其他人都落后了,你跑那么快,结果把水一起带走!"汤姆斯回瞪她一眼。

琴看着他取下三袋备用的保暖水囊。想必他们落在后方,身上的水都已喝完。那三袋应该是要撑到第二天中午的饮用水。但琴什么也没说,只回望着他。

此时几位黑披风的奔灵者从身旁滑过,往后方而去,似乎有什么紧急的事。

"哼……"汤姆斯擦了下嘴角,视线挪回琴的身上。"我们也真够倒霉。如果缚灵师没出状况,她就能帮你完成束灵仪式,这样你早就是奔灵者,可以帮我们多要些资源。"然后他压低声音咕哝道:"这真是对我们族人的侮辱,可别让爱奴传统断在你手上。为什么偏偏就你没赶上仪式?都怪你手脚太慢了!"

汤姆斯捧着那几袋水离去,还不忘回过头抛下一句:"记住,别走太快!"

琴没有理会他,却凝望着角鹿后方的雪橇。在那堆木箱底下,有块被帆布裹住的狭长物品——那是她的栖灵板。

意外发生后,恩格烈沙长老吩咐在场所有人隐瞒那件事。众奔灵者知道某人的灵魂已与"暗灵"相系,但并非每人都能认出是她。居民则一概不晓得。琴告诉自己的亲戚缚灵师身体有恙,取消了所有仪式,因此她才没机会成为奔灵者。

事实上,这还不算撒谎。她无法用雪灵温暖身子,无法在雪地里滑行，与普通居民根本没两样。琴害怕触碰那板子，生怕那邪恶之灵会再次透过她的意识，冒出来危害所有人。因为自己的关系，她已导致某个素昧平生的青年死去。

人们总说亿万雪片没有两片完全相似，就像每一位奔灵者的雪纹都不一样。她不懂为什么唯独她带回的是暗灵。

原本琴打算放弃那讨厌的板子，把它包起来丢弃在房间的角落。但逃出瓦伊特蒙后，她惊讶地发现栖灵板出现在雪橇上。或许汤比自以为体贴，做出这种不必要之举。

风中落雪渐密。原本疏密有致的雪花，迅速被横扫的疾雪给取代。不知不觉中，风暴已降临在人们头上。

琴拉紧披风的兜帽，以兔毛缘挡住口鼻。身后各种动物凌乱地怪叫，声音却渐渐被狂风压过。周围人群的身影朦胧，脚下的积雪使人难以行走，一个脚步不对她便跪了下来，半条腿埋入雪里。

被彩光包覆的身影来来回回出现又消失在雪幕里。

"这是万里暴雪，将持续好几天不会停止！我们得前往有遮蔽物的地方！"某个奔灵者指向前方大喊："跟着最明亮的那道彩影！别跟丢了！"

"有多远？！我们要走多久？"有居民喊道。

那奔灵者沉默数秒，便道出实情："得步行九个小时，到达目的地前别停下脚步!听懂了吗?到达目的地前千万别停下,这风暴只会越来越严重!"语毕,他滑着栖灵板离开,身上的虹光变得更加闪亮,拉开无数彩带远去。

琴感觉身体快冻僵了,寒风似乎有办法找到衣物间的缝细,像千道利刃刮弄皮肤。她回头,看见老人趴在角鹿的颈子上。

"汤比!"琴绕到雪橇边,用力推开一个木箱,里头几只雪狐不停打转。她找到一个箱子,试着解开封盖上的铁丝,厚实的手套却不停妨碍。风雪令她睁不开眼,琴索性脱下手套,裸着双手想解开铁丝。她掀开箱子,从里头拉出两张亚麻制的大帆布。

琴用其中一块布盖住整个雪橇,花了好些时间才绑紧它。她的双手僵硬,指尖像有针刺。然后她跑到角鹿身旁,那动物的背比她高两个头。琴赶紧解开靴子底下的雪鞋装备,踩着皮座向上一蹬,抛开帆布盖住汤比的背,并把布的尾端在老人坐垫下打了好几个结。老人灰白的眸子跟着她挪动,胡须结满冰霜,嘴唇频频打战。

"你待在防风布里别动——"琴说完赶紧爬下来,伸手将帆布另一端拉过去包住角鹿的颈子,再打起死结。这时她的手已没了知觉。

她紧张地搓揉手掌,发现一点用也没有。她把手套戴回去,却看见尚未绑死的雪鞋又脱落下来。待一切就绪,她的手感觉被烈火燃烧一般疼痛。

琴拉起缰绳往前走。

暴雪一阵阵袭来,仿佛无形的鞭子朝人们抽打。所幸角鹿本能地明白这次情况生死攸关,开始走得急,她不再需要耗太多力气去拉扯。琴的亮灰色眸子四处打量,发现人与人之间的距离越拉越开了。奔灵者不时从视线中经过,似乎徒劳地想整顿迁徙大队。

她不晓得自己究竟走了多久。左方几米处有人倒在雪地里,她只瞥了一眼,没有停下脚步。

夜色降临,原本已糟透的能见度现在变得更加模糊。琴一连经过好几个趴倒在雪里的躯体。唯一幸运的是,黑夜让引领大队的彩光变得清晰。四周伸手不见五指,她连后方汤比的身影都看不见,只听见角鹿沉重的鼻鸣。她追着远方燃烧的彩影,逼自己别停下。暴风雪让每一步都是折磨,但她试着什么都不想,靠毅力向前行;别在意侵入口鼻的雪末,别在意狂风咆哮的声音,别在意渐渐僵硬的脚趾,渐渐消失的体力。

数小时过去,她有种错觉,仿佛只有自己被困在暴风雪地狱里,在原地徘徊了无数天。

琴的脸颊、双手,甚至舌头都没了知觉,眼睛也难以睁开。然而远方那潭虹光忽然变成了三个……然后五个,然后七个。

当她拉着角鹿接近，看见那群奔灵者守着一道漫延至黑暗里的冰墙。

墙中央，是个巨大的洞穴。

"这样便没问题了。"愈师起身，他的雪灵从暖绿转回七彩的颜色，像散去的游丝慢慢脱离琴红肿的双手、脖子和赤裸的双脚。愈师挪身到下一位居民时，琴已穿上新的毛袜、裹起帆布，换上干的衣裳。

奔灵者破例燃起十团火焰，让居民聚集在一旁取暖。陆续有人从洞口进来，发出哭号。新进者轮番取代火堆旁的位置。每过一阵子，会有载着粮食的羊驼或角鹿，被几名奔灵者一同护送进来。

汤比也已接受治疗，躺在她身旁咳嗽。他们的角鹿安然无恙，却少了两只大箱子，分别装着长毛鹅及备用粮食。

琴打量一下他们所在的地方，是个异常巨大的冰穴。火光照耀下，四周的冰墙闪烁平滑的冷光。这时她看见一个绿发女孩蹲在人群中，面带微笑低语。

她就是人称"引光使"的艾伊思塔——独自从远方把"阳光"带回这世间的女子。

引光使似乎选择性地找了不同的居民说话，然后她朝琴的方向走过来。

"汤比……"引光使跪在老园长的身旁,眉间有股微微的忧伤。她挤出笑容说,"这个,您带在身边。"

即使老人的眼皮底下有多处冻伤,他依然惊讶得双眼睁大,满是皱纹的手接过一个玻璃杯和打火石。

"任何时候觉得需要温暖,就点燃它没关系。"

"可是这蜡烛……"汤比咳了几声,看向绿发少女,"我们居民不能使用。这会触犯长老的规定。"

"不用担心,这些是我的东西,其他人无权决定。"艾伊思塔握住他的手,握住玻璃杯。"如果有人问起,就说是我给你的。"

汤比犹豫了许久才点头。引光使轻抚老人的额头,然后拎着袋子离去。

琴看着她飘逸的绿发,在居民之间走动,和不同的人轻声说话,时而从袋里取出蜡烛给他们。不知为何,一股莫名的嫌恶涌上琴的心头。

在琴的眼里,那只是施舍的举动。引光使总是站在恒光之剑旁边,多数居民已视她为某种救世主。她根本不明白那些真正需要救助的人心里在想什么,根本不明白孤立无援的感觉。

引光使必然沉溺在虚荣感里,以为自己拥有多大的权威。她总装出关心他人的模样,好像所有奔灵者当中只有她一人了解居民的需求。但是琴很明白,就像在以往社会握有特权的长老和学者,还有在雪地生存握有特权的奔灵者一样,只要某一天有人敢挑战艾伊思塔身为引光使的权力,她就会不计一切去碾压别人。

艾伊思塔那不自觉的虚荣心一定会慢慢把她往统治者的方向推。她和那些腐臭的统领阶层并无不同。

汤比发出一阵剧烈的咳嗽。这时,琴才看见他后颈的一片紫斑。

"怎么会……刚才的治愈没有效吗?"琴赶紧再去找愈师。不幸的是受伤的人数过多,再加上雪灵的能力需要时间复苏,下一次治疗仍需等待。

琴把汤比带到最近的火堆旁,却发现根本挤不进去。有居民受了更严重的伤,甚至有人到了必须截肢的地步。等愈师终于来到汤比身旁,已过了五个小时。

夜半十分,洞穴某处发生骚动,有人说黑允长老恢复意识了。到处都有人窃窃私语。琴不理会那些事,只担心汤比的身体每况愈下……

隔天清晨,外头的风雪依旧肆虐。不断有奔灵者重返雪地,企图救回走散的居民。但这频率越来越小,到了晚上,已不再有人归来。

有人说他们至少丧失了两百位居民。不知该说幸运还是不幸,她的亲戚竟然全部平安抵达,护送他们的似乎是位名叫帕尔米斯、拿着长弓的奔灵者。然而琴最害怕的事还是发生了,汤比不断发出呻吟,肺部出现异常,刺痛着他的每次呼吸。他的亲人面带忧色地围在身旁。

"都是你急着赶路,没有照顾好我父亲!"他们的组长汤姆斯眼角泛泪,对琴发出责难,"全……全都是你的错……"

琴看也没看他,汤姆斯恼怒了,他把她推向冰墙,朝着她咆哮:"你为什么不回答?"

琴没有说话。

"回答呀!你承不承认自己错了?!"

她撇过头去,依然一句话没说。

"算了啦,她是个哑巴。只顾自己走,怎么会有这种人啊?"旁边一位姑姑开口。

"你竟然把整箱备用粮食给弄丢了。什么都没丢,就粮食不见了。这下可好了,我们整组分配到的口粮都在里头。还是你在途中自己吃了?私藏起来了?"

"没关系,以后每次大队要发额外的口粮,琴的部分都归我们。"

她的姑姑们七嘴八舌地说着,就连她们的孩子也瞪视着她。琴只靠着冰墙跪坐下来,冰冷的灰色眼眸朝老人的方向望去。

"别再说了……"老园长吃力地开口,"多亏了琴,不然动物都保不住……琴,你过来。"汤比虚弱地挥手。

琴也不管周围愤怒的视线,爬到汤比身边。老人把手放在她的手腕上,指甲全是黑的。

"你知道吗……以前也有过类似的事……"他的声音非常吃力,吸气时胸口抽搐,"可是不表示……没办法掌控,也不表示……你做不到……"他的眸子已超乎疲惫。"所以我帮你带着……因为……那才是真正属于你的东西……"

琴僵着面孔,珠子般的双眸睁大。身旁的亲戚你看我、我看你,似乎没人晓得老人到底在说些什么。

"我们远古的族人相信……所有的东西都有神灵……它们会以最适合的方式来到我们身边……该相信什么,是我们都必须面对的抉择啊……"他最后告诉她,"你可以选择屈就,和普通人一样,就像我们的先祖被迫接受凡俗的价值观那样……或者你可以选择相信,自己拥有那帮人里面……最与众不同的灵力啊……"

老园长在隔天去世了。

他的亲人给他套上代表传统的衣裳,由珍贵的海豹皮和鱼皮制成,并在他安详的面孔轻轻套上魂木所做的萨跛头冠。他的孩子们分别摆了远古动物的小木雕在他怀中,有熊、猫头鸟、鲸鱼。他们甚至每人都拿出所剩不多的肉干,放到老人手里。

这一次,琴没有认为他们愚蠢。她自己也把仅剩的肉干放到汤比的怀里。

冰雪世纪降临之后,人类依外观演变为"灰薰"和"翡颜"两式种族。瓦伊特蒙的人们究竟从哪儿迁移而来,研究院从未找到真正的考据。然而口耳相传的历史远比文献更加真实。

从小琴就听说灰薰裔的祖先主要来自三个远古文明:旧世界的亚细亚大陆,环太平洋的东南亚诸岛,以及远北的一群人。最后这群人称自己为"爱奴",万年前发明了弓箭,居住在文献中堪称"千岛群岛"及"北海道"的远北之地。

琴已故的父亲曾说源自绳文的古老时代,祖先便相信万物皆有灵。他们属于世间最古老的文明之一。世纪轮转之间,经过无数次与他族群融合,包括在冰雪世纪的瓦伊特蒙与其他灰薰裔,甚至翡颜裔的人进行通婚,接受了凡俗的价值观。

但实际上他们从来没有忘记传统的故事。他们相信冰雪世纪出现的雪灵,正是天地万物中的灵魄得到释放。

他们认为这是人类文明逐渐消失,神灵支配世界的时代。因此拥有爱奴血统的每代人当中,一旦有人成为奔灵者，都是亲人眼中的骄傲。

所以他们无法原谅琴，无法原谅她竟然丧失了接受束灵仪式的机会。

当晚，暴风雪丝毫没有减缓的迹象。阵阵冷风吹入洞穴，人们在颤抖中沉睡。

琴在黑暗里起身，静静走往置物的地方。她绕过四处摆放的木箱，听见里头动物的骚动声，但她不予理会，从雪橇的边缘抽出帆布捆包的长板。

然后她经过繁密的居民帐篷，朝洞口而去。

她没有戴手套，也没有套上能在松雪地行走的雪鞋。她只裹着环有兔毛的披风，穿着破旧的皮裤，以及许久未碰的，那双镶有银底的靴子。

长至腰间的柔顺黑发被风撩起，珠子般的双眸闪烁银光——琴逆着肆虐的风雪，迎向黑暗，缓缓解开封住栖灵板的绳结。

拂 羽

雨寒一直以为在雪地生存下来是人们将面对的唯一挑战。她却从未预料到，长老体系会如此迅速地崩坏。

统领阶级的奔灵者围绕着黑允长老，盘坐于地。一个铁盆在中央燃烧着火焰。

他们在一个巨大的营帐内，以八根木杖撑起紧绷的雪羚羊皮，上方掀开四个方形透气口，隐约可见外头反射着火光的冰墙。

"必须抓紧时间。一旦居民准备好，我们就得立刻离开。"老将额尔巴递出一盒温菌草，让每人各取一片，用手指压碎放进衣中。"若下一秒这里塌了，我也不会感到诧异。"所有奔灵者都清楚，这洞穴是由冰层结构变化所生成，极可能瞬间发生剧变。

黑允长老的面色暗淡，双唇干裂。她沉默数秒，静静地开口："这里的双子针度数是多少？"

雨寒坐在母亲身旁，用钳子夹着一个铁杯，在火盘上烘烤。那场暴风雪夺走不少居民的性命，却唤回了母亲的神志，让黑允长老像刚从噩梦中惊醒，尖叫声穿透整片雪幕。雨寒和多位奔灵者保护长老乘坐的雪橇，突破风雪来到这冰穴。然而雨寒总觉得母亲……似乎有细微的改变。

"24.4度。"总队长说出他们的所在位置。他和红狐的披风仍结满雪霜，是从外头归来不久的证明。

黑允长老点头，便不再说话。

"我们从瓦伊特蒙的23.2度出发，一直朝西北西的方向无误。"红狐面色凝重地说，"十几天下来，仅跨越子蝠线一度多一些。以这种速度，要到澳大利亚沿岸至少需要半年时间。"

"这不是预料中的事吗？"在他正对面，哈贺娜咯咯地笑。

雨寒的心怦怦直跳，她知道这代表什么。未来半年，迁徙大队将在结冻的海面上度过，脚下没有陆地，冰貌可能随机改变。这对人们的心理状态会是极大的考验。

首席愈师安雅儿以抚慰的口吻说："居民还需要时间适应。等他们适应了雪地的环境，大队的行进速度应该会增快许多。"

"适应？"哈贺娜笑了笑道，"身为奔灵者，我们都没摸清楚这片大地，甭想普通平民有办法。"她望向身旁的飞以墨。"你说是吧？"留着灰色长发的远征队长却闭着眼，并未与她搭腔。哈贺娜撇嘴转了转眼珠。

总队长亚煌开口："行进速度不该是我们的着眼点，因为没人晓得何时才会找到可以长久栖息的地方。我们只需确保居民有办法保护自己，试着降低伤亡人数。"

"在雪地多待一刻，居民伤亡的风险就多一分。昨天又有十几个居民死亡。"额尔巴回道，"研究院给的方向太模糊了。"

"我从来不觉得研究院的意见有多大用处。"哈贺娜又说。

雨寒知道每当帆梦不在场，一些奔灵者就会吐槽这样的话。忽然她想起凡尔萨，不晓得他和缚灵师的情况如何。她担忧缚灵师是否无恙。上一次看到陀文莎，是刚到冰洞里和首席愈师一起为她治愈时。

"我会再让各领队去找居民组长谈谈……直到面对风雪的信条在他们脑中根深蒂固。"安雅儿告诉众人。

当前，总队长已接受安雅儿的提议。近五千居民以十人为一个小组，便有五百个居民担任"组长"，他们得在手臂上绑着淡蓝色缎带。而每十位组长又由一名身为"领队"的奔灵者负责领导。这五十名被指派为领队的奔灵者必须戴着蓝色围巾，专属监督居民的情况。

迁徙大队会依照这样的系统相互沟通，有要事发生时，信息会经由那五十名奔灵者迅速传遍五千人的大队。

其他的众多奔灵者也都肩负关键的职责。总队长频繁派人远行，让他们寻找下个迁徙据点，猎取食物，朝前方探路，以及帮大队护航。这些功能等于延续了瓦伊特蒙旧有支部的特性。不同的是由于人数失衡，实际上再无支部之分，奔灵者只需以任务来定义小队。

而最重要的改变，是所有愈师都独立于这个体系之外，是安雅儿全权支配的团队。因为无论是奔灵者或是迁徙大队的居民，皆需要愈师的帮忙，因此愈师的岗位总是在动态变化——某方面而言，拥有治愈能力的奔灵者已成为最重要，也是最匮乏的资源。

换言之，在目前三百名奔灵者中，五十人担任居民大队的领队，五十人是愈师，另外两百人则拆分成细密的任务小组。

雨寒也自告奋勇协助大家。这阵子她频繁运用"拂羽"的治愈力，自己能明显感受到雪灵的能力每天都在增强。尤其她的"灵力分散性"，曾一次唤出十几只鸽子形态的虹光，令在场所有人吓了一跳。就连安雅儿也想不透为何她雪灵的成长幅度如此之大。然而雨寒很清楚自己离真正的愈师还差得远，因为她除了靠雪灵之力去帮助居民，其他一概不懂。伤口包扎、处理冻伤的知识，她才刚刚开始学习。

"长老，那么我们何时动身？"额尔巴伸头问道，"我还是建议——"

"听亚煌的吧。"黑允看向总队长。

"万里暴风已过去,我们明天一早出发。在这儿久待,居民的惰性会回来。"亚煌回道。

长老点头,众人也附议。就在此时,有人掀开营帐的布门帘探头进来——是艾伊思塔。

"请问……"绿发女孩的面上微露愠色,她环视众人说,"居民们一直在问,究竟要迁徙到哪儿去,为何久久还给不出任何答案?"

"我们说过很多次了,这种事无人能确定。"离她最近的哈贺娜扭过头来,语气十分不悦:"这取决于何时找到能久居之地。"

"艾伊思塔,你可以告诉那些询问的人,"老将额尔巴回答她,"目前只能先不断在临时避难所之间搬迁。就像远古的游牧民族,累积好资源再展开下一段旅程。一步步来,这是最保险的方式。"

"不行,人们需要更明确的答案。"

哈贺娜瞪视她说:"但他们知道了只会慌乱。"

艾伊思塔摇头。"他们都很害怕。你们没有考虑到他们只是普通人,带着长者与孩子,离开一辈子熟悉的地方。他们没有我们的能力,挨冻的时候只能眼睁睁看着虹光飘过身旁,想乞求我们分给他们一些温暖,却追不上。"

她的口吻充满真诚的哀伤,"告诉他们目标在哪儿,给他们一点希望吧。别让人们每天十几个小时在雪堆里攀爬,心却总是悬着。即使是谎言也好,只要给人们一个确定的方向,他们的韧性定会超乎你们的预期。"

篷子里的人寂静了片刻,有人叹了口气。

雨寒听着艾伊思塔的话听得入神,忽然发现火盘上的水已过热,开始冒泡。她立即抽回钳子,却一个不小心掉了杯子,水洒在篷垫上。

"啊!抱……抱歉!"她紧张地望向母亲,"长老,我马上去取新雪——"雨寒正要起身,母亲却搭住她的肩。

"没关系,我不渴了。"黑允长老的眼神依然柔和。

"……是。"雨寒愣了一下,忽然知道母亲哪里改变了。黑允长老的性子不再锐如尖刃。如今她的脾气不如以往浓烈,反倒有种已经认命的模样。不知道为什么,这反而让雨寒担心起来。

"引光使,你说得很动听。那么,假设我们公布一个理想的目的地吧。"飞以墨缓缓睁开眼,目光流向艾伊思塔,"听到地方太远,会不会剥夺他们的生存意志?听到地方太近,一旦抵达时不如所愿,要他们再次启程,会不会让人绝望?每个人所能承受的压力程度不同,但抱怨的声音总会影响到全体人。"

"阳光在上……所以你们真的连要去哪儿都不晓得?"

艾伊思塔露出难以置信的表情。

没有人回答她,黑允长老默默开口道:"艾伊思塔,这趟旅程何时告终,没有人能预测。或许数个月,或许好几年。也或许,我们全会被风雪给吞没。从这一刻起,所有人都得做好长征的准备。"

一阵红晕飘过少女眉头紧皱的面孔,她压下滚烫的情绪,摇着头离开帐篷。片刻之后,哈贺娜掀起篷帘朝外窥视,确定少女已离去才嗤之以鼻道:"我早说过,当初连秘密会议都不该找她来。"

"嗯。若她得知我们的目的地,会立刻崩溃吧……"飞以墨说。

"隐瞒是有必要的……这也是为了居民好。"安雅儿点头道,"等所有人真正适应长征的状态,再告诉他们要前往旧世界的'柔佛海域',应该也不迟。"

雨寒心底泛起一阵罪恶感。艾伊思塔看起来如此难过。但自己已经答应红狐,绝不能把这件事告诉其他人,包括凡尔萨和艾伊思塔。就连首席学者帆梦本人也清楚事情的严重性,已严正警告众学者要保密——迁徙大队将前往远古时期的"马来西亚"和"印度尼西亚"交会一带,约为 82.0 度的远西冰域。

研究院认为,只有那里远离太平洋火环带,却仍保有无尽的地热,保有充足的原始森林及石灰岩洞,而且和数道海岸线接壤的概率甚高。论条件而言，该区域极可能比瓦伊特蒙更加适合文明的长远滋长。只要能避开狩群出没的遗迹，人们或许可以找到永恒的栖息之地。

然而问题是要抵达那里，迁徙大队将踏上至少一年的征程。

有多少人宁可先知道这消息，以做好心理准备？雨寒在心里想。又有多少人会希望自己先适应迁徙的节奏，再获知一年后的目的地？

"大伙儿快去做准备吧，天亮时动身。"老将额尔巴说完，众人纷纷离开黑允长老的帐篷。雨寒赶紧爬往角落的背包，想找块布料清理洒了的水。

"亚煌，你先留下。"黑允长老轻声说。

总队长停下动作，坐回原来的位置，与长老面对面。远征队的黑色披风在他身旁散开，一圈厚实的白色毛皮围住他的肩膀，绕过胸前以三根银针紧扣。黑允长老则裹着双层雪羚披肩，整排兽齿磨成的吊饰在她的手肘边晃动。她的黑发高盘，往后散落，此时仿佛恢复了以往长老的庄严。而她一直以来挂在鼻缘及耳根上的金属链环，雨寒早在离开瓦伊特蒙时帮她取下。母亲没有雪灵，无法维持皮肤表层的温度，和普通人一样易遭金属冻伤。

雨寒擦拭着帐篷的底垫，微微抬头，发现两人正沉默地望着对方。

"长老,有什么我能效劳的?"亚煌的态度和往常无异,恭敬而沉着。

黑允长老闭起眼。"说来也奇怪。身边发生的所有事,我竟然都有记忆。"

片刻的沉寂,她接着说:"我看见北环大道奔跑的人群。我也看见桑柯夫离去的背影。我知道暴风带着密雪袭来,你们拖着我远行百里。"黑允长老抬起头,火焰反射在慢慢睁开、有如黑镜的双眸中。"我看到恒光之剑,以及在它旁边的你。"

雨寒清理完毕,突然觉得帐篷里的气氛不太对。她觉得自己应该离开,让他们私下谈,双腿却驱使她回到母亲身旁的位置,跪坐着静待。或许因为,她察觉到母亲口吻中的异样。

"即使你身负重伤,依然领导着人们渡过危机。"

"这是身为总队长的职责。不足挂齿。"亚煌低声回应。

"有些人说了许多话。他们看着我失神的眼眸,以为我听不见。但每字每句,都像直接烙在心上的印记。"黑允长老说话少了惯有的激动情绪。雨寒担心地望向母亲的侧脸。"……或许我们长老忘了许多重要之事。我们三人都犯了相同的错,便是急于在历史留名。我们为人类画了疆界,也为自己画了疆界,不断假想有人踏入自己的权力范围。拉紧手中的绳索,为了不愿承认的目的。尤其当后辈突起，取代了自己的位置，不免心里慌乱。"黑允长老的语气依然平淡。

亚煌直视着老长，并未回话。

"但即使如此……我从未后悔自己做过的任何决定。包括主张与所罗门联系。"黑允长老的语气出现变化。

"是的，联合远征队所获的情报……让瓦伊特蒙得以逃过被歼灭的命运。"亚煌淡淡地补上一句，"至少目前如此。"

"瓦伊特蒙奔灵者的总队长——亚煌。"黑允长老说，"我需要你给予承诺。"

总队长也察觉了她语气中异于以往的威严。他仅犹豫片刻便单拳顶地，低下头说："长老请直言。"火焰在他俩之间熊熊燃烧，扬起难以承受的热气。

"在我死后，扶持我的女儿雨寒，成为瓦伊特蒙的唯一长老。协助她率领众奔灵者，引领迁徙大队找到永恒的居所。"

这句话像道风，来得过于突然，雨寒甚至不确定自己听见了什么。待她慢慢会意过来，张开口却发不出声，她转过头，发现总队长正直视着自己，他的脸上也满是迷惘。

"我不……长老，我不了解你说的。"亚煌有些结巴，眼神飘回黑允那边，"你已经没事了，是瓦伊特蒙唯一的长老。况且雨寒还……"

"缚灵师曾告诉我，想保住人命，雨寒的能力是关键。"黑允解释，"是的，一开始会有人质疑，但只要你亲自表态，没人会有异议。因为除了你，瓦伊特蒙当今没有更适合的人选。"

"雨寒是个有潜力的奔灵者，相信她很快会成为愈师团队里的关键力量。"亚煌已迅速掌控自己的语气。"但我们将长期面临人类文明生死交关的事。领导迁徙大队，无论挑战与压力都异于以往，没有前车之鉴。要雨寒扛起这责任，有些残酷。"

"是啊，我还太——"雨寒根本不知该说什么，话刚出口，黑允长老就伸手制止了她。

"雨寒还很年轻，也欠缺奔灵经验。你们得辅佐她。因此必须由你说服刚才坐在这帐篷内的所有人。当然，也只有你能办得到。一旦由你们这群人巩固核心地位，共同领导迁徙大队，居民自然会接受。至于我……"黑允停了片刻后说，"我很清楚自己的情况。踏出这个洞穴，便到不了下一个目的地了。"她这才侧首看向自己的女儿。"但别担心，我会和你们一块踏上路途，陪你们走多远算多远。我累了，但却痛恨孤零零的一个人。"

一股莫名的难受让雨寒湿了双眼。母亲说出这番直白的话，口吻却如此平静，雨寒明白其中没有任何夸张。然而她仍无法了解原因。

"亚煌,我是否能获得你的承诺?"

总队长盯着火焰陷入沉思。然后不知为什么,他闭起眼,毛皮围肩微微下滑,仿佛莫名松了口气。"我了解了。"他睁开眼道,"我向'阳光'立誓,会遵循您的心愿,辅佐下任唯一长老,雨寒。"

"如果阳光肯带我走,我会保佑你的,亚煌。"黑允长老说,"我想和女儿独处一会儿。"

总队长起身离去后。雨寒的泪快憋不住,各种交杂的情绪令她不知所措。"妈妈……"她一手拉住黑允长老的手臂,下半身却像要走出帐篷,"我去拿栖灵板,我的治愈能力现在很厉害了!你不会有事的!"

"不急,我会给你机会的。"黑允搂住她。在雨寒记忆中,上次母亲这么做已是好几年前的事。"有些事,我必须告诉你。"

雨寒犹豫半晌,然后举起瘫软的手抱住母亲的腰。她埋首在黑允长老的怀里,不懂为何自己的眼泪不停涌出,滴在母亲的裙袍上。

"你知道为什么在三个支部中,他们愿意让我掌管远征队?当初如果我想争取其他支部的位置,我将一无所有。因为我是个女人,我甚至不是奔灵者。

"雨寒,你得知道曾经有一段时间,远征队的理想在众人眼中太过遥远。它不是为了粮食,不是为了安全保障，不是为了人们的基本生存需求而战。最初被归纳到远征队的奔灵者，都是一些有能力缺陷的人……换言之，牺牲掉也不痛不痒的人。就像你的祖父，你的父亲，还有我们许多堂兄弟。你知道他们全被白色大地吞噬了。但我从来没告诉过你，你父亲寒诺瓦发生了什么事。目击者说他冲向一头巨狩，把长矛笔直插入它体内，自己也被撕裂成两半。他的队友视他为英雄。我们家族的人一个个都成了英雄。可笑吧？所以依然活着的我才能有今天。若非家族不断付出的牺牲让当初的统领阶层感到亏欠，一个无法奔灵的女人怎么可能获得长老的地位！但他们遗忘得快，远征队员的事迹总被人遗忘得快。再也没人记得我们家人英勇的付出，他们只看见一个女人还稳稳坐着长老的位置。我知道他们无时无刻不在看着我，所以我不能出任何差错。桑柯夫的家族，恩格烈沙的家族，总队长虎牙，退位的所有长老，尤其是'疾驰焰痕'加尔萨纳……他们的目光全在我身上。既然我别无选择，只能指挥远征队支部，我就必须证明给他们看。于是有一天，我明白了。我必须满足人们最基本、最原始的一种渴望：对'传说'的好奇心。我让远征队捡回旧世界零零散散的用品，充分满足人们的幻想，让他们即使待在瓦伊特蒙的阴影中，也能听着故事去品尝冒险的梦。

"效果很好，人们开始热爱这样的东西。让我始料未及的是,远征队支部竟从无人在乎的杂牌军,摇身一变成为最受欢迎的英雄。男女老少全簇拥着他们,争相聆听在远古遗迹冒险的英勇事迹。每一次有奔灵者从新找到的遗迹返回,他们会三天三夜被人群包围,说着真真假假的故事。比起外出找食物和死守岗位,这炫目多了。突然间,所有年轻的奔灵者都想加入远征队了。有人说想去北美洲,有人说想去南极洲,他们兴奋地讨论这些事。人们崇拜我,同时也惧怕我,因为我操控了他们精神上的渴望。终日待在阴暗洞穴的人们,我就是他们的阳光。

"是的,身为无法奔灵的女人确实艰辛,这条路令我心力交瘁。但人们很快又忘记我天生的劣势,只记得我能掌控所有远征任务的地位。当时我知道我成功了。远征队才是冰雪世纪的人类所需要的,因为它有正视未知恐惧的力量,以及面对未来版图的信仰。

"所以雨寒,我请求陀文莎无论如何必须把你编入远征队,只有这样,当你继承这个位置,才能做到我所无法做到的事。这时机来得出乎意料地快,我知道你心理上尚未准备好。但我看过许多人,知道谁有办法给予众人他们所需,谁会被众人背弃。雨寒,我相信你可以的,你会是比我更优秀的长老。

"别一副吃惊的模样。你是我的女儿吧?"

芬 澜

平地上冰雪交接的地方像是动态的调色盘,浑浊与清澈,静穆与飘摇,由无尽的风一次次搅和,与时间的冰封之术抗衡。

迁徙大队正经过一片结冻的湖泊,时而踩着蓬松的雪,时而踏过硬实的冰。艾伊思塔判断这里曾是碎冰带的裂口,海水灌入后形成枝流状的湖,绵延数里,表面不断结冻又不断碎裂。奔灵者的侦察队伍判定这是风险最小的路径。

"这里,请小心脚步。朝那位奔灵者的方向走。"艾伊思塔牵过一位用棉帽包住脸的居民,指向斜对角,站在远处的黑衣奔灵者。然后她再伸手去牵后面几位走来的人。"看好脚下的冰,听从奔灵者的指示。别贸然踩在散雪覆盖的地方。"整个大队延长为纵队,超过百名奔灵者站定在各个关键的据点,组成一条稳固的路径通过湖面。

"看好脚下,请踩在白冰上!"艾伊思塔对摇摇摆摆的居民说,"要试着避开灰色的冰。黑色的绝不要踩!"她不断重复这句话,生怕有居民疏忽。颜色黑的新成冰,薄得连小孩也支撑不了,而偏乳白色的冰层往往超过手臂的厚度,通常可以承受角鹿的重量。

"艾伊思塔,我脚下的冰会发出声音呢!"某个孩子牵着母亲的手回过头来,他的双颊异常消瘦。

艾伊思塔手插腰,装作生气的模样说:"那是薄冰,当然了,你想洗洗澡没关系,但沉下去了我还得去救你,太麻烦了。"

那孩子傻笑一会儿,被母亲牵着走了。艾伊思塔叹了口气。过着这种死亡如影随形的日子,还笑得出来的只有奔灵者和年幼的孩子。或许这是好事。

她的神情严肃起来,看着绵延到视线尽头的居民大队。

湖泊以不规则的形状蜿蜒在高大的冰齿之间,仿佛他们正走在某种巨兽剖开的胸膛。艾伊思塔看着湖面各种紊乱的色调,判断出几天前这里必定还淌流着溪水,几层冰尚未沉淀和凝结,极度危险,能尽快通过最好。

她在自己的岗位一站就是四五个小时。有些居民用绑在身上的绳索相连,缓缓从她面前走过。他们撑着瘦弱的身子,体力已达极限。瓦伊特蒙带出来的食物早已不够,若非丢失于风雪中,便是人们熬不住饥饿违规偷吃,因此所剩无几。黑允长老下达严格的配粮令,并派出更多奔灵者外出猎食,情况却未好转。

待所有居民通过她面前,天空已暗沉下来,细雪缓缓飘落。

"引光使大人!"呼喊声从前方传来。

她看见某处的人群发出骚动,知道出事了,便立刻乘着栖灵板朝那儿去。板子的边缘刮起冰霜,传来嘶嘶声及湖面的裂响。

一位居民被湖面破碎的残冰围绕,脖子以下都在水里。他痛苦地仰着头,灰紫色的唇已发不了声,手中紧握一条麻绳,其他居民正在想尽办法要把他拉上来。

"低下身子,别同时接近他!"艾伊思塔缓下栖灵板的速度,惊慌地看着成群拥上的人群,"这一带的冰面很脆弱,两个人去拉他就好。"

"艾伊思塔!葡慕也掉下去了,没看到他再上来!"有人喊道。

一旁已有其他奔灵者陆续赶来,但所有居民只紧张地朝艾伊思塔比手画脚,似乎把希望全寄托在她身上。

葡慕?!糟了,底下可能有暗流!艾伊思塔立即脱下披风,唤出虹光包覆身躯,想也不想地跃入水里。

底下一片幽暗,她横着身子趴在栖灵板上游动。艾伊思塔做好心理准备,让九成以上的虹光脱离她的身体,在一旁化为虎鲸的模样。一旦彩光离开她的皮肤,顿间上升的冰冷差点儿夺走她的意识，但艾伊思塔硬撑着双眼，凝视雪灵游过的前方。

它像闪烁的色泽晃过眼前，拉开好几道柔韧的光丝点亮了周围的黑暗。有那么稍纵即逝的一刻，她隐约看见人影。

艾伊思塔立即让芬澜过去。虎鲸绕了个圈，张开透明的嘴，吞下那位正在徒劳挣扎的年轻人。葡慕臃肿的身躯被包覆在彩光中。

艾伊思塔迅速游了过去，从身后搂住他，对方却本能地转身勒住她，让艾伊思塔差点儿呛了气，冰水灌入肺腔里。

虹光收缩到栖灵板里头，仅在两人的身上留下一层闪烁的光模。板子仿佛有了自己的意识，带着他们加速上移。

艾伊思塔拉着葡慕突破水面，伸手搭住最近的一块碎冰。她听见人们发出欢呼声，有孩子雀跃地叫着："引光使大人今天又救起一个人！"

葡慕在她的怀里拼命咳嗽，死命抱紧她，大大的手掌用力握住少女的胸部。

艾伊思塔的脸色都青了，咬紧牙把栖灵板抛到岸上，再把右手的铁链抛给前来营救的奔灵者。"你快松手！"她朝葡慕喊，并挣脱对方僵硬的手臂，用另一条锁链绕过他的腋下,紧紧扣住。

这片湖泊的尽头被阻隔在一圈环形的丘陵当中。混乱的冰层、永恒的吹雪使地势凹凸不平,但迁徙大队今晚必须在此扎营。许多居民的雪橇可以直接拉起皮布成为帐篷,几个人钻进去并排睡。奔灵者则使用安装在背包底下的单人轻型帐篷。

艾伊思塔把自己的篷子搭在高处,紧靠一面高耸的雪墙以防风。现在她在里头裸着身子坐在栖灵板上,把湿透的衣裳挂在篷顶的横架上。腹中的饥饿感越来越强烈,但她设法不去想,让雪灵转为柔黄的色调,有如触须般抚弄着她的脚踝。光波卷上她的小腿,再为腰间带来温暖,然后沿着胸部的弧线缓缓向上挪动,覆盖住湿润的绿发。

即使已有不下十次入水救人的经验,艾伊思塔仍难以适应那种夺命似的冰冷。但只要她的身体还撑得住,就不会停止救人。在她远行的时候,乔安死了,她连他的尸体都没见到。她不想再有居民死去了。

事实便是艾伊思塔的雪灵在水中的能力无人能出其右,因此现在就连奔灵者也得迁就她。被迫潜水救人的一连串经验,更让她加速领略到在水中活动的要诀。

雪灵的六大属性——基础灵力、灵迅力、抗缚性、灵体分散性、灵力复苏性、物理影响力——当中她的"灵体分散性"或许没有像雨寒等人那么强大，但艾伊思塔已找到诀窍将雪灵切分为两部分：一方面包覆身体维持温度，另一方面让雪灵具象化。她吃惊地发现，芬澜的"抗缚性"在水中竟会倍增，能游到比想象中更远的地方。

不久前她才把这些心得与其他奔灵者分享，他们则告诉她一个巧合：当初在暝河能够有效操控雪灵的第一批奔灵者，除了有出众的"灵迅力"，还有一个奇特的共通点是他们的"物理影响力"都偏弱。

芬澜的这方面也非常弱，如果不透过镀银锁链或栖灵板，几乎分毫无法影响物理世界。

艾伊思塔不确定为什么会这样，但有奔灵者猜测只有那些可以完全忽略物理阻力的灵体，才能在水中敏捷地发挥机动力。

她拿毛巾擦干长发，心中不免感到讽刺。多年以来，绝大多数奔灵者鄙视她的身世，视她为潜在敌人。但自从她从"方舟"归来，展现水中能力，再加上迁徙面对的危机，让她必须和所有奔灵者打交道，他们的联系也更加紧密。久而久之，原本不太信任她的奔灵者都承认，或许她真有独自一人远行找到恒光之剑的实力。

但艾伊思塔还是提醒自己别忘了过去的伤痕。她不属于他们。从小到大，只有普通居民不会因血统而公然排挤她。蓝恩大妈，菜园的贝琪，和她一起在洞穴里玩冒险游戏的费氏兄弟，甚至是频频向她表白的胖子葡慕。当然还有总是鼓励自己的乔安，以及老园长汤比……他们是她唯一的家人。

这阵子总队长招揽她加入前沿探索的奔灵者队伍，希望借重她曾独自远行的经验，为居民找到风险较低的路径。

艾伊思塔对这处境感到矛盾。但她明白，融入奔灵者的体系，才能听到第一手消息，也才能够更好地帮助到居民大队，保护他们平安抵达迁徙的终点站……

帐篷被掀开，一阵风灌了进来。艾伊思塔赶紧捂住胸部惊叫："是谁？！"

爬进来的身影裹着护脸的围巾，满身雪霜。"我不是告诉过你如果篷子要靠着雪壁搭建，出口的方向不能对着下坡的角度？你看这面雪墙有多高。现在出口避开了风向是很好，但如果晚上风头改变，上面的雪架塌了下来，要挖出逃生的通道会很困难。"男子拿进来一个结满雪霜的栖灵板，"这种初级奔灵者常犯的错，你竟然还会犯啊！"他单手勾起遮目的头巾。"看来我回来得正是时候。"

艾伊思塔全身赤裸，雪灵的光从身旁散开。她睁着眼，直勾勾地盯着眼前的男子。

淡灰色发辫落在白色披风上，左耳戴着骨片和细链耳环,腰间两柄剑鞘。亚阁脱下被雪片覆盖的背包及披风,开始解下皮靴的绳子。过了几秒后,他才望过来。"咦?你怎么不说话?"

艾伊思塔看着他许久。"你去哪里了?"

"今天吗?离这里有段距离。我是来告诉你们,别再朝西北方向前进,北方的碎冰带开始南拓,趁现在先往西南边绕个两天吧——"

"我说你这阵子都死去哪里了?"艾伊思塔上前揪住他领子。

"呃……等等,这种欢迎方式太激烈了吧?"亚阁一把扯下自己的头巾。

"瓦伊特蒙被狩夺走了,我们带所有居民逃出来,很多人死去……我们……我担心……"艾伊思塔的怒气在胸口膨胀,却在眼角变成泪珠,"你消失了三个星期!一点消息也没有!你知道我多么害怕你——"她抹掉抑制不住的泪水。

"是啊,我在外修行归来,从'深渊'的密道踏入瓦伊特蒙,发现居民竟然全变成狩了,吓死我了!"亚阁苦笑,"我还杀了一圈想看看怎么回事。还好你们人多,行迹很明显,追踪两天就找到了你们。"

"修行,修行什么?"艾伊思塔皱起眉头,双颊通红,"而且你为什么不早点儿告诉我,至少让我知道你平安无事……"

"你知道不用担心我的。至于为什么没早来?因为你现在总是和那群奔灵者混在一起。很烦啊。"

这有关联吗?艾伊思塔不懂他在说什么。亚阎总是这样,不想让任何人知道他的行踪,艾伊思塔心想一定要找机会问清楚他到底在隐瞒什么。"你要我不担心,可能吗?"她激动地说,"占领瓦伊特蒙的魔物跟暝河一样大。一百名奔灵者攻击它都没效果。"

亚阎想了想。"有吗?我没看见那样的东西。"

艾伊思塔停下动作,不解地说:"怎么可能?就是它使瓦伊特蒙沦陷的。从来没见过那么大的魔物,长得像生物的触角。它隐藏在暝河底下已不知多久,然后突破北环大道的入口让风雪都吹进来,狩群才得以闯入啊。"

"是吗?……我只看见整个地方都被雪末给覆盖了。经过许多人的尸体,还有杀不完的狩。但没看到你说的庞然大物。"

艾伊思塔瞥向一旁,思绪混乱。这听来极度不合理。那东西占据了大半座黑底斯洞……

亚阎伸手帮她擦了擦眼泪,凑近身子微笑。"好久不见。"

艾伊思塔没好气地盯着他,噘起嘴时怒意全浮现在脸上。亚阎单手搭在他的栖灵板上,让幽柔的彩光飘出来,用自己的雪灵挑逗她的雪灵。

"你说的触角……是像这样吗?"亚阁加深了笑容。他的雪灵变幻了形态,成为许多温柔的触须飘晃着,更从七彩转换为红宝石般艳丽,持续纠缠她的雪灵。渐渐地,芬澜仿佛也被渲染,转为一波波绯红色的光。艾伊思塔不自觉地轻喘,放下胸前的手臂。

亚阁温柔地抬起艾伊思塔的脸蛋,拨开湿润的长发,凝视片刻后,将她搂了过来。

灰蒙蒙的天空下,迁徙大队的意志力不断遭受挑战。

食物的短缺,突来的暴雪,碍于行走的地势全成了问题。

面对稍微有点斜度的坡道,居民必须以上翘的雪鞋尖端插进雪里,一步步上攀;下坡时则侧着身子,以雪鞋的侧边为阻力,一步步下行。这样的行动非常消耗体力,人们走走停停,一直需要休息。一天下来,真正移动的时间不超过六小时。

残酷的事实便是每天都有人在雪地死去。尤其当暴风雪来袭,大队伍绵延数里,为了不耽误自己的亲人,有些在队伍末端的伤患及老人选择自我了断。

某天夜里,艾伊思塔听到居民说,大队里最后的孕妇好不容易撑过一整个月的迁徙之途，昨天捧着肚子，与丈夫静静坐在雪地。她的丈夫带着微笑告诉其他人："你们先走吧，我们随后就到。"

然而再也没人见到他们一家子。艾伊思塔望着漫天白雪，有股冲动想返回去找他们，却知道为时已晚。

而这阵子，迁徙大队有个更严重的问题。十位居民为一小组，十个小组由一名蓝巾奔灵者领队照料。这样的制度看似合理，执行起来却难上加难。同组成员之间的身体状况、行动速度大不相同，时常有组长顾不了分散的成员，或是人们需要蓝巾领队时却找不到人。结果便是任何人一出问题便呼喊最近的愈师，也不顾情况缓急。

由于长期劳累，欠缺睡眠，开始有愈师病倒了。

而长途迁徙的过程，寒冷是最大的敌人。它会削弱你的思考力，击退你的意志力，令你什么都不想做，只想用尽一切方法让自己温暖起来。就是在这种时候，不可靠的本能会霸占人们的心智，让他们在最危险的地方停下脚步，搓弄冻伤的手，也不换掉湿透的衣裳。

当寒意侵蚀了你的意志，学过的一切都不再管用，你甚至再无法理会身旁的人，像具活尸般走动。不断有人在雪中倒下。

唯一不变的是大队中央总看得见两位居民骑着高大的羊驼，拉着黑允长老的雪橇。长老的面孔异常惨白，脖子与手腕都比以往瘦了一圈。

即便如此,艾伊思塔仍看见黑允长老撑起虚弱的身子,在大队休息时游走在居民中央,或找不同的奔灵者交谈,强调他们肩负的重要责任。和以往最不同的是,现在黑允长老无论去哪儿,总带着雨寒在身旁。

艾伊思塔单手遮住纷飞的雪片,从远方眺望着她们。雨寒一直带着莫名的愁容,但不知不觉间,她好像长大了。

迁徙的人群像渺小的沙尘,在白色大地显得如此柔弱无助。艾伊思塔叮咛自己,她还有必须完成的探路任务,否则大家都有危险。

"跟我来——"她逆着风朝三名奔灵者喊道。

她带着他们在冰壁之间滑行一段距离,左侧的冰墙越来越高,正前方则出现一片宽广的开口,通往右侧展开的平原。"我们把居民带来这里,"艾伊思塔说,"然后沿左方绕行。"

"——左方?"名为朗果的奔灵者把两手的圆锤压到雪里,语气充满狐疑,"那儿地势很杂乱,如果误进了不该进的狭道,折返风险太高了!还是先把居民带往平原吧!"

"相信我!我这一带都跑过了!"艾伊思塔面不改色地撒谎,"西北西的碎冰带已经蔓延过来了,左侧冰域的地势会坚固许多,不出半天我们就可以脱离那些碎冰的威胁!"

那几位奔灵者相望了一会儿,似乎还想质问什么。但迄今艾伊思塔给的建议从未出错。"明白了,就照你说的走吧。"朗果等人动身返回迁徙大队。

艾伊思塔回首,看向远方冰墙上的渺小身影,然后点头。

亚阎的面孔被头巾与围巾遮住大半,披风在风中摆荡。然后她看见他的身影淡去,再度消失在风雪中。

说来也奇怪,亚阎不但能预测地形,他似乎还可以预测奔灵者的前沿探索部队会采取什么样的决定。

迁徙大队每一天该走什么路,取决于两个要素:首先是下一个阶段的扎营地点。决策变量包括那地方的地貌是否坚实,能否遮蔽风雪,预计停留的天数,以及附近有没有可采集的资源等等。第二个要素则是从现在的营地到下一个营地,中间选择哪条路径对居民最为安全。除了分析地势,还得考虑每天人群负伤的情况。

由于冰域的变化越来越难以预料,总队长决定在抵达澳大利亚沿岸之前,每晚固定召开路程的确认会议。他自然也邀请艾伊思塔加入。

她本来有些犹豫,但亚阎希望她这么做。

她成为亚阎的眼和口,在一次次证明她提出的路径建议是最优选择之后,她渐渐能够影响统领阶级的决策。在烛火通明的羊皮帐篷内,每当艾伊思塔开口,人们都会静下聆听。

但亚阁仔细叮咛过,由额尔巴、红狐、哈贺娜及飞以墨率领的决策小组拥有多年的远征经验,多半情况下非常可靠。所以只要他们当中某一人提出的想法和亚阁的一致,艾伊思塔就会闭嘴不说话,只点头附和。

而多数情况下,亚阁不会主动和艾伊思塔会面。亚阁只有在两种情况下会偷偷出现在她面前。要么就是前方地势出现奔灵者尚未察觉的剧变,要么就是他预测他们肯定会选择一条看似合理,却会错失良机的途径。这种时候,他总会要求艾伊思塔去说服统领阶级改变路径。

艾伊思塔不清楚亚阁怎么有办法连远征队长的想法都摸得一清二楚,但她尝试扮演好自己的角色。困难的是如何说服这些远征老手。

"接下来两天,我……我建议转往西南方。"某天她在会议中提出。

"攀上高原?"额尔巴的身子往后倾,极度诧异地盯着她。其他人也满脸莫名其妙。艾伊思塔的心跳变快了。

"是的,起初这段路会比较辛苦,但踏上那高原后,一切都会好转。到时沿着它的地形弧线,自然会弯回西方笔直前进,对吧?"

"引光使大人,您疯了吧?"哈贺娜交叉的双手压着胸口紧绷的远征衣束,"你要我们全员偏离路径?有什么理由非得这么做?"

他们全凝望着她,艾伊思塔却说不出话。

因为前一天亚阎半夜忽然把她摇醒,在她迷迷糊糊时丢下这道指令后便离开了,什么也没讲清楚。他只说:"到时你就知道了。"

她在心里咒骂亚阎一万次。

"这会多出两天的路程……如果缺乏很好的理由,为何要居民多去忍受苦头?"飞以墨好奇地问,总队长也正看着她。现在艾伊思塔沮丧地想挖个雪窟钻进去,因为她根本不晓得怎么回答,只能故作镇定。

"我……呜。"艾伊思塔的笑容非常尴尬。

"两天的距离,不容随便。"总队长也说,"艾伊思塔,我们相信你选择路径的直觉,但还是得说说你的理由,我们得做出相应的人员调配。"

"是啊,否则就照原计划吧,省去不必要的风险。"哈贺娜斜视她。

艾伊思塔感觉自己的屁股结冻在了帐篷地上,僵硬得动都动不了。她就这样沉默了许久。

最后她慢慢抬起头。"是狩。我好几次看见西北方有狩的身影。"

此话一脱口，没人再反驳。

当天晚上他们找来许多前沿探索部队的奔灵者，警觉地逐一询问。似乎只有艾伊思塔一个人看见狩的身影。她红着脸，坚持自己真看见魔物了，激动地狡辩到人们不得不信。但她不经意看见总队长的视线停留在自己身上，似乎在思考什么。

隔天清晨，迁徙大队耗了半天时间攀上西南方的高原。

各远征队长都调度了更多奔灵者在迁徙大队的右侧巡逻，生怕狩群出现。所有战士成天神经紧绷。胆战心惊地盯着地平线。艾伊思塔像泄了气般看着他们。

高原一带没有起风，寒冷的程度却有增无减。当天夜里，艾伊思塔以自己的雪灵为居民提供温暖，却发现贝琪发了高烧。在一旁的篷子里，几位愈师正在为"槌子手"骆可菲尔、银匠布闵两人治疗冻伤。还有两名愈师每时每刻围着首席学者帆梦，即使他说自己的身体已无恙。

艾伊思塔在居民的营帐间游走，直至深夜。有个八岁孩子的双腿必须锯掉，还有个老妇人昏迷之后再也没有醒来。很多居民缺乏愈师照料，却只能等待。

第二天的旅程稍微顺利些，高原的缓坡挺适合雪鞋和雪橇行进，居民能毫不费力地直行。眺望前方，雪地和云层几乎接壤在一起。群众的身旁逐渐出现几道浅浅的溪流，水的颜色呈淡淡的蓝。

快到正午时，她和汤加诺亚一同滑行在蓝恩大妈身旁。大妈的胸前抱着两个婴孩，布巾把他们包得密不透风，只露出两对可爱的小眼睛。

"还好他们看来很健康。"艾伊思塔欣慰地说。

"连入侵瓦伊特蒙的怪物都拿他们没办法，这对双胞胎命可大了。"蓝恩大妈笑着说。然而艾伊思塔担忧地发现，蓝恩大妈也比以前瘦了好多。

"说到狩，听说北方出现它们的踪影，可得小心了。"汤加诺亚神色紧张地打量右侧天际线。

艾伊思塔绷着脸，不发一言。

"咦？那是……我好像看见什么东西了。"汤加诺亚忽然说道。他朝一旁滑开来，然后朝她挥手。"艾伊思塔！快过来看！"

她立刻滑动过去。他们的栖灵板停在一条小川流旁，透明澄澈的水中有道黑影跃了起来，后面又跟了几道黑影。

"是鱼啊！"汤加诺亚极度吃惊。

不会吧……艾伊思塔愣了一下，目光追着川流的方向。然后她挪动脚下的板子，朝前方滑去。汤加诺亚紧跟在后。

浅川不断向前延伸,她再次加速,看见有更多小河从旁融入。堤岸边的白雪底下是明显的块状碎冰。思绪在艾伊思塔的脑中奔腾,她忽然有股惊奇的预感……

亚阁说过冰的密度没有水来得密,因此会上浮,结冻的才只有河面。这是大家都知道的简单现象,却对地球的生态产生了决定性影响:有多少人们看不见的生物得以在冰面下生存下来,就是因为水的特性。

所以亚阁找到了。当地势发生变化,冰层破裂,河水暴露出来,底下的磷虾和浮游生物会把鱼类吸引过来,而鱼群又会吸引……

她害怕自己的推论快过自己滑行的速度,害怕看见终点时会大失所望。她甩甩头,不去多想。

突然前方的地势下斜,底下的景色猛然映入眼帘。身后的汤加诺亚惊叫出声。

那是片淡蓝色的内湾,连接好几个钩状的湖泊。数条小河从各方汇集过来,带着鱼群奔跃。有一群海豹窝在湖岸边,其中几头玩儿似的进出水面;成群的海燕在湖的上方盘旋,时而落下来栖息在浮冰上。

这是个罕见的生态区。

艾伊思塔和汤加诺亚绕着天然的梯状坡道一层层往下滑,在柔软的雪坡上留下板子的印痕,直到他们接近湾边。

她简直不敢相信眼前的景象,高原的另一侧竟会有这样的地方。身后陆续有奔灵者赶上他们。

"阳光在上!你太厉害了!"一名奔灵者转头对艾伊思塔说,他的手中已拿出绳网。"引光使,在深水里活动不是我们的强项,但猎食可是我们的专长啊!"

艾伊思塔有点诧异除了居民外,竟有奔灵者也这么称呼她。

她看着人们怀着难得的笑容,朝鱼群奔去。越来越多的居民来到高地边缘,大大小小的身影映着背后的苍灰色天空,欢欣赞叹。

离 焱

湾内的水清澈得仿佛另一个世界，有鱼群游过，也看得见底部的冰床，是好几种浓度的蓝。

圆形的内湾连着整串钩状的小湖泊，整体看上去犹如某种女性首饰，隐隐透出蓝光，映着周围白雪，这景色美得令凡尔萨忘了呼吸。他拿起栖灵板和巨剑，沿着浅溪徒步下行。

居民分批抵达时，奔灵者已展开捕食工作。他们选了几个角度，同时拨弄水面将鱼群赶往某个方向。"'捕手'，快！趁现在！"有人呐喊。

一位奔灵者在湾岸边释放出雪灵，数道光波像抛物线落入水中，交织成为光网，然后他用镀满银纹的双刃长枪揪住光网的一端，使劲往岸上拉。一拨拨蹦跳的鱼被逼上了雪地。

不仅鱼群，另一侧湖泊上的岸边还躺了一群海豹。几位持弓的奔灵者接近，架上箭矢后数箭齐发。有两只海豹被射中,其他的跃入水中。精准击中目标的两位,一个是名为帕尔米斯的绿发奔灵者,还有站在他身旁、把半边灰发绑成一束辫子的女孩,据说叫莉比丝。凡尔萨听说他们曾经都是探寻者支部里很优秀的弓箭手。

好几位奔灵者已朝受伤的海豹跑去。那些是曾隶属于探寻者支部的人,总随身携带名为镐槌的工具,以致命的槌面重击动物脑门。一头负伤海豹的头壳被一击碎裂,眼珠瞬间变得浑浊。另一只却拼死挣扎,扭着身子想逃回水里,负责擒杀它的奔灵者高举镐槌,敲了好几次,直到它脸都变了形,鲜血流满雪地。然后他们以工具反面的利镐钩住那两只海豹的身躯,将它们拖向欢呼的人群。

迁徙大队破例在这个毫无屏障之地扎营了好几天,以补给下一段旅程所需的粮食。

所幸天候眷顾,人们有充足的时间做好一切准备。他们持续捕猎,在营区四周挂起抹了盐的海豹肉风干,并晾起它们的皮毛。人们也将鸟肉和鱼肉都抹上盐末,再添加从瓦伊特蒙带来的各种香料。

不仅凡尔萨,许多奔灵者都露出诧异的表情,没想到面对逃亡,有些居民竟然选择携带那么多的调味品。这些全都是重量。

他们自豪地为奔灵者准备食物，细细解释各种香料的名字——火螺皮托草，一种有红色斑点的白色叶片，能为鱼肉添加果香；卡娃叶，有淡淡的薄荷气味；带刺的乳白蓟，具有提神的苦味；水田花，一种白色芥末；以及皮可皮可——从边缘之门外面的湿地采集的蕨叶，据说存有远古森林的清香。

居民兴高采烈的模样令凡尔萨在心里谴责他们的天真。看这些人做决定，难道欲望比生存更加重要？

然而当他盯着他们越久，心底却浮现一个疑问。会不会……即使面对生死存亡，这样的选择反而珍贵？过去几年，对瓦伊特蒙的恨意和对父亲的亏欠俘虏了凡尔萨，逃避和无作为成了他的本能。已经许久，他没有想过自己"想要"什么。

"大伙儿得好好享受这难得的一顿！"蓝恩大妈大声呼喊。她领着上百位居民，为所有人打理餐点。她还切下一份特别柔软的鱼肉，淋上亚麻籽油，走过来递给凡尔萨说："这拿去给缚灵师。欸，还有这个，"她递出另一份，白肉上有火红的粉末，"这是给雨寒的。"

凡尔萨若有所思地看着两手上的鱼肉，被蓝恩大妈推了一下。"别愣在这儿，快去！"她的手用力地推凡尔萨的背，"等你给完才可以回来领你的那份。"

凡尔萨照办了，他来到缚灵师的棚子里，看见有愈师和居民陪在她身旁。他放下食物要离去时，陀文莎拉住他的袖口。

"先别走……"缚灵师的眼神蒙眬。"我们会在这儿待多久？"

"总队长还没说。"凡尔萨回，"但如果他们聪明点，就不会让人们误以为这儿是天堂。"

他找不到雨寒，她的固定帐篷里空无一人。女孩这阵子似乎多了许多工作，两人已许久未曾交谈过。凡尔萨几乎走遍整个营区，才在首席愈师安雅儿的营帐内找到人。

雨寒跪在自己的栖灵板上，正握着母亲的手，强忍泪水。黑允长老躺在安雅儿的腿上，面色枯黄，呼吸有粗重的杂音。

凡尔萨把食物轻轻放在角落。"这是蓝恩大妈给你的。"说完他就要离去，却发现黑允长老正凝望着他。

凡尔萨停下脚步，胸中浮现出难以解释的复杂情绪。但他什么也没说，就这么看着黑允长老，等待她开口。

基于某种他不清楚的原因，黑允长老竟慢慢露出微笑。"原来你是加尔萨纳的孩子啊……"长老虚弱地闭起眼睛，沉重地吸着气，"呵……你父亲时常提到你呢……"

凡尔萨眉头深锁，不知该如何回应。长老的语气令他困惑。

"出去吧……"黑允长老说道。

他想说些什么,却选择咬紧牙,退出了帐篷。

隔天,内湾首次落下淡淡的雪,宝蓝色的水面无限幽静。在朦胧的微雪中,黑允长老去世了。

人们来到湾头的彼端,一条流往远方的河川旁。凡尔萨独自站在高处观看。

三长老中,只有黑允获得应有的告别仪式。数千居民及所有奔灵者在岸边围成一个半环,恒光之剑在他们中央。人们看着额尔巴及红狐半身入水,抬着长老的遗体。她已披换上雪羚的衣裳,戴回闪亮的头饰及鼻环,身躯底下垫着帆布巾。雨寒则站在旁侧,弯身亲吻母亲的额头。

从这个距离,凡尔萨看不清女孩的表情,但他看见一只虹光鸽子从雨寒的栖灵板飘晃出来。

人们矗立雪地,动也没动。周围连风声也静止了,只有雨寒的雪灵在空中摆晃翅膀,洒开缥缈的虹光。飞过恒光之剑时,鸽子的灵体片刻转为金黄,并在颜色尚未恢复之前,温柔地沉入黑允长老冰冷的躯体。

雨寒抬头将帆布封起,并从两位奔灵者手中接过母亲的遗体。

有那么一刻,雨寒似乎无法放手。就在凡尔萨这么想的同时,河水却已推动黑允长老,缓缓漂离,然后愈渐快速地远离众人的视线,消失在白蒙蒙的彼方。

雨寒低下头,波浪般的黑发撒在双肩,她的双手紧握,半身仍在淡蓝色的川流中,仿佛念起祷文的模样。雪片落在她的身旁,染上浅蓝的光晕。

待雨寒走上岸,总队长和其他统领阶级的奔灵者靠了过去,聚集在她身边。亚煌告诉所有居民,从现在起雨寒即是瓦伊特蒙唯一的长老。

有人低声交谈,也有人露出不解的神情。凡尔萨留意到在场所有奔灵者的表情都相对镇定,代表他们早已知情。

此刻之前,凡尔萨什么也没听说过,他们依然把他隔绝在外。但他并不对此感到惊讶,因为他从未属于他们。他只感觉到胸口下沉,像是情绪被掏空,只能站在远处观望这一切。

渐渐地,他无法解释心头那股伤感的由来是什么。是因为黑允吗?他不确定。他曾经痛恨的三长老都过世了,他应该感到解脱,甚至高兴才对。然而看着雨寒和围绕她身旁的人,凡尔萨的心中浮现出一股莫名的失落……就像周围的飘雪一样缓缓下沉,无声堆积。

潾 霜

迁徙大队已进入以往远征队称之为"狭冰地域"的地方，这是抵达澳大利亚沿岸之前最危险的地带。在时而飘来的海风气息下，是上千里的崎岖道路，及永恒龟裂的碎冰带。

新上任的长老雨寒年纪尚轻，多数奔灵者均面露忧色。所幸实质任务的分派仍是由总队长亚煌、冰眼额尔巴等老将来主导。一切未有太大的变化。

路上仍有居民死去，以年长者居多；据说有居民小组在不得已的情况下，选择抛下落单的伤患。但生存下来的人们，似乎越来越能适应白色大地的情况，尤其是孩子们，他们对寒冷的承受度惊人地高。

问题在于合体的行进速度。

旅程数周至今，大队缓慢的行进速度还没有酿成致命的问题。但进入"狭冰地域"之后，这样的状态很可能导致难以想象的后果。

因此数天前，在统领阶层的讨论下，奔灵者的组织形态有所改变。

总队长把七成左右的奔灵者全留在大队身旁，以防突来的地势变化。这代表找寻营地的职责、探索路径的职责，还有猎食的职责，全落在极少数的奔灵者头上。这些身负重任的人当中包括哈贺娜、飞以墨等远征队长，还有艾伊思塔。他们时常必须自己一人扛起以往一个小队负责的任务。

但他们都是奔灵者当中最具经验的佼佼者，就算独自脱队远行两三天，也有办法回到迁徙大队身边。

俊自己的职责并没有太大的变动，他身为护航小组的一员，多半游走在大队的北方。

在艾伊思塔的提议被总队长认可后，今天的路径已定。俊和另一位叫达特的奔灵者正驻守在波浪般的雪丘间。迁徙大队就在南边一段距离之外，从这里看不见任何人影。

"你还好吗，怎么看来有些心神不宁？"达特瞥向俊。

"啊……我没事。"

"给。"达特嘴里叼着肉干，他撕下半片，然后伸出黑色手套。

俊接过来。那块肉干咸得要命。

虹光从他的栖灵板尾部晃了出来，像数道细小的彩影摇摆一阵，又缩了回去。俊的睫毛像雪蝉的羽翼般轻轻眨动，不解地凝视自己的板子。数周以来，他的雪灵有些无法解释的动态，似乎出于它的自由意识在挣扎。俊不确定是不是自己持续低落的心情影响了它……

放眼望去，在他面前的雪地上散布着块状的冰座，它们的顶端被白色的厚雪给覆盖，侧边却隐约露出晶莹的淡绿色冰面。在视野中就像撒在白色毯子上的宝石。

这是这一带雪域常出现的景象，那些结固的块状冰曾经都是海水，蓝中带绿，宁静而美丽。对他而言却是梦魇。

就在不久前……他见过类似的场景。但那一次他的身旁有五位同伴。

哀伤在胸口涌动，俊试着压抑情绪，脑中却飘过几个身影。戴着金属手套、冷静沉着的弓箭手埃欧朗；个头高大、轨迹拉出虹光的"破荒蛮子"戈剌图；浅发浅瞳的愈师攸吕；阴沉怪异的茄尔莫；以及领导三大支部的精英踏上那条不归之路，联合远征队的队长……

他们曾是怀抱共同使命，奔驰在白色大地的六道黑影。

俊想起他们也曾来到狭冰地域，但是抵达"45度角关口"时并没有朝西边的澳大利亚大陆沿岸而去，而是转往东北方绕行结冻的太平洋，前往所罗门群岛。当时无人预料到是什么在等待着他们。

"我知道这是生与死的赌注,我们每个人都有可能付出生命。"路凯的声音在脑中响起,"但无论在前方等待的是什么,我们会一起面对。"

"我会在你身后。"俊告诉他。

十五岁那年,束灵仪式即将到来,他们也开始学习扎代表奔灵者文化的精细发辫。

某一天,缚灵师发出指示,要俊在当天正午朝北方出发寻找雪灵,并吩咐路凯先等两天再朝东边去找。

然而当时的灵板工匠生了重病,并没有完成俊的栖灵板。

路凯把刚拿到的魂木工板在怀里掂了掂,然后递给俊。"你用我的吧。"

"这怎么行……栖灵板是量身定做的,要用半辈子的。"

"我们训练时不也常常交换板子用?"路凯严肃地说,"你得做个决定。理想的工板,或者理想的雪灵。"

俊愣在原地许久。但路凯的话说服了他。

三天后,他们不约而同带着雪灵归来。两人一起跪在缚灵师的面前,同样神色紧绷,因为不知道自己捕捉到什么样的雪灵陪伴一生。

"束灵仪式开始后,你们会听见彼此雪灵的'真名'。没问题吧?"缚灵师提醒他们。

"当然没问题。"路凯说完,对俊露出了笑容,"看样子,以后我的命握在你一人的手上了。"

这个玩笑话让仪式开始前的紧张气氛获得些许缓解。当时他们俩并不晓得路凯随口的一句话,在他们成为奔灵者之后将是千百倍的真实。身旁这位战友会好几次与自己出生入死,为了瓦伊特蒙的存亡并肩而战。

缚灵师的声音开始与空气起了共鸣。路凯望过来时,黑色的眸子闪烁着坚定的神情。

然后两人闭起眼,同声念出祷文。

消逝的生命,莫忘远方执念。
自沉睡中苏醒,唤醒对方到来。
两者相互牵引,永恒循环的意志。
环绕着生灵的轨迹,怀抱着净化的意念。
以未来弥补过去,我们并未忘却远古的誓言。
纵使光明破灭,黑暗丛生;直到天地灭裂,生命终结,
我们是奔灵者——文明延续的轨迹,寒冷黑夜的光源。

我们是人类信念的守护者，远古遗迹的继承人，以银纹为脉，以魂木为骁，划开白色大地的冰冷之躯，燃烧灵魂深处的光引之魂。

纵使光明破灭，黑暗丛生；直到天地灭裂，生命终结。

但为何只有我……活了下来？

俊感到无比讽刺，当初联合远征部队拼死保护的瓦伊特蒙，现在变为迁徙大队来到这儿。而只有俊一人逃过那场浩劫，他不明白为什么是他。

起风了，眼前一波雪尘飘散开来。天空是一片怪异的景象，仿佛翻腾的云海遭到魔法凝固，以非常缓慢的速度在变化。俊低头看见板子尾端又冒出彩光，像两片小巧的、尖尖的细刃在抖动。

俊感到疲惫，心中又多了个疑问。

打从六年前成为奔灵者，"潾霜"一直都是"沉眠之灵"。

奔灵者从小就被教导，由缚灵师主导的束灵仪式，实际上可以分为三个步骤——"栖合""塑灵""定魂"。

"栖合"是仪式的开始，由缚灵师触碰奔灵者的手，使其魂魄与原生雪灵交融；"定魂"则是仪式的完成，由奔灵者说出雪灵真名来完成。

而在中间阶段的"塑灵",缚灵师本人会感知能力召唤出雪灵的本质,使它从原生态转变为新的形态。雪灵的形态就与飘落世间的亿万雪片一样,没有两者绝对相同,全都独一无二。但大体而言,雪灵的形态又可以分为两种:"形灵"或者"倩灵"。

所谓形灵会拥有明显的形体,往往是远古的鸟兽生物,释放时力量甚强。例如路凯的狮子,总队长的翔鹰。倩灵则缺乏既定的形体,可塑性强,奔灵者可以通过训练来培养出非常独特的能力。比方戈刺图的光轨,埃欧朗的定点炸裂,"捕手"普拉托尼尼的光网,还有远征队长飞以墨的虹刃,皆属此类。

然而还有第三种雪灵,不属于任何一类……俊的雪灵就被归纳为这种"沉眠之灵"。

束灵仪式之后,潾霜的形体既没有改变,也看不见什么特殊能力。只能依附在俊的镀银长枪上发挥灵力。

关于这种"沉眠之灵",历史上有人说它们终会蜕变,也有人认为它们会赋予奔灵者本人更强的体术。这一方面解释了俊与多数同僚相比有更快的滑行速度,更迅捷的刀刃斩击。至于事实为何,历任缚灵师都说不清楚。俊一度怀疑他的雪灵将永远处于沉眠状态——直到今天。

光丝在栖灵板的表面摇摇摆摆,似乎想从栖灵板挣脱开来。俊叹了口气,弯身,以戴着黑色手套的指头触碰那灵体——

"那个……俊,"达特指向远方说,"你看那里。隆起的一堆冰座后方,看见了吗?有东西在动,对吧?"

俊那半透明的眸子凝视过去,顿时握紧长枪,挺直了背。"那是狩。"

达特露出吃惊的表情。"它们怎么会在这里出现?我们不是在附近搜查过了……"

"你去通知迁徙大队,这里由我来。"俊拉紧披风的扣环,绑好衣物上的绳结。眼前只看见四只,但他知道必定有更多躲在后方。如达特所说,他们早已探查过这一带的雪地,很确定没发现狩群的踪迹。它们竟能毫无预警地出现。

俊伫立不动,任由强风吹拂白发和披风,冷视迅速接近的魔物。然后他从胸口取下一条链子——它的上头绑着银色狮子的陈旧饰物。他将它缠绕在手心,再握住枪柄。

虹光开始像细浪一样在板面晕开,通过他的身体来到左手的兵器上。双刃长枪的枪柄镶着错综复杂的银纹,虹光攀附上去,越渐刺眼。现在俊的前方已出现十几头狩,扬起流动的雪波直奔他而来。它们露出利齿满布的胸口,接连发出嘶吼。俊的耳中只听见风声。

怒涛般的魔物要压倒他的前一刻,长枪激起白雪旋转,刀刃划出银色的弧光。

两头狩接连爆开,剩余的不断围来。俊如同疾风,在狩群当中恣意劈砍,在苍白的躯体上划出一道道蓝光绽放的伤口,压根儿不在意是否有击中它们的"核"。

——你们会感到恐惧吗?

一头狩被枪刃劈开肩头,像只半垂死的生物胡乱晃动。俊没去管它,斩向其他。他失去过往的冷静,让自己被成群的高大白影包围。他几乎像是享受一般,舞动虹光诛灭蓝色残影。他甚至没有仔细看清目标,只是不断劈砍。

——你们是否会害怕?你们是否会畏惧死亡?

等他感觉到疼痛,手臂和腰间已被鲜血染红。但俊毫不在意,摇摆脚下的栖灵板杀敌,沉浸在暴风似的情绪中,想象自己就是路凯。

突然一阵奇怪的感受袭来,板子遭硬雪卡住。雪灵的动作不如以往敏捷,这让他清醒了点。

潾霜有异常。怎么会选现在?

在他迷惘之余,眼角瞥见的景象更令他吃惊——有许多狩已从侧边绕过,越过雪丘朝迁徙大队的方向而去。他失职了。

他沉溺在杀意之中,竟忽略了目标。

俊立刻劈开一条路径想追上去。刚越过第一个雪丘,他就看见达特的尸体躺在雪地,身后拖了整条湿润鲜红的轨迹,散开的肠子依然散发着热气。俊冲上第二个丘陵,打算只身拦截超过五十头的狩。

然而无论他怎么击杀魔物,它们似乎越来越活跃。俊终于明白这是因为他自己的体力在逐渐流失。左肩的疼痛回来了,其他伤口也开始影响他的动作。他告诉自己必须保护迁徙大队,然而在暴风般的旋动中,心里某个微小的角落却顺从了命运。或许……

他奋力刺出长枪,却被巨大的冰掌给挡开。狩包围过来,成了密不透风的白墙。

或许就这样战死……也不错……

疼痛麻醉身躯,疲惫擒获心灵。他不打算反抗了,看着几道冰爪朝他的脸部挥来。

某个东西扯动他,千钧一发之际俊被迫向后倒,刚好躲过敌人的攻击。此时,俊才吃惊地看着虹光像沸腾的液体,在他身上激烈窜动。

光波瞬间被吸回栖灵板,从另一端压出一个小光球。

那光球脱离开来,冲出狩的包围网。

它在空中划了道弧形,然后往回飞过来。光球的尾端露出两片尖巧的东西,然后在加速中变形,伸出了光翼——那是某种鸟的形体,带着光丝闯入狩群的中央,又倏地飞过俊眼前。狩想攻击,但才刚举臂,飞鸟已回到空中。

潾霜的速度之快连俊都大吃一惊,但更惊人的还在后头。

在他面前，有三头狩的"核"莫名暴露出来。战士的本能被唤醒，俊扭转板子带动自己扭腰起身，精准地横扫长枪，接连把魔物给劈散。

飞鸟回来了。光翼再次切开狩的身躯，裂口又深又长，揭露出蓝光四射的内核，让俊可以精准击杀。那飞鸟以俊为焦点，拉开一圈又一圈的椭圆轨迹，经过他身边再回到空中。而俊顺着雪灵飞舞的节奏转动栖灵板和刀刃，每次回旋都有魔物爆开。

须臾间他已闯出了包围网。虹光飞鸟紧跟身旁。

更多狩从后方包夹过来，贴近的速度出乎意料地快。俊认出了前方的雪脊，迁徙大队就在它后方。

不行，我得在这里解决它们！他转身急刹。

飞鸟振翅，绕过他的后颈，仿佛以他为支点向前甩，破开面前两头魔物的腰肢。俊迎上前去，刀刃劈散整摊冰屑。

敌人再次集中过来，多得令他喘不过气。里头甚至有几头异常高大的狩，诡异的身体比其他魔物高了一倍。染血的白发在风中飘扬，但他直盯魔物胸脯的蓝光，想起所有死去的同伴。它们夺走他同伴的性命，夺走他最好战友的性命。他知道自己不能再退后半步，必须挡下所有魔物，否则——

庞大的虹光波从他身旁呼啸而过。整排狩在瞬间蒸发，成为消散风中的冰尘。

俊回首，看见雪脊上矗立着数道身影。莉比丝又放了一箭，彩光如石柱般粗大，横扫另一侧的敌人。

"俊——快过来！"帕尔米斯射出两支箭。

俊抹开嘴角的血，立刻朝他滑行过去。双箭从两侧飞过，他听见后方魔物炸裂的声音。更多奔灵者从雪脊冲了下来，以惊人的气势经过白发奔灵者的身旁。双手各持战斧的海渥克，拿着双刃环的尤里西恩，还有奥丁和牧拉玛两位愈师。

俊滑上雪脊，在帕尔米斯身旁停下。飞鸟在他身边回旋两圈后钻回板子里。

"从来没见过你的雪灵，原来是燕子的'形灵'。"莉比丝垂下手中的弓，似乎正在等待灵力复原。

此时又有一人越过雪脊，朝底下的战场奔去。他面戴镶着金属外壳的皮革口罩——那是名为韩德的奔灵者，曾是最出众的远征队长之一，直到某次战役中整个下巴被魔物的冰爪给挖开，地位便被红狐取代。韩德举起一柄细长的弓，弓的表面刻满镀了银的远古符文，然后单手架起两支箭。他用手指调整角度，让它们张得极开，几乎呈直角。

虹光缠绕弓表面的符文，蔓延开来。韩德把弓放横，瞄准战况胶着的战场。

俊看着他松手。两支箭朝不同方向笔直而去,却在它们之间拉开一道弦月般的光刃,扫过魔物与奔灵者。那光波与多数魔物的胸口齐高,所经之处它们被劈开,瞬间爆裂,留下站在飞雪中的战士完好无恙。身旁的帕尔米斯看得雀跃,发出称赞的声音。然而俊凝视这一幕,脑中忽然闪现奇怪的感觉。

他察觉什么地方不太对。

剩余的几头魔物逐一被涌上的奔灵者给斩杀。"你真了不起,竟想自己抵挡那群怪物。"帕尔米斯对他说,并伸手接过其他伙伴从战场拾回的箭。

几位奔灵者也纷纷来到身旁,轻拍俊的背。

"你不要命了。"奥丁说,"下次再发生这种事,赶紧求援,别硬撑。"

俊喘着气,这才感觉全身酸疼。沉默片刻后他说:"达特牺牲了。"

牧拉玛问道:"在那丘陵的对面?"俊点头后,几位奔灵者随即离开。他知道他们将试着埋葬尸体,并取回能用的物件。

莉比丝的半边灰发遮住一只眼,另一边则绑着习惯性的侧辫,以防举弓时受影响。她指着俊的胸口说:"快去找愈师吧,你浑身是伤。"

人们吹起行进的号角声,迁徙大队再次踏上旅程。初霁的雪夹着水汽。

俊穿过湿黏黏的雪幕,在大队的后方找到了韩德。对方把弓拎在背上,与背包相连的皮革箭筒已盖上护罩,积了厚厚一层雪。

"韩德,你的雪灵之力在击中目标时,会额外分散出灵体来锁定狩的弱点吗?"俊知道许多弓箭手都逼自己锻炼出类似的能力,联合远征队的埃欧朗便是一例。

韩德的口罩里传来粗重的呼吸声,他耸耸肩,摇头。

"多数'单核'魔物的弱点都藏在胸腔内,你的斩击算得很精准,一次解决了好几头。但我有个疑问……在那群狩当中还有两三只体积大了一倍的,你的光波应该击中了它们的膝部。"俊说,"为什么它们也死了。"

韩德似乎听出他想说什么,皱起眉头。

"难道它们双膝之中还有其他的'核'?我听说过有这样的魔物,体内的核不止一个。但总觉得那些狩看来相当普通,不该如此。你有见过那些魔物吗?"

韩德这次笃定地摇头。

俊看向一旁,浓密的落雪已抹去远方丘陵的轮廓。他无法判断哪里不对劲。是那些魔物的模样,还是有别的事情他们都忽略了?

　　他在脑中重复回放先前的战役。他们大获全胜,阻止了一场浩劫。但不知为何,那些画面让俊深深感到不安……

　　他想起入侵瓦伊特蒙的庞大异物。当时所有人急于撤离,只有他在最后奔回阳光殿堂。当时看到的画面也让他和现在一样有不祥的预感,只不过在危急之中没有聚焦去思考。

　　这两件事有些不寻常的关联,俊尝试回忆,却摸不着头绪。

拂　羽

"糟了，蓝恩大妈你受伤了……"

雨寒的语气焦急，试着搀扶她。"没关系，不小心摔倒罢了。"大妈弯着腰，起身的模样却有种说不出的怪异。她的脸颊有多处瘀肿，裤子的膝部也磨破了。"最近走路常踢到窟窿，大概年纪大了吧。"她笑了笑。

窟窿？雨寒惊觉不对。"大妈，请让我看一下你的脸。"雨寒盯着妇人的眼珠，发现颜色比以前淡了些，像蒙上一层雾。

"这没什么，同龄人里我算健康的了，你别担心，去做你该做的吧。"

"我怕可能是雪盲……等会儿我找安雅儿过来。"无法判断眼前的路面高低，还只是刚开始的症状。万一真的患上雪盲症，除了长期待在黑暗里，没有其他方法能医治。

"长老，他们都在等待。"红狐催促她。这位资深战士的披肩已褪为深棕色，网状的发辫结着薄薄的冰霜。

"你快去吧,我没事的。"蓝恩大妈爽朗地笑着,看起来却显得更加虚弱。

迁徙之途已过去四个月。雨寒的黑发已超过腰间,绑为一整束垂摆在雪羚披风上。暗灰色的羊驼毛环绕她的颈部和袖口,以及飘动的披风尾端,随着步伐卷起雪尘。她跟上红狐的脚步。

"雨寒,我已提醒过你,"红狐语重心长地说,"你现在身份不同,心态也得改变。与其把心神花在一个居民身上,不如多想想什么决定对整个迁徙大队更好。"

"哦……"雨寒差一点习惯性地缩脖子,但她挺直了胸,紧抿双唇。在前方,总队长和一群担任领队的奔灵者已聚集起来,热切地在谈论什么。

红狐贴近雨寒的耳边说道:"老话题。但现在得做个决定,不宜再拖。"

这群戴着褪色的蓝围巾的奔灵者让出了空间,让长老和红狐进来。某位战士以严肃的神情告诉众人:"你们不能否认过去几周魔物的攻击越来越频繁。幸好护航部队提前在外缘把它们挡下,否则后果不堪设想。"

"我只是有点惊讶,这里多半是地貌复杂的破冰域和洋流区,应该不是狩喜欢出没的地带。"普拉托尼尼说。

雨寒默默望着眼前这些领队。他们每人得照顾十个以上的小组,负责百人的性命。

数个月的迁徙使每个人看起来都像经验丰富的老兵。即便是年纪最轻的汤加诺亚也是，他的下巴满是胡楂儿，眼神多了一丝沉稳的气质。他们都很担心接下来的路程。

"长老来了。"红狐提醒他们，众人静了下来，"我再重申一次。事实证明，无论居民组长或你们这些领队，都再难有效把握住大队的情况。这一周连续发生两次，有整组居民差点儿被雪崩活埋，调动了不知多少奔灵者的力量才把他们救出来。还有到目前为止，我们已经损失了一半数量的羊驼，载物载人都成了问题。"

"从离开瓦伊特蒙算起，现在羊驼仅剩一半？"雨寒吃惊地问。

"是，昨天统一盘点了。有很多居民一累就胡乱把东西压在动物身上，甚至好几人全爬到它们的背上去。多半是累死的。"红狐叹了口气，"总之，目前大队的组织模式太松散了。"

"费奇努兹，你说该怎么样？"某个领队问。

红狐斩钉截铁地回答："改变大队的结构。把熟人归纳在一个组的方法行不通了，问题的症结就在迁徙大队总被拉得过长，大面积暴露在过多的风险之下。解决方法很简单：我们把强健的人全集中在一起，他们就是我们的劳力部队，必须协力扛起更多物资在身上。妇女和孩子为第二梯队，轻装行进，只要确保能跟上便行。最后才是伤患和老者组成的第三梯队,集中由愈师陪伴。如此一来大队的结构会更紧密。"

"把伤患集中起来照顾,这有难度吧?"有几个领队一同质疑。

"正好相反。现在伤患都散布在看不见的角落,伤势恶化时没人晓得,难以管控,常常在毫无预警的情况下拖累身旁的人。只要把他们集中起来,就可以分配固定比例的壮汉来照料他们,甚至可以给他们更多的羊驼、角鹿和雪橇以供乘载。"

人们思考了一会儿,逐一点头,然后看向雨寒。

她不自觉咽了下唾沫,不确定地开口问道:"总队长……你认为呢?"

"我们可以试试这方法。但我认为没必要取消现在的小组制度,夜里扎营时人们还是想和熟人相处。那么,仅限于昼时的征途,我们尝试红狐提议的新制度。"

"但如果……"雨寒问,"如果有人完全不想与家人分开呢?要是有人想在长途跋涉时陪在亲友的身旁,会不会有意见?"如果母亲依然在世,雨寒希望每分每秒都能陪伴她。

"那样就没办法了。坚持想走原制度的人,就如他们所愿吧。"红狐倒是相当干脆地说。

看见总队长点头,雨寒做出了决定:"就这样吧。费奇努兹,这件事交由你去办可以吗?"

"没问题。我会找安雅儿协助,让她去执行,愈师团队最了解居民的情况。"

散会之后,雨寒在红狐陪同下来到栖息地的外围,盘点接下来一周的配粮情况。自从她当上长老,总队长和红狐是最常教导她如何胜任统领职务的人;亚煌主司奔灵者的相关任务,红狐则侧重在迁徙的内务上。但说实在的,雨寒多半时间选择和红狐在一起,因为站在众奔灵者的面前,她总觉得别扭。

她看见整群角鹿窝在一起,在阴暗的雪地里睡去,它们中央堆着几十箱风干的食物,由两名奔灵者看守。红狐以栖灵板放出虹光照明,和雨寒仔细检查,直至深夜。

"太好了,食物比预估的需求要多,可以支撑十天的旅途。但是温菌草的库存全用完了。"雨寒关上一个箱子,"很多人都冻着了,帆梦好像还受到严重冻伤,已经换了好几名愈师都没效……该怎么办?"

"非得继续尝试不可,他的角色格外重要。骆可菲尔也是。"红狐深沉地说,"首席学者、灵板工匠那些人与普通的居民不同,对文明的延续扮演着不可或缺的角色。动用多少资源都得确保他们的健康。"

"我听说骆可菲尔弄伤了肩膀?"雨寒问道。

"嗯。他最好祈祷伤势不要恶化。灵板工匠唯一的价值就是他的手臂。"红狐冷冷地说,"或许该说是不幸中的大幸,我们目前还不需要他的技能。现在魂木的库存一点儿也不剩,连之前的备用板都为了紧急取暖烧完了。"

"嗯……好可惜,好不容易缚灵师的情况才好转了点儿。看样子想为新人举行束灵还得过一阵子。"

"束灵仪式还是等找到长驻据点再说吧,大队不可能为了等待几个人去找雪灵而停下。"

雨寒点点头。

"长老大人……"一个细小的声音吸引了他们的注意力。

雨寒回头,看见一个小女孩站在角鹿旁。她搓动小手,圆滚滚的双眼泛着哀伤。

"嗯?怎么了?"雨寒走近,蹲在她面前。

"我能不能多拿一点吃的东西?"小女孩指向那些箱子。

"这些是未来要用的。时候到了,我们会分配的。"雨寒对她说道。

"可是大家都好饿,妈妈和哥哥们都没东西吃了。"

雨寒和红狐交换了眼神,然后看向女孩的脸蛋,虹光使她深陷的颊骨更加明显。"你们的小组配粮呢,应该还足以吃两天。"

"我不知道……他们说吃完了。妈妈病了,可是她还把自己的那份给了我和哥哥们。"小女生揪着手,露出失落的神情。

雨寒的心底起了一股怜惜之情,回望费奇努兹。红狐严肃地摇了摇头。

"我……"雨寒触摸小女孩的脸,知道长老必须坚持已经制定的规矩。在冰雪大地,理性是生存的唯一法则。然而雨寒想起一些事……这辈子,她没有兄弟姐妹,连最后的亲人也失去了。

她起身,从最近的箱子捞出一包东西,递给小女孩。"希望你妈妈赶紧好起来。"小女生睁大眼,拿了食物后欢欣地离去。

"抱歉,我……"她带着羞愧的神情转向费奇努兹。

红狐面无表情,语气平淡地说:"你知道为什么配粮的时候,我们是以小组为单位来分发而非个人?"

"为了便于分配时的效率?"

"是为了给所有小组自行调配资源的弹性。一组人里谁吃得多,谁吃得少,谁来牺牲,还是怎么轮流牺牲,他们得内部自己做决定。这不是奔灵者领队该操心的,也不是你该烦心的问题。统领阶层该管的只有大局,确保大队的整体生存概率最大化。"

"我知道。但是万一……万一有不公平呢?例如她的小组有个恶人,总爱霸占其他人的东西。或者如果某些小组不晓得怎么有效分配粮食来照顾到每个人,那该怎么办?"

"那么他们就会灭亡。"红狐斩钉截铁地说。

有那么几秒,雨寒说不出话来。她感到胸口一阵紧缩,试着在红狐暗沉的眸子里寻找答案。"但领导者不应该给无助的人们当依靠吗?"她的语气变得焦急,"我们统领阶级……不就是为了给人们生存希望而存在的吗?"

"在那女孩眼中,你并没有带来更多希望。"红狐回答道,"你只是教会她一件错误的事。"

雨寒内心抽动了一下。

"你仔细想想刚才的举动,是为了解决生死攸关的问题,还是只为了平抚你心中的感受?"她染着微光的身影反射在红狐的眸子里。红狐的语气永远那么平稳,一丝情绪也没有。"涉及生存的事,人们只会依靠本能行事。而且本能是生物学习东西最快的捷径,尤其那么小的孩子。现在她知道下一次挨饿,只要编个更动听的故事就能讨到食物。如果不是从我们这里,就是从其他小组得手。你可以揣摩一下,若每个人都学会做这种事,迁徙大队会变成什么模样?"雨寒感觉胸口喘不过气。红狐停顿片刻,最后说:"现在,那女孩已经知道这方法有效——因为身为长老的你,允许她这么做。"

当天夜里，雨寒独自躺在巨大的长老营帐里，盯着眼前的黑暗，迟迟无法睡去。

她知道接任长老以来，自己一如既往地对事情犹豫不决。别说重大决策，就连居民之间的小事她也不知该如何处理。若说稍微有改变的事，那就是她学会压抑心中的不安，不让它无端浮现在神情和举止上。即使比以往都要彷徨，她仍不知不觉学会了隐藏。

有时雨寒只能用眼神来默默恳求身旁人的帮助。但他们投来的目光总带着蔑视的成分。母亲告诉过她这种事会发生，但她从不知道真的发生了，感觉会如此强烈。

雨寒触碰身旁的栖灵板，拂羽伸出柔丝般的彩光，轻抚过来……

她转身抱住冰冷的板子，泪水流过面颊。

大队改变体系，人们花了两三个星期才真正适应。白天行动时，身强力壮的居民分担了更多物品的搬运，几个人一起拉着载物的雪橇。他们走在队伍最前方，因负重被迫放缓脚步，却仍比后方第二梯队的妇孺来得稳健。绝大多数的愈师则守在大队最后方，由安雅儿以及老将额尔巴率领，护航第三梯队的老人和伤患。

红狐的提议渐渐显出功效，迁徙队形变得前所未有的整齐。

总队长亚煌在大队最前面,身旁跟着白发奔灵者俊,于每天正午时分开启"恒光之剑"。

而在大队正中央,雨寒拿着沉重的弦月剑——握柄在中间的巨大弯刀——缓缓滑行在妇女和孩子们的前面。她身旁跟着四位奔灵者:红狐,蒙勒,以及一对手持三叉兵器的双胞胎姐弟,佩塔妮和佩罗厄。

他们进入一条极为险峻的地带,破裂的冰山像直冲天际的巨墙,交错成不规则的尖锐屏障。风强劲地吹着,人们依循奔灵者的指示走在突出的冰架上。他们被迫脱掉网状的雪鞋,以皮靴稳稳踩着步伐。所经过之处,底下的景色若非破碎的残冰,便是呼啸的海流。

落雪愈渐严重,他们像是走进浓雾中。布满雪的冰架犹如白色的爪痕,在道路上也渐渐堆积。数小时间,景色已全然转白,远方交错的冰壁都被厚雪掩盖。

人群战战兢兢地沿着冰墙而行,右方是汹涌的怒浪。

许多人从未预料到,死亡会以这种形式降临。

首先是后方传来骚动声,令雨寒迟疑地转身。有人尖叫,有人推挤。雪幕中隐约可见一团团虹光炸现,似乎出了紧急事件。几位奔灵者从一旁滑过,其中一位停下对雨寒说:"遇袭!有狩出现在后方!"

身旁的人群惊慌地向前逃,雨寒却想看清楚发生了什么事。

"别停下来，"红狐拉住她。"这里是狭道，得赶紧把人们带离这里。后面就交给额尔巴他们——"

一声骇人的巨响。雨寒在人群的惊叫声中仰头，看见冰壁崩裂了。

一道巨大的裂痕撕开了大队后方的冰墙，把地势一分为二。雨寒感觉到脚下的冰正在隆起，彼端则逐渐下沉，形成高低不平的断层。居民们呐喊着，像拥挤的蝼蚁跑过身旁。

"不行！"雨寒提着弦月剑往反方向滑，挤过拥挤的人群，挤过载着伤患的奔灵者。她看见好几位居民在拉扯角鹿的缰绳，还有只羊驼单独跑在崖边，一个不稳跌落崖底，嘶鸣声立即被海浪的咆哮声盖过。震耳欲聋的炸裂声接连响起，感觉天地都在摇晃。

她往前挤，看着眼前的虹光越来越近，仿佛整片天空都被染上激烈闪烁的彩影。前方究竟发生了什么事？她急于通过，身体却不断遭人撞击，几度差点儿跌落下去。

雨寒终于挤过人群，闯出来刚想喘口气，景象已映入眼帘……

惨烈的程度令她脑中一片空白。

先前经过的冰架已裂为数段，洋流从各方袭来，激起巨浪。水里似乎有什么东西透着深湛的蓝光。块状的碎冰充斥海面，奔灵者和魔物在上面作战——各种形体的彩光绽放，对抗冒着烟的冰蓝魔物。散布战场四处的是数百位居民，他们攀爬在摇晃的碎冰表面。许多人已滚落海中。

雨寒滑过满是裂痕的路径，从断崖边扶起几位居民。"快点儿走！"

红狐迅速来到她身旁，拉起绚彩的长弓，一箭击穿两头狩。蒙勒也来了，在混乱中急于协助居民逃跑。眼前的断冰却相互碰撞，发出刺耳的恐怖巨响。

雨寒看着底下，许多人在水面濒死挣扎，而且他们当中多半是伤患。她不晓得该怎么办，心脏像要从胸口蹦出，只能眼睁睁看着这一切发生。她忽然望见更远处有个居民站在岛屿般的断冰边缘，手里拉着几个瑟缩的孩子。洋流迅速拓宽冰层的距离，他们才呆立在那儿片刻，猝不及防的一道巨浪便带走所有身影。

有奔灵者施放虹光，建立起无形的桥面让人跨越，但那时间极短，人们争先恐后地推挤对方。更多奔灵者用栖灵板直接载起居民跃过破碎的冰座。

"别顾手上的东西了！逃命吧！"有人呐喊。

几头角鹿在海面拍打蹄子，到处是漂浮的雪橇和木箱。人群在逐渐崩塌的冰架上奔跑，有人顺利跳过裂缝，有人攀在崖边呐喊。雨寒瞥见额尔巴带着三个居民，安雅儿则护着某个幼小的孩子。号称"捕手"的普拉托尼尼站在一个低崖边，施放巨大的光网抛了出去，成为海面上密密麻麻的人们的生机。几位奔灵者都来协助他，数柄长枪一同把光网往上拉，有居民陆续爬上岸，转瞬间那光网却消失了，至少半数的人跌回怒涛之中。

一块高耸的断冰从旁撞了过来，雨寒差点儿失足跌倒。她仰头看见在那上头有奔灵者载着居民跃下，但也有居民自己跳下来，砸在地面之后就不再动弹。

巨大的碎冰从壁上剥离，落在奔跑的人群中央，砸出一片浓稠的血迹。

"啊——"朗果张开双臂，手中的两柄圆锤燃起虹光，以惊人的物理影响力击破冰块。朗果满脸的血，却积极挥舞着圆锤，为人们开出一条生路。

然而巨浪搅动中的冰层每一次碰撞都导致更多惨况，爆裂的冰屑仿佛落雨，扫过人群头上。不断有居民被砸中，脑子被削开倒地。雨寒双眼圆睁看着这一幕，口中尝到鲜血的铁锈味。到底……到底发生了什么事……

恐惧、彷徨、害怕、绝望——有东西在她的体内苏醒。

她不自觉将手臂向外伸，拂羽像水流倾泻而出——鸽子划出的翡翠绿的光轨不断出现，二十道，三十道。数不清的羽翼盘旋在众人头顶，像急旋的飓风。然后它们循着螺旋轨迹迅速下降，扫过所有人。

在雨寒身旁，红狐吃惊地望着她。

群众的伤口被镇住，体力迅速复原。她的雪灵仿佛溶化人们脑中的绝望，重新唤醒他们的求生意志。

"快过来！所有人！"雨寒凝视前方的战场，再让十只飞鸽冲入奔灵者体内，撑着他们抵抗紧逼而来的狩。当最后一只雪灵之鸽消失，雨寒瞬间精疲力竭。

她差点儿蹲坐下来，忽然脚下的地倾斜了。冰面急往左倾，居民惊叫着往崖边落去。她本能地伸出弦月剑钩住冰架，但人们攀着她，好几双手拉住她的脚，还有人抱住她的栖灵板，惊慌之中雨寒也被拉着走。

蒙勒抓住了她。挂着骨环的下唇绷出吃力的弧线，但他撑住了。更多奔灵者已来到他们身边，护住居民。雨寒站稳脚步，看见愈师安雅儿也出现在身旁，放出巨大绚丽的蜘蛛雪灵，治愈受重伤的居民。越来越多奔灵者聚集而来，他们是从大队前方赶来救援的。

然而当所有人看见碎冰带的情况，全惊得说不出话。冰面变得更加破碎，上面的居民死命挣扎不想落入浪中，却遭狩群赶尽杀绝。血迹与蓝光点缀了整个冰面。寥寥无几的奔灵者仍试图与魔物对抗，但在不停晃动的冰面上，狩群竟能以怪异的角度立于冰面，奔灵者明显处于劣势。

"我们……我们得去救他们。"雨寒的声音哽咽，看着涌动的海浪推动倾斜摇摆的无数冰面，以及攀附在上头的近百位居民。

蒙勒和几位奔灵者相望,紧张地举起手中武器。"那……那么快点儿,我们走吧。"

"丢下那些人,我们得离开这里。"身后传来红狐的声音。

雨寒惊讶地回望问道:"那些居民怎么办?"

"我们救不了他们。"

裂冰的巨响像是镇魂的鼓声,浪涛则是亡灵的哭号。雨寒听不见远方居民的声音,却知道他们正在尖叫。魔物的冰爪像锐利的剑,狠狠刺入无助的居民体内。

"趁他们吸引了狩的注意力,我们得抓紧时间逃离。"

"什么?"雨寒不可思议地看着红狐。

安雅儿也睁大了眼。"费奇努兹,你怎么说得出这种话?"

"看清楚在你们身旁的生还者!"红狐甩头,发网在风中摇摆。"这些九死一生逃出战场的人才是我们该保护的。在这儿也崩裂之前赶紧离开吧。"

雨寒挪动视线,感觉时间静止了。无论是负伤的人群,聚集而来的奔灵者,此刻全都望向她。但这一次,他们投来的目光和她一样无助。所有人都知道在这捉摸不定的碎冰域,跃过去就不知是否能回来。他们做好准备紧握武器,却无人说话,因为没人敢提议下一步该怎么做。

红狐再次开口:"长老——请做出决定吧。"

芬　澜

艾伊思塔他们所在的一小片空地被环状的冰架包围，垂冰像千百根淡蓝色的手指，层层往上叠，仰头可见狭窄的裂口，上方的灰色乌云缓慢飘动。

首席学者帆梦坐在她身旁，嘴唇泛灰，脸色苍白。在他们对面，总队长神情紧绷，正在阅读手中的纸张。雨寒则裹着两层披风，面无血色。一条冰蓝色的浅溪埋在角落，环绕他们四人所坐的雪地，高挂的垂冰朝它落着水珠；不知过了多久没人说话，只有水滴声暗示着时间仍在流动。

"所以，"亚煌带着犹豫开口，"你认为除了瓦伊特蒙和所罗门，世间尚有其他文明存在？"

帆梦点头。

"没有其他的相关资讯了？"

"联合远征队只带回这些。若非与艾伊思塔的父母有关，说不定路凯连这几张纸也不会留意到。"帆梦眨动镜片后方的暗白眼眸:"很抱歉到现在才告知你们,毕竟它位于世界另一端,过于遥远。不是迁徙大队当务之急的任务。"

总队长明显仍在震惊之中。坐在一旁的雨寒则双眼无神,有些心不在焉。

"'欧洲大陆'是吗……"亚煌沉思片刻,朝艾伊思塔望过来。

俊给艾伊思塔的那三张纸取自零散的所罗门日志。里头的片段内容,提到二十五年前有四名人类来自世界的彼端,遇上所罗门的白衣奔灵者。此事惊动统领所罗门的众族长。后来,这些访客似乎在所罗门中央的安格拉岛定居下来,并说他们是来打听远洋文明的存在的。还有一段记录,是双方的交流对话。

破碎的日志中提到,这些人来自欧洲大陆的北方,主司的工作就是寻找幸存的人类文明。文中似乎暗示他们有某种特殊的乘载工具,唯独遗漏了细节,只能确定它并不像是栖灵板,而是某种可以乘载多人的器具。

"可乘载多人的器具……"亚煌看着手中的文献喃喃自语,"什么样的东西能办到?"

日志还提到一则喜讯。那群人当中有对夫妻在所罗门生下一名女婴,其中一张纸画着他们三人的肖像。

"我只记得自己才刚懂事,父母亲就去世了。七岁的时候，我被带到瓦伊特蒙……"艾伊思塔告诉他们。

一直以来，她总觉得自己与其他翡颜族群的人们有哪儿不同。居民曾说过她的瞳孔与发色比生在瓦伊特蒙的翡颜族人更加明亮。好多年来她百思不得其解，自己既不像瓦伊特蒙的居民，更不像她出生地所罗门的深肤人种。现在，她终于明白了为什么。

"其实我稍有印象。"亚煌对她点头道，"你刚来的时候，我才开始担任一个远征小队的队长。记得我的导师加尔萨纳曾说过，从所罗门来的女孩是个受诅咒的'异种'。有些雪灵在你身旁会出现异样。"

这句话令艾伊思塔感到非常不自在。因自己会带来厄运，就要长年遭到双方文明的歧视。

事实上，她记得所罗门正是基于相同的理由选择抛弃她，把年幼的她驱逐出境。所幸当时有一位偶尔往返两地的远征队员知道了，决定把她带回瓦伊特蒙给居民抚养。

但她是"受诅咒的异种"，接近她的雪灵会有异乎寻常的表现。这件事在她被监禁在瓦伊特蒙地底后，自然就失去了意义。直到最近。

"这件事我可能找到了解释。之前亚……"艾伊思塔顿了片刻，然后再度开口，"这叫作'灵凛石'。在我小时候，身旁雪灵的异状很可能是它造成的。"她从胸口捞出一条细链，上面锁着一颗小巧的黑色水晶珠子。

"灵凛石？我听过一些传闻。"总队长说道，"所以是它引起某些雪灵的躁动？"

"我猜没错，它是个奇特的石子。"艾伊思塔说，"但自从我有了自己的雪灵，学会掌控灵力之后，那些现象就不再发生了。"

帆梦此时插口道："这石子有什么作用其实并不重要。总队长，她的父母只是拿它当作障眼法。"他抬抬下巴示意。"艾伊思塔，给他们看看里头有什么。"

艾伊思塔撩起绿发，取下项链。黑色的水晶球里头有微光点在闪烁。

接着她把水晶球从细链的接口用力扭开，"啪"一声，它被拆了下来。

直到拿到路凯遗留给她的资料之前，艾伊思塔从没想过可以把这两样东西给分开。现在，水晶球的接口处弹出了一个小巧的黄铜色按钮。压下去的瞬间水晶球分为两半，像盖子一样弹了开来。

坐在对面的雨寒这才露出些许好奇的表情。帆梦以不灵活的动作单手从厚袍里掏出一枚放大镜，然后连同艾伊思塔的水晶坠子一起递交给亚煌。"如此精巧的东西，我们没有任何工匠做得出来。"

总队长将放大镜压在坠子敞开的玻璃平面。瞳孔大小的空间里装着极度复杂的器械：一圈圈金色转轮层叠交错，底下细致的齿轮仍在转动。在转轮之间有个极小的像音叉般的金属丝，必须全神贯注，才会发现它仿佛以心跳的频率在震动。

另外，若仔细打量某些齿轮上的刻痕，可以辨识出一组不断变化的六码数值。

艾伊思塔完全不懂它的功用。

"感觉就像旧世界的科技，但用途还没法确定。"帆梦依旧难掩惊愕，"或许这世界比我们想象的更加广阔。位于欧洲大陆的文明，比我们先进太多了。二十几年前他们就已经有方法跨越世界抵达所罗门群岛。"

总队长翻转手中的坠子仔细端详，注意到盖子上的黑晶平面还有一个线索。"这上头刻着一个度数。97.4……有什么意义吗？"

"嗯，还无法确定它代表什么。"帆梦说，"初步评估，看起来像双子针的度数。"

"是吗……"亚煌思索了一会儿，"若想去寻找该文明，似乎有些不切实际。"

"我同意。到了世界另一头，子幅线偏差一度可能代表数千里，甚至上万公里的跋涉。"帆梦回道，"只是现在起，我们或许得留意这件事。这生死攸关。"

"我了解了。"总队长将坠子递给雨寒，"长老有什么想法？"

"啊……没……没什么，就这样吧。"雨寒匆匆看了一眼，便把灵凛石交还给艾伊思塔。

四人准备离去时，艾伊思塔看着首席学者左臂上的绷带，心头有些难过。

他们走在垂冰之下，水滴落在肩旁，浅溪流过脚边。艾伊思塔突然拉住雨寒，等待总队长和首席学者走远，才开口。

"雨寒，居民和奔灵者之间的纷争变得更严重了。有人到处散布传言，说当初……是长老禁止奔灵者营救落难的居民。这是真的吗？"

她几乎相信雨寒会立即否定。然而黑发女孩低下头，眼神不确定地飘晃。"雨寒，如果不是你下的令……"艾伊思塔仍不放弃，"如果这是误会，让我去向居民解释。"

雨寒的脸色极度苍白，仿佛数天没睡过觉，黑眼圈像两个烙印深压着眼眶，神情憔悴。她没有看艾伊思塔，也迟迟未回话。

艾伊思塔这才瞪大了眼。"雨寒……为什么？"

年轻的长老欲言又止，咕哝几句后回道："费奇努兹说……我们救不了他们……"

"那可是上百位居民啊！"突来的情绪使艾伊思塔提高音量，她抓住雨寒的肩膀，"他们说总队长派去一大批奔灵者，都已聚集在你身旁。但你却下令要所有人从居民面前撤离,即使他们在哭号——"

"我当然知道!"雨寒抬头,泪水积满眼框,"你没有在场,没有看到那情况!那不是魔物多寡的问题,你没有看到碎冰带……碎冰带的恐怖……如果奔灵者冲上去,半数都会死!"

"你在说什么?"艾伊思塔无法置信地盯着她。雨寒反驳的口吻和以往的感觉有些不同。

艾伊思塔紧抓着年轻长老的肩膀,怒气在胸口不断地膨胀。雨寒竟然一句话造成上百条人命消逝,难道她不知道自己现在的责任有多大?"你已经是长老了呀,雨寒!不管别人说什么,你怎么可以——"艾伊思塔正想破口大骂,却忽然住了口。

在她紧握的手中,雨寒的身子正激烈颤抖。黑发女孩的骨架是如此娇小,她紧咬着唇,直视艾伊思塔。那模样仿佛她在逼迫自己盯着某种骇人之物,眼睛做到了,精神却已燃烧殆尽。

艾伊思塔急着想说什么,却发现雨寒的目光焦点已不在自己身上,像是神思恍惚,却死撑着不让泪水滴落。

"我……"艾伊思塔突然开不了口,"我以为……"她的双肩垮下,松开女孩的肩膀。她仅犹豫片刻,就把雨寒搂进怀中。

艾伊思塔试着温柔地抱住她,轻抚她的背,试着安抚那止不住的颤抖。

雨寒在艾伊思塔的怀里,泪水不停地涌出,却连一声啜泣也没有。

一望无际的苍茫白雪,看不清哪里冰域终止而陆地开始,但当岩块露出雪地的频率越来越高,人们怀疑大队已达澳大利亚沿岸。

某日,艾伊思塔和俊在前方探路时,在平原上发现一整片白色植物。终于确定脚底下是陆地。艾伊思塔看着手中的双子针显示——46.2度。

难以想象奔灵者只需一个多星期即可抵达的地方,迁徙大队竟花了将近五个月的时间。离开碎冰带本应令人欣喜若狂,却无人高兴得起来。因为他们付出了过多的牺牲,却仍不知前方有什么在等待他们。

艾伊思塔打量眼前的植物,矮胖的树干高达她的腰间,顶端长了一丛丛长草般的叶片,全被晶莹的冰淞包覆——白化的针叶穿着一层透明而厚实的衣裳。她测量了一下方位,发现所有细叶都倒向西北西,也就是大队前行的方向。

纤细的警报声在脑中敲响。

艾伊思塔跪地抓起一把散雪舔了一下,尝到盐味。这一带仍未脱离海洋的影响。如果连带考量植物表面的冰凇是在夜里形成，陆地在黑夜会普遍降温，风会吹往温度偏暖而且低压的方向，也就是海面的方向。风在那过程中压倒叶片，而冰凇把那形状定格，成为警示的指引。

"我们还是让大队准备调整方位，转向正西边吧。"艾伊思塔把想法巨细靡遗地分析给俊听，然后说："从研究院的地图看来西北西不应该是海洋，但海陆交接处的地势反复无常，都很难说。"

"这样确实比较保险，多花个两三天来保证居民的安全。"俊也同意，"我去告诉总队长。"

很快地，前沿探索部队把人力分配的比重调往西边，这道命令也从领队到组长一层层传递下去，浩浩荡荡的大队开始转向。

接下来数天，艾伊思塔偶尔滑行到人群中央，都会瞥见有居民向奔灵者咆哮。之前被狩攻击的惨况徒增人心的裂痕，改变居民看待奔灵者的眼光。艾伊思塔尝试去抚平群众的情绪，却有人认为她变了，变得只顾及奔灵者的立场。

讽刺的是人们一方面抱怨，一方面又害怕得不到奔灵者的协助和保护。对命运的愤恨使人们十分焦躁，恐惧和嫉妒的情绪已蓄势待发。

越来越多人得了雪盲,好几个孩子在高烧中死去。艾伊思塔不知道所有亡者的名字,但他们紫白的面孔都有几分熟悉。迁徙至今,活着的人已无法腾出资源为亡者造墓。当初最有运货功效的角鹿,如今全数消亡,人们需要搬运东西得自己扛。而在风险难测的雪地里,人们体内的储备力量往往决定谁可以继续前行,谁将被残酷地抛下。

"你要我们把孩子丢在雪地?"某对居民抱着小儿子冰冷的尸体,朝名为奥丁的愈师吼叫。

"当我看见自己父亲倒下时,我正在为你们居民治愈。"奥丁面不改色地说,"你可以选择花半天时间埋葬他,但大队伍不会等你。或者你可以带着他的精神活下去。"

那居民拉着愈师的衣裳,跪地哭泣。艾伊思塔走过去,将手放在孩子的额头上,轻声说出阳光引魂的祷文。然后她忍住在眼眶里打转的泪,试着说服那对父母放下儿子的尸体。"让他安详地躺在雪里吧,我们得活下去……"

大队停歇时,艾伊思塔经过群众外围,听见银匠布闵对一个大个子男孩咆哮:"你又犯错了!我们的火源已经不够了!"他们手持铁器以烛火熔银,修补上一场战役受损的兵器。

有些奔灵者围着银匠而坐,还有些手插胸口站在后方等待。他们的一柄柄武器插在雪地。

"给我吧,笨手笨脚的!"布闵推开大个子男孩,自己为战士们嵌银。

艾伊思塔看着那男孩子缩起宽大的肩,蹒跚地走到无人的地方坐下。印象中他也是个孤儿,没人记得他的名字,只知道大家都叫他"大块头"。艾伊思塔想了想,走了过去。他正拿起小刀要雕刻什么。

她在他身旁坐下。"你在做什么?"

"引……引光使……"大块头鼓着嘴,似乎很惊讶。他的手指又大又粗,不难想象他确实不适合镶嵌银纹那么精细的工作。"这是……"他手中握着一个旧世界的水杯,结结巴巴。艾伊思塔判定那杯子应该是纯银器,上头有许多陈旧的黑斑。大块头用小刀在表面刻出一张粗糙的脸,但鼻子和眼睛的位置都不对。他很不好意思地握住那东西。

艾伊思塔从怀里拿出最后一个小烛杯,连同打火石递给他。"这是我身上仅剩的蜡烛,给你做熔银练习。"她站起身说,"要多多练习,技术才会变好。"

"引……引光使!"艾伊思塔正要离去,大块头突然叫住她。男孩伸出手,将那粗劣不堪的银器送给她。

"你不需要吗?"

"布……布闵还有。"

艾伊思塔露出笑容,双手接了过来。

夜里的风极为强劲，沿壁而筑的整排帐篷不断发出被拍打的声响。当中只有奔灵者的营帐透出火光——那些少数有未用尽的火源的。艾伊思塔经过营区，似乎看见哈贺娜苗条的身影走进飞以墨的帐篷里。

在大队的边缘地带，艾伊思塔总看见一个孤身守夜的身影。

弓箭手韩德，当初就是他载着七岁的艾伊思塔离开所罗门，朝瓦伊特蒙驰骋而去。好几个雷电满布的黑夜里，小女孩害怕地躲在他的披风中，听着栖灵板刮起的声响。

当时韩德仍是知名的远征队长，尚未丧失声音，然而现在他连和同伴沟通都有困难，因此总是自己一人行动。没有奔灵者出任务时会找他。

即使是看似关系紧密的奔灵者群体，也总有人受到忽略……

艾伊思塔朝他走过去。

当晚她在帐篷内把铁锁链散放开来，自己修补数个月来损坏的部分。艾伊思塔以匕首扳开变形的铁环，扣上新的，再拿出小铁锤，敲出清脆声响。她的动作迅速灵敏，很快便完工。这时，帆梦带着助手麦尔肯来找她。

"……远古时期，这里曾有大片'森林'，许多恶名昭彰的人都隐匿在这一带。翡颜裔和灰薰裔的祖先也在这里无数次互相争斗,在旧世界的历史上被称为'黑色战争'。"麦尔肯说话的语气像在念文本,少了首席学者一贯的自若。但他话锋一转,突然说,"最讽刺的是这里的旧世界之名,你知道叫什么吗?"

"叫什么?"艾伊思塔问。

"'阳光海岸'。"

"哦……"艾伊思塔想了想,无奈地露出笑容,"看来一点也不像啊。看看周围的气候,简直比结冻的海域还糟糕。今天我们试了好几次,才得以启动'恒光之剑'。而且什么森林,大伙儿连一株魂木也没找到不是吗?这里应该叫'阴郁海岸'才对。"

他们一起发出疲惫的笑声,然后帆梦希望她给麦尔肯看看胸前的项链。

无论在哪儿,学者果然不改本色。麦尔肯的反应比总队长夸张许多,整个下巴垂到胸口,直瞪着灵凛石里头隐藏的精巧仪器,大半晌都没眨眼。

帆梦静静地说:"它究竟做什么用,现在我还没有头绪。但知道世界彼端仍有其他文明存在,让我相当受鼓舞。在远古能源全面失效的今天,这东西竟然还能动,它的创造者应该握有非常先进的技术。"

"首席,"麦尔肯用小指头在环环相扣的金色齿轮上晃了晃,"上头刻痕交会的地方,给出一组六码数。"

"你认为是什么?"

"不知道……看来不像是双子针的数值,除非……"他吞咽了口唾沫,"除非他们对子幅线的定位可以精准到小数点的后三位。"近年来,研究院的学者最多只能抓到小数点后一位的地理定位值。

然而帆梦摇头。"我觉得概率不高。"他把坠子转了个边,指出在盖子上的线索,上面有人用手刻下的数值97.4。"他们应该不会用两种测量单位来标识同一种东西。那是另一种信息。"

首席学者把项链坠子合起来,归还给艾伊思塔。然后他单手托了下眼镜接着说:"没关系,我们还有时间做些实验。"帆梦露出微笑:"麦尔肯,若我出了什么事,解开这谜团的责任就由你来承担了。"

麦尔肯及艾伊思塔同时望向帆梦。

"首席,别胡说啊,你不会有事的。"麦尔肯尴尬地瞥了眼帆梦的左臂。

艾伊思塔也是,现在看着帆梦,很难不去理会他的手臂少了一截。由于帆梦在迁徙过程中每天都要检视地理文献,经常没戴手套在夜里研读。发现异状时,他的左手早已失去知觉。数天内黑死的组织从手指向上蔓延,没有愈师能医治。最后他们不得不将他的胳膊从手肘部位截肢。

"我最近开始在考虑,如果得找人继任首席的位置,麦尔肯,或许你是挺合适的人选。"

年轻的助手紧张地向后倾,艾伊思塔透过彩光仍看见他脸红了。"历代……历代的首席,都必须德高望重……葳蕊姆,培利安洁,就算是'食堂的贤者'蒙布洛洛,都对研究院有莫大的贡献。我不过是一名助手,远远不可能胜任——"

"对研究院有莫大贡献,这倒也未必。研究院也曾有过差劲的首席,他的理智遭野心蒙蔽,想研究禁忌的'第七属性',还拿其他奔灵者做实验。麦尔肯,掌控知识比任何刀刃都有力量。论天资和潜能,你比许多人都优秀。"

"拿奔灵者做实验?有这样的首席学者?"看麦尔肯的眼神,他八成又钻回对未知事物的好奇心。

"没错,是个丧心病狂的家伙。因此才当上首席一天,就被研究院驱逐了。但这件事除了研究院高层与当时的长老群,没什么人知道。"

"帆梦,你刚刚说的'第七属性'是什么?"艾伊思塔好奇地问道。

"你们应该都没听过。那是雪灵六大属性之外的禁忌能力,你还是别知道的好。"帆梦回到本来的话题说,"麦尔肯,你具备天资,但心态上确实离首席还有段距离。首席学者要做的不仅是习得知识……"他停顿片刻后说:

"总之,研究院还是有很多前辈垂涎这位置,你的机会必然不大,除非自己有心想争取。"

麦尔肯看似松了口气。

然而当艾伊思塔凝望首席学者,听着他落寞的语调,心疼的感觉油然而生。帆梦的使命感比任何人都强,总认为研究院得扛起人类生存的责任,文明传承的责任。但以他如今瘦弱的身子,还能够撑多久?

蓝恩大妈几乎失明。她双眼蒙着湿布,虚弱地躺在棚子里,却亲切依旧地抱着那对双胞胎婴孩在怀里。她把灰谷粒做成的冷粥放入口中咀嚼,再吐出来让艾伊思塔用木汤匙喂他们吃。

艾伊思塔看着两个孩子红通通的脸颊,不自觉地笑了。即使在残酷的环境里,他们依然不失生命力。

在一旁,亚阎就像个无声的鬼魂站在那儿,异常严肃地凝视着一切。他的头巾低得快遮到鼻梁,散发着一股不寻常的杀气。小婴孩看见他却接连发出可爱的笑声。

"好了,艾伊思塔,谢谢你,"蓝恩大妈放下粥碗,"让我陪陪他们,等会儿有人会来带他们走。"知道自己已经无法再照顾这对孩子,蓝恩大妈的语气听来很哀伤。

"蓝恩大妈,你多休息。"艾伊思塔轻触蓝恩大妈的额头,然后掀开帐篷门口的遮布。

亚阎也用手压住剑鞘以防出声,然后跟着她踏出雪地。

天空云层才刚开始转明,人们尚未起身。在两片交错的岩架阴影下,将近一千个帐篷窝在雪地中央。他们俩以近乎无声的步伐绕到岩架的另一端。亚阎开口说:"你要我冒着风险到蓝恩的帐篷里,就是为了看那两个小子?"

"是啊,你看见了吗?他们长得好快呀!在瓦伊特蒙还没像现在这样。我原本害怕他们会撑不了这趟旅程。"

亚阎露出厌恶的神情。"你疯了!"

"怎么了?难道你不喜欢孩子?"艾伊思塔看亚阎没回答,忽然觉得很纳闷,凑身到他怀里往上盯着他瞧。"不觉得他们很可爱吗?"

"那对双胞胎看来一副欠揍的模样。"亚阎拉低头巾说,"你最好对恒光之剑祈祷他们平安长大,别让其中一个出事。或是一个长大成为厉害的奔灵者,另一个却什么都不是。"

"哈!我懂了,原来你也有弱点!你讨厌小孩子。"她觉得很有趣,用手指戳了戳亚阎的肩。或许自己总遭他言语相激,难得找到令亚阎厌烦的东西,令她笑了出来。"我以后要把皮诺和可可带在身旁,这样你就不能欺负我了!"

亚阎猛然停下，下巴高抬，瞪大眼说："你怎么取这种名字？"

"蓝恩大妈取的。"艾伊思塔眯起眼说。

她送亚阎到岩架的尽头，知道他得再次离开，早所有人一步探出路径。"等等。"亚阎突然蹲下来，伸手捞起一小撮白雪。

"怎么了？"艾伊思塔看见雪地有许多剐痕，应该是奔灵者留下的轨迹。在营居附近，这很正常。然而她仔细一瞧，才看见他手里的雪沾着某种黑色液体。亚阎示意她跟上。

两人滑行一段距离，来到一个相对隐蔽的地方。雪架和低崖交错，像是大地被爪痕刮出的密集伤疤。在那里，他们看见狭谷中有个少女的身影。

她留着长长的黑发，似乎正在练习滑行，但那动作不大自然，更像是被板子带着乱冲。

"……奔灵者？"艾伊思塔觉得她看来有些面熟。是不是已故的老园长汤比的家人？

"那样子像吗？她的动作拙劣，看起来不像有雪灵的协助。"亚阎笑了笑。附近有些不易察觉的暗沉融雪，仿佛洒上了黑色的墨水。

少女猛然转身，似乎瞧见他们了。下一秒她立刻消失在低崖之间。

"独自跑来这么远的地方练习,太危险了。"艾伊思塔总觉得哪里怪怪的。

"危险?还好吧。我认识某个人,曾打算独自前往亚细亚大陆。"亚阎逗趣地说,搞得艾伊思塔没好气地斜视他。

艾伊思塔打量着眼前的景象。"怎么感觉她身旁的雪地有些黑色的液体?"

"八成她带在身上的某种饮料漏了。"

"这怎么可——"她话还没说完,亚阎把她搂了过去深吻。

两人分开时,唇间雾气弥漫。然后亚阎戴起兜帽,将栖灵板抛在脚边。"记得,你得赶紧查出统领阶层的目的地是哪里,否则接下来我不晓得该往哪个方向去探寻。"亚阎提醒她说,"我们得避免碎冰带的惨剧再发生。"

艾伊思塔点头。"亚阎……我问过雨寒,她说是自己下的令。是红狐那残酷的家伙说服她的,但我不明白雨寒为什么肯听从。"想起这件事,艾伊思塔再度感到愤怒。死去的居民当中她就认识好几位,她不敢去想那些人哭着死去的模样。

曾经,艾伊思塔在他们负伤绝望时,亲手将蜡烛交给他们,告诉他们别放弃……

"这不令人惊讶,费奇努兹是远征队的老手。"亚阎回道,"踏入雪地的生存逻辑不容置疑。"

艾伊思塔抬起头,怀疑自己是否听错了。"难道你也认为他们是对的?"

"呃,这与对错无关。抛下生存概率甚微的人,保住多数人的性命,这是集体生存的原则。难道你不同意?"

"但你怎么能确定谁有更大的机会生存下来?当初有数十名奔灵者在场备战,你知道吗?只要下决心,必定能找到方法。"艾伊思塔的碧绿双眼被怒火点亮,炯炯有神,"我生气的是他们毫不尝试就放弃了!如果所有人一起抵抗狩,必然可以救回很多居民——"

"但万一牺牲惨重呢?一堆奔灵者在那儿送死,之后的旅程谁来保护大队?雪地里,奔灵者一条命可抵上百条人命。"

艾伊思塔不可置信地凝望他。亚阁是这样计算人命的吗?"亚阁,那些等待救援的居民多半都是伤患!狩追杀而来,他们一点逃生能力也没有。"

"正因为是伤患,所以才难上加难。"

"奔灵者就站在那么近的地方,却选择眼睁睁看着他们被屠杀!"

"听着,我不晓得你们是怎么做决定的,重新调动大队把伤患集中在一起。但就结果而论,这很明显是好事吧。至少为大队省去了很多麻烦——"

艾伊思塔赏了他重重一巴掌。

她感觉整个脖子热了起来,泪水克制不住地堆积。她不敢相信亚阎竟会说出这种话。

"呵……"亚阎侧着头,露出浅浅的微笑,"我懂了,那么你就保护你深爱的居民吧。反正我的职责只是保护你。"亚阎似乎不在意她动手,但他突然想起什么似的,摆出夸张的表情说:"啊,可爱的淑女,你让我想起一个远古的传说。在旧世界欧洲的百年战争时期,有个发疯的平民女孩——"

"你为什么不能正经一点?!"

"她拿着代表信仰的白色旗帜……"亚阎的音量渐渐减弱,摊手耸肩。

艾伊思塔的泪水从双颊滑落,整个身子在发抖。她想起所有死去的居民。她还想起雨寒那娇小瘦弱的身影,因为当上了长老,必须承担所有决策的后果。"你为什么总是这样……"或许心底某处,艾伊思塔明白这一切有多艰难,但她不断告诉自己不能向命运妥协。即使在毫无选择的情况下,她也不希望人们泯灭最基本的信念。"你为什么……总是这副模样?"

亚阎总是那么轻率,不经意就可以彻底扯碎她想守护的那份心意。或许他根本不了解她。或许他根本不在乎任何人。

"你的雪灵之力和战士资质天生就比别人都好,这我知道。"艾伊思塔哽咽着说,"但你就可以瞧不起其他人,把人们都视为可以抛弃的东西吗?"

亚阖脸上挂着微笑,沉默地看着她,一言不发。

悲愤绞痛艾伊思塔的胸口,她望着眼前这男人,突然意识到他是个什么样的人。"你没有恐惧……你也不懂悲伤……甚至我打了你,你也丝毫不生气。"

亚阖依然没有回话,但他的笑容变淡了。

"你不懂什么是快乐,不懂什么叫牺牲,不懂失去的痛苦,更不明白人们在绝望时,拼了命想活下去的意念。"她无法抑止眼泪,边哭边说,"你说你在乎我,但其实你只会为自己而活。你是个……你是个没有心的野兽!"

她用围巾擦拭一下面容,离开了亚阖。

之后的两个月,迁徙大队试图沿着陆地朝西北方行进。

澳大利亚大陆的沿岸有许多交错的冰川及海湾,人们惊喜地发现各种生态栖息地,包括海狮、鱼类和壳类生物。他们甚至见过一次搁浅的鲸鱼。为了应对陆地带来新环境的挑战,奔灵者的体系再度转变。现在,总队长派出一支由五十名奔灵者组成的先行部队,领导者是飞以墨。

这群精英队伍会集中力量寻找食物丰沛的据点,就地展开捕猎及屯粮的任务。他们会在当地等待大约一周,迁徙大队也会浩浩荡荡抵达,届时大量的食物已准备就绪,只待装箱及搬运。当居民大队在粮食不愁的状况下动身,飞以墨的队伍已在下一个据点做准备。

如此一来,大队无须在同一处久留,行进速度及饮食状况却都有改善。

"恒光之剑"转由跟在总队长身旁的黎音所携带。而目前的迁徙之途脱离碎冰带的威胁,不再需要艾伊思塔奇迹般的引路协助。因此她心一横,向总队长请求脱离前沿探索部队,回归到真正属于她的岗位——居民们的身旁。

绚　痕

过去四十五天，迁徙大队在飘雪中沿着澳大利亚沿岸前行，跨越将近一千公里。

他们来到在远古时期被称为"大分水岭"的地区，由无数错综复杂的山陵地貌交织而成，干冷的山壁从他们的左侧绵延到云层尽头。

大队徒步行进在起起伏伏的雪坡上，偶尔琴和居民站在高处看向结冻的海洋，能明显辨识出几百年前海水位退去时露出的陆棚，像是巨大的扇状冲刷坡，表面有绿蓝色的冰纹。

某天，大队决定在一个被岩壁包夹的远古河口驻扎下来。河川本身已干涸数百年，这片海拔位置较高的洼地却成了良好的临时居住；高耸的岩脉屏蔽了冰域和陆地交接处冷暖不定的风，高地的位置则消除了远洋带来的湿气，降低雪崩的风险。

琴发现从驻扎第一天起，奔灵者便派出两支规模不小的队伍，一支前往山脚下的湿地去狩猎白铠鳄鱼，另一支则肩负一项特殊的任务。

流传在居民之间的信息是，这片大陆在旧世界拥有挖掘不尽的矿藏。

距离他们驻扎地大约一天的行程——也就是奔灵者滑行一小时可达之地——有个名为汤斯维尔的遗迹。有次琴听见归来的奔灵者领队和研究院学者的对话，说那城市在旧世界具备唯一可提炼三种基础金属的设备，当时运往其他大陆的银矿也把这一带当成中转站。每日清晨当云层的轮廓渐现，那支奔灵者队伍便出发前往遗迹，用雪灵之力探寻银器。

琴只能通过观察去判断那两支队伍的轨迹，明确之后她便朝完全不同的方向去，寻找一个能够进行奔灵练习的地方。

每日，她在雪山中独行，绕过险峻的雪架以确保滑行痕迹难以被追踪。她找到一片奇异的地区，冰莹的冰架以不同斜角耸立着，仿佛有人把巨大的玻璃碎片从云端抛落下来，深扎雪地。这儿就是最好的庇护所。

琴目前已能驾驭栖灵板在雪地行动，虽然稳定度依旧无法令人满意。令她苦恼的是她还无法正确释放雪灵的力量。

今天琴小心翼翼地尝试了一下，只让一丁点儿力量从板缘流露——强烈的黑色光芒瞬间散放,像朵炸开的黑檀花,刮过周围的所有冰架!

那些冰架开始崩裂,她赶紧向后退,却在慌张之中控制不住雪灵,又放出一道力。这次是水平的冲击波,在它扫荡之下有两道巨型冰架崩塌、互撞,发出轰然巨响。琴惊叫着向外逃离,周边的雪地仿佛被黑色火焰燃烧起来,融为黑水,冰架则边融化边迸裂,崩塌下来,把她身后的雪坡砸出一个大坑。

琴惊讶地发现那破口下方深不见底,原来是山陵间的天然缝隙,可能深达数里。她几乎是连滚带爬地逃离那区域,听着身后地势崩塌的巨响,惊慌得头也不敢回。

待地面的震荡平息,她喘着气回首一瞥,之前大面积附着冰架的黑芒火焰已跟着坍方消失了,残留着的黑色液体仍在破碎的坡道边缘。

"这全是你干的?"男子的声音像鞭子抽过她的脊椎,让她挺直了身子。

琴呆愣地回头,看见戴着头巾的男子吃惊的模样。他的双手已搭在腰间的剑柄上。

她赶紧把栖灵板踢开,不知所措地左右张望一会儿,然后说:"我只是……想找地方练习,不晓得这儿的地势这么脆弱。"

男子有些狐疑地打量她数秒。"我没见过你在任何奔灵者的团队里。"

琴盯着地面，尝试控制呼吸。然后她抬起头，以清澈的眼珠直视对方。"我还不是奔灵者。那是我的梦想，所以带着自制的板子来练习。"她说这些话时已不再紧张。

"你的板子看来不像自制的练习板那么粗劣。"男子盯着离她有段距离的长板。琴庆幸早在瓦伊特蒙她便把整个板子涂上一层黑漆，看不出来材质是魂木。然而男子锲而不舍地说："板长和你的身高比例配合得近乎完美，两端的弧度也完全无误。这是灵板工匠做的吧？"

"我做的。"琴撒谎时眼睛眨也没眨，"做了很长时间的研究。"

男子倒是愣了半晌，然后发出嘿嘿的笑声。"我注意到你一阵子了。不晓得你为什么想隐瞒，你的板子分明束灵了。"他朝她的黑色栖灵板走去。"否则很难做出上坡的疾驰。"

琴快了一步，单脚把栖灵板捞过来。接触的一刹那，暗灵的能量突然出现在脑中，有股随时会爆发的力量在她的体内和板子里窜动。但琴面不改色，硬生生用意志把暗灵压制回去。她不能让任何人发现自己的秘密。

她用另一只脚蹬了下板子，在雪地流畅地挪动，证明给对方看她确实单靠身体的技能便可驾驭这块毫无生气的木板。"某一天，我也会像你们一样去雪地找到属于我的雪灵。"琴面无惧色地说完，准备离去。

"等等。"男子叫住她。

他索性露出大大的笑容说："叫我亚阎。听着，这一带的地势有很多隐藏的雪壳，非常不安全。假如你真的需要合适的锻炼场所，明天我找你，带你去个地方。"

琴回望灰发男子片刻，然后一言不发便转身离去。

当天傍晚，琴代表她的居民小组排队领取食物。驻扎地的边缘陈列了几个亚麻棚子，有工匠在处理搜找来的银器，也有工匠在翻找堆叠起来的白铠鳄鱼的尸体。他们当中有人把鳄鱼鳞片磨制成可以缝在衣物上的扣环或绑片，分发给居民。也有武器工匠切下较大面积的鳄鱼皮，把它们做成奔灵者可以穿戴的肩铠、胸甲和护膝。

琴快要排到尽头时，看见棚子底下的厨子从三四米长的鳄鱼体内切下有弹性的生肉递给居民，还附上一些软壳蟹，再撒了猩红色的香料。但同时她看见艾伊思塔也站在那棚子底下，和一些围观的居民交谈。

琴本能地感到不悦，试着不予理会。

"莰蒂，你也想成为奔灵者吗？修炼很辛苦哦！"艾伊思塔带着笑容，弯着腰对一个不到十岁的女孩说。小女孩很认真地点头。

"引光使,你好像很久都没有跟其他奔灵者出任务了?"小女孩的母亲问。

琴刚好来到厨子面前,拿出准备好的布料,等待他把切好的肉片递过来。

一旁,艾伊思塔摸了摸小女孩的头。"迁徙大队算是进入状态了,所以我还是想陪伴在大家的身边。"

"假惺惺的模样。"琴脱口而出。她挪开视线的前一刻,有那么零点几秒和艾伊思塔四目相接。周围有几个人诧异地看着琴,连小女孩也望了过来。

"你说什么?"女孩的母亲问道,语气有些恼怒。"你怎么能那样对引光使说话?"琴立刻后悔自己吸引了人群的目光,接过肉片后快步朝队伍的尾端走去。

琴在渐暗的天空下穿过重重营帐,但她已料到身后有追上来的步伐。

"你是琴吧,汤比的亲戚?"艾伊思塔朝她喊。琴没有缓下脚步的意思,艾伊思塔又说:"我做了什么事,惹得你不高兴吗?"

引光使声音殷切,听得出来是诚恳地想从琴的身上得出答案。但正是这种诚恳令人作呕,因为她甚至不知道自己的举动意味着什么。

琴停下来,转头和艾伊思塔对视。

"我们彼此还不算熟悉,"艾伊思塔说,"我不明白你为什么这么愤怒。"

"啊,但我对你可熟悉了。所有人都熟悉你不是吗?引光使。"琴朝周围的营帐晃了晃下巴。她不确定自己为什么对眼前的绿发少女总有难以遏制的愤怒,也不确定说出这些话是否明智。但她需要一个发泄的出口。长年来压得她喘不过气的黑暗,她需要把它推向那一丝光的裂缝。"你自己是奔灵者,还装成和居民多么要好。你很享受那样的优越感吧?"

艾伊思塔很是诧异,碧绿色眼睛睁大,和琴的银色眼睛相望。

"不是吗?你和我们在一起,就是喜欢那种高高在上的感觉。你是带回阳光的人,竟然不屑和其他奔灵者为伍,放低身段和我们这些人在一起。"琴的语气越发恶毒,"因为你需要弱者来衬托自己的存在。恐怕你自己都没想明白这件事。"

艾伊思塔无言以对,踌躇了片刻才说:"难道你不是奔灵者?我看过你在雪地锻炼。"

"和你差得远了!"琴感觉自己的舌尖涂上了毒液。

"琴,我从很小就脱离出生地所罗门来到瓦伊特蒙。"艾伊思塔似乎尝试把语调放缓,"我的家人只有瓦伊特蒙的居民,他们从不在意我的身世。所以想陪伴在人们的身旁,是我自己的选择。"

"你说对了,你的'选择'。"琴睁大银色眼眸,感觉每一处神经都被点燃,"你属于所罗门,也属于瓦伊特蒙。你是奔灵者,又和居民关系好。你永远有选择。"

艾伊思塔眉头微皱,不解地看着她。

"所以你永远不会明白'别无选择'的人面对的是什么!"鼻头突来一阵酸楚,琴恶狠狠地盯着艾伊思塔。

绿发少女尝试走近一步。"琴……"

"你别靠近我!"琴低着头后退,后悔自己无来由的失控。对琴而言,艾伊思塔是个有剧毒的女人。她不打算和引光使再有任何交集。"……永远别靠近我。"

琴瑟缩着身子,把肉片捧在怀里然后快步离开,留下错愕的引光使站在原地。

宇　蚀

微风吹过林间，晃动枝干的松雪。

他嗅出凛冽寒气中似有似无的浓郁，魂木的气味弥漫。它让空气里多了一份沉重感，仿佛整片森林都有了遥想和思绪，而那些思绪带着重量下沉，直达在深雪之下保存远古气息的冻土。

在他身旁，巨木像终年永冻的巨人，枝干密密麻麻，犹如他们遭到数不尽的长矛刺穿，矗立而亡。皑皑白雪覆盖下来，整片地区像是冰封而遭遗忘的王国。

这是个静僻而肃穆的地盘，却又不断传来窸窣声，诸多不为人知的生灵躲在不远处，以它们的语言轻声细语，悄悄窥视着这个意外出现的男子。

他独自于雪地站定，赤裸的双臂朝内扣着沉重的枝干，紧贴腹部。然后他以有条不紊的动作将木头提至下巴，再平稳地沉下手臂。每次动作只令手肘弯曲，让压力流往肩头。

一百九十七……一百九十八……汗珠持续从他的额头滴落，滑过紧闭的眼睑。

一百九十九……两百。他调整呼吸，将枝干放下。只有严格的纪律能维持自己的情况，没有捷径。然后他缓缓睁开眼——双唇开了道缝，从齿间吸气，感觉舌尖微麻，肺中清冷。这是他进入状态前的习惯。

亚阁正站在世上最古老的热带雨林中央。

几只小动物穿梭在头顶的白色密网，成群的鸟儿在远处飞翔。

五世纪间毫无入侵者的打扰，使隐蔽的森林在冰封天空下，逐渐达到微妙的生态平衡。亚阁踩着积雪来到冰霜掩盖的巨大树根旁，拎起两柄剑鞘，扣回腰际。他虽已剪去发辫，仍习惯性地绑上头巾。

半遮掩的目光向前凝望，他将精神聚焦在幽暗的森林内部。

亚阁踩在栖灵板上，在他抽出双剑的一刻彩光从板缘溢了出来，闪烁不定，似乎焦躁地想点燃那镀银的锐刃。"没有敌人，练习罢了。"亚阁用意识将雪灵压回板中，然后动身往前奔。

森林的地面极度颠簸，他沿着树根表面滑动，一环接一环，落入凹陷处再跃出，双眼连眨都没眨。目光扫过的每一处，脑中瞬间归纳出路径。

树干从身旁不断消逝。亚阁转动手腕,准备好双剑。

远古时期的人们强调单手兵器所带来的平衡感及挥舞时的加速度。那时候的人即便想学习双手兵器,也须先分开锻炼左右手,再提升到组合式的攻防术。然而冰雪世纪降临后,奔灵文明改变了人类武术的基础——为了在高速奔驰中维持平衡,手中的兵器必须左右对称。

而掌控四肢连动的技巧成了奔灵作战的核心。

他冲上倾斜的树干,短促地刮开一片雪尘,屈膝后跃起。一条悬空的枝干迎面而来。

亚阁在空中旋转栖灵板,让身体做好落地后得变换路径的准备,同时在半空扭腰带动双臂,斩下两段树枝。

不行。他感到不满意,崎岖的雪地打乱了腾空的节奏,右手瞄准枝干较粗的部分,应该先落刀。结果却相反。

他再次尝试,在空中张开持剑的手臂,像银色双翼伸展开来,他朝另一根树枝削去。这次他能感受到相继落刀时双手应有的触感。

亚阁落入前方雪地,激起一抹白雾,身旁的爬虫"咻"一声猛然逃开。他停下动作,静下来沉思片刻。

乘着栖灵板运剑,那感觉对他而言就像双脚被绑上铁链,双手也绑上铁链,而这两条链子之间还有第三条链。左右手相互牵动;后脚挪动时前脚也出现反作用力,四肢严重地相互影响。因此疾驰大地的作战方式,成败就取决于四肢之间的联动惯性——而枢纽,正是因不断转动而受力的腰腹部。

同时提升腰腹的肌肉力道以及柔软度,是祖先流传而来的方法,亚阁已掌控得相当好。然而他总感觉自己直到跳跃的一瞬间,意识焦点才会从腿部导往上身,那样太慢了。

还有一点亚阁尚不满意的是自己肩膀的承受力。

若不使用栖灵板作战,平时大地会提供双脚足够的施力点;然而当栖灵板在雪地高速移动,若想营造相同的支撑力,每次挥刀之前板子必得急刹,双腿将承受过多的反作用力。没过多久,腿部肌肉就会产生绞痛。这是奔灵者最常犯的错:战斗时过度依赖使用上半身直接交锋。

因此除非遭敌方包围,亚阁从不定点作战。

雪地战斗的诀窍是动线。制胜的关键在于预测敌人的动态流线,让自己的轨迹与其接壤,交错之刻一刀击毙。这是他自小习得的奔灵训言,心中不变的圭臬。

亚阁再度行进于幽白的森林之间,惊扰成群的生物。他以疾驰的速度维持惯性,以腰部的扭动来控制主要的方位,双手仅在冲击的一瞬间微调动作,接连劈下枝干。主要的冲击力均由双肩来承受。

因此这半年来,他不停锻炼自己肩部的承受力。前锯肌、肩胛肌和三角肌,所有包覆肩部关节的肌肉都必须强化。每一天,亚阎在天明前的两小时醒来,锻炼自己直到白昼来临。他必须维持这样的作息节奏,因为这攸关性命。

力量、敏捷、体力、耐受力和洞察力,他必须把这些全转化为行动的本能。

"索恩顿之峰"耸立于澳大利亚大陆北方,位于59.0度。若随着这条子幅线朝白岛的方向去,便能直接抵达所罗门群岛。

亚阎躺在雪坡上,俯瞰整片苍白的丹翠森林。它是世界上最古老的热带雨林,一亿三千五百万年前的白垩纪元就已存在。在冰雪世纪,它那枝干交叠而成的厚重天篷保护了难以计量的生态。虽然从亚阎的位置看不见迁徙大队,但他知道人们已进入林中扎营。他只望见零星的奔灵者身影,在白色森林的边缘,原本的海岸边界设立起防线。

对多数奔灵者而言,这是他们首次来到这么远的地方。即使亚阎也从未见过林中那么多的鸟儿。他第一次看见暗斑的白肤水蛙,不知名的爬虫,以及拥有圆滚滚的眼珠,经常攀附在树皮上的大眼袋貂。看来这阵子,人们暂且不用挨饿了。

距离大队上一个停驻时间相对长的地点,也就是捕获白铠鳄鱼的地方,已过了两周。然而现在使大队选择在此多驻扎一段时间的原因并非只是食物,而是离开瓦伊特蒙迄今,人们首次见到了魂木——那些剥掉雪衣,劈开树皮,就可看见里头蕴藏绿光的原始植物。

他们花了相当大精力伐木,打造更多单人便能拖运的载物雪橇。有天夜里,亚阁甚至看见人们毫不吝啬地烧木取暖。

他自己在远离人烟之处燃起一小簇营火,用铁钳夹着器皿,熔化一颗原生银矿。然后他小心翼翼地提起尖嘴容器,将烧软的银淋在剑刃上,衔接起破碎的银纹。身旁的石座摆放着锤子、铁夹和砌刀。彩光像游丝般从栖灵板飘了出来,像在寻找什么。

"安分点儿。"亚阁目不转睛盯着平摆于掌中的长剑。

加尔萨纳曾告诉他,在这个时代,人类历史上的武术有九成已经失传,然而各大文明都有的双手持刃的技术,却因为融入了奔灵文化而被保存下来。他们的祖先继承了诸多远古的流派——源于亚细亚内陆的外方之地,立于方舟的祖灵之子,以及远北的阴阳二天之流等等。这些古文明的双手兵器之道汇集起来,传承到他手中的便是"柔刚流转之术",四肢和腹部核心的联动交替在柔软与刚硬之间,积累动态能量,从剑锋释放。

亚阁看着银纹像柔水滑动,缓缓凝结在刚硬的剑身,不自觉地想起艾伊思塔当时的话。

或许她的谴责并没有错，自己是个没有心的野兽。对于身旁发生的所有事情，亚阎的态度不冷不热，讽刺是他唯一面对世间的方法。他必须这么做。

奔灵者的意识与雪灵相系，情绪就是第四条锁链，牵动彼此。尤其当他的体内……

风声出现波动，传来不祥的低吼声。

亚阎停止动作，起身朝山坡的另一端望去。他手持长剑，徒步走向山腹旁的雪架。然后他看见隐藏在远方凹凸不平的地势中，成群的苍白身影。

魔物聚集在山脚下的某个水湾边，一座显要的雪墩旁。通常情况下他只负责追踪，没必要不会采取动作。

然而观察一阵后，他已能确定不出半天时间，它们必将碰上迁徙大队的栖息之处。

亚阎蹲下，将剑刃压入雪里冷却。"啊，几小时的工夫白费了。"

他乘着栖灵板一路朝山底而去，越过稀疏的岩石和浓密的树林。白色披风在身后飘摆，他从未刹住脚下的板子，甚至没有扬起雪尘。亚阎化为一道白影，寂静而急速地接近目标。

冲出树林屏障的一刻他才停住栖灵板。独自一人现身在成群的魔物眼前。

有几头狩似乎略显惊讶,身体猛然抖动,再缓慢地转过身面对他。它们的冰爪逐渐变亮,那不知是脑子还是胸膛的表面撕裂开来,利齿层层掀开。

亚阁也颇为诧异。在他面前的狩不下五十头,但他没想到的是那座雪墩也动了起来。数道关节发出声响,从那看似平滑的背部向前弯曲;待那头巨狩起身,已有六只手臂在空中晃动,它的胸前迸出三道蓝光。

"你们是流浪群体,还是刻意在追踪我们?"亚阁拉低头巾,双剑在手中打转。他的栖灵板绽放出彩光。光波像是逆流的液体,直接向上包覆剑身。

所有魔物现在全苏醒过来,彻底敞开蓝光放射的手臂与胸膛。它们的嘶吼声撼动雪地。

"啊……看来这次不能指望全身而退了。"彩光丝缎在他阴冷的眸子前飘晃,亚阁对着雪灵说道,"你也憋不住了是吧?那就来吧。"

他的嘴角上扬,双手架开剑刃,迎向密密麻麻的大群魔物。

拂 羽

"找到他们的踪迹了吗?"雨寒询问身旁的双胞胎姐弟。

"没有……看来凶多吉少了。"佩塔妮滑行在长老身旁,双手各持一支三叉短戟。她的胞弟腰间挂着相同的兵器,目光没入灰墙般的浓雾,也消极地摇摇头。

雨寒沮丧地叹了口气。他们位于大队中央,却因湿冷的雾气,除了邻近的人群什么也看不见。

"那里头有我认识的人……"佩罗厄自告奋勇地说,"过两天,要是再没有消息,请长老让我带支队伍出发寻找。"他看起来仅比雨寒小一两岁,口气却已展露出雄心壮志。他的姐姐摆出不赞成的表情,但佩罗厄不予理会。

雨寒沉默片刻。"让我想想吧。"

原本迁徙大队瞄准印度尼西亚的狭长岛屿链末端为最终目的地,也就是与印度洋东边接壤的一连串岛屿。学者们自信满满地说若能碰上那一带的任何小岛,接下来的迁徙路径便没问题了；只要一路沿着岛链向西北方行，就可以开始留意合适的地底栖息处。

然而事与愿违，实际情况令人哑然。

他们没有碰上期待中的岛屿，因此在冰冻的班达海域盲目行进。浓雾随着海洋的气味飘来，时有时无，几次长达数天不曾散去。当最后一只羊驼也死去，人们在雾中饮着它的血，啃食它的肉。路途中，大队多次遭到袭击，奔灵者得在能见度极低的情况下作战。

更糟糕的事发生了。就在一周前，一支运输单位平白无故地消失了。

载着魂木的雪橇由超过百名居民拉行，十几名奔灵者护送，蒙勒也在里头。

或许是久久未散的浓雾让那队伍和迁徙大队脱离了。雨寒和总队长立刻派出奔灵者去寻找，竟也没了下落。

当他们再次接触到陆地，急于从沿途经过的远古遗迹来做地理定位，才发现大队竟然落在旧世界称为苏拉威西岛的附近。若依研究院推论，这里大约位于子幅74.4度，距离南方的原定目标的岛链起码有五百公里之遥。迁徙大队完全偏离了路径。

有奔灵者与学者爆发口角，说双子针的实际度数与学者所估量的完全不同。众学者坚持己见，责怪奔灵者未找到可靠的地标才导致偏离。

没人知道究竟发生了什么事。居民知道后有人开始起哄，认为奔灵者没有照顾好走失的运输队伍。失踪者的家人更是频繁来找长老施压，希望雨寒多派人再去寻找。

事态每况愈下，迁徙大队不再拥有几个月前遇到原始森林的运气，所发现的树木早已白化透顶了，挥动手斧便可从树干削下松动的块状物。他们时而绕过丘陵，时而经过冰域，开始穿越海陆频繁交错的冻原。

就在雨寒认为情况已糟到不能再糟的时候，又发生了一件令人震惊的事。

那一天，大队周围的雾变得稀薄。他们似乎身处某个结冻的内湾，脚下踩着坚硬而无雪的冰面。

雾气像拂动的触须，仿佛仍眷恋着什么般滞留在空气中。视野时而清晰时而朦胧。雨寒身旁的人们突然发出惊叹。逐渐明朗的前方，**矗**立着某种巨大之物。

那是一座形体有些扭曲的塔形物，或许如山一般高，顶端没入低垂的云层。缥缈晃动的雾气之间，它却是个极端静默的存在。这情景有种说不出来的怪异。迁徙大队至今已见过许多风雪造就的违背常识的景象，但眼前这座高塔明显不是天然生成的。

人群缓缓前行，雨寒觉得不太对劲，开始动身到大队的最前方。

"我见过这座塔……"白发奔灵者俊对总队长和雨寒

说道。他的声音听来相当不安。

"在哪儿?"雨寒问。

"联合远征队的任务。"俊的面孔微微浮现情绪,"应该是介于瓦努厄图群岛和所罗门之间的狭冰带,在远方的海洋上。就是这个模样,形体像巨大的脊柱。"他闭起白霜般的眸子,似乎在试着回想什么。

"它怎么会出现在这里?"雨寒忽然觉得毛骨悚然。俊所说的地方离这里将近两星期的滑行路程。

"我不知道。只是那次,我们很确定它是在尚未结冻的海洋上。"

"但眼前这座巨塔却立于冰面上。"红狐也来到他们身旁,静静地卸落肩上的弓。

雨寒觉得那奇特的塔确实像某种远古巨物的脊椎。她不知为何心跳加速,看着出了神。此时群众的声音牵动她的注意力。

"这是什么?!"

"看下面啊!所有人看下面!"有人慌乱地挥着手。

低头的瞬间,雨寒的心跳停了一拍。连红狐都大声发出咒骂。

脚边的雾气散去,冰的表面变得清晰透明——显露出底下冰冻的纹理。

所有人盯着脚下,都确定他们曾经见过这东西,那是攻击瓦伊特蒙的巨物。人群开始骚动。

记忆中，它的皮肤表面正是这种布满茎痕的结晶体。雨寒感到一阵昏眩，目光往前挪，发现视野可及的冰层之下全是这种恶心的纹路，直达前方的冰脊塔。

他们整个大队都踩在冰面上。

"我们竟然走到这种地方。"红狐以锐利的目光环视左右，从腰间的箭袋迅速取出一支箭。

雨寒的双腿微微颤动，她忽然开始有了最糟糕的想象。或许他们所在的整片海域，底下全是这模样……

"别慌！我们并未触动它！奔灵者！"总队长下达命令，让奔灵者带领人群朝最近的陆岸而去。人群争先恐后想逃离这片冻原，有人甚至丢下雪橇开始奔跑。

"所有人别慌乱！"亚煌急着告诫，"慢慢朝岸边走！"

雨寒握紧弦月剑，看着居民匆匆经过身旁。她明白亚煌是对的。当初在瓦伊特蒙，是恩格烈沙长老率先发动攻势才激活了这异物。或许有办法防止灾祸再度发生。

"陀文莎——"凡尔萨的声音从某处响起。

雨寒扫视周围，忽然看见凡尔萨从人群中跑出来。她随他的方向看去，惊讶地发现浓雾中有个微小的身影。不知何时，缚灵师已朝那巨塔走去。

"……缚灵师在做什么？"一股突来的不祥预感爬上雨寒的心头。凡尔萨已乘上栖灵板追过去。雨寒的直觉像个警钟,告诉她得立即阻止缚灵师。

她抛下笨重的弦月剑,也踏上栖灵板。红狐迅速反应过来,立即跟上,滑行在她的后方。

缕缕白烟飘过,前方忽暗忽明,但雨寒加快速度。他们三人笔直前行。

视线彼端,巨大的冰脊塔逐渐逼近,给人无限的压迫感。在它底下的缚灵师身影如此渺小,步伐却给人一种明确而缓慢的错觉。她正被什么东西吸引过去。

陀文莎以优雅而诡异的动作抖落厚毛披风,接连脱下布衫,露出里头半透明的丝质衣裳。

他们离她约五十米——冰脊塔像道彼岸的巨墙,当他们越靠越近,塔面那弯折、扭曲的凹痕就越明显。缚灵师的丝衣在雾气中飘摆,隐约可见近乎裸露的身躯。她以轻柔的动作抬起手。

"凡尔萨,阻止她!"红狐喊道。

三十米。

拜托,要赶上!雨寒闭起眼。

二十米。

"陀文莎——别碰它!"凡尔萨大吼。

十米。五米。

他们纷纷甩动栖灵板,急刹在陀文莎身旁。她的手掌却已平贴于冰脊塔表面。

凡尔萨睁着眼喘气,雨寒则屏住气息。好几秒过去,似乎什么也没发生。

片刻后缚灵师的身子瘫软下来,刚好被费奇努兹给接住。她躺在红狐怀里,身体因痉挛而卷曲。雨寒惊觉她已翻了白眼。

陀文莎的下唇抽动,口中发出某种不像人类的声音。

"发生……发生了什么事?她为什么要这么做?"雨寒看向凡尔萨。

凡尔萨咬着牙摇头。雨寒赶紧唤出拂羽,色调转换在翠绿和暖黄之间,迅速包覆缚灵师的身体。然而陀文莎的异状无法缓解,发出断断续续的嘶音,像有东西在喉间燃烧。

"她好像想说些什么?"红狐试着握住她的手,但她那颤抖的手掌突然施加了一股力道,连红狐的表情也扭曲了。

"我……我救不了她。我去找安雅儿来!"雨寒起身离开他们。

她焦急地滑行在广大的冰原上,神秘的纹理就在她的目光底下飞逝。雨寒试着不去看脚下,飞速前进。

远离冰脊塔所在的冰原之后,迁徙大队在一片厚雪地落脚。

所幸之前有惊无险,冰层底下的异物没有苏醒。缚灵师的情况已稳定住,在首席愈师的照料下沉沉睡去。

雨寒和凡尔萨离开安雅儿的篷子,来到营区旁。雪地里除了白化的断木,还有三座旧世界的石像。它们足足有凡尔萨的两倍高,表面的积雪在早先已被想做记录的学者给清扫开。

他们两人依贴着这些奇异的巨石像而坐,栖灵板同时放出微光,点亮周围渐暗的黑夜。

"我很担心缚灵师的情况……"雨寒解下自己的披风。一旁有位学者正拿着殷纸,描绘石像的模样。"我们只有她。万一出事,再也无人能束灵……如果奔灵者的文明因此断绝……"

"这些都说不准。"凡尔萨的语气有些疲惫,"也有人曾说奔灵者的血脉是基于遗传吧。事情总是有例外,说不定某天哪个居民就突然领悟了束灵能力。"

这种说法其实有道理,毕竟奔灵者的父母也多半是奔灵者,只不过成年的战士出任务的阵亡率相当高,这也是为何奔灵者多为遗孤的原因。然而雨寒依旧心有不安。"缚灵师不一样……她的能力需要训练与传承。依照过往的习俗,陀文莎应该要选出她的继承者了……但现在她的情况比以前任何时候都糟。"雨寒仰头,瞥见巨石像扁平无表情的圆脸。

凡尔萨没回话，疲倦地靠在石像底下，双手搭在膝盖上。

从雨寒的角度看这些高大的岩雕，那模样有点儿像是狩。学者们曾判定，它们很可能是五千年前人类遗留在此地的信仰图腾，代表这一带的人们曾经崇拜的神灵。

雨寒这才想起，上一次和凡尔萨这样单独说话已经不知是多久以前……

"你……习惯了长老的位置吗？"凡尔萨开口问。

"当然还没有……"雨寒坐直身子，调整了下衣裳。最近感觉自己的布衣有点紧，尤其胸脯的部分有些难受。

"居民与奔灵者的关系恶化了，你应该压力很大吧。"凡尔萨说道。一旁的学者们收拾好东西离去。远方一片黑暗中，只有零星的帐篷里还有火光。守夜的奔灵者释放着彩影，在更远处围成防线。

"嗯……有时候会。"雨寒含蓄地回答。

"算了，居民的想法必定是矛盾的。他们一方面恐惧奔灵者的能力，时时得发泄心中的不平衡；另一方面他们又明白自己处于弱势，必须依恃他们的保护。"凡尔萨明显露出不屑的神情，"出状况时你就会看见那些人恳求的嘴脸。"

"他们很依赖艾伊思塔。还有像帕尔米斯，那些家人仍健在的奔灵者，居民比较容易把他们当成一伙的。"雨寒沉下肩膀，心想反倒是她自己……身为长老，却离他们越来越远了。

"得了吧，那是因为你扛下最直接的利益冲突。要是把艾伊思塔丢到长老的位置上，她也会面临一样的窘境，还不一定干得比你好。"雨寒有些吃惊地看向他。凡尔萨接着说，"总之别想太多，也别害怕。"他也看向雨寒。"脑子无法思考的时候，就跟随自己的心走，不会有错。"

雨寒的脸不自觉微微泛红。她感到愧疚，数个月来因为长老一职消耗所有心神，她从来没主动找过凡尔萨聊心里的想法。

"我总觉得每个决定都好难……迁徙的路途发生好多事，但每次做出决定，都有人不满意。"

"是吗？你不是有红狐一天到晚在旁边耳提面命嘛，他应该可以协助你做决定。"

"嗯，他教会了我很多事。可是……"

"你还是得小心那家伙。总觉得他和其他奔灵者不太一样，脑子里不知道都装了些什么。我有时看见他暗地里找飞以墨，不知道在讨论什么。"

"啊……你有点误会他了。费奇努兹私下帮我分担许多事务，我才少了很多担忧。他其实人不坏，只是……只是严肃了些，很容易被人误会。"雨寒低下头，"他对我很宽容，就算我做出不如意的事，他也很少责难我，反而一直教导我该怎么面对事情。"

凡尔萨喷了下鼻息，明显感到不以为然。

"都怪我太优柔寡断了。上百位居民失踪，该不该多派人去找人我也拿不定主意。"雨寒殷切地希望找回那群人，这么一来或许在人们心目中，她便能弥补之前抛下居民的罪恶。她转头问凡尔萨："你觉得他们会不会是遭到狩的袭击？"

"不无可能。但更大的概率是他们走失了，找不着迁徙大队的方向。因为，你看这个。"凡尔萨从皮裤口袋中掏出了双子针。圆形的罗盘上有两种不同金属的细针，一根指向北方，一根指向太平洋中央的"绝对磁极"，它们的夹角便构成了子幅线。而在凡尔萨手中，罗盘显示72.1度。

"怎么了？"雨寒低头看了一眼。

"一周前，它就是这个度数。"

"什么？"雨寒吃惊地瞥向他，然后将头压得更低，贴近凡尔萨掌中的东西，"这个双子针失效了？"

"看似是如此，至少我手里这个是。"凡尔萨把罗盘收起来。

"总队长还有其他带路的奔灵者，他们的双子针度数都是统一的。"

"是。但又有谁可以确定那些吻合的度数是绝对正确的？"

雨寒双眼圆睁地看着他。

"或许研究院并没有犯错……"凡尔萨凝重地说,"这片大地有问题。"

一阵冷风吹来,令雨寒打了个哆嗦。她不自觉眯起眼,却突然闻到记忆中的陈旧皮革味,脸颊也传来一阵温暖的触感。她发现自己竟靠在凡尔萨的胸膛上。"啊!对不……"她急着抬起头,与凡尔萨四目相接。两人的脸只隔一寸。

雨寒可以感受到凡尔萨双唇间的气息。

她就这么僵在那儿,只觉得有东西拼命撞击耳膜。空气仿佛被冷风凝固,某种她无法理解的感觉像道火焰,缓缓从胸口往下烧。雨寒的腹部一阵紧缩。

凡尔萨别过头去。"你……"他深吸口气,声音听来有些尴尬,"你挺让我诧异的。真的,我从没想过你会成为瓦伊特蒙唯一的长老——"

雨寒眨眨眼,觉得意识再度清晰。她低下头,却阻止不了心如擂鼓。她觉得呼吸困难。

"我父亲说过瓦伊特蒙只需要一位领导者,我以前可不这么认为——"凡尔萨抬头,咬紧牙,"呃……我在说什么——"

他似乎有些语无伦次。雨寒也没好到哪儿去，觉得自己快昏过去了。

营区仍有奔灵者的身影在巡视，细小的呢喃声充斥黑夜。雨寒捏着自己的手指，张开嘴拼命想吸气。拂羽像只小巧的鸽子落在自己的肩上，拍打着艳红的羽翼，好一阵子才恢复成原来的七彩。

就这样，尴尬的气息悬浮在空中，两人好一阵子没开口。

雨寒的脑子一团乱，想让自己快点说些什么。刚才凡尔萨提及自己父亲，令她忽然记起前阵子的传闻。她有些窘迫地开口："我听到……一件不可思议的事。有人说你的父亲加尔萨纳……是在我母亲的命令下才无法返回瓦伊特蒙……"

打听到此事的似乎是艾伊思塔，也是她在瓦伊特蒙散布事情的始末，为凡尔萨平反了"叛逃者"的污名。但每次想到这件事都让雨寒觉得不舒服。艾伊思塔多管闲事，害人们把矛头指向黑允长老。"我只觉得这当中一定有误会。母亲肯定有什么难言之隐，她不可能想要你父亲——"

凡尔萨猛然站起身，吓了雨寒一大跳。

他的神情完全变了。黑眸子像两潭深渊，青筋在眼角浮现，那神情仿佛看见千年宿敌。他就这么盯着雨寒，一句话没说。

"凡尔萨……"雨寒有点不知该怎么反应,下意识伸手拉住他袖口。男子抽回自己的手,拳头依然紧握。然后他拿起栖灵板离去。

雨寒就坐在石像底下,呆愣了好久。

愧疚和焦虑在她心里打了结。她感觉自己触碰到某种不该碰的东西,却不清楚究竟是什么。雨寒望着凡尔萨的背影消失在黑暗里,想起初次见到他时,他也是充满愤怒的模样。

黑夜的风,似乎变得比以往更冷。

"我不赞同。"

雨寒看着红狐,眼神透着渴求说:"是我……是我叫蒙勒参与那批魂木运输队的……"

她对蒙勒的印象是一名忠心的朋友,无微不至地守在她身旁。在断裂的冰架上,他还曾经救过雨寒一命。"他们可能都在哪儿等待着。为什么不能再试一次?"

红狐以粗哑的声音说:"我们派遣的人都没回来。再派出更多人,为的是什么?"

"说不定这次的运气——"

"为的只是满足你心中的期盼,给自己再一次制造希望。"他等雨寒消化掉这些话,接着说,"但是你得权衡这希望的代价有多高!你身为领导者,怎么总被情绪控制?要谨慎思考,做出中立的决断。"

两人背后的昼时天空一片灰暗,云层积得连弧度也没有,像遮蔽了视野的平顺岩顶。乌云和地平线的夹缝间,依然可见那座诡异的冰脊之塔,似乎正沉默地回望着迁徙大队。四周的人们已在忙碌地做准备,大家都想赶紧离开这地方。

费奇努兹似乎察觉年轻长老心中的煎熬,缓缓告诉她:"雨寒,'动机,方法,结果'——你得牢记这句话。无论一个人的动机多么清高,无论她的方法看似多么有效,只要结果不对,一切都是徒劳。每个决策都有相应的风险,仔细考量,便不难想通究竟值不值得做。"

雨寒犹豫一阵,在心底告诉自己其实她和蒙勒也不算熟识。不能为了他去牺牲更多人。

"我懂了……"雨寒深深吸了口气,试着扼杀浮动的情绪,"我懂了。"

红狐赞许般地点头,忽然话锋一转:"我有件更重要的事要告诉你。"

他瞟了眼周围走动的人群,然后贴近雨寒耳边,轻声说出一件事。

数十秒过去,雨寒丝毫没有眨眼。"缚灵师说的?"她怀疑自己是不是听错了。

红狐面色凝重地点头。

"那……我们该怎么办？现在改路径，研究院肯定不同意。"

"我建议相信缚灵师。上一次长老不听信她的话，瓦伊特蒙差点灭亡。"

"那至少得向所有人解释清楚——"

"我建议暂时先隐瞒。"红狐的语气改变了，"现在只有你、我，还有当时在场的凡尔萨知情。我已警告过他别向任何人提起，尤其是缚灵师那么信任他。"

"那么总队长……我们得告诉总队长。"

"先不急。采取行动时，再告诉亚煌也不迟。事实上，虽然你是长老，迁徙的事宜几乎全由亚煌在发号施令。这些都得慢慢改变。只要你做的决定，就连总队长也不该质疑。"

"但是他一定会有很多疑问……"

"雨寒，你得明白一件事。长老是你，不是别人。"红狐静静地说，"你坚持的事，其他人无权反对。迁徙至今，人们还是把亚煌当成大队的实质领导者，是时候让人们意识到你才是长老。"他若有所思地盯着雨寒，补上一句："若是黑允，她不会让自己躲在黑影之中。"

在他们身旁，迁徙大队动身了。雨寒心里异常不安。

"我们先做好准备。届时要采取行动,人们才不会有足够的时间反对。"红狐最后提醒她,"还记得我很久前说过的话吗?群众的心理是个巨魔,我们希望它沉睡——直到需要它的时候。"

雨寒的心脏仿佛不听使唤,强烈地撕扯她的胸口。她闭起眼,强行压下所有感受,想象有只透明的手握住自己的心脏。

我不是孩子了。我是瓦伊特蒙的长老。

恐惧就像化开的雪水,从指缝间缓缓流逝。雨寒睁开眼,点头说:"我明白了。"

潾 霜

自从在冻原遇见冰脊塔，已过了两个多月。

若从瓦伊特蒙沦陷算来，已有将近一年的时光。奔灵者尚有两百五十名，生还的居民约三千五百人。

遇见冰脊塔之后，迁徙大队的行进方向出现巨大的变动。长老雨寒传达了缚灵师的旨意，告诉大伙儿陀文莎已感应到他们的理想乡"就在北方"。

许多奔灵者质疑，但长老没有给出多余的解释，只说缚灵师领悟了新的感知能力。人们变得半信半疑，但没有奔灵者敢挑战缚灵师的预言。

因此这两个月他们朝正北方前进，穿越风雪纷飞的陆地，海水肆虐的冰原，也曾经为了避开一望无际的内海而绕行数周。他们在远古欧亚大陆板块及菲律宾板块强势交接的地方，沿着太平洋火环带笔直向北。

每隔数天，一支包括俊在内的护卫队便会保护缚灵师来到大队的前方进行某种引路仪式。天寒地冻的环境下，缚灵师却总穿着薄丝衫。护卫队员总得回避目光，因为陀文莎全身上下除了高至膝盖的皮靴以外都清晰可见；湿润的丝衣覆盖着大腿，丰硕臀部的弧线、肩膀和乳房的曲线全都展露无遗，仿佛她是冰原里的一尊裸露的雕像。

她就这么站在风雪中进行感知，直到确定方向无误。

迁徙大队跨越传说中有七千岛屿的冰域，见证无比惊人的景象。远方海面上有浓烟，像通天的黑柱散布各方。大地时常震动，有时摇晃数小时不停，引发周边的残雪崩落，冰崖坍塌。

夜里，火焰像是奔洒的红河从海中央的山陵缓缓流下。也有类似的火丘出现在冰原中央，把雪地烧了一圈巨大而沸腾的湖。迁徙大队远远避开它们，然而有少数居民开始对这些景象默念本该献给阳光的祷文，认为它们是神灵的怒意。学者们嗤之以鼻地说这些不过是天然现象，古书中都有解释。然而不识字的居民有他们自己的想法。

唯一确定的是，越接近子幅90度线，人们越能感受到这段长征再次充满了不确定的危险。比起七八个月前的残冰地域，在这里，混淆的地势和易变的气候让旅途难上加难，每一天都有几十人因寒冷而死去，短短两个月间他们丧失数百条生命。

但人们抓着残存的意志，尚未崩溃的唯一理由是他们相信长老的话：只要撑过这段路程，必能抵达缚灵师所说的理想乡。

总队长紧急动员过去曾在探寻者支部的奔灵者,将搜索魂木取暖当作首要任务。俊和帕尔米斯都是其中的成员。他们挖出一片片树林,却看见木头都已严重白化,燃烧时化为浓烈的灰烟,却难有温度。

冻伤和生病的人数越来越多。有不少居民的双腿瘀紫,无法再行走便被抛下。某天夜里俊经过长老营帐时,听见总队长也在试着劝雨寒不要把大队逼得那么紧。

然而年轻的女长老却并未妥协,不让迁徙大队在同一处驻扎超过一晚。每当乌云密布的天空开始明亮,前进的号角声会第一时间响起。

海风带着飞絮般的冻雨降临。缚灵师张开双臂,仰头以一种奇特的语言在唱诵着什么。在她前方时不时有浪花炸开,水雾横扫缚灵师的身子,她神情痛苦,却不以为意地持续着仪式。

俊手里拿着厚重的羊毛披风,和四名奔灵者在她后方一段距离围了一个半圆待命。若地势有突然的改变,他们得随时做出反应。

俊瞥见一个熟悉的身影站在远方打量他们。

那是凡尔萨,那个曾被称为"叛逃者"的家伙。

一直到现在，凡尔萨也没有加入任何任务小组。总队长似乎同意让他随自己的喜好行动。很明显，凡尔萨心里放不下缚灵师；每一次她进行引路仪式，俊都会看见他站在远方观察，仿佛一秒都不放心让其他奔灵者承担她的安危。

俊想起来上一次和凡尔萨面对面是在瓦伊特蒙。凡尔萨要求加入联合远征队，而路凯打了他。

但凡尔萨活了下来……路凯却死了。

一股纠结的情绪油然而生。俊想起凡尔萨当时对路凯的咆哮："面对死亡——你和我一样都是懦夫！"他不确定当时的冲突是不是对路凯产生了影响……

俊看见缚灵师的双臂缓缓落下，便深吸口气，让自己专注眼前的工作。

他迎上前去，用披风包裹住她颤抖的身体。"你们带缚灵师回雪橇那儿。"嘱咐完其他奔灵者之后，俊独自往另一个方向滑去。

过去这段时间除了出任务，白发奔灵者只要一有机会便在邻近的雪域徘徊。他蹲在雪地检视各种狩群的残迹。久而久之，他找到一些线索，终于明白是什么导致他的长期不安。

那想法像道阴影模糊了俊的双眼。路凯只身抵挡狩群的模样历历在目，俊忽然不确定路凯付出了性命，究竟值不值得……

如果答案和他的猜测一样,他能够承受吗?路凯的死究竟换来了什么?

俊闭起双眼,压下心中的不安,明白无论如何他还是必须亲手挖掘出证据。

某一天,俊一直在等待的机会来临了。

同时他想清楚了一件事。从不知多久前开始,他就把自己定位为辅助的角色。或许从他第一次见到路凯起,也或许是两人狩猎雪鹿那次……但打从他相信路凯是值得帮助的伙伴那一刻起,俊的人生轨迹便固定了。

因为路凯拼命向前,所以他得镇守后方。

因为路凯不顾一切,所以他得维持理性。

换言之,是路凯的存在造就了今天的他。俊的人生是由路凯定义的。因此他越来越讲究理性,也因此最终当两人激辩过后,路凯得到他想要的天命,而俊成了唯一的生还者。

天空从暗灰缓缓转明,透露出棉絮般的云层。此时俊刚回到营地,先去找韩德。

他告诉这名资深弓箭手自己的想法,因为对方将是这整件事的关键。韩德压了压盖住面孔的金属口罩,考虑片刻后，毅然点头。

俊知道所面临的风险，因此必须寻求更多人的帮忙。然而他并未征得总队长的同意，这是他私下的实验，只得找有空闲离开岗位的人来协助他。

之前一起担任魂木搜索工作的同僚帕尔米斯自然是首选。他和父亲及两位胞弟坐在一起谈话时，俊找上他；帕尔米斯则找来依可萝和莉比丝，两位少女同样是弓箭手。牧拉玛习惯性地脱离自己的守备岗位，躲在随便挖开的雪窟里睡觉，被他们找到后叫醒。而年过四十的比克洛陶宛则因手臂受伤，近期没拿到什么重要的任务，也就成了理想人选；他是瓦伊特蒙沦陷之前，最后一批成为奔灵者的新人战士。

"我想证实一些事，"俊对他们说，"请你们……帮助我。"

白发奔灵者带着同伴们追踪之前发现的狩的痕迹，约莫半小时后在一片平坦的雪原看见十来头魔物。

稀薄的雾气悬在空中，他们七人隐身在一道渠沟内。俊聚精会神地看着魔物的动作——它们抬起硬雪凝成的大腿，一只脚掌粗重地落地扬起雪尘，数秒后才又抬起另一只脚。这动作迟缓而笨重，但所有奔灵者都晓得这是魔物尚未进入状态的模样；一旦战斗开始，有些魔物的移动速度甚至可媲美栖灵板。

"你带我们冒险离开迁徙大队，就是为了这个？"莉比丝说，"七个奔灵者对十几头狩，会不会太小题大做？"

回答她的是戴着酒红色棉帽的依可萝，她说话时水汪汪的大眼眨动："莉比丝，你总是在抱怨。既然你那么厉害，干脆用自己的'远古加农炮'单挑它们就好啦。"

莉比丝怒视她，帕尔米斯赶紧出声阻止。俊心想她刚才说的，大概是指莉比丝的雪灵能力，只不过哪儿学来的名词他不确定。

"这里离迁徙大队不算太远，如果它们有援军，我们是唯一的屏障。"俊只如此回道。

奔灵者依照计划行事，在薄雾中缓缓从左后方逼近狩群。敌人似乎并未察觉。

韩德举起刻满符文的长弓，瞄准魔物的后膝部位，同时发出两支箭。箭身拉开的虹光刃切开了雾气，斩断数只狩的双腿。它们在瞬间爆裂为白色尘埃。

俊惊愣了一下。竟然和他的猜想吻合。"韩德，继续！"

其他的狩此时已反应过来，在雾中朝他们逼近。第二道虹光刃又诛杀了几头魔物。其中一头狩，只有一边膝盖被扫到，断裂后那条腿再次迅速生成。韩德的第三道光刃将它们彻底解决。

"什么,就这样?"莉比丝才刚说完,大地已开始剧烈地震动。不一会儿,更多狩的身影从雾中出现,放射出激烈蓝光。

"它们都在这附近?刚才怎么没看见?"牧拉玛露出诧异的神情,这才慌张地掏出武器。

比克洛陶宛唤出驼着背的巨大雪灵,挡在众弓箭手前方。俊也来到他身边,雪灵"潾霜"已化为燕形,在他身边盘旋。

敌人尚在远方,依可萝便朝天放箭,拉开一道虹光抛物线——箭矢落入狩群中央,瞬间绽放成一潭闪烁的彩影,形体有如庞大的远古水莲,烧尽底下的狩群。

莉比丝哼了一声,也朝敌人放箭。一如既往,她的攻击像根巨石柱,任何人看了都会头皮发麻。

莉比丝的攻击在敌阵左侧开了个大洞。她迅速退下,帕尔米斯踏了上来,他手中夹着三支箭。

俊目测现在扑来的魔物不下二十头,后方或许还有更多。越了解这些魔物的情况,他心中的阴影就越强烈。虽仍缺乏关键证据,但直觉告诉自己他已经非常接近答案——袭击瓦伊特蒙的巨大魔物,冰封在冻原底下的巨大魔物;狩群行走的动作,"核"所代表的意义……

或许五个世纪以来,人类从未知道自己真正面对的是什么。

形势忽然变得急迫。帕尔米斯释放手中的箭,莉比丝也再度拉弓。另一旁,韩德与侬可萝同时封住箭袋,一人卸下双刃长枪,一人紧握镶着刀刃的长弓,做好近身战的准备。比克洛陶宛的雪灵摆荡着粗重透明的拳头,散放彩光开始奔跑。牧拉玛则紧压自己的太阳穴,深吸一口气。

俊仰头看见潾霜在高空中画出一道弧线,切开雾气朝下飞来。

成群魔物张开怒吼之口,他的同伴向前迎战。俊有股冲动也要跟上去,然而他却在最后方站定,只有白发随风飘动。

心里有个声音说,自己或许永远无法成为像路凯那样的奔灵者。但假如他的长处是分析战况,就该把这优势贯彻到底。俊仅用意念让虹光燕子伸展锐利的双翼,变换轨迹往其他同伴的身旁飞去。

他自己则缄默无声、不为所动,让集中力在霜白眸子底端化为火焰,紧盯同伴们的背影以及翻腾雪浪的魔物。他要看清楚一切。

在这场战役中,他必须找出答案。

拂 羽

"你们都忘了,她的身体和普通人没有两样。"凡尔萨直视红狐的眼神底下有一股愠怒即将爆发。

雨寒站在他们俩中央,不知该说什么。红狐依旧以镇静的语气回答道:"瓦伊特蒙的未来比什么都重要。这一点,我相信缚灵师自己晓得。"

"再这样下去,她撑不了多久。"凡尔萨的声音变得激动。"别以为气候对她没有任何影响。这几个月下来,难道你们没发现陀文莎的感知敏锐度在慢慢流失?难道你们没发现她需要做仪式的时间更长了?"

"这代表迁徙大队的时间越来越少了。我们很快会面临生死关头。"红狐冷冷回答道,"你别忘记,当初决定采取这方法的,就是我们三人。"

凡尔萨瞪视着他。"没错,但我没想到你会不择手段地逼迫她!"

"这是我们下的赌注——若找不到目标,所有人都会死在雪地里。"

凡尔萨找不到话来应对,索性把视线转向雨寒。他的眼里飘过某种无法辨识的情绪。雨寒不太明白他为何看向她,却本能地不敢直视他。

沉寂的数秒过去,凡尔萨发出一阵冷笑,然后转过身去。"为了看似众人的利益,逼迫个人做出牺牲……所以这就是你们统领阶层的逻辑。"他丢下这句话,便离开长老的营帐。

雨寒盯着营帐的出口半晌。

"费奇努兹……"她这才说出心里的话,"我觉得凡尔萨说得没错,缚灵师的情况太勉强了。我们甚至还无法确定接下来行程有多远……"

"雨寒,让我问你一个问题。"和她一同跪坐在篷内的红狐,用暗沉的双眼凝望过来。代表理想的白蔓刺青和历经风霜的龟裂皮肤在他的眼角交错。"如果现在你得做选择,杀死一位奔灵者换来三千条人命,你会怎么做?"

"我……"她几乎没有思考,"如果可以保全众人的话……"

"那就对了。况且我们并没有要夺走陀文莎的性命,这只是过渡期。"他解下背上的长弓,重重地横向摆在大腿上。

"但缚灵师在冰天雪地里做感应,她的表情确实很痛苦……"

"一样的道理。仅折磨一个人,换来文明存活的希望。

这样不好吗?"红狐淡然回道。

雨寒犹豫了,她忽然非常心疼缚灵师的处境。然而当她细细思考,才讶异踏入白色大地这一年,自己对生命的价值似乎出了错乱。死亡如影随形,他们已目睹太多人在雪地死去,对一切都感到麻木。反而像缚灵师那样数个月受尽痛苦而活着,才能牵动她的恻隐之心。

红狐拿出一块绣有花纹的丝巾,以非常熟练的动作擦拭弓身。"身为上千人的领导者,你的每一项决策都会同时产生好与坏的结果。远古的故事总告诉我们,只要善良多于罪恶,便会有好的结局。

"但雨寒,旧世界那些故事并不真实。"他话锋一转说,"善良与罪恶绝对同时存在。它们不会相互抵消,而是永远并存。人们犯下的罪恶不论怎样都无法抹掉。"红狐从皮革背包里翻找出一个罐子,雨寒似乎瞥见那背包里头有一袋暗色的碎晶片,发出当啷当啷的声响。她正想问那是什么,红狐却突然开口:"你认为,一位领导者和常人的最大差异是什么?"

雨寒抿着下唇,认真思考一阵,最后摇摇头。

"承受罪恶的能力。"红狐用丝巾蘸取罐子内的鱼油,施力于弓的边缘,"身为领导者,必须有办法承受常人无法面对的罪恶。你会渐渐发现自己的道德标准时常与人相左。"他看向雨寒的目光锐利得像要在她的面容上钻孔。

"只顾满足自己良知的人不配做领导者。真正的领导者有魄力背负数千人当中无人胆敢承受之事。"

每次听费奇努兹说这些话,雨寒都会觉得胸口隐隐作痛。如果母亲仍在世,面对这样的情况会对她说些什么?如果导师茉朗仍活着……又会对她说些什么?然而她们都不在了。

各种情景飞快地掠过雨寒的脑海,她想起自己确实和母亲一样,和居民有些隔阂。同时她和多数奔灵者也不亲近,他们只是碍于职责对她抱以最低程度的尊重。因此,她或许真是可以承受罪恶的角色,不单因为她是长老,也因为她毫无牵挂。

这阵子以来雨寒已越来越明白红狐的话有道理,同时他是唯一对她耳提面命的人,雨寒希望自己能达到他的期盼。

"但你得谨记,无论做出何种决定,你并非恶人。"红狐的语气忽然软化,带了一丝怜惜,"长老代表的是'大我',是整个群体。只有群体的最终利益获得实现,你才有存在的价值。"他静静地放下弓。"要记住,'你'——就代表了瓦伊特蒙。"

雨寒沉默地凝视着红狐。

我,就是瓦伊特蒙。

她眼中露出坚定的神色,轻轻颔首。

当初，迁徙大队依靠瓦伊特蒙带出来的魂木、蜡烛及鲸油火来提供热能，撑过第一段路程抵达澳大利亚；接下来再由丹翠森林及沿海的远古雨林中一路斩获魂木，顺利度过百天的行程。但自从他们决定冒险北行，情况开始不断恶化。

远离"赤道"贯穿的岛群之后，再难遇见深雪覆盖的原始森林。

少了能持久燃烧的魂木，整天顶着暴雪、海风与浪潮，许多人撑不下去，相继冻死。

对这决定反对声最大的是众学者。在他们的计算中，介于子幅74度与84度间，紧邻极西沿海的印度尼西亚群岛才是最有可能找到理想乡的地方。他们的观点是分析数据的成果，而非依赖一个女人在风雪中裸露身体语无伦次的荒谬预测。

雨寒领着众奔灵者做出的北行之举，相当于推翻了研究院一年来的辛苦研究。

一位名为乌理修斯的资深学者带着研究院的同僚，时常夜半十分来到雨寒的帐篷与她争吵。他们情绪失控，若非红狐在场制服了乌理修斯，难料会发生什么事。现在每天扎营时，红狐的单人帐篷总和长老的大篷子紧邻。

学者们的怒意即使过了数个月仍未平息，但首席学者帆梦没有加入这场闹剧。

他的神情有些与世隔绝，雨寒每次看见帆梦他都在研读某些东西，他日渐消瘦的手指翻动纸张，并在文献上记录脚注。帆梦提出了一个奇怪的要求，希望恒光之剑能交由他保管几天。

麦尔肯一直在帆梦身旁。大队在雪地行进时，年轻的助手把两人的东西全扛在背上，一声不吭。

某天夜里，帆梦找来雨寒，让她用雪灵的光照亮笔记。麦尔肯在一旁帮他整理砚台和笔刷，以仪式般恭敬的动作将其放回刻着符文语的木盒子里。

帆梦突然神秘地说："如果二十年前那批来自欧洲的人是为了代表自己的家乡，到世界彼端寻找残存的人类文明……你知道这代表什么吗？"

雨寒让思绪飞快地转动，回道："他们并非处在自顾不暇的状态。因为他们掌握的能力给了他们长途远行的自信。"

"是的。而且这表示他们定有方法可以找到回家的路。艾伊思塔项链上的双子针度数必然是关键。"

"但单单一个数值有什么用呢？"雨寒不大相信。第一次瞥见艾伊思塔打开的黑水晶项链时，雨寒不经意地记住了那数字：97.4。

麦尔肯也抬头询问："首席，只看子幅线在地图上的模拟，随便一条100.0度线就贯穿了整个欧洲大陆，哪儿都有可能。"

"是的，因此我们还缺一样东西。"帆梦露出耐人寻味的笑容问助理学者，"你认为是什么？"

麦尔肯和雨寒四目相接，边思考边喃喃地说道："子幅线的度数代表两个方位数据的相对关系，也就是双子针的夹角。假使我们想要精确测定地表上的某个点，还需要第三个数据，才有可能做出三角定位。理论上是如此。会不会和齿轮上不停变换的刻痕值有关？"

帆梦看起来无比憔悴，但仍愉悦地颔首。"我们需要的第三个数据很可能隐藏在'恒光之剑'里，但都被大家忽略了。你们看这儿。"他将仪器反转过来。雨寒和麦尔肯立刻把头凑过来。

底盘精细的金属纹路反射着拂羽的光，而钢丝之间有个囊状的玻璃物。"这几天我一直捧着'恒光之剑'观察这底座，发现一件奇怪的事。"帆梦说，"启动之后的某个时点，这个玻璃胶囊会发亮数十秒钟。"

麦尔肯双眼圆睁。雨寒则仍半信半疑地打量着仪器，并问："这可能是什么用途呢？"

帆梦反常地大笑出声。"抱歉，我还没法百分百确定。得花点心思再做计算。"

隔天，红狐将本来陪同缚灵师进行引路仪式的奔灵者换成一队自己的人，更加残酷地催促她进行感应。

缚灵师的感知能力似乎只有身穿薄衣时最能显现效果，或许需要用大片肌肤接触风雪。然而好几次陀文莎苍白的身体已支撑不住，跪了下来。雨寒看了心有不忍，但压下心中的质疑。红狐有他的道理。

红狐命令手下的奔灵者硬把缚灵师扛起来持续暴露在狂风之中，直到她撑着模糊的意识伸出颤抖的手，确切指向某个方位才罢休。

没有一天晚上雨寒能安然入睡。到了白天，她又得举着弦月形的弯刀在大队前方领导众人。

曾经，她为了保全战士们的性命而牺牲了大批居民；也曾经，她为了多数人的未来而放弃了少数弱者。无论哪种决定，总有人会质疑。她在脑中重复回忆红狐说过的话，给自己力量。

某日，他们在微风中行走一整天。傍晚时分，雾气散去，人们看见左前方出现交叠的白色山脉。细雾有如千万缕缥缈的薄纱，在壮阔的山峦之间移动。在远方更高的地方还有山，像是绵延视线的灰白剪影。

迁徙大队朝山的方向走去。学者推论他们很可能已接触到"方舟"的最南端。

艾伊思塔也证实这可能性非常高，告知统领阶级这些山脉的模样与她记忆中颇为相似。然而现在双子针出了问题，即使是艾伊思塔也无法确定。

"多派些奔灵者寻找魂木吧,"红狐告诉雨寒,"居民的情况倒是其次。但若陀文莎所言属实,我们最好储备好大量的备用栖灵板。我们需要新人。"

"现在?但我们不是说好先抵达能定居的地方,再考虑培养新的奔灵者?"雨寒说,"而且以缚灵师的身体状况……应该无法再进行束灵仪式了。"

红狐沉默地打量着雨寒。片刻后他说:"现在情况不同了。得做出权衡。如果好的时机出现,就算用强迫的,也得狠下心逼迫她完成束灵。"

接下来的两天,他们沿着山坡攀爬,持续向北。

途中他们偶尔经过零散的远古遗迹,看见那些五个世纪以来掩埋在雪地里的边边角角。崩塌的建筑残破不堪,似乎比沉睡的树木还要脆弱。迁徙大队像条蜿蜒的长蛇,行走在断木与文明的残痕之间。

傍晚他们沿着不规则的岩坡扎营,看着地平线渐渐暗去。

雨寒照惯例和总队长、四名远征队长以及首席愈师开会讨论隔天的行程。然而自从缚灵师成了道路的指引者,奔灵者不再远行探路,只做好规避危险地带的准备便行。

今晚的会议非常顺利,之后红狐似乎有事要与额尔巴和哈贺娜等人商谈,因此雨寒独自来到居民的营区巡视。

"你真的吃了火烤的雪狐肉?"

"是啊,可别轻易尝试哦,我可吐了好几次!"笑声从营地的边缘传来。雨寒走近,看见崩裂的灰墙底下有几十个人围着一团飘动的彩光而坐。艾伊思塔在他们中央,腿上抱着一个孩子。男孩的脸上明显都是冻伤的黑斑,却毫不影响他灿烂的笑意。艾伊思塔的身旁还坐着一位眉毛和胡须同长的怪汉。

"再分享一些吧,引光使大人,还有什么故事?"一位成年居民兴奋地问。雨寒隐约记得他叫杜朗达,在瓦伊特蒙曾经负责打磨石器。

"叫我艾伊思塔就好了。嗯,既然我们很可能正在'方舟'上,让我说说在96.9度的遗迹里发生的事。"绿发的女孩压低音量说,"那次我看见一幢远古建筑的表面,出现一个很神秘的图案……"

居民正聚精会神地聆听,连艾伊思塔也没察觉站在一旁黑暗中的黑发女孩。雨寒挪动脚步,静静地离开崩裂的墙墩。

她想再看看其他营区的状况。走着走着,雨寒的心里有些烦躁。她知道早在瓦伊特蒙,艾伊思塔就与众多居民保持亲密的关系。但基于某些自己无法解释的原因,她竟对艾伊思塔现在的模样心生厌恶。

风势渐强,从黑暗中卷来看不见的雪片,冰凉地融化在脸上。雨寒拿着栖灵板心不在焉地走在上百个营帐中间。偶尔经过身旁的人们都没有主动找她攀谈。

雨寒觉得自己像个黑夜里的孤魂,心里一阵难受。假如红狐所言没错,长老所做的一切都是为了群众,那么为何人们丝毫不将她放在眼里?

她忽然感觉今晚比以往更加疲倦。每天夜里的资源盘点,营区巡视,倾听奔灵者一轮又一轮的会议……为了迁徙大队,她已做出连自己都始料未及的牺牲。

她想起凡尔萨最后的那句话:为了看似众人的利益,逼迫个人做出牺牲……

雨寒停下脚步。直到这一刻,她才意识到这句话背后的意义。

有许多人把凡尔萨父亲的死归咎于三长老,说是为了瓦伊特蒙的集体利益而被迫牺牲这个人。当前雨寒等人对缚灵师做出的事,不正如出一辙……

为了集团的利益,统治者总能找到正当理由去折磨、去残害一个人。原来当时凡尔萨望向她时,眼底浮现的是恳求。或许……或许凡尔萨眼中看到的不再是他在战场上搭救的小女孩——而是瓦伊特蒙的长老。

现在,她握有裁决的权力,自己却依循红狐的残酷决定,令凡尔萨大失所望。

站在飘落的风雪中,雨寒看着绵延到黑夜尽头的营帐。多数居民都是五六个人窝在一个帐篷里。无论深夜多么漫长，他们有彼此陪伴。

她不清楚上一代人之间的纠葛与事情的真相，也不懂要如何成为讨人喜爱的长老……但她在意凡尔萨的感受。

她很想念他。

就算她对生命中的一切产生怀疑，至少这件事，现在她无比确定。雨寒抓住那份思念，在纷飞的飘雪中紧捂自己的胸口。红狐的话都有道理，但她的命运是自己的，她要找回属于自己的道路。

心里有个细小的声音在呼喊，如果凡尔萨无法改变他所相信的事……那么就让我改变吧。

雨寒往前迈出一步。

如果你认为我和印象中的领导者没有两样，那么我想亲口告诉你，我会和他们所有人都不同——

雨寒的脚步变快了。拂羽分散为鸽群浮现出来，早她一步照亮经过的帐篷。她想寻找侧边有巨刃割痕的帐篷，那是他的帐篷。

忽然有条道路在心中变得明晰，她明白自己该怎么做了。她要让迁徙大队在方舟的山脉驻留一个月，直到缚灵师的情况好转。无论红狐同不同意，雨寒的心意已决。蒙勒不在了，就算红狐多有智慧，她还需要另一个人在身旁才对。如果凡尔萨愿意，雨寒想请求他成为自己的私人护卫，协助解决所有决策。

拂羽旋绕身旁，雨寒奔走在上百个寂静的帐篷间，喘着气却未缓下脚步。好一段时间后，她看见了。

凡尔萨的帐篷距离其他人的有段距离，就在大队的末端紧邻废墟之处。夜风吹着它的旁侧，轻轻拨弄软皮上的切口。帐篷里却没有人。

然而雪地上有足迹。

雨寒迟疑半晌，便循着它往岩坡的深处走去，她心里开始紧张。高耸的雪壁形成弯曲的夹缝，里头尽是破碎的遗迹碎墙。她一步步向前。风徐徐地吹起雪片。

雪灵随着她的心情渐强渐弱地飘晃，让地上足迹闪烁不明。雨寒以为这是错觉，但雪地似乎被重复踏过，仿佛不只有一人的脚印。

她走进一座厚雪与石墙形成的回廊，依循弯曲的路径，听见墙上的积雪在身边洒了下来。不远处有细微的声响。不知为何，雨寒下意识地丢下了栖灵板。板子在脱离手臂后，拂羽便化为透明，在半空飘旋几秒后轻轻消逝。周围回归黑暗，前方的声音却未停止。

她伸手触摸冰冷的雪墙，听着自己的呼吸声被心跳所取代。

空气似乎不再如此冷冽，某种她无法辨识的气息正从前方传来。那声音有种规律，随着踏出的每一步，越渐明显。前方是片敞开的空旷地，微暗的红光照亮积雪。雨寒来到转角处……

艳丽的红色雪灵像在空中卷动的光缎,环绕着他们。

陀文莎被压在雪里,她的面孔被遮掩。

落雪纷飞,像染红的帷幔,扫过破碎的远古墙檐,也扫过两人的躯体。男子的短刺黑发上沾满雪末,弓起的背有牙骨项链在后颈颤动。

雨寒站在黑暗中看着他们。他把她往雪里压得更深,他们底下的栖灵板弯曲了,雪灵激烈地绽放光芒——数不清的阴红色缎带融化成迷幻的涡流,漂晃,轮转。

"凡尔萨……"白雪落在陀文莎红润的脸庞。

雨寒从不知道缚灵师会发出这样的声音,听来就像情窦初开的少女,泛着微微的痛楚。雪灵绕着两人盘旋——绯红的天幕,幽静的雪地,远古的废墟,裸露的胴体。那景象甚至有种圣洁的感觉。

在细柔而渐密的雪片之间,有那么片刻缚灵师困惑地与凡尔萨对视,然后他们两人相拥,融于雪中。

接下来的两小时,雨寒动也没动。她就这么站在那儿,单手扶着身旁的雪墙,面无表情地观望着他们,没有思绪,没有情绪。

落雪更加绵密,暗夜变得漫长。时间在心里的某个角落里永恒冻结。

芬　澜

　　雨越下越大，左侧山脉成为朦胧的白影。人群踩着糊状的雪浆，寸步难行。

　　再有远征经验的奔灵者也从没见过天空落下如此大量的雨水，仿佛阴寒的天空正在哭泣。

　　冰雪世纪的气候变化使多数地区干燥冷冽，降雨是非常罕见的景象。当初艾伊思塔和亚阎为了寻找恒光之剑来到亚细亚大陆的近海冰域，路途中也没遇见这样的落雨。现在历经了十天跋涉，迁徙大队来到群山的尽头，艾伊思塔认定这里大概率是方舟的东北角。继续行进，他们将再次踏入结冻的海域。她和亚阎担心若这雨不停止，离开陆地会非常危险。

　　人们从头湿到脚，数天下来因病倒下的人越来越多。死亡在耳边吹起警讯，大队的行进被迫停止，无法再前进。

　　奔灵者带着人群折返到群山脚下，朝高处攀爬。水在人们的脚边奔流,像一条条切开冰雪地表的湿润伤疤。他们穿越山坡上的林间,看着雨水冲刷掉积雪的树干,暴露出它们枯槁的身躯。

艾伊思塔一直抱着那对双胞胎,试图切分雪灵之力为他们保暖。她只能期待前哨部队归来,希望他们在山区找到可以避雨的洞穴。

奔灵者带回来的消息令人振作了些:只要翻越前方几座丘陵,山谷中有个小型的面海遗迹。那儿没有狩的踪迹,保有远古的良好状态,是个冰封五世纪的小镇。人们可以在旧世界的建筑中躲雨。

"加油,我们很快就到了!"艾伊思塔不断鼓励身旁的群众,陪伴在他们身旁缓缓前行。然而她从未预料到,真正的梦魇即将开始。

如探路的奔灵者所言,这些矮屋的根部都被深雪覆盖,但人们还是可以轻易找到入口,爬到当中的高楼层避开翻滚的流水和倾泻的大雨。居民像急于寻找洞窟的蝙蝠四处乱窜,占据尚未浸入积水中的建筑。

艾伊思塔走过旧世界那些坚硬方正的屋子,看见里头的人们卸下一袋袋积水的衣物,抹着湿润的脸庞靠在墙边,眼神茫然。

体内的湿气成为最恐怖的敌人，大批人群躺在屋子内，湿透的身子不停发抖。奔灵者想释放雪灵帮居民取暖，但通常得耗费半小时才可以使一个人的身体恢复干燥——两百五十名奔灵者，根本顾及不了三千多位居民。有人缩在墙角哭泣，也有人急于抓住奔灵者。

"求求你！求求你先照顾我的孩子吧！"

"父亲昏迷了，他耐不住寒气啊……"

"帮助我的妻子！否则我杀了你！"

人群的咆哮声压过了悲凉的落雨声。每幢建筑物中的奔灵者都面临同样的窘困，即使他们自己疲惫不堪。有些战士早已高烧数日，在居民的拉扯中跪倒，也有战士索性放出雪灵驱逐不知节制的人群，将本该用来保暖的灵力全耗在阻挡群众的恶意上。

艾伊思塔的情况也好不到哪儿去。面对急于想拯救垂死亲人的居民，她束手无策。"你们得给她时间！不然没人可以获救！"儿时便熟识的费家两兄弟护在她的身旁，拼命拉开失去理智的居民。"大块头"也来到她面前，用高大的身躯帮艾伊思塔挡住人潮。

她设法集中精力帮人取暖。然而，一直以来"灵力复苏性"都不是艾伊思塔的强项——黄润的光芒才刚刚覆盖第四位居民的身躯，对方正放松地叹了口气，芬澜便瞬间消散了。

群众在身后嚷嚷,但艾伊思塔知道自己也得找时间休息,否则她也会垮掉。

她让大块头和费氏兄弟挡住人群,自己从旁边的窗户爬上了屋顶。她拉起兔毛围边的兜帽,坐在立方形的屋顶喘了口气。雨似乎小了点,让艾伊思塔稍微看得清周围的环境,心情平静了些。

水绕过这座古镇,顺着山丘弯曲的弧度瀑流下来,带着雪浆缓缓挪动,竟给人一种远古白龙的错觉。

不久之后,连绵数日的雨终于停了。取而代之是无尽的落雪。

此时在附近巡逻的帕尔米斯等人带来振奋人心的好消息:雨水冲开邻近树木上的雪霜,令他们无意间看见褐色的表皮——而且还不止一株。围绕这小镇的森林里,竟然有不少的魂木。

接下来一整天,身体无恙的人们离开庇护所,分批踏过因冰雪而扭曲的巷弄朝森林而去。他们持着手斧,在飘雪的空气中寻找内藏绿光的树干。

奔灵者陆续从附近的浅弯带回大量的贝壳和鱼类。艾伊思塔则继续耐心地协助居民取暖。就是在这种时候,她才清清楚楚意识到一件残酷的事:无论自己和居民多么亲近,她也仍是奔灵者。雪灵给了她极不对等的能力。

隔天,当艾伊思塔再次来到屋顶,远方的景象变得更加明晰。这座旧世界的小镇建在弧湾状的陡坡上,建筑之间有弯曲的梯道,仿佛有人拿刀在雪坡上切开一束束的路径。从山脉延伸下来的是几道白色长脊,它们朝远方结冻的海面伸展,像是歇息的巨兽放松的爪子。天地之间细雪缥缈,有种说不出的静穆与安详。

她凝望着这片景色,心中莫名哀伤。正如寻获恒光之剑的那座城市,这些远古遗迹永存,却多了一种空寂和阴郁,仿佛这些属于亚细亚的历史、传统及思念,将从人类的记忆里永远消失。

艾伊思塔试图想象书中的传说,试着让故事与眼前的荒凉重叠。她让视线穿透纷飞的飘雪。

在白岛降临前……

在文明消逝前……

在云层堆积,大地冰封前……

海水曾像千万飘动的柔光,仿如镜面反射晴空蔚蓝。森林一片青绿,微风拨弄着苍嫩的枝杈,推晃着表面的光影。小巧的楼房紧密而聚,群山间彼此依偎。夜幕伴随晚风到来,旧世的人影出现窗边,用魔法燃起灯火。星空下的街道,人群寂静游走。孩童奔跑在阶梯上,四周香气弥漫;虫的嗡鸣,鸟的鸣唱,伴随他们的嬉笑回荡。每个转角,都可能出现等待你的人。

世界曾是七彩的颜色,而非阴沉的一片灰白。

在那样的世界，大地不会总是无情索命，天空并非一座钢铁牢笼，而阳光……

"艾伊思塔！"费家小弟的声音从底下传来，"艾伊思塔，不好了！"

"费蓝克？"她把身体向前倾，看见他从窗檐探出头来。

"他们……有好多人！他们和长老起冲突了！"

艾伊思塔乘着栖灵板穿梭在曲折的狭道间，划开浓浓的积雪。

她拐了个急弯，滑下陡峭的阶梯，立刻看见聚集在前方的民众。

"——给我们！"有人发出咆哮。

坡道上的建筑物围着一处空地，大块魂木堆叠在角落。红狐、飞以墨等奔灵者守护在长老雨寒的身边，兵器已握在手中。有三四位居民倒在地上呻吟，其中一人面埋雪里，已没了动静。而在雨寒后方的屋子里站着"槌子手"骆可菲尔等三名工匠，他们满脸的不知所措。

"这是怎么回事？"艾伊思塔挤进他们中央。她确认那名倒地的居民仍有呼吸，赶紧让其他人把他带走。然而更多居民扑上去，立即被奔灵者制服。

飞以墨以手刀劈斩，接连使两名闹事的居民捂着脸跪下来。名为佩罗厄的奔灵者把一名中年人压在雪地里，三叉戟抵住他的脑门；他的姐姐佩塔妮则面露凶光，三叉戟的尖端抵着某人的喉头，那居民紧张地举起双手。

"雨寒！制止他们！"艾伊思塔喊道。

然而黑发女孩望过来的眼神却异常冷漠。艾伊思塔认不出那种神情代表什么。

四处都有人呼喊的声音，居民似乎正从各方聚集而来。艾伊思塔诧异地看见许多人带着手斧和棍棒出现。失控了……艾伊思塔惊慌地想。

更多奔灵者举着长枪出现在周边的屋顶和巷弄间。艾伊思塔看见汤加诺亚和朗果等人，也瞥见韩德持弓的身影伫立在某幢建筑物的顶端。

居民方面带头的似乎是石器工匠，召集所有人放声示威。艾伊思塔赶紧拉住他问："杜朗达！发生什么事了？"

"他们把魂木全夺走了，不让我们用！"

"什么？为什么？"

"我们解释过了。"此时长老雨寒才开口，声音轻柔，却有种莫名的硬冷，"首批魂木……我们必须制成栖灵板。这是最重要的，请你们理解。"

"比我们的性命还重要？"杜朗达愤怒地指向周围，"现在屋子里还有上千人在受冻，你们毫不在乎吗？！"

"给灵板工匠们一点儿时间,我答应你,削下来的多余木块你们都可以拿走。"雨寒说。

"多余的木块?!你把人命当成什么?"人群呼喊着。不知何时,他们聚集在艾伊思塔身后。

总队长亚煌从另一侧出现,两柄剑鞘在腰间摆动。他手持栖灵板,徒步的动作有些僵硬。"这是怎么回事?费奇努兹,为何禁止人们燃烧魂木?"

"长老的命令很明确了,"红狐侧头斜视他,淡淡地回答道,"这群人非但抗令,还想袭击长老。"

艾伊思塔不确定为何他们非得挑这一刻打造栖灵板。"雨寒,先让居民取暖吧,大雨刚过,不弄干身体会有很多人生病。"她急切地说,"这附近的森林不都是魂木吗?如果你们有需要,之后再制板也不迟吧。"

"亏你也是奔灵者,顺序弄颠倒了吧?"红狐的语气带着谴责,"保暖只是暂时的,栖灵板才可永久保存。多纳入一位奔灵者,想想能带来多少优势。"

艾伊思塔怒视他。"我在问长老,不是在问你!"

"叫他们回去吧。"红狐面不改色地说,"目前还无法确定魂木的总数,为了暂时取暖而烧了它们,之后大家都会遭殃。这种愚蠢的错误我们已经犯过一次。等搜集到足够的数量,剩下的你们想怎么使用就怎么使用。"

"你让开!"艾伊思塔想绕过他,却被费奇努兹的臂膀给挡住。艾伊思塔看着长老。"雨寒!"

长老雨寒呆立在原地不动,也不再看向她,眼神微有异样。

人们开始呐喊着往前推挤。"我早说过就是因为你,我们才会死那么多人!"杜朗达拿起棍棒朝雨寒大吼,"你根本不配当长老!"

"闭上你的嘴!"佩罗厄转身,一计回旋踢正中他的眉心。杜朗达连喊叫的机会也没有,便倒于雪中。

居民暴怒了,他们和奔灵者正式交锋。总队长放声阻止,却为时已晚,他在呐喊声中被群众撞倒。接着有人拿起棍棒朝他的脑门挥去,洒出一摊血。黎音惊叫一声,放出虹光猎豹扑倒对方。

朗果、汤加诺亚在人群中东张西望,踌躇着不知如何是好,但多数奔灵者已动用兵器,解除居民手中的武器。

有的居民挥出斧头,某个奔灵者情急之下高举栖灵板想抵挡,但那居民发疯似的劈砍、再劈砍。木屑飞散,板子从中央断开。在他们旁边,一位奔灵者的胸口插了一柄匕首,大叫一声向后倒下,鲜血染红周围的白雪。

炸裂的虹光袭击民众一角,居民的哀号声撕裂空气。

"雨寒!"艾伊思塔向前跑,"你——"话语在喉间转为一阵剧痛。红狐扣住她的脖子狠狠地把她向后抛去。艾伊思塔倒在雪地猛咳,视线被人群慌乱的足迹盖过。她抬头,人影之间看见雨寒紧握弦月剑,神情震惊而苍白。红狐尝试把长老拉进屋内,并对三位惊慌的灵板工匠施令:"别停下你们的工作,奔灵者会挡下他们。"

艾伊思塔看见在红狐的催促下,雨寒准备离开这个纷乱的角斗场。

绿发女孩仍跪在雪地,喉咙灼疼,但她本能地松下右手的铁锁链。千钧一发之刻她甩动手臂,铁链穿过混乱人群中的细缝,"锵"的一声缠住雨寒的弦月剑。

年轻的长老愣住片刻,转过头来。两个女孩四目相接,人群从中央被细长的链子切散为两群。艾伊思塔的眼神因愤怒而沸腾;而雨寒投来的目光,彷徨之间有种压抑般的狰狞。

"他们是瓦伊特蒙的居民啊!"艾伊思塔沙哑地喊道。

红狐不知何时已拉开长弓,箭锋对准艾伊思塔的脑门。"你有两秒钟的时间松开锁链。"他的声音不带任何情绪,"一——"

另一支扬开的箭矢进入视线。韩德缓步来到艾伊思塔的身旁,满弓对准红狐。

艾伊思塔看见汤加诺亚的背影,正守在自己后方。

她再度回头凝望长老雨寒,拉紧手中的锁链。

潾 霜

在遗迹西北方一段距离外,一群伐木工在林间挥动斧头和弯刀。俊手持长枪站在树林外围的雪崖上,镇守边缘地带。他听着林中传来此起彼落的伐木声响,他的黑色披风被强风不断吹动。

俊的目光远眺,穿透迷蒙的雪雾,不确定自己看见什么。朝结冻海面伸展的白色长脊之间,似乎有东西在晃动。

后方忽然传来板子刮雪的细微声响,俊回首看见持着双刃大刀的男子经过身旁。

凡尔萨拖着一网子跃动的鱼,压着满结冰霜的白色披风,似乎留意到俊的眼神。

和以往一样,每次碰巧看见凡尔萨,俊的心中总会升起一股愠怒。踏入迁徙之途至今,两人从未交流,就算正面碰上对方也没说过一句话。

"路凯……"不知为何这一次,俊决定在风雪中开口。

凡尔萨停下栖灵板,凝望过来。

"……他选择牺牲自己,因为他不想成为你这样的叛逃者。"

联合远征队出发前与凡尔萨起冲突的事历历在目。当时凡尔萨讥讽路凯终有一天也会胆怯,会成为懦夫。不知是否这句话起到了影响,当路凯面临最终抉择时,曾说出他不允许自己成为"叛逃者"那样苟活的人。

无论路凯当初的心境为何,无论凡尔萨是不是曾经拯救瓦伊特蒙,俊发现自己难以原谅眼前这个男人。"路凯直到最后一刻,都没有被恐惧击垮。"白发奔灵者的脑中一片混沌,以低沉的声音说:"他从未抛弃伙伴。"

凡尔萨闭起眼发出嗤笑。"原来如此。"

俊直盯着他。"你在笑什么?"

"话先说在前,你们带回的资料救了上千人,包括我。这点毋庸置疑……"凡尔萨猛然睁眼,凶狠地说,"但如果是你自己的无能害死了同伴,少把过错推到别人身上。"

俊已握紧长枪。在森林边缘就他们两个奔灵者,若其中一人消失,无人会察觉。

"你不会明白自己干了什么事。"俊挪动脚步。

凡尔萨盯着白发奔灵者手中的长枪。"干掉我,'叛逃者'就剩你一人。"他露出邪魅的笑容说,"毕竟,你们全队只有你活着回来了,对吧?"

俊的长发扬起，脚步像是疾风。凡尔萨也已抛下渔网，抡起巨剑——

"嘿！你们——奔灵者！"有居民大喊，边跑过来边从林间朝两人挥手。

俊和凡尔萨同时望过去。

"你们快来看！有株魂木不大正常！"那居民指向森林中的一处，几位伐木工聚在那儿。俊和凡尔萨两人互望，眼神中的杀意尚未消失，但他们已不约而同地朝居民那儿移动。

工人们围绕一株被削开的树木，它的树心中央散发出幽幽的绿光，像心跳一般波动。这是魂木的证明。

然而正当俊盯着它，那闪动的绿光却渐渐缩小了范围，仿佛从边缘开始被火焰燃烧成灰，迅速化为死白。俊愣了一下。它正在"白化"？

曾任探寻者的他见过无数的白化树木，但他从来没有亲眼见证正在白化的现象。

俊不自觉和凡尔萨对望片刻，对方也露出凝重的表情。瓦伊特蒙没有人见过魂木如此急速地发生变化，更何况……它还尚未遭砍伐。

"这里，我这棵树也是！"

"我的也……阳光啊，这什么鬼东西？！"一旁的居民跌坐在雪地，边向后爬边呼喊。

俊转头看见的景象，令他的血液冻结。

在人们周围，一株株褐色的树干转为槁灰。这现象以惊人的速度朝森林中心延伸而去，仿佛某种骇人的魔法正在彻底磨灭世界的颜色。

芬　澜

　　艾伊思塔紧握锁链，感觉到雨寒拉扯弦月剑想摆脱。

　　韩德戴着金属壳口罩，眼神闪现着沉静的杀意。红狐并未轻举妄动，因为任何一人恣意改变箭锋角度，都可能触发不可收拾的后果。

　　周围人潮一片混沌。虹光四处闪现。

　　"就是你害死了他们！你们这些有雪灵的人，从不管我们死活！"好几位居民高举棍子，捶打倒下的奔灵者。他们夺走他的栖灵板，传递在居民间。"不给我们魂木取暖，我们就烧了你的板子！"

　　人们扶起刚醒来的石器工匠杜朗达，并朝奔灵者发起暴乱。

　　总队长的脸上都是血，依然单刀指向佩罗厄的三叉，另一只手抓住想攻击他们的居民的脖子。亚煌继而抽出另一柄剑，试图挡开其他正在缠斗的人群。

　　老将额尔巴赶到现场，从某幢建筑上跃下时在空中放出雪灵——那是一头七八米长的巨鳄,散发着彩光压倒整排暴动的居民。

其他奔灵者看见这一幕,纷纷抛开先前的节制,展开反击了。

物理影响力强大的雪灵直接攻击居民,其余奔灵者也开始狠狠挥动兵器镇压。有居民握紧斧头的手指被斩断,鲜血四溅;也有居民的手臂被袭来的彩影扯开,爆出一摊血红。

一旦奔灵者认真起来,普通人根本不是对手。刀光剑影之间有居民接连倒下。艾伊思塔满怀惊悸,难以相信正在发生的事。"停止,停止啊……"

"艾伊思塔,松开手!"红狐放声喊道。

人群的哀号充斥脑中,像一波波冥丧的鼓声撞击艾伊思塔的耳膜。她忽然胸口一阵紧缩,猛然变为剧痛。

突然间,在场的所有雪灵都出现了异样,彩光疯狂闪烁,就像瓦伊特蒙那些即将熄灭的萤火虫。奔灵者在震惊之中停下动作,群众也露出惊愕的神情。

艾伊思塔惊觉是自己胸前的黑色石子放出闪光,里头的色彩高速旋动。她察觉到连芬澜也开始不对劲了,仿佛与她联结的意识正在痛苦号叫,像正在被什么啃食。

周遭的虹光持续被某种力量扯动,忽聚忽散。人们从未见过这景象,仿佛所有雪灵都陷入了狂乱。群众沸腾的情绪被迫缓了下来,看着奔灵者痛苦地跪下。红狐、韩德都放下弓,压住脑门。雨寒也紧闭起眼,抛下弦月剑。

就连远方雪地也浮出之前不存在的细微光点,像游动的气泡,要被艾伊思塔牵引过来。

过了长达一分钟,这现象终于停止。项链中旋转的光芒放缓速度。四周的雪灵再度恢复原来的模样,雪地也逐渐静了下来。

"你……你做了什么?"费奇努兹抬起头,试图起身。

"我不……我不知道,应该是灵凛石起了作用……"她拼命摇头。

砰————

巨响震荡着脚下的雪地。艾伊思塔只手撑着身体,看见手套旁的雪尘在抖动。人们更加惊慌地全部望向她。

"该死,停止那东西!"红狐握拳,朝她走来。

"这次不是我!"她抓着漆黑的珠子,不确定发生了什么事。

砰————

大地摇晃的程度加剧,周围建筑有大块积雪崩落下来。人们站也站不稳,在晃动的雪地找东西搀扶。

"阳光啊……"某个站在建筑物顶端的奔灵者面色惨白。他面对北方呆愣数秒,转头对广场上的所有人喊:"快逃!所有人!全都离开这儿!"

建筑物挡住了艾伊思塔的视线，她看不见什么事正在发生，只知雪地的晃动开始激烈。一旁有人大叫，人们转头就跑。韩德扶起艾伊思塔，两人滑动栖灵板来到屋间的空隙凝望远方。

她不明白自己看见了什么。

大地仿佛活了过来。从远处的结冻海面开始，冰层被翻掀，雪脊崩裂。好几波鼓动的声浪以骇人的速度朝他们袭来，冲击遗迹所在的山坡。一排接一排的房屋被某种力量给震碎。

艾伊思塔的身子随着大地颤抖，说不出话。

此时她才惊愣地看见有许多居民在慌张之中钻入最近的建筑里。"别进屋子里！快出来！"她慌张地大喊，"快点出来啊——"地震的声响盖过她的声音。

地面以违反物理常态的方式膨胀，夸张地隆起。房屋瞬间坍塌，石块和白雪四处飞散，里头的人群被压扁，爆出汩汩红色血浆。更多人被那翻腾的白浪卷走。

艾伊思塔乘着栖灵板，拼命想稳住身体，跃动在逐渐上升的地势之间。连续几声巨响后，大地突然裂开——结晶般的纹理遮蔽了整片天空。

巨大的触手从古镇的中央冒了出来，摧毁了半个小镇。艾伊思塔看见远方又出现两个这样的巨物；它们扬起无尽的飞雪，能见度剧降。朦胧的空气中，冰晶般的触手像道巨墙，表面是恶心浮动的茎蔓。那些茎蔓的前端从晶体表面分离开来，拉直为甩动的刺鞭，似乎胡乱刺入雪地之中。连续有人遭到贯穿，哀号声四起。

接踵而来的是震天的嘶吼。艾伊思塔心一横，甩开锁链捆住一道连地的刺鞭，拉紧后向上飞跃。她不停用铁链缠住一个个茎痕当支点，沿着触手的冰晶表面向上滑。

脚下的巨物正在蠕动，艾伊思塔终于来到它的顶端，刚想出手攻击，却停下了动作。

她屏住气，慢慢环视周围的山谷——起码上万个幽蓝光点，摇晃着苍白的身躯聚集而来。

他们完全被包围了。这一次，狩群打算彻底消灭人类。

潾 霜

光燕飞翔在俊的前方,彩光翅膀切开狩的侧腹。俊疾驰林间,摆动长枪击散魔物。凡尔萨在他身旁,两头虹光猎犬先行一步,陆续扑倒迎来的魔物。

两位奔灵者再加速,幽沉的树影从身旁飞逝。

他们越过山头,立即看见难以想象的画面——山谷中央是三条触手状的庞然大物。那模样就和俊在瓦伊特蒙见过的雷同,但大上数倍。

它们扭动着巨大的肥硕身躯,把遗迹建筑像积木一样地捣毁。触手的尖端落在南端的山脊上;触手的起源则来自破碎的海面冻原,从碎冰之间冒出的地方有数圈深紫色的骇人纹路。

"啧,它们专挑傍晚'恒光之剑'无法开启的时刻!"凡尔萨咒骂道。

"敌人已经学会如何对付我们。"俊说道。

越是接近狩的数量就越多,密密麻麻地挡在前方。

潾霜缩短了翱翔的轨迹，开始绕着俊的身边急速打转。凡尔萨的雪灵也紧贴身旁奔驰。他们杀出一条雪尘四散的路径，长驱直入来到第一座巨型触手旁。好几道茎索般的东西从它的冰晶表面伸展出来，刺入雪地里。茎索周围的魔物挤成一团，胸口的冰齿胡乱搅动，身躯像在抽搐。俊想起当时为了拿路凯的遗物，飞奔回黑底斯洞所看到的情景就和这一模一样，有种无法解释的诡异感。

看着眼前的蓝色大军，记忆与心中的疑虑相连，俊忽然确定了几件事。

他握紧长枪，知道自己必须赶回总队长身边。巨型触手弯曲蠕动时，底下偶然露出空间，俊和凡尔萨便刮开雪末滑了过去。

对面的情景更是一片混乱。奔灵者在破碎的灰白废墟之间与成千上万的狩作战。到处都是尸体，有些明显遭到利爪剖开，散出温热的恶臭物，有些则被崩塌的建筑压碎，砸出浓稠的血浆。

数千居民已聚集在震荡的斜坡上，却被夹在两个巨物之间；在万千狩军的包围下，他们毫无逃生的机会，只靠奔灵者开了一圈防线试着阻挡包夹而来的敌军。俊在防线的边缘找到总队长亚煌。艾伊思塔和长老雨寒也在那儿，竭力对抗狩群。

"这些狩的体内全有独立的'核'！必须击碎，否则它们都会再生!"亚煌朝奔灵者呐喊。

"总队长——"俊喘着气舞动长枪,急切地告诉亚煌自己的推论,"这些'狩'很可能只是'卵',我们无法杀光它们!"

亚煌的双刀划开十字银光,斩杀眼前的魔物。"什么意思?"

凡尔萨将另一头魔物劈散后退了一步,也与他们背对背,侧耳倾听。

"情况比我们想象的还复杂。几百年来,奔灵者习惯在雪地滑行,所以自然地把狩想象成和我们一样的动态方式。但根本不是。"俊说,"无论什么形态的魔物,它们从来没有两只脚'同时'离开过雪地!"

"然后呢?"总队长又劈开一头狩,这次盯着它那双最后消散的双腿,以及迅速变暗的冰晶碎片。

"韩德的斩击一次切断双腿,就和解决'核'的效果一样,因为它们体内的冰蓝骨干,和某种深入地底的茎脉相连。"

亚煌惊讶地望过来。围攻他们的敌人越来越多,三人厮杀一阵后,俊再度开口:"问题是斩断它们的双腿,那些茎脉还会复制出更多狩!我们一直以为狩身上的残缺肢体能够再生,那是因为狩本身就是能不断翻生的东西。只要哪儿有雪,那些'茎脉'就能成为脊干,凝固雪块造出大军。"

总队长抬头望向冰晶纹理满布的巨物说："你说的茎脉，是那些东西吧？"

在巨型触手的侧腹，数不尽的刺鞭像细密的长矛与雪地相连。

"应该没错。"白发奔灵者咽了口唾沫。然而那些茎脉的数量若非上千，也有上百，俊不知该怎么解决它们。而且从它们的动态看来，竟也具有再生能力。

总队长思考了数秒。"你说的很可能是对的。所以袭击瓦伊特蒙河底的巨物去打通隧道，并非为了让狩群从外头进来……"

"而是为了使狂风带入飞雪，在瓦伊特蒙内部直接造出魔物。"俊感觉浑身寒战，"所罗门也是这样灭亡的。"

凡尔萨侧过头来。"难怪我们时常无法预料狩群会从哪儿出现，因为整片白色大地都是它们的制造厂。"

"没错。但我也只有这些推论，"俊说，"实际上要怎么根除它们，我不知道。"

"我也有个假设。"凡尔萨送出虹光犬，在他面前狠狠咬开狩的胸腔。"——瓦伊特蒙战役中，有一大批敌人拥有相同的'中枢'，比方那些口中放射紫光的魔物。现在看来，应该是这三条巨型虫子。"他反转大刀，回过头来说："它们的弱点很可能是和海面接壤的地方，表面那几圈紫光的纹路。"

他们三人同时望向触手的来源处，目光穿透水汽和白雾。总队长沉静片刻。

"——奔灵者！"亚煌叫来邻近的战士，并从中挑出三位，"你们跟着凡尔萨突围，绕道前往底下的冰原。凡尔萨会告诉你们该怎么做。"

远征队长哈贺娜也是其中之一。她大口喘息，露出难以置信的神情，"什么？跟着这家伙去送死吗——"

亚煌打断她："我会再带一群人尝试斩断这庞然大物表面的茎脉，能做多少算多少，替你们争取些时间。"

俊看见灰发遮住半边脸的女弓手就站在众人身旁，便说："还有莉比丝，让她陪同凡尔萨。他们会需要她的能力。"

亚煌点头。莉比丝神色紧张地滑行到凡尔萨身旁。

最后总队长告诉俊："你把计划传达给艾伊思塔和雨寒。保护居民的任务就交给你们了。要撑下去。"

战斗进入胶着状态。总队长带走三十名奔灵者，剩下的战士在一座雪墩上围成环状阵势，将上千名居民护在中央。长老雨寒和艾伊思塔都在其中。

人们的脸上露出恐慌的表情，居民紧抱彼此，只能盼望奔灵者的防线不会被突破。

俊望见底下的古镇有人奔走——尤里西恩等速度出众的奔灵者分散开来，穿梭在崩塌的巷道间与千百魔物进行游击战，寻找依然生还的居民。

俊奋力抵挡魔物，肩头受了伤，披风被血液染红。然而时过不久他便察觉一阵舒适感流过身体。长老雨寒站在防线后方，不断释放出翠绿色彩的鸽子，协助战士唤回体力，并治愈他们的伤口。

"艾伊思塔！"俊看见低身保护一群孩子的绿发少女，似乎她的存在能让居民心安。"我们需要你上前线，中程范围的游击战没有你不行。"

艾伊思塔担忧地看了眼围着她的孩子们，然后望向战场。她似乎立刻明白了俊的意思，那些尚未被魔物覆盖的地方适合由她来守备，一直待在居民身旁，她能做的非常有限。那才是保护人们最好的方法。

绿发少女和孩子们说了几句安抚的话，便驱板上前。俊则持续扫视防线的情况，必要时央求同伴们调配阵式，用最精简的语言让他们明白调动的目的。

突然远方有了动静，碎裂的小镇里，某位奔灵者冲出正在陷落的回廊，背后载着灵板工匠骆可菲尔。然而那奔灵者被狩群拦住，利爪刺入体内，胸膛被残酷地扒开。开裂的胸骨之间鲜血泉涌。

灵板工匠滚落在染红的雪地里。

千分之一秒的瞬间，有两股力量在俊的脑中对撞——长年以来的沉着本能，要他待在原地检视战况；当机立断的行事冲动，要他冒险去救人。

俊驱板冲下雪墩，离开守阵。燕子往前飞翔，拉开虹光的残影钻入魔物当中纷乱旋绕，为他开路。

倾听直觉采取行动，这一向是路凯的角色。但路凯不在了，俊接下来十几秒的动作将决定灵板工匠的生死。

他避开一道道挥来的蓝光，杀到骆可菲尔的身旁，看见灵板工匠躺在雪地里呻吟，右手活生生遭扯断，成了混着碎衣的肉泥。俊抱起他，不顾鲜血流在自己身上。当他想转身回冲的一瞬，却惊愕地刹住栖灵板仰头——

一道巨型触手不知何时已抬至空中，晃过俊的头顶，朝向众人所在的雪墩挪动过去。它表面那数十条与雪地相连的茎脉被连根拔起，闪烁着湿润的蓝光。

"快离开那里！"俊回头大吼。雪墩上的人潮已开始溃散，但那庞大的触手像道拱桥般地遮掩天际，停顿片刻后，重重地砸在雪墩上。

漫天雪尘让能见度降为零。俊的心跳被恐惧冻结，无力地盯着前方。

"奥丁！救救槌子手！"俊找到战场上最近的愈师，把骆可菲尔交给他，再朝触手的方向奔去。他生怕看见地上全是模糊的血肉，生怕所有人都已死亡。

然而当他越接近，却不敢相信自己的眼睛。仿佛奇迹似的，依然有好几群人从底下奔逃，似乎有什么东西制止了巨物。

俊看见了一幅不可思议的景象：一圈巨大的虹光盾顶住了那庞然大物——那是汤加诺亚。

年轻的奔灵者嘶吼着，嘴角已迸出鲜血。更多交织的彩影出现，一条条光网切入魔物的底腹，是"捕手"普拉托尼尼从底下发力。比克洛陶宛也冲上雪墩，唤出驼着背的巨大雪灵，以粗重的手臂协助他们支撑重量。

俊和艾伊思塔趁机帮居民撤离正在崩塌的雪墩。过了几分钟，捕手的光网消失，而比克洛陶宛的雪灵也化为忽暗忽明的飘散状态。

"你们快……快走……"汤加诺亚咬着牙，鲜血从下巴滴落。他紧闭起眼。

"汤加诺亚！"艾伊思塔想往回奔，俊却本能地伸手环抱住她。

"我们也得走了。"白发奔灵者说道。

"不行！我不能丢下他！"艾伊思塔放声喊道。俊忽然有种熟悉感，想起联合远征队的狙击手埃欧朗阵亡时的情景。但他毅然制住艾伊思塔，不顾她在自己怀中呐喊，离开虹光盾的范围。

汤加诺亚等待所有人离开后，露出浅浅一笑，然后松下双肩……虹光盾消失了。

一道白影晃过，巨物重压下来。激起的雪雾笼罩一切，冲击的力量将人们冲散。

雪尘尚未落定，坐在雪地里的俊却发现汤加诺亚就躺在他和艾伊思塔身旁。

"孩子，就这样惨死在淑女面前，可会让她做好几年噩梦。罪不可赦。"一个男子用单手调整头巾，缓缓起身，"下次想壮烈牺牲的时候，想想前辈说的话。"

"啊……"艾伊思塔的视线从男子挪向神情错愕的汤加诺亚，然后扑上去抱住后者。

俊认出眼前这名突然出现的男子的身份，诧异地说："你是……"

"嗯，我是。"他投来坦率的笑容，然后转向艾伊思塔，"我看见凡尔萨和黎音往北方去了？"

"总队长派遣他们的。"艾伊思塔眼角泛泪，回头道，"他们说巨物末端的紫纹，有可能是它们的弱点。"

"是吗……"那人的眼神变了，充溢着杀气，"情况很不妙。如果你们看见能脱逃的路径，记得立刻带居民走。我怕你们被缠上了。"语毕，他让两柄剑在手中打转，然后突入狩群中央。

拂 羽

拂羽已突破能力的极限,但雨寒以意志力硬撑,不断地施放虹光。

别停止,再坚持一阵子,雨寒在脑中恳求——他们都是我的子民!

她以负伤的奔灵者为优先治愈的对象,然后才是浑身染血的居民。雨寒站在人群中央双臂敞开,眼眸轻闭,一只接一只鸽子形态的光体从栖灵板腾空,逐渐转为暖绿色。

在上千人群聚集处的上空,绿光涡流缓缓旋动,仿佛某种巨大魂木的核心。

居民震惊地凝望站在他们中央的长老。即使是那些搂着受伤亲人的居民,也无人敢打扰她;所有人都知道他们正面临生死存亡的一刻,而奔灵者是关键。

雨寒睁大眼,看见战场彼端,总队长率领的战士已聚集在巨物的腹侧。他们在数不清的茎痕之间披荆斩棘。有些奔灵者已开始攀爬巨物。

亚煌再次回身放出雪灵——片羽聚密的彩光翅膀伸展开来，一只体积庞大的翔鹰拍起雪浪，载起数位奔灵者，沿着冰晶纹理向上飞。

奔灵者落在巨物顶端，轮番发动攻势。他们闪避四处甩动的锥刺，斩断它们与巨物表面的连接点。韩德在边缘疾冲并架开双箭朝底下一射，扩散的虹光之刃割断数条茎脉。飞以墨扭腰回旋，从栖灵板放出弯曲的虹光波，斩断整排的茎脉——

每一道断裂的茎痕，都造成底下一批狩群爆裂开来。这暂时放缓了居民守护防线遭破坏的速度。然而巨物的表面不断鼓动，生出更多满是锥刺、刺入雪地制造狩群的茎络。双方开始进入消耗战。

当总队长运送完身旁的最后一批奔灵者，独自在雪地面对无数魔物，不出一阵子便遭苍白的狩影给淹没。瞧见这一幕的雨寒倒抽口气，突然虹光羽翼炸了开来，巨鹰载着手握双刀的亚煌腾空。站在巨型触手背上的狙击手们放箭掩护他，一道道彩光埋入底下成排的狩。刹那间有好几道茎蔓从雪地被拉起，像道反扑的密网朝巨物背上的奔灵者甩去。整排弓箭手以整齐划一的动作对准它们——

叫声从雨寒的右侧响起。当她把注意力拉回身边的战场，发现防线遭到突破。

狩的爪子挖开某奔灵者的脸，獠牙满布的胸口连同栖灵板一起吞下；另有奔灵者被狩高举起来，脑袋在利爪之间已不成模样。居民们则慌张地溃逃，在粉红色的湿雪中相互推挤。

雨寒皱起眉头，心想那些奔灵者本不该死。她宁可看见居民们受伤。

但她依然动身前往战况胶着之处。她的目光跳过那些奄奄一息的人，寻找值得拯救的对象，派出青鸟飞去。不知何时红狐已站在她身旁，扬弓放箭掩护她。狩群的攻势猛烈，像洪流冲散四周人群。手持圆锤的朗果和手持战斧的海渥克，两人同步跟了上来，护在长老身旁。佩塔妮和佩罗厄两姐弟则奔走前方；他们的三叉戟刺中的伤口会残留虹光，像某种七彩的毒液缓缓啃蚀狩的身躯，溶解硬雪形成的腹部，流入核心直至它们爆裂。

在远方，老将额尔巴试图保护缚灵师及首席学者，然而他抵挡不住攻势，救出缚灵师的同时，帆梦的背部被划开来。

混乱中有居民哀号着倒下。雨寒以本能取代思绪，分配雪灵没入染血的群众体内，看着他们的亲人把他们往后拉。她尝试远送一只青鸟到帆梦那儿——一只手抓住了雨寒的脚踝。

她低头，看见满脸是血，腰部有道鲜红爪痕的工匠杜朗达。

"长……长老……"石雕工匠的眼神被恐惧渗透,他紧紧抱住雨寒的靴子。

雨寒凝望着他。

果然凡尔萨说得没错……这是恳求的嘴脸。

她别过头去,让注意力回到战场。舞动双手驱使彩鸽,协助激斗中的战士;一道道绿光钻入奔灵者的背里,让他们逐步稳住攻防阵地。

当雨寒再次望向脚边,杜朗达已带着狰狞的面孔死去。

雨寒静了片刻,然后在混沌厮杀的战场中蹲下身,静静地帮他合上眼。

离　焱

"黎音——"莉比丝冲上去扶起雪地中的女孩。在她们背后,凡尔萨举剑护卫。

"我没事。"黎音压着衣衫褴褛的臂膀,染血的手紧握长枪。虹光猎豹回到她身旁。

"莉比丝,你到底还要多久?!"哈贺娜气愤地咆哮着,然后就地旋转,让栖灵板带开一股螺旋的光波,扫荡包围过来的狩群。她的气势之强,连周遭雪花都被卷动。

接着哈贺娜朝一旁滑开,在雪地留下一道彩光燃烧的轨迹——试图通过的狩都被灼伤,白雪肌理化开,暴露出里头的冰色核心后逐一炸裂。然而她的光轨仅能持续十来秒,她必须左右来回,不断放出新的彩光才能阻挡狩群。

"再给我点时间。"莉比丝面色惨白,握着长弓的手在颤抖。

五个奔灵者渺小的身影站在破碎的冰层上。凡尔萨抬头仰望,眼前庞大触手的侧腹起码十几个人高,像面蠕动的巨墙。它表面的畸形纹理已被奔灵者烧出坑坑洞洞,能看见里头的紫光像心跳般闪动。

和凡尔萨同样拿着双刃巨剑的辛特列急喘着气,再次出招;他大喝一声,垂直劈斩,刀锋甩出鞭子般的激烈光影,那形体仿如一条远古巨鳗。彩鞭切断更多恶心的组织,透出的紫光更加强烈。

哈贺娜绕行过来对其他四人喊:"亚煌那家伙竟然没分派愈师给我们,是不打算让我们活着回去吧!"

"别那么说,总队长相信我们的能力。"黎音回道。

"啧,我才不打算死在这儿。"凡尔萨抡起巨剑。在他身后,哈贺娜再度扬起螺旋虹光,和黎音一同抵抗把他们死死围困的狩群。凡尔萨和辛特列一同向前冲,猛烈劈砍巨物的纹理。

"去吧。"凡尔萨送出自己的雪灵——两条虹光猎犬钻入魔物里,野蛮地左咬右啃,破坏里头的残根。辛特列这一次朝上方扫动巨剑,切断顶上丝痕般的组织。

整个巨物往旁挪动,与大地摩擦出声响。他们脚下的冰层开始倾斜,水浪翻腾。

凡尔萨回头,终于看见莉比丝徐徐吸了口气——细长的手臂拉开长弓,半边灰发遮蔽左眼,右侧的辫子在风中飘荡。她以单个瞳孔锁定目标,松开手指。

圆柱般的彩光闪过眼前,像个巨锤冲入魔物体内。

新开的口子让它震颤片刻。接着,仍在水中的半截身子撑不住重量向后滑,撕开泛着紫光的纹理。

"就是这样!持续攻击它!"凡尔萨喊道。眼前的幽光不停闪烁,像是膨胀的血管。奔灵者竭尽全力去破坏,连黎音也转过身,让猎豹加入他们的行列。哈贺娜向前滑,烧出一道彩光轨迹直接压过巨物那沟渠般的伤痕,抵达另一侧。

终于那触手近乎断裂,只剩底部薄薄的一层相连。然而巨墙般的表面忽然扭动,浮现出扭曲的茎痕。

"快闪开!"辛特列等人朝后方跳开,凡尔萨却只身向前冲。鞭刺般的长脊刺入周围的冰雪之中。

"啊啊啊——"前方传来哈贺娜的尖叫声。她的大腿被刺穿,血如泉涌。而在他们四周,碎冰带表面的积雪开始鼓动,像气泡般隆起,上百头狩正在成形。

凡尔萨踩在巨物快要断裂的豁口上,高高举起兵器。"回来我这儿!"虹光猎犬顿时散化开来,成为无数光点射向他的剑锋——凡尔萨狠狠劈落,拉开一道夸张的轨迹,切断最后残连的组织。

触手在冰面刮出巨响,散发着白雾,缓缓缩回海中;它的断面闪动着不规律的紫光,沉入冒泡的水里变得朦胧。哈贺娜惊叫一声,被溜入水底的锥刺拖着走,但一头虹光猎犬已扑入她的怀中顶住她。另一头猎犬跃过她的前方，咬断锥刺。

哈贺娜冒着过度惊吓的冷汗，和凡尔萨对望片刻。突然远方传来冰晶炸裂的声响，两人一同扭头望去。

山峦间，延伸数里的残留触手一边扭动，一边仿佛泄了气般迅速崩解。而眼前可见之处，上千头狩仿佛遭到旋风扫荡，飘散成无尽的雪尘。

潾　霜

三条巨物之中的一个腐朽了。无数狩群化为雪末，空气洒满幽光闪烁的尘埃。

北方几乎开了整片空地，居民趁此奔逃，像溃堤的流水散布在坡道上。奔灵者从另一侧组织起防线，抵御重新集结而来的狩群。俊和归来的总队长、额尔巴等人带着一批战士殿后，给人们时间绕过破碎的冰源。

战场上，老将额尔巴停下栖灵板，在雪地捡起一些冰屑，似乎想起了什么。

"我们得走了！"总队长呼喊他。

额尔巴抬头时，蓝色的左眼反射锋芒，然后才动身追上。俊在他身后也跟上了迁徙大队。身后的群山就像冻海上的白色风帆，在缥缈的水气间逐渐朦胧。

成千上万的狩群意欲追来，然而一阵突发的巨响，又有一条巨型触手被瓦解了。它在远方扭动，内部透出激烈的紫光，骤然衰败后吹起扬天的雪雾。

俊频频回头，不知道是哪些奔灵者留在那儿，解决了第二条触手。

人们依缚灵师先前的指示转往东北方，经过深雪覆盖的冰域，再次开始漫长的穿越。恐惧在接下来几天就像挥之不去的阴霾，覆盖大队中所有人的面孔。昼时他们开启恒光之剑，没有魔物敢接近，然而后方不断回荡着轰隆巨响，仿佛冰层底下有东西在追踪他们。夜晚时大队被分为五个营区，以防触手的突袭。

居民承受了迁徙至今最严重的损伤：死亡或失踪的居民远远超过八百人，帆梦是其中之一。他的背上血流不止，急于逃亡的人群只得抛下他的尸体。黑发像一顶圆帽的乌理修斯自命为下一任首席学者。然而实际上，研究院的存在意义早已不在，因为他们几乎丢失了所有书籍。不仅如此，所有雪橇，所有储藏食物的箱子，所有长途迁徙的必备器材，都被那场混沌给吞蚀。除了少数残存的装备和轻帐篷，人们已一无所有。

迁徙大队在哀伤中行进。人们除了啜泣，已没精力说话。

所有的人都陷入绝望。

仿佛这样的折磨仍不够，地平线的四方不断出现狩的踪影，骚扰着大队的行进轨迹。就这么且战且逃，五天后他们竟然奇迹似的遇上一个岛屿。俊看着手中的双子针，显示98.3度。它像座突出于雪原中的倾斜岩块,侧面露出灰色的石斑。岛上的温度比周围都高。

在一望无际的冻原中央遇见这样一座岛屿,已万分幸运。更令人意想不到的是奔灵者在岩脊之间找到一个深通地底的狭洞,走过漆黑蜿蜒的一段路,可以看见底下有道火红的熔岩流过。居民终于得以避开风雪,窝身在深洞里的崖边取暖,稍稍得到了休整一下的慰藉。

残酷的事实便是,他们正处于海洋中央的荒芜之地。岛上连株白化的树也没有,更别提其他生物。乌理修斯大放厥词,说他们正踩在随时可能会爆发的熔点上。

他们没有时间为上一场战役哀悼。人们都明白,补充好体力后,必须再次跋涉到冰雪地狱。

"如果狩群都是增生出来的复制品,那触手到底是什么?"哈贺娜的腿上裹着泛红的绷带。

有十几人聚集在洞穴入口处,包括雨寒长老身旁的战士群,还有艾伊思塔、凡尔萨等人。俊自己坐在一旁,用磨刀石刮着枪刃。目前脱离大队的只有红狐、飞以墨两位远征队长,因为长老派遣他们先外出探路。

"帆梦曾说过这五百年间,白岛有意识地成长。"老将额尔巴说话时,冰色的左眼闪烁。"那些触手会不会……

正是它延伸出来的一部分?"

这答案令所有人沉默,但俊丝毫不觉诧异,因为他已思考过这可能性。

"白岛距离我们八千八百公里之遥。"新上任的首席学者乌理修斯用手指顶了顶有裂痕的黑框眼镜。他身上也满是伤痕,却掩饰不了趾高气扬的模样。"如果白岛要伸出那么大的触手到这里,看体积来判断它应该就难以乘载,物理上就根本无法成立。"

"狩,触手,白岛,我们还有很多不了解的东西。一切都有可能。"艾伊思塔说。

"别瞎想了,"乌理修斯义正词严地摇头,"一切都该有科学依据,否则后患无穷。就像我们根本不该北行一样。"

"水。"俊轻声开口时,人们望了过来,"只要有水的地方,便可迅速凝结为冰,再转化为成我们看见的晶体纹理。小的成为狩骨和茎脉,大的则是我们所见到的巨型触手。它们很可能可以无限衍生。"

雨寒和艾伊思塔露出极度惊讶的神色。但总队长等人都在点头,说明他们也已这样想过。

"至今我们看见的巨型触手都出现在河底或海底。"俊说出自己的推论,"瓦伊特蒙的暝河、所罗门的河川,都是这样遭到入侵的。"

佩罗厄双手交抱胸前，指尖拎着他的兵器。"要真是这样，世界上没有一处安全的地方了。白岛可以通过海洋连接到任何地底河道，它的魔物大军要去哪儿都行。"

"这……这不符合科学逻辑。水分子到了四度会开始膨胀，零度会结晶，所以冰的密度没有液态水来得稠密，才能浮起……"乌理修斯喃喃自语，笑容僵硬，但没人理会他。

若俊所言为实，这已超过人类所能理解的范围。他自己的心中也充满困惑。

"白岛"不应是旧世界二十一世纪坠入太平洋中央的陨石？狩难道不是它带来的居民？

俊的脑中不自觉地浮现出路凯面对排山倒海的狩军的背影……

"我们到底在跟什么样的东西作战？"哈贺娜恼怒地说。

"所以一直以来我们所面对的狩，其实只是白岛分裂出来的'细胞'。"首席愈师安雅儿沉下双肩，神情绝望，"牺牲了那么多人，就为了对抗这种无限繁衍的东西吗……"

俊拳头紧握，深深吸了口气。

不出一阵子，红狐和飞以墨两位远征队长陆续归来，他们的神情异常急迫。

"到处是狩的踪迹。雾太浓了，但不难察觉它们隐藏在冰域里等待我们。"飞以墨难得严肃地说,"只要离开这个岛,都是危险。"

红狐拍掉自己肩上的白雪。"滑行三小时有下一个可以避难的据点。是个环形的岛链,附近还有海豹栖息的痕迹。但居民徒步至少需要三天的时间。如飞以墨所言,这段路途绝对会遭受袭击。"

"那该怎么办?我们一直待在这洞穴里?"长老雨寒问道。

"我建议让大家分批行动。"红狐提出,"在这里至少有地热可保暖,让多数人先歇息。我们留下三分之一的奔灵者作为守备军,驻留在此。其他的战士组成一支护卫队,保护一部分居民前往下个据点。可能得来回跑四五趟。"

"但这样总共得花两周的时间才能送完所有的居民,不是吗?"艾伊思塔质疑道。

"没有更好的方法,全部出动被歼灭的风险太高。"红狐回答道。

"第一批人,我们先带上三百个居民就好。"飞以墨沉思片刻后说,"试探敌人的意图。假如情况其实没有我们想象中的糟,就再增加人数,缩短移动的次数。"

雨寒环视众人,似乎无人有异议,便点头答应。

伤势严重的居民自然先暂留此地。安雅儿分配出一半数目的愈师照料他们，并与其他愈师一起挑出三百位健康状态良好的居民。缚灵师也得同行，由凡尔萨和额尔巴保护。其他远征队长则挑出一百五十名奔灵者，组织起庞大的护卫队。

一百五十名战士保卫三百个居民，是完全可以负荷的比例。老将额尔巴信誓旦旦地告诉众人他们定会完成任务。

这群先发部队聚集在洞口。这时俊看见弓箭手帕尔米斯从洞穴里走来，询问长老雨寒："现在我们只剩七十位奔灵者留守在这岛上，得负责那么多居民的安危……如果有狩袭来，会非常难应付。"他的语气听起来极度不安。

"洞窟里的熔岩会确保它们不敢靠近。"回答的是红狐。他朝周围无雪的岩壁抬了抬下巴示意。"这是天然的防卫要塞。你们遇袭的概率比我们小多了，别担心。而且总队长会和你们在一起。"

帕尔米斯咽了口唾沫，神情依然凝重。红狐不再理会他，望向手持长枪的白发奔灵者说："俊，你跟着我们。"

"不，他留下。"亚煌从洞里走出来，手中拎着栖灵板和两柄长剑，黑披风上一圈白色毛皮被风吹拂。"我和护卫队同行。"

"总队长，岛上需要你坐镇。"红狐微微皱眉。一旁正在与居民交谈的艾伊思塔也望了过来。

"如果再遇上白岛触手那种庞然大物,空战能力不可或缺。"亚煌说完,转身凝视着俊,"居民就交给你们了。等我们归来。"

护卫队带着居民,像条密实的队伍启程。愈师奥丁拎着大背包左右眺望,似乎在寻找什么。灰发的黎音则手持"恒光之剑"跟上去;那将是护卫队保命的关键之一。最后走出洞穴的是凡尔萨,他挑起巨剑看着前方的人群片刻,然后目光落在俊的身上。

有那么几秒钟,凡尔萨似乎想说什么。然而他却没开口,乘着板子跟上队伍。

不出一阵子,护卫队便成为一抹残影,消失在雪雾里。

艾伊思塔来到俊的身旁,绿发丝贴着脸蛋,发出细碎的贝壳声响。"总队长似乎很看重你。"她露出一抹淡淡的笑容。

白发奔灵者轻叹口气,什么也没说。

接下来三天,俊和帕尔米斯、汤加诺亚等数十名战士轮流外出寻找食物。

他们在邻近的碎冰带和浅川里发现大量鱼群,果腹已不成问题。最令人庆幸的是,他们并未遇到狩群的袭击。

"哦，我应该要跟护卫队去的呀，只是当时想说在附近先睡个午觉，没想到醒来他们已经走了。奥丁那家伙，我要杀了他。"牧拉玛怨气重重地说完，从冰缝里头猛然拉起一串挣扎的鱼。"不过这样也好，就让他们先去探探路吧，待在这儿轻松多了。"

俊帮他把鱼拉起来。"你和奥丁是……"

"呵呵，从瓦伊特蒙我们就同居了。本来只是发现能力相近，一起学习当愈师。"牧拉玛一反往常的慵懒模样，露出腼腆的笑容，"他很体贴，知道我比较懒，总帮我扛所有衣物。这次算他倒霉啦，希望他们别遇上狩。"

周围几个奔灵者闻言也笑了笑。

然而事情的变化令人猝不及防。第四天过去，护卫队没有一人归来。

第五天过去——周围只有落雪与风声。

俊站在洞口的雪幕中，凝视一望无际的苍茫大地。凛冽的风带着不祥的叹息，持续吹拂着。

"出事了。"尤里西恩等三位奔灵者抱着板子走进洞穴中，其他人立刻围了上来。

"没有遇上任何人吗？"帕尔米斯急问。

"风把最明显的痕迹都抹掉了，断断续续的，很难捕捉。"

"那么找到下个据点了吗?他们说在正北方,大约三小时的距离。你们应该会看见一串环状岛链?"

"办不到……"尤里西恩看着手中的罗盘,摇摇头,"滑不到两小时便碰上碎冰带,根本无法跨越。"

"碎冰带?!"艾伊思塔睁大眼,满脸恐慌,"不会吧,难道……"

俊和绿发女孩相望,心底冒出一股寒意。如果结冻的海域进出巨型触手,那会是最糟糕的情况。

"你们也遭到攻击了吗?"艾伊思塔紧张地问。

"没有,但是……"同行的另一位年轻奔灵者泰鸠尔回答,"雪地里有狩的残迹。凶多吉少,他们确实遇袭了。"

尤里西恩摸摸下巴说:"但我不懂的是那些魔物留下的残冰,有些仍留有一丝微光,有些却暗沉得像好几个月前的东西。"

"现在很难判定当时他们发生了什么事。"泰鸠尔说,"只能猜想那一带定是魔物长期出现的地方。护卫队可能笔直走入它们的巢穴了。"

"你们看见奔灵者的尸体了吗?"俊问道。

"这才是最奇怪的地方……"尤里西恩望过来,"我们在雪地找到一些装备,却没发现任何尸体。"

他的话让所有人更加困惑。不安的气息缭绕在温热的空气中。

"但愿他们不是被碎冰带给吞了。"泰鸠尔说,"或许慌乱之下,护卫队走偏了路。"

"这下糟了,他们带走了大部分的战士,还一并把'恒光之剑'也带走了。"帕尔米斯睁大眼睛说。

俊转头,看见许多居民心神不宁地聚集在洞口。人人都察觉到情况有异。他们身负重伤,衣物破损,眼中尽是彷徨之色。

白发奔灵者凝望这些人密密麻麻的身影——两千三百位居民,正在等待奔灵者的决定。

这时他才明白……或许最坏的情况,还没有到来。

离 焱

"请大家坚强。"长老雨寒怀着痛苦的神情告诉众人。她仿佛心力交瘁,却坚忍地撑起身子。凡尔萨站在不远处,双手抱于胸前,沉思着。

听见长老所说的噩耗,居民全部陷入极度震惊中。男男女女,有人捂着嘴,有人掩面哭泣。雨寒告诉他们事情的始末:由于冰原分裂,大片碎冰带成形,护卫队被迫向东绕行。长老当时已派遣两位亲信回去岛屿通报,欲告知艾伊思塔等人行程出现剧变。

然而当奔灵者抵达岛屿上的洞穴,却发现里头空无一人……

紧接着才是噩耗。他们在邻近洞穴的冰域发现战斗的残迹……那是一场英勇的战役,却留下惨烈的结果。显然岛上的人群不知为何,竟然决定离开岛屿的庇护,却始料未及地立刻遭遇大规模的魔物突袭。七十名奔灵者尝试守护上千个居民,但被压倒性地击败了。

上千具尸体散布雪地。无人幸免。

"我们是瓦伊特蒙仅存的生还者,大家必须坚强。"长老的声音颤抖,抹了一下泪水。风像在哀伤地叹息,吹起了她的黑色发辫。雨寒提着弦月剑站在一道倾斜的铁架上。四周的人群则站立于结满白霜的钢铁甲板。

几艘旧世界的巨型船舰以歪斜的角度倾躺在彼此身上,结冻于隆起的冰架中。那是巨浪把它们堆叠在一起,一波波袭来却逐渐被时间冻结,无尽的风拉出数不尽的冰刺,像在点缀某种诡异的祭坛。

放眼望去,远方冻原还有几艘类似的船舶,白衣底下暴露出褐色的锈迹。这里是远古船只的墓地。

凡尔萨看见雨寒触摸"恒光之剑"的底座,仰视那道宁静而直通天际的光。

他打量着站在长老身旁的费奇努兹。然后他扫视群众,目光跳跃在居民之中的银匠和铁匠身上。

已经好一阵子,凡尔萨的心中仍充满疑虑,他认为这件事有蹊跷。

之后两天,护卫队仍驻留此地,在远古船舰隆起的船壳下挖出一道防风渠,让居民在里头建起雪窟歇息。暴风雪渐强,但"恒光之剑"一如既往,燃起一束明亮。

在缚灵师确切指出路径之前,他们不敢贸然离开。然而最严重的事发生了:陀文莎数次在风中昏死过去,什么也未道出。

不知为何,雨寒总在众人面前狰狞地望着陀文莎。凡尔萨想说服雨寒别让陀文莎累垮,意见却从未被采纳。现在,人们都担心他们再也找不到下一处据点。

"北方的理想乡"一说,破灭了。

当缚灵师在奔灵者的逼迫下再次昏迷过去,统领阶层开始商量对策。某天正午暴风肆虐,"恒光之剑"变成一抹残破而朦胧的光。凡尔萨才刚从碎冰带归来,仰头正好瞧见红狐等人的身影攀爬到远古船舰的甲板上,他们步入边缘一个密室里。

凡尔萨的表情被愤怒点燃。他尾随上去,踩着凌乱的步伐踏上船舰,打开结着厚冰的生锈铁门,踩进残破的船舱中。

关起门,风声在他身后中断,前方传来人们激烈讨论的声音。

凡尔萨走过一条弯曲的长廊,看见聚集在里头的有雨寒、费奇努兹、佩氏姐弟、老将额尔巴、哈贺娜和飞以墨,以及首席愈师安雅儿和总队长。统领阶层的人都到齐了。

"缚灵师的话已很明显。只要先找到旧世界的'冲绳岛链',沿着东北方行进。就算她不再给出指引,我们也可以……"红狐止住话，望了过来，"凡尔萨，有事吗？"

其他人也看向他。然而凡尔萨没有理会任何人，目光只锁住费奇努兹，视线凶狠得仿佛要在他身上烧出洞来。

"你欺骗了长老。"他对红狐说："你欺骗了所有人。"

费奇努兹皱起眉头，与他四目相视。雨寒轻眨疲惫的双眸，看向红狐问道："费奇努兹，他是什么意思？"

凡尔萨这几天已反复调查过，发现了真实的情况。"他刻意带着我们绕道，避开碎冰带。当时大伙儿被催着赶路，没人注意到边缘地带都是沉积冰层——分裂的冰座覆盖着一层由粒状雪压缩而成的冰。"凡尔萨已在今早独自回到那一带确认，拍掉表面的粉状雪便会看见。"这代表那片碎冰带早就存在好几周了，根本不是你说的刚刚成形。只不过在那一刻没人会怀疑，因为没人知道你接下来的意图。"

凡尔萨沉默数秒，发现红狐似乎没有争辩的举动，于是愤慨地说："你私下告诉艾伊思塔他们目标据点在正北方，却带着我们朝东边走。为了保险起见，你不仅试图磨灭护卫队在雪地的轨迹，还不断抛撒狩体留下的残冰屑，营造战斗的假象。"凡尔萨摊开手掌，露出一把暗沉的冰色细屑，还有颜色鲜艳的碎布。

这是他昨天在远方雪地找到的证据。如果艾伊思塔派人笔直向北，大概率会得出红狐期望的结果。

统领阶级其他人也陆续望向红狐。雨寒睁大了眼睛，满脸惊愕。

"——迁徙大队的人都还活着，对吧？"凡尔萨凝视着红狐。

过了数秒费奇努兹才回答："如果当时活着，现在也为时已晚。过了那么多天，现在暴风雪降临，我们不可能再找到彼此。"

"费奇努兹……为什么？"雨寒不可思议地说，她的神情似乎已达理智的极限。

凡尔萨紧握栖灵板，打算随时呼唤出离焱。费奇努兹在整个统领阶层面前遭到揭发，很可能会做出什么冲动之举。

"优胜劣汰，适者生存。亿万年来，这世界不就是这样吗？"然而红狐镇静的模样出乎凡尔萨意料，他的语调甚至有种诡异的冷淡。"我这么做是为了让该活下去的人类有更大的生存机会……之前那情况，只是在消耗奔灵者的生命力。事实便是，三百多位奔灵者根本保护不了五千名居民，我们从瓦伊特蒙开始，第一步就错了。"

"所以你选择带走强健的居民，有用的居民——包括灵板工匠，银匠和铁匠。"凡尔萨怒道，"你抛下所有负伤的人，老人与孩子。"

红狐点头承认。

"你计划了多久?半年、一年?从调动大队的结构开始,就萌生这种想法了吧?"

"准备早已就绪,狩的攻击给出完美的机会。"

"费奇努兹,他们是我的子民!"雨寒激动地说。

红狐叹了口气。"我尽心尽力培养你,你却还是如此天真。"他斜视长老,"想想那些对你举起斧头的居民,想想胆敢对你抛出铁链的艾伊思塔。仔细想清楚。你的子民不该是所有人,而是心向着你,值得与你同生共死的人——"他的语气轻蔑。

亚煌踏过来,单手抓住费奇努兹的脖子把他重重抵在生锈的铁墙上。

船舱发出沉闷的声响,回荡在狭窄的空间里。有个人向前走……是飞以墨。他的手肘甩出黑影,一柄短剑抵住亚煌的后颈。

"总队长,费奇努兹说得没错。没用的累赘只会是负担,难道你忘了远征队的法则?"

看样子红狐找到他最亲密的同盟了,凡尔萨讽刺地看着这一幕。当初正是那两人带回虚假的情报。凡尔萨盯着灰发的远征队长,让雪灵在意识里流动;离焱的虹光已在板缘流露,准备发动攻势——然而周遭的氛围有股说不出的怪异,令凡尔萨犹豫。

"你们两人联手干出这种事,"亚煌一字一句都燃烧着愤怒,"你们会为此付出代价。"

"我们两个人?"费奇努兹握住亚煌的手腕,施力挪开,清了清喉咙说:"看来,你相当迟钝。"

不祥的感觉攀上脊椎,凡尔萨这才缓缓扫视船舱内的其他人。额尔巴和哈贺娜等人面无表情地观望这一切,一直无人作声。

亚煌似乎也意识到了。舱内的气氛仿若冻结,众人投来石雕般的冰冷目光。

费奇努兹清了清喉咙。"雪地的冰屑……由额尔巴负责。哈贺娜运用她的能力,模糊护卫队的轨迹。我说服长老派遣佩塔妮、佩罗厄回去寻找迁徙大队,当然,他们并没有这么做。而居民的情况就属愈师团最清楚,安雅儿给了他们挑人的准则,带走三百位值得活下来的人。"红狐不顾总队长亚煌和长老雨寒的惊愕神情,信心确凿地说,"我们所有生还者,会一起创造新的人类文明。"

所以,连首席愈师也和他们是一伙的。凡尔萨看向安雅儿,明白她本就优柔寡断,甚至可能是最早被红狐说服的。安雅儿只低着头,似乎并不以此为傲,却什么也没有解释。

费奇努兹又说:"别说我们残忍。我们已尽人道,留下半数愈师给他们。"

"放屁!"凡尔萨忍不住开口,"你不这么做的话,人们只会立刻起疑。什么狩群的威胁……你只是为了带走奔灵者，带走'恒光之剑'！"

"看吧，我早说过他是个麻烦。"哈贺娜露出厌烦的神情。然而当凡尔萨睨视她，她却避开了视线。

"缚灵师需要你，凡尔萨。"红狐缓下声调，"我们都需要你。残酷的生存逻辑需要时间消化，然而一旦想清楚，你会觉得被选中是幸运的。那些有家庭羁绊的奔灵者我们一概不列入考虑，否则早该延揽帕尔米斯和他的弓箭队。"红狐振振有词地说道，"比起先前的迁徙大队，现在，我们的生存概率高上太多了。"

雨寒难以置信地凝望所有人，神情受伤。"你们竟然……联合起来瞒骗我……"

"长老，这么做是为了保护你。"佩罗厄告诉她。很明显，雨寒从未预料到整个统领阶级都与红狐共谋。

"决定一旦做了，说什么都太晚了，我们只能朝前看。"老将额尔巴环视所有人，"我们还有必须面对的挑战，必须依靠彼此活下来。这事儿若让外头的奔灵者或居民知道，对谁都没好处。亚煌，我们很早就想找机会告诉你。你仔细权衡一下就会明白，这些事都是必要的。"

总队长没说话，额尔巴朝他走近一步。

"亚煌，听我一句。"额尔巴说，"我老了，不晓得在雪地里还能活几年。但我支持这么做，就是因为相信瓦伊特蒙的文明火焰不能熄灭。"

飞以墨放下短剑，也缓步走到亚煌的前方，目光却停留在雨寒身上。"长老，别怀疑我们对你的忠心。但有件事早该解决了。"他静静地道出，"请你任命费奇努兹为新的总队长。"

一时间无人说话。雨寒仍陷在震惊的情绪里，似乎不敢相信正在发生的事。

飞以墨面向亚煌。"总队长，你为瓦伊特蒙付出了很多，这我们都知道。但是面对雪地里极端严酷的考验，战士们需要另一种类型的统帅。"

哈贺娜在一旁斜视这一切，神情中隐约露出不屑，却未反对。佩氏姐弟更是神色尴尬，低着头不敢看向亚煌。凡尔萨观看整个场景，心中充满惊愕。他放松握着栖灵板的手掌，顿时感到异常疲惫。

"大伙儿依然敬重你，亚煌。"红狐淡淡地说，"但远征队长的意向很清楚了。愈师团队也会听从安雅儿的话。所以放下私人成见，别耗费没意义的气力。"

亚煌的青筋在颈部跳动，眼神中克制着杀气。他与红狐对视一阵后，才看向所有人。最后他的目光落在雨寒身上。"我听从长老的决定。"

"我……"雨寒犹豫了。她的脑中似乎思绪在飞转，然而目光停滞墙边，久久做不出抉择。

曾经有许多人说凡尔萨偏执,然而这一刻,他觉得眼前这群人才是疯子。一年零数个月前他们离开瓦伊特蒙,当时的迁徙大队有超过五千人……现在的生还者却连五百人都不到。而眼前这群统治者还有心内斗。他受够了,打算离开这里。

船舱某处响起沉重的碰撞声。凡尔萨回头,其他人也在观望四方。

更多撞击声出现,在钢铁上空嗡鸣回荡。

突然走廊尽头扬起呼啸的风声,雪花瞬间灌入廊道。有人打开门呐喊:"长老——"那人叫了几声后,在出口处探头进来。"长老!我们遇袭了!"

统领阶层的众人愣了片刻,拎起板子迅速动身。

"是狩吗?有多少?!"佩罗厄跑在最前方,三叉戟已拿在他的手上。

"不是——是奔灵者!"

他们一个个冲出船舱,闯入厚密的雪幕之中。在他们眼前,倾斜的巨大甲板上,有个渺小的人影逆着风雪直冲而来。两个奔灵者上前想阻止他,却在顷刻间被击倒。黎音手持恒光之剑,似乎想逃离那人的追击。

"他的目标是'阳光'!"红狐吃惊地喊。

凡尔萨认出那熟悉的身影——围巾掩面,手持双剑,这个男子如鬼魅般的白影疾驰而来。

宇　蚀

雪灵在体内鼓动，像要冲出禁锢的牢笼。

他捕捉那股汹涌的力量，加快栖灵板的速度，在歪斜的甲板上刮出弧形的雪痕往高处移动。前方船舱里拥出了一群人，急于分开掩护捧着"恒光之剑"的灰发少女。

亚阁用右手的长剑钩住生锈的铁栏杆，停住片刻。风雪暗暗号叫，他的淡灰色瞳孔扫视眼前这群人，在脑中预测他们可能采取的动作。他知道突围一次就得夺回"恒光之剑"，时间拖久只会对自己不利。他的臂膀染血，背部伤疤隐隐作痛。

当初亚阁独自解决一条巨型触手，为迁徙大队争取逃脱的时间。养伤数天，等他再次追上瓦伊特蒙的人群，却发现多数奔灵者都已离去。亚阁躺在岩丘背面，听见俊和帕尔米斯等人的讨论。他直觉不对劲，独自追踪难以辨识的轨迹，却发现路途中有更多紊乱的雪痕。必定是有人刻意而为。

于是他在不断恶化的风雪中奔驰,企图找到离去的奔灵者。暴风雪吹散一切,路径的判别难上加难。当他确定无望,却看见远方雪幕中模糊的恒光。

即使从远方观察,他也立刻明晰事情的始末——必然是统领阶层打算抛弃绝大多数的居民以求自保。他们成功带走的人力和资源,精算过的战士居民比例,全令亚阁赞叹这计划的周全。这群依身船舰的人在雪地生存的概率,将比岛上那些人大上好几倍。

就算亚阁能够带着艾伊思塔两人在雪地活下来,他也很确定没人救得了那两千多个居民。况且,艾伊思塔已经好几个月没理睬他了。就算回去她的身旁,居民有非常大的概率将再次叛乱,而这一次,他八成会和其他奔灵者一样,为了自卫把无数居民砍死在刀剑之下。届时他将被艾伊思塔万劫不复地憎恨,直到她自己也死在雪地里。

亚阁已经知道接下来事态会怎么发展。聪明的做法是加入眼前这帮人。

"安分点,别给我带来麻烦。"亚阁试着控制心底的怒意和涌动的雪灵,逼自己露出一抹微笑——然后他挪动板身向下俯冲。他明白自己的选择是错的,但或许这才是意义所在。

迎面而来的是手持三叉戟的一男一女,这对奔灵者看来是双胞胎。亚阁佯装要从中央闯过,却在最后一刻急转。女奔灵者愣了一下，少年却凶狠地紧贴上来。亚阎随着甲板倾斜的坡度滑行，再加快度速。

"你是谁？有什么目的？！"刺来的三叉戟被长剑拨开。

他们逼近坡道底端，亚阎从眼角余光瞥见女奔灵者正紧追于后方。他举剑劈砍，刻意减缓动作半秒，让少年的兵器卡住自己的长剑。亚阎抽拉几次，发现少年已锁死两人的武器，便猛然剎住板子，另一柄剑反转刺地——交错的兵器成为支点释放离心力，使急冲的少年整个身子脱离轨道朝旁甩去。

"啊——"少女撞上他，腾空翻滚。她的三叉戟抛开于半空，身体直接从船边飞了出去，落往底下蓬松的雪地。

少年愤怒大吼，解开锁死的兵器，舞动戟刺不断戳来。亚阎以近乎不可能的角度放低身子，绕行到他身后以剑柄重击其后膝，不等他跪下又旋绕回上方，以栖灵板抵住少年的身子，往斜坡底部推去。

"等……等等——"少年以半跪半坐的笨拙姿态，在结冻的冰面加速滑落，逼近甲板边缘。他拼命刺向地面想剎住身子，却发现毫无用处，索性起手朝亚阎的腿部刺去。"锵"的一声，双剑挡住三叉戟，下一秒少年露出惊慌的神色，身体凌空。

千钧一发之际亚阎抽回双刃，往脑后刺入倾斜的地面——雪灵之力流窜过双臂肌肉，他绷起腹部脚抬栖灵板，矫捷地做了一个后空翻，刚巧落在甲板边缘维持住平衡。其他奔灵者见状全都面无血色，仿佛无法理解怎么有人能做出这种动作。

底下的雪地已有越来越多居民聚集，观看这场在舰艇甲板上的战斗。

他在围巾底下喘了口气，看见额尔巴双手各持一柄长枪逼近过来；飞以墨则亮出两柄短剑从另一方向包夹而来。

亚阁舞动双剑，接连格挡长枪和短剑，吓阻瀑流般的急切攻势。他用肩膀撞开飞以墨，趁缝钻出攻击范围，不打算与之缠斗——

一支箭矢射入他的右肩。亚阁的身子在震荡下扭转，甲板上翻滚数圈。他定住身子，看见红狐已架好另一支箭瞄准自己。额尔巴的枪刃再度从后方袭来，亚阁单手抵挡攻势，另一只手折断了肩上的箭。痛感漫延身躯，他察觉一股急来的怒意攀升脑门，决定放手一搏。

亚阁左手佯攻，右手以倍增的敏捷度击落飞以墨手中的短剑，对方急喊："是不是艾伊思塔他们派你来——"亚阁单拳重击他的脸颊。飞以墨向后刹住板子，震怒似的吐了口唾沫，同时扫动栖灵板放出致命的虹光波。但亚阁已做出反应，以夸张的弧形轨迹闪避攻势。

耳边接连有箭矢呼啸而过。

他再次唤出雪灵之力，笔直朝飞以墨滑去。他知道对方招数的弱点——飞以墨只能做出贴近地面的扫击。待下一阵虹光波射出，亚阁陡然空翻，以险要的差距略过对手的头顶。

飞以墨刚刚惊讶地转过身，锋利的双刃已横向劈砍，在他的腿上划下四道血痕。然而飞以墨才倒下，哈贺娜已出现身旁，卷起一道旋动的彩光袭击亚阁。

亚阁感到皮肤传来一阵剧痛，围巾和披风撕裂开来，情急之下他唤出雪灵抵挡。彩光与彩光对冲，在甲板上绽放强光。他的眼角捕捉到额尔巴刺出的长枪，以急速的反应举剑卡住它，再扭转另一手斩断枪柄。

他在脑中盘算下一步，若想逼近恒光之剑，身边至少要跟上一位奔灵者来吓止红狐。

因此他猛然转身攻击哈贺娜。女奔灵者惊愣一下，慢了一步放出雪灵。亚阁闪避后以双剑夹住额尔巴仅剩的一柄枪，画出螺旋轨迹。哈贺娜的雪灵似乎被三柄兵器的银纹牵引，朝着不可控的方向卷动，此时亚阁已绕到她身后。哈贺娜转身的一刻突然看见凶光——刀刃切过她的下巴与前胸，拉开一道殷红血痕。

当亚阁察觉时，自己右手的长剑已刺向她心口。他竭尽意志力摆动手肘，千钧一发之刻剑锋偏离，深深戳入哈贺娜的肩膀。她痛苦地叫出声来，捂住伤口跪倒。

亚阎刻不容缓地朝"恒光之剑"的持有者黎音奔去，额尔巴则不出所料地追了上来。

另一个手持双剑的男人进入他的视线。

"啊。"亚阎急刹栖灵板，回首劈向额尔巴。长枪与剑锋交错，他以惊人的速度埋身进入枪刃的范围内，手肘重击额尔巴的腹部再挥拳叩击他的下巴。年迈的奔灵者跌落在甲板上。

亚阎滑向亚煌。

左前方，红狐锁定目标正要放箭之际，一柄巨剑斩断了他的箭矢。两头虹光猎犬扑倒费奇努兹，空洞的双眼释放怒意。

"呵，谢了。"亚阎看见凡尔萨以巨剑抵住红狐的脖子。

狂怒的暴风雪中，四柄长剑磨撞，敲出一阵钢铁声响。亚煌的攻势极猛，令亚阎险些松开手。他再度提升雪灵的能量，超乎极限地加强身体的耐受力。

片刻分开之际，他扯下围巾的残痕，喘着气露出微笑。"没有想到双腿负伤，你的剑术依然如故，大哥。"亚阎的淡灰色眼眸直盯着与他长相一模一样但发色为深黑的男人。

亚煌沉默片刻后开口："你是从艾伊思塔那儿来的吧？带我们回去找他们。"

"亚煌！别开玩笑了！"费奇努兹失声地嘶吼，"你会让我们的努力功亏一篑!"

"啊,看来有人不同意啊。"亚阎笑着说完,却发现自己的眼角在颤抖。每次遇见自己的大哥,他的情绪便不自觉地失控,他感觉越来越不妙。

"亚煌的胞弟……"额尔巴站立在不远处,凝重地说,"因研究禁忌之术,遭研究院驱逐的首席学者。"

亚阎瞥了他一眼,歪着头笑了笑,然后目光回到大哥身上。"说实话,能不能再次找到艾伊思塔他们的所在地,我也不确定……但我看不惯你们的做法。我来取走'恒光之剑'!"语毕,他抬起双剑斩击。

下挡、上挥、下挡、横砍,亚阎的攻击流畅而猛烈,却剑剑遭到拦截。他惊讶地发现局势很快便逆转,自己正被节节逼退。果然大哥的柔刚流转剑术无人能出其右,亚阎越想越愤怒。

然而与自己相比,双腿负伤的亚煌必定在机动性上有缺陷。亚阎左攻右闪,长剑重砍,同时绕着亚煌打转,逼他跟着旋动。剧升的压力从大腿传至小腿肌肉,他知道这是不智之举,却不断加强雪灵的力量予以支撑——因为他知道这样下去,自己的大哥会先垮掉。

不出所料,激烈的动作使亚煌双腿超过负荷,一刹那便失去平衡。

亚阎抓住那瞬间双剑突刺,击落大哥的武器,却无意间在亚煌的手掌斩下一道极深的伤口。"啊……抱歉，你知道这不是我的本意……"亚阎的嘴角依然挂着笑容，神情却已狰狞，脸颊尽是青筋。

他听着自己急促的心跳，赶紧滑向惊慌的黎音。

黎音大吼一声，放出虹光猎豹扑来，亚阎让游丝般的雪灵盘绕双刀，将其切散。然后他重击黎音腹部，取走散放光芒的旧世界仪器。

突然有东西压了上来，"恒光之剑"掉落在甲板上。

亚煌在他身后慢慢起身。彩光巨鹰舞动着翅膀，重重覆盖在亚阎身上。"亚阎！扔掉栖灵板！"他的大哥警告他。

"这是……犯规的呀……"亚阎的双眼睁大，汗水无法抑制地从下巴滴落。旋风般的情绪——悲愤，怒意，哀伤——正在啃蚀自己。他已无法抑制心中那股黑暗扩散。他的雪灵更脱离意识的控制，彩光膨胀起来试图抵御虹光之鹰，不受控制地激烈闪动。

突然间亚阎的雪灵就像溃堤的流水四散开来。不断变换的彩光颜色加深，再加深——转瞬间，已成为墨黑色。

"大哥……快走。"他反握着剑柄，剑锋插地，双手频频颤抖。

雪灵已变成比暗夜还黑的乌烟，伸出无数触角甩动。亚煌来不及后退，半身被刷过，皮肤染上一片鲜红，放声惨叫。他忍痛让巨鹰先载起黎音,经过身旁再带着自己走,朝舰艇边缘而去。"——大家快离开这里!"

"这是'暗灵'……"一旁的哈贺娜害怕得手足无措。

那黑芒般的雪灵不断膨胀,仿佛暴风雪被突来的黑夜啃蚀了个大洞。它接触的地方冰霜都化为黑水,锈铁也遭侵蚀。船舰发出骇人的绞动声,逐渐从中央被巨大的暗灵给分解。

凡尔萨驱散虹光猎犬,带着雨寒从甲板旁向下跳。红狐也跟进。

哈贺娜在额尔巴搀扶下逃往甲板另一端。然而飞以墨动作慢了一步,全身遭黑烟扫过,他哀号着从甲板边缘滚落,跌入雪地时满身是血,身体肌理都看得见。

一阵铁器扭转的声响,巨大的远古船舰崩为两半。断裂处仍有黑烟附着,像被沸腾的黑水缓缓啃蚀。底下的居民四处奔逃。

浓密的白雪中,暗灵是不规则散布的黑烟,透过栖灵板从亚阎的背部涌现。他撑起最后一丝意志,抱起"恒光之剑"跃下甲板,滑离众人视线。

"他带走了'恒光之剑'!"

"杀死他,把'恒光之剑'抢回来!"

后方雪地里的叫喊声愈演愈烈,奔灵者已追了上来。亚阎压着胸口剧烈喘气片刻,扭动仪器上的锥形旋钮——光束突然消失。然后他维持着模糊的意识，没入暴风雪之中。

　　他丝毫没有记住自己是怎么找到艾伊思塔等人的所在地的。

　　他只隐约瞥见众人以惊慌的眼神盯着栖灵板边缘冒出的黑色光芒。亚阎就那样拖着成串的幽暗游丝，逼近他们。有人拉起弓箭，有人叫他止步，某个奔灵者甚至张开彩光形成的护罩。然后他们看见他手中捧着的仪器。

　　前方有人奔来。

　　亚阎松了手，抛下"恒光之剑"于雪地，脱离栖灵板，解下沉重的双刀……走了几步后，倒在绿发女孩的怀中。

芬　澜

　　暴风终于减缓，轻落的白雪像无数绒毛在空中舞动，亚阁却未醒来。

　　众人面色凝重地围绕着这个沉睡的男子，窃窃私语着他的故事。艾伊思塔一言不发，抚摸他的脸庞，聆听人们道出他的恐怖事迹。

　　她终于知道亚阁为何总是独来独往……他就是陀文莎第一次唤出"暗灵"的奔灵者；也是帆梦曾经说过的，仅当上一天首席便遭研究院抛弃的学者。

　　愤怒和愧疚在艾伊思塔的心底纠缠，她对亚阁说过许多不该说的话……所以他必须隐藏自己的情绪，所以他总是摆出嘲弄的态度……因为若非如此，他将无法克制体内的恶灵。然而艾伊思塔逼自己收起混乱的心绪，知道他们正面对更急迫的问题。

　　迁徙大队下一步该怎么做，没人晓得。

　　亚阁昏迷整整两天才醒过来。起初，他似乎不太想面对人群，但只要不唤出雪灵，奔灵者们就不会躲避他。因为他带回了阳光，所有人都想知道究竟发生了什么事。

外头雪地里，"恒光之剑"再次点亮。居民蜂拥而出，围绕着白色冰原中的灯塔，因再次见到光明而露出宽慰的神情。

而在洞穴的入口处，众奔灵者把亚阖团团围住。他似乎想逃走，却被艾伊思塔给拉住。"亚阖，告诉大家吧。"她轻拉着他的手，凝望向他眼底的深处。

俊和帕尔米斯等人也来到眼前。艾伊思塔还看见断了右臂的"槌子手"骆可菲尔站在人群里；红狐等人必然认为他已没了用处，带走所有灵板工匠，唯独抛下他。

亚阖叹了口气，摘下头巾，浅灰色双眸仍泛着倦意。然后他从头到尾道出自己经历的一切，揭发出令人震惊之事：大队的分裂全是由统领阶层策划的。

众人议论纷纷，陷入焦躁和迷惘。"雨寒怎么会……"即使听了第二次，艾伊思塔仍感到难以置信，"我还是觉得雨寒她不可能做出这种决定。"

"你太小看人类顺应命运的潜力了，你也太小看黑允的女儿了。"亚阖回应道，"她身为长老做了那样的决定，事情已成定局。"

"只要'恒光之剑'在我们的手里就够了。"绿发的弓箭手帕尔米斯说。

"但缚灵师在他们那里,我们现在该去哪儿都不知道。"站在他身旁的莉比丝不安地说,"如果按亚阎说的他们已变换方向,代表'北方的理想乡'打从一开始就是个幌子。"

艾伊思塔环视剩下的这些奔灵者。他们都相当年轻,许多甚至比她的年龄小得多,脸上却早已挂着绝望。在场除了亚阎、韩德,以及联合远征队的俊之外,没有人曾经独自扛下远征任务。统领阶级带走了所有的老兵。

——七十名尚不成熟的奔灵者和两千三百位居民一同被抛下。

汤加诺亚左顾右盼一阵,咽了口唾沫,才迟疑地提议道:"要不然……叫居民暂时在这儿躲一阵子,我们先试着找到长老,和她谈判……"艾伊思塔瞪视过去,他才尴尬地住口。

亚阎笑了笑。"他们离这里数百公里。暴风雪一过,在这种一片汪洋的地方第二次再找到他们,连我也做不到。更别说这几天的时间,他们可能已去了更遥远的地方。"

"我们不会做出统领阶层那样的事。居民需要我们。你们当中许多人的家人都在其中。"艾伊思塔说,"我们得找到自己的路。"

"还是带着大伙儿回去'方舟'的群山?"尤里西恩发问道。

"危险性太高了。"俊回应道,"我亲眼看到那儿的魂木在瞬间白化。很可能'白岛'已渗透它的每一处。"

"那么向南行吧,寻找之前研究院公布的目的地,印度尼西亚一带。"帕尔米斯主张。

"但碎冰带的危机仍在,居民们无法——"

"不如待在这里——"

他们热切地讨论起来,却久久无法达成共识。似乎无论哪里都充斥着危险。亚阁的手按着双剑的手柄,静静地沉默。到最后连艾伊思塔都感到意志消沉,或许一切都完了。

"还有一个可能性。"

麦尔肯出现在众人后方。他裹着皮革大衣,里头是学者的布袍子。他略为腼腆地说:"艾伊思塔,那就是你父母亲的故乡。"

众人露出不解的神情,望向绿发的女孩。

"'欧洲大陆'……"她沉静片刻,知道这是全然不可能的事,"太遥远了,而且我们没有找到那文明的方法。"

"请跟我来。"麦尔肯踏着雪地,走向"恒光之剑"。众奔灵者面面相觑后才迟疑地跟上。

麦尔肯寻求俊和艾伊思塔帮忙,请他们把"恒光之剑"高高抬起。"如果按照首席的意思……艾伊思塔,我还需要你的项链。"

她犹豫了一下，单手取下灵凛石。麦尔肯打开它，隐藏在黑色珠子里的仪器正在运转，层叠的金色齿轮相互牵动，呈现出一组不断变换的六码数值。

"要等一下。"麦尔肯单手举着项链在面前，双眼却目不转睛盯住"恒光之剑"的底部。

等待的时间，艾伊思塔趁机向其他人解释俊从所罗门带回的信息，以及可能存在的远方文明。这种超乎想象的事反而让人们不知该说什么。奔灵者站在白蒙蒙的天空下屏气凝神，越来越多的居民来到周边，同样露出好奇的神情。不知是不是错觉，艾伊思塔隐约觉得头顶的光束似乎慢慢变亮。

"已经过了数十年，为什么这些齿轮还会转动？"帕尔米斯看着黑水晶项链问道。

"这我就不知道了。"年轻的学者丝毫没有挪开目光，"不管艾伊思塔的祖先在哪儿，他们的技术层级令人惊叹。希望有一天，我们的问题都能得到解答。"

时间过了许久，身旁有些人已显得不耐烦。突然麦尔肯说："啊，有了！"

在恒光之剑底盘，交错的钢丝之间有个囊状玻璃亮了起来。仅仅持续约半分钟，便又暗去。麦尔肯凝望手中的黑晶项链说："06° 17° 43° 这是水晶项链显示的数值，我们得记下来。"

"那代表什么意思?"艾伊思塔和俊把恒光之剑缓缓放在雪地上。

"这是人类文明最强大的智慧结晶了。我不晓得旧世界的人们有没有预料到某天我们的天空会被封锁,世界会失去阳光的庇护。但他们沿用巴比伦人的魔法,直到世界冰封五百年后的现在,都能准确无误地捕捉'时间'。"

"时间?像是瓦伊特蒙的水钟吗?"帕尔米斯又问。

"类似,但没有人为误差,而且他们找到方法把时间和空间地貌的坐标相连。"麦尔肯说,"刚才的信号代表'正午'。它意味着我们所站的地方,在那一刻'恒光之剑'会进入顶峰状态。转换为精确数值的语言,就是 12° 00° 00。但是同一时刻,在艾伊思塔父母的故乡有另一个精确的时间值,就是刚才看见的 06° 17° 43。"

"原来如此。"亚阁似乎领悟了什么。"所以在刚才那一刻,这两个时间值的差别就代表两边地理上的差异,如果我们把时间想象成距离的话。"

麦尔肯打量亚阁片刻,颔首后说:"首席留下了一个运算方法,我们把这两份时间值套进去,就可以计算出该文明的'经线'。"除了亚阁以外,其他人明显对这名词感到困惑,于是麦尔肯进一步解释:"想象在云层出现之前的地球是个均值的球体,远古的人类把地球表面当作一个模拟图,画出贯穿南北极的地理线,把地表切成等量的好多份。那些就是'经线'。"

"然后呢？"艾伊思塔感到不可思议，急着问。

"你的项链上刻了另一个数字，97.4。首席已确定它就是你家乡的子幅线度数，代表两个方位数据的夹角。而06° 17° 43这串数字代表的经线，就是首席生前所说的第三数据。"

"在地图上做出三角定位！"艾伊思塔惊叹道。

"是的，只要通过运算画出那条'经线'的准确模样，并找到它和你的'子幅线'度数交错的地方——我就可以在地图上标出欧洲文明的精准位置。"

周围的人们无不震惊地看着他。

"这就是帆梦留给我们的东西。"麦尔肯面露忧伤，但似乎这时才发现一双双眼睛盯着他瞧，不禁一阵羞赧。

尤里西恩问道："但就算我们知道位置又如何？从这里走到欧洲大陆还得再耗一年的时间。更可能的情况是，我们还没走到那里就全军覆没了。"

"人类在远古冰河时期也曾有过好几次这样的长程迁徙，他们甚至没有雪灵的帮助。"亚阁耸肩说道。

"但他们也没有魔物尾随在后。"

"只要进入亚细亚大陆，我们就会脱离碎冰带的威胁。"俊在这时开口，"我们也会远离'白岛'可及的范围。"

众人长久地沉思。艾伊思塔说："之前人们丧失信心，是对未来充满不确定。但只要知道在世界另一端有某个文明在等待我们，相信大家有能力撑到最后。别小看他们。"

俊和帕尔米斯颔首示意，其他人也纷纷点头。于是在恒光之剑底下，艾伊思塔拎起背包，把两千多位居民召集起来，公布他们的决定。

出乎意料的是，居民的反应并不如她和学者热烈。人们坐在雪地里，眼神充满怀疑。

离开瓦伊特蒙至今，他们历经了一次又一次的磨难，超过半数的居民死在了这片白色大地。最后，他们还被理应信赖的统领阶层给遗弃。在艾伊思塔面前，这些居民护着亲人，拉紧兜帽，全都投来不信任的目光。这一刻，她觉得空气中弥漫着窒息感。

人们的沉默是不祥之兆。

纷飞的雪花间，即使"恒光之剑"照亮所有人的脸庞，许多居民的眼中早已丧失了希望。那是一年多来一次次遭到背叛，每时每刻都活在恐惧中的结果。他们只空洞地盯着艾伊思塔。

"说了那么多……还是没有证据说那远方文明真的存在。"某位居民消沉地开口。

"我就是证据！"艾伊思塔手压自己的胸口，"二十年前，我的父母亲已经有办法穿越各大洲，来到海洋的彼端。他们留下线索给我们，就是要我们找到那文明。到时候所有人都会安全！"她打开黑水晶项链，试着说服所有人，却发现众人的怀疑加剧了。

"就算你说的是真的，我们怎么去得了那么远的地方？"有个母亲抱紧自己的孩子。他们的披肩上全是凝固的血。

"装备全丢了。而且……引光使大人。"还有个居民瞎了一只眼睛，半边脸被绷带裹住。他凶恶地指向她说，"说到底……你也是奔灵者吧。不管你装得和我们多亲近，事实就是当怪物出现，你也会舍弃我们。"人群跟着附和，朝她投来嫌恶的眼神。

艾伊思塔感到胸口一阵疼痛。她越开口解释，人们的质疑越强烈。

她忽然体会到，原来这就是雨寒的感觉吗？

真正感到绝望的……是你吗？

"你们别说了，我相信艾伊思塔。"费兹罗伊和费蓝克两兄弟站了起来。

"我也相信她，每次有人落水她总奋不顾身去营救。"胖子葡慕慢慢起身。

半晌后，贝琪拖着虚弱的身体从人群之中站起来。大块头也胆怯地站了起来。逐渐有更多人说出他们对她的支持："我们愿意听从引光使的指示。"现在，十几位居民表达出他们对艾伊思塔的信赖。

即使如此,在数千居民中这些人寥寥可数。她望见许多熟识的居民依然绝望地坐着,不敢直视她。她看见女孩茨蒂躲在母亲怀里,她们眼角带泪,低头拉紧帽缘。

艾伊思塔终于意识到这与人们对她的信赖根本毫无关系……这是面对死亡时的绝望姿态。在这些人的心目中,生存的火焰早已熄灭。

莉比丝来到她身旁,轻声说:"你是在白费力气。"

"艾伊思塔,先这样子吧。让他们回洞穴里,我们再想想对策。"汤加诺亚想说服她。

葡慕和费氏兄弟似乎和身边的人吵了起来。争执影响了民众的情绪,许多人越来越愤怒。"我们都累了!别再说要走去什么理想乡,我们只想找个地方歇息!"有人倏然起身,朝艾伊思塔叫喊。好几个声音跟着叫骂。

"那也是我们的目的啊,"帕尔米斯喊道,"但必须先经过——"

"再踏上迁徙之途,然后呢?"又一位居民反驳,"就像以前一样把我们分成好几群,然后一个接一个抛弃掉?"被点燃的记忆侵蚀人们的理智,他们一个个起身,对着艾伊思塔咆哮。亚阎在她身旁,嘴角带着一丝微笑,眼神却已改变。俊也持着长枪靠过来。艾伊思塔看见韩德解下长弓。奔灵者围住她,面对居民沸腾的情绪。艾伊思塔愣了一下。这情景似曾相识。

——不对,这样不对!

"下一次你要抛弃谁?"一个居民的面部有三道深长的伤疤,看似被狩爪所为,切碎了他的鼻梁和上唇。他紧搂着同样身受重伤的妻子与孩子,怒吼道:"要我们丢下孩子吗?还是挨饿受冻的亲人!?"

在"恒光之剑"的照耀下,艾伊思塔忽然看见那人眼角的泪光。在那一刻,她才明白到某件事。

他们也在挣扎……他们的心,在挣扎……

仿佛看不惯这一切,亚阎靠过来,以恐吓的口吻在她耳边说:"很好,就如他们所愿吧。把'恒光之剑'留下来给他们。"他抓住她的手肘,"你我两人去欧洲大陆,寻找你父母的出生地——"

"我不会抛下你们!"艾伊思塔甩开他,"我绝不会抛下你们!"

她脱离亚阎,脱离身旁的奔灵者,向前走。"不管发生什么事,我不会抛下你们!"泪水无法克制地流出,悬在碧绿色的眼眸边缘,"我不会抛下任何人!"

她试着提高音量,压过居民浮躁的叫喊声。"如果你走丢了,我会来找你!如果你坠入海中,我会去救你——你们每一个人!"她声嘶力竭地呐喊,"你们每一个人!"

许多居民身体僵直,握着拳咬紧牙,仿佛想要相信,却做不到。"你是奔灵者!你们有雪灵可以抵抗魔物,我们呢!??"某个青年的眼中有泪珠在打转,他大吼:"你的谎言和那些人一模一样!"

"骗子!事情发生时,你也会转身就走!你和长老没有两样!"居民怒视艾伊思塔。在他们沸腾的情绪底下,是极端的痛苦。

"如果魔物追来,我会在你们前方!如果你们落入雪崖,我也一定会找到你们!"艾伊思塔用沙哑的声音不断喊着,"我绝不会抛下你们任何人!"

她强忍眼中的泪,突然丢下背包,在众人面前蹲下身。双手的铁锁链在雪地散了开来。

无论居民和奔灵者,对她的举动都愣了半晌,凝视着绿发少女。艾伊思塔从袋子里拿出匕首和铁锤,以利落的动作敲开锁链末端的一节,再将它封闭为环。然后她走过去,把指节宽的铁圈递给瞎了一只眼睛的男子。"把这带在身边,上头镀的银有引灵作用。如果你走散了,我会靠它找到你。"碧绿色的瞳孔因泪水而模糊,但她冷静地说,"雪灵能牵动银器,就像推动栖灵板一样。无论你落入海中,或被深雪埋没,我都会让我的雪灵去救你。"然后她环视身旁,湿润的目光扫过人群。

她再度弯下身,用匕首撬开下一个铁环,以铁锤封合,递给下一位居民。

艾伊思塔蹲在众人面前,一节一节拆开她的锁链。某个小女孩看向自己的母亲，年迈的夫妻牵着彼此的手，他们全盯着艾伊思塔。她正在拆解唯一的防护兵器，正在一点一点地拆解自己的所有选项。

渐渐地，居民静了下来。白雪飘落在人们身旁，"恒光之剑"像道宁静的光矗立在后方。寂静之中，只有铁锤的声响在回荡。

艾伊思塔就这么将铁环逐一递给眼前的居民。她不在意这些人她是否熟识，把铁环交给最近的人。当左腕的铁链用尽，她开始拆解右手的链子。

莉比丝站在一旁，不可思议地看着她。尤里西恩和汤加诺亚默默地看着，没有人说一句话。

苍茫天空下，所有人都沉寂了，只有钢铁的敲打声一次次地回荡。

她停顿片刻，再次举起铁锤……突然，一双皮靴踩过她身旁的白雪。

艾伊思塔抬头，是个她念不出名字的奔灵者。那人往前走，来到面部有三道伤疤的居民面前。那奔灵者的背上有两支短矛，当他抽起其中一支，面前的居民害怕地退缩。

"你想保护你的家人？"奔灵者问道。

面带伤疤的男子狐疑地回望，搂紧自己的妻小，然后点头。

他交出镀银的矛。"带着它。如果有狩来袭，待在我身边，我会分给你我的雪灵之力。"

那居民睁大眼，盯着眼前锐利的刀锋，然后看向家人。妻子抓紧他，摇头说："太危险了……"然而他露出浅浅的笑容，然后转向奔灵者。伤疤底下的眼眸变得坚定，他握住镀银兵器。

"那个奔灵者疯了。"亚阁手插胸前，叹口气，"只剩一柄武器，要如何在栖灵板上作战——"

尤里西恩走上前，解下左边腰间的刀环，把其中一件给了另外一个人。

又一位不认识的奔灵者走向居民，艾伊思塔怀着惊讶的神情，看见他双手拎着短刀，递出其中一把。越来越多奔灵者经过她身边，一一卸下身上的兵器。

"敌人出现时，拿起它，我们得一起作战。"奔灵者交出武器。

金色的阳光前方，艾伊思塔蹲在雪地里，碧绿的双眸看着这些人的背影。居民怀着错愕的表情接过镀银武器。孩子看着父亲，兄弟彼此凝望，然后他们和奔灵者的目光相接。

"太好了，你们这些人全疯了。"亚阁压紧自己的双刀握柄。

匕首、短刀、手斧、链锤，奔灵者交出自己的兵器，每人只留下一样在身上。白雪静静飘落，居民看着手中的镀银武器。出于某种莫名的理由，他们的眼神改变了。

"我们需要一位领导者。"尤里西恩转头望向艾伊思塔。

奔灵者与居民站在一起，全回过头看着她。人们纷纷点头。"如果是你……或许能带我们顺利找到远方的人类文明。"抱着孩子的母亲说。

脸上三道伤疤的居民起身上前。"那么就照你说的吧，引光使。"他沉默片刻后，对艾伊思塔点头，"不……'长老'。"

"——长老！"有人附和。

"——长老艾伊思塔！"

"是我最先说她可以的！"肥胖的葡慕张开双手大笑。

"什么？！是我们先说的！"另一端的费氏兄弟拨开人群，不满地大喊。

艾伊思塔摇头，告诉众人："长老——听起来好老啊，我才不要。我喜欢'引光使'这称号！"她抹掉眼角的泪。"下一段迁徙的路途，我们会从经过的遗迹找出更多银器给你们。我们的银匠'大块头'会负责帮大家打造可以携带的器具。"

"银……"大块头站在群众当中，双眼圆睁。

"啊，但是确实，"艾伊思塔思索一阵，"我们大队需要一位……真正能胜任领导者的人。"她回头扫视，刚巧和亚阁对上眼。

"喂……开什么玩笑……"亚阎恐慌地退后几步。

"怎么可能是你？你连自己的雪灵都管不好！"艾伊思塔吐吐舌头，找到了理想的人选，"俊，请你担任奔灵者的总队长，带领我们前往欧洲大队。"

白发的奔灵者略显惊讶，他沉默着没有反应。

"联合远征队的俊……我没有异议。"某个年轻的奔灵者说。

"你确实是最合适的人，俊。"帕尔米斯笑着说。

"只要别一天到晚用那自残式的打法面对狩，那么我也赞同。"莉比丝斜视着他说。

俊垂首，依旧没有表态。白色的眼底似乎有某种情绪。有只手搭住他肩膀，俊回望时看见戴着钢铁口罩的韩德朝他点头。

"我……如果大家有需要，那么……"俊终于说。

有阵风吹来。

艾伊思塔尝到冰霜的味道，她仰头看着没入云层的光束，感觉气氛改变了。不知为何，即使他们即将面临更加艰难的挑战，即使奔灵者得带着超过三十倍的人数跨越欧亚大陆……至少这一刻……

她环视眼前所有人，露出灿烂的笑容开口道："那么，我们准备踏上旅程吧。"

PART III 两种命运

拂 羽

长老雨寒和总队长红狐率领四百多个瓦伊特蒙的生还者，经过结冰的海域，穿越大大小小的岛屿和零散的遗迹。除非必要，他们一刻未歇。即使绝对磁极的指针有异，至少所有人的罗盘指向北方的方向是相符的。

他们依循正北偏东的路径行进。然而每一次跨越刚冻结的冰面，人们都变得面无血色——清晰的冰层底下永远是扭曲的结晶纹理。人们已见过这景象无数次，但学会沉默不言，战战兢兢地通过。

每次雨寒环视一望无际的白色冰原，上百尺的积雪覆盖了冻结了百年的海面，雨寒都不敢去揣测底下那些看不见的深渊里有些什么东西。

如果海底那些广袤的晶体都是从白岛延伸而来的休眠载具，她不懂为何它会对他们穷追不舍；更不懂为何数周过去，竟没有一处冰层底下的纹理苏醒过来袭击他们。

这样诡异的状态令人窒息，但他们不敢停下脚步。

一百五十位奔灵者和三百位徒步的居民走走停停，休息的次数愈渐频繁，因为过去几天缚灵师的感知能力似乎失灵了。现在少了"恒光之剑"的庇护，倍增的雪地危机让统领者们不敢贸然行进，只能命令众人等待缚灵师的仪式结果。

"长老，给。"愈师安雅儿给了雨寒一杯生雪融成的水，温柔地说，"如果还有什么需要，再跟我说吧。"

雨寒看着安雅儿。在那笑容背后，你在想些什么？"嗯，谢谢你。"雨寒轻声回应。

极冻的寒风时而嘘叹，时而怒号，仿佛有人被细针和大刀交替刮弄肌肤。雨寒拉紧雪羚披风，盯着正在分派任务给奔灵者的红狐。他们点头，率先动身做前沿探路，红狐则穿过稀疏的雪幕来到她身旁。

在队伍右侧不远处，是座色泽暗沉的孤岛。

雨寒叹了口气，她早已明白缚灵师的预言之地是不存在的。"我们经过了不知多少个这样的小岛……双子针的角度呢？"

"102.1。"端看红狐的表情，他应该也开始怀疑当初北进的决定过于莽撞。

亚煌遭受暗灵攻击后，虚弱得无法行动，他们得从远古船舰拆下铁片，做成沉重的雪橇载着他，由强壮的海渥克和几个人轮流拖行。雨寒只得同意让费奇努兹接任总队长一职领导战士们。然而她的心里无法原谅红狐背着自己与他人密谋,未经她同意便抛下她的子民。

雨寒突然站起身,拎着弦月剑离开红狐朝大队的边缘走去。

几位由佩罗厄带领的年轻奔灵者守在缚灵师身旁。陀文莎披着一片厚重的毛皮,薄纱裙摆在风中飘晃。她的眼神依旧空洞,齿间发出微微颤响。不远处,哈贺娜和飞以墨坐在雪地里观望。

"她指出方向了吗?"雨寒问道。

"长老。"佩罗厄望过来,摇摇头。

"拿掉她的披肩。"

"我们才刚帮缚灵师披上,她已经在风雪里站了一小时——"

"……拿掉它。"雨寒又说了一次。

佩罗厄迟疑了一会儿,以缓慢的动作取下结满雪霜的毛皮,陀文莎露出白皙的脖子。强风袭来时,陀文莎的连身丝衣紧贴躯体,她的肩膀比以往消瘦了些,但中年女性的丰腴曲线依旧显露无遗。

雨寒的胸中有股怒火。

佩罗厄恭敬地往后退了一步,这时雨寒说:"脱掉她的丝衣。"

几位奔灵者面面相觑,神色诧异。佩罗厄眉头紧皱说道:"长老……没必要吧……"

"别把她当成普通人,缚灵师有冰冷的血液。"雨寒不耐烦地说,"她只有在大片肌肤和风雪接触时,感知力才能发挥得好,这已获得印证。动手吧。"雨寒看着其他奔灵者,"你们也打算反抗我,是吗?"

佩罗厄斜视身旁的同伴几眼,无奈地伸向缚灵师的背部。他犹豫片刻,然后慢慢扯下她那层几乎透明的衣裳。

"雨寒!你疯了吗?!"凡尔萨踩踏着深达小腿的白雪走来。他空着双手,也没有栖灵板。"——快住手!"

"我并没有征求你的意见。"她冷冷地凝望凡尔萨,不自觉地紧握手中的弦月剑。你想再一次像英雄一样拯救她,对吧?为了她,你也可以对我动手,对吧?

但凡尔萨手无寸铁,只能狰狞地看着她;他的栖灵板及双刃巨剑都在红狐的命令下被取走,几个月以来他得和居民一同徒步。佩罗厄趁此机会松开手,似乎不太情愿执行长老的命令。

不知何时,飞以墨出现在众人当中。他抽出短剑,单手扯住缚灵师的丝衣边缘,以利落的动作割开它,露出陀文莎整个上身。她没有动作,失神了一般,没有遮掩。

飞以墨整张脸被粉红色的绷带遮掩,唯独那双冷酷的双眸在撕开衣服时直视凡尔萨,仿佛是在挑衅。

当初被"暗灵"扫过导致他毁容,双颊露出猩红的肌肉，可见齿骨。曾经留至腰间的秀长灰发现在所剩无几，散乱地落在肩上。

飞以墨脚踩栖灵板，把缚灵师的衣服切成一束一束，扯下后甩在雪地里，再弯腰割开她的皮靴。整个过程他那凶狠的目光都没从凡尔萨身上挪开。

飞以墨粗鲁的动作就像在切割生鱼的肉。最后，陀文莎如同踩在破碎的皮革花瓣上，在疾风飞雪中裸露全身。她就像失去灵魂的雕像，一点反应也没有。片片雪花落在她苍白的肌肤上，却未立刻化掉。佩罗厄等年轻奔灵者羞红了脸，尴尬地别过头去。

凡尔萨不可思议地握拳，愤怒地直视雨寒。

他的目光像利刃一般刺痛她的心，但那股难受很快就被莫名的满足感取代。凡尔萨愤怒离去的背影，在她眼底和那一夜汗水淋漓的背影重叠。

她深吸口气，让那被满足的愉悦感沉淀下来，在脑中重复提醒自己……只要倾听理智，她就不用受制于非必要的情绪。讽刺的是红狐教她的一切，都是对的。

而现在，理性告诉她只要亲眼见证这女人受苦，自己就能稍稍冷静下来。

雨寒侧首面风，让飘雪冷却眼角的炽热。然后她下令："就让缚灵师这样，直到她点出方向为止。你们都别动她。"佩罗厄等人对她投来不可思议的目光。

她背对他们离去,心想有一天,你们也会背叛我;总有一天,你们所有人都会背叛我。就像居民公然反抗我,指责我不配当长老;就像统领阶级全都背着我密谋,因为他们认为我无法做出决策!

雨寒忽然想念起母亲……不,她想念起茉朗……只有茉朗无时无刻不把她摆在心里第一位。她抿着唇,空洞地盯着几百个模糊的人影。但导师死了。那仿佛已是好久前的事。

从当时到现在,她走到了什么地方?

无助感啃噬着她的内心,但她强迫自己去否定那股无力感。那是弱点,是身为长老不该有的弱点。雨寒告诉自己必须坚强。必须比任何人都坚强。

"前方有足迹,好几个人的足迹。"前沿部队的朗果归来,严肃地向红狐汇报,"应该是奔灵者,雪里每对脚印的旁边都有道刻痕,像是他们拿着栖灵板在雪地行走。"

"为什么他们要步行?"红狐双手抱胸,胡须上尽是白霜。

前沿部队的战士对视片刻。"说不定又是操控'暗灵'的那个奔灵者,这次带着同伴想来夺取我们的物资。"

"那正好,我们有账要算。"又一名奔灵者说。

"但感觉不太对。我们看到至少有六七对脚印。"朗果又说,"'暗灵'只有他一人吧?"

雨寒在他们身旁聆听,并未加入讨论。现在已过了三小时,陀文莎依旧没说出下一段路该走什么方向。雨寒正好望向缚灵师所在的地方,发现一整群奔灵者慌张地围在那儿,有骚动声传来。

怎么回事?雨寒开始朝那儿走去,红狐似乎也发现了,跟上她的脚步。

他们看见陀文莎闭着眼,倒在风雪中,再也没有起来。雨寒站在众人后方,不确定发生了什么事。

"……缚灵师死了。"佩罗厄慢慢起身,神情极度震惊。

怎么……怎么会?雨寒脑中一片空白,硬是压住了惊讶的表情。人们议论纷纷,全都慌了。

在瓦伊特蒙,缚灵师曾经是最受奔灵者敬重的存在。但进入白色大地后为了生存,多少事情都变了。雨寒盯着躺在众人中央的陀文莎那一丝不挂的尸体。佩罗厄等人眉头紧锁地望向雨寒。

渐渐地,内疚爬上雨寒的心头,但正在大力啃噬自己理智的,却是恐惧。

她害怕他们的眼神。她害怕所有人的眼神。在她面前,奔灵者没人说话,全部就这么看着她。

红狐抢先一步开口:"看来我完全错估了她的能耐。"

仿佛想让所有人都听见,他以反常的嘹亮声音说道:"几个月来逼得过紧了。但事实上我们没什么损失,她已经许久指引不出道路。什么'北方的理想乡',也是她的一派胡言!看她把我们带到了什么地方?"

"费奇努兹,你晓得自己在说什么吗?"佩罗厄的双胞胎姐姐说,"少了缚灵师,将来没有人能帮新人束灵了!"

"认清事实吧,陀文莎老早就无法再进行束灵仪式。我们不是没尝试逼迫她。"红狐说,"就地把她的遗体埋了,我们得出发了。"

之后当众人散去,费奇努兹来到雨寒身旁,沉默片刻后,轻叹了口气。

雨寒依然沉浸在极端的震惊之中。红狐柔和地说:"你必须告诉自己,你没有做错任何事。缚灵师早已没有存在价值。"然而雨寒什么也听不进去。

临行前,她试着回首看向埋葬陀文莎的雪墩,发现凡尔萨静静地站在那儿。有那么一刻,千百种情绪撕扯她的心口。"我……"她想走过去,却被红狐制止了。

"别回头。他会跟上来,不然也得死在雪地里。别忘记你仍是长老。"

雪片落下的频率像是在吟唱哀伤的挽歌,在苍茫的天空下,队伍缓缓移动。瓦伊特蒙最后一任缚灵师就这样辞世了。她没有找到继承人,没有将束灵的本领传授给任何人。换言之——

雨寒知道在自己身旁的一百五十名奔灵者,是仅剩的魂系雪灵的人类。

陀文莎的死,却换来了奇迹。

他们看见陆地就在前方;是大片的陆地,而非零碎的岛屿。幽暗的雪白丘陵铺开于地平线,像在灰色天空下静躺的女人。更远处有好几道深灰条纹从地面连接到天幕,不确定是烟尘,还是特殊的云雾。

他们走在冰原上,两旁出现越来越多枯槁的断木。这些原属陆地的树,不知何时被流水冲走,以各种倾斜的姿态冻结于海面。

更前方似乎有几株带有不同的颜色,这令雨寒困惑……但待他们接近,却发现那些并非残木——而是人影。

"来者何人?"当中某人开口时,奔灵者立刻戒备。

对方穿着某种宽松的衣袍,防寒毛皮覆盖身体各处,但抓住雨寒目光的是他的左肩后方挂着一柄类似长刀的东西。握柄包着皮革,挡手倒扣于肩,而刀身——奇特的是刀身的长度,竟比奔灵者的双刃长枪还要长。它斜靠在那人的背上,尖端没入雪中。

那人的同伴已慢慢朝两边挪动,以扇形分开。他们也带着相同的武器,有人同样背在肩头,也有人则悬挂于腰间,都在雪地刮出痕迹。他们每个人从颈部到脸颊都隐约闪现出某种纹路。七人围成半圆阵,挡在雨寒队伍的前方。

没想到陀文莎说的是真的……雨寒几乎不敢相信自己的眼睛。她和红狐、哈贺娜及额尔巴等人互望,紧张地点头。没有人敢相信地表竟然真有另一个残存的文明,活生生地出现在眼前。

"长老。"红狐轻轻推了推她。雨寒急促地吸了几口冰冷的空气给自己壮胆,感觉身子已在发热。她收起惊愕的表情,开始向前走去。

"我们是来自南太平洋的人类文明——瓦伊特蒙。"雨寒一字一句说出口,"我们的家园被魔物夺走了,长途迁徙而来,请收留我们。"

潾 霜

踏上亚细亚大陆的那一刻，连空气的感觉都开始变得不同。相较于碎冰带总刮着阴冷如利刃的寒风，这里是干涩的冷风和湿润的暖流，以及好几种不知名的气流交汇之处。行走在蓬松的雪地上，每个人都能察觉吸入肺中的空气，每分钟都在变化。

放眼望去，远方不规则的陆地被洁白的雪衣包覆，犹如软绵绵的白色毛毯绵延到视野的尽头。数百年来毫无人迹的原始气息，掩埋所有文明的足迹，纯净无瑕得令人难以置信。现在这景象因人类的到来而改变——

一道淡金色的光芒降临雪地，后方跟着两千三百多位来自世界南端的人类，缓缓步入这片大地。

曾有学者相信，奔灵者文明源自亚细亚大陆，由灰薰族人的祖先向南迁徙，把奔灵的文化传给所罗门及瓦伊特蒙。数世纪以后的如今，俊带领着一群人，回到它冰冷的怀抱中。

过去好一阵子，他们时而向北，时而向西，难以判定轨迹是否正确。五世纪之间，亚细亚沿岸多处已遭海啸淹没，再无数次冻结。劈开冰域的浪潮，凝结水汽的天候，这两股势力在数百年间不断交战，模糊边界并改变地势。直到身边不断出现旧世界的建筑遗迹，他们才确定自己已踏上世间面积最大的陆地边境。

"101.4……但愿这是正确的数值。"麦尔肯手里捧着五个双子针，不断比对度数，"我们继续往西边走，应该会碰到我要找的遗迹。"年轻的学者满脸胡楂，身旁跟随几个助手帮他背着一袋袋沉重的文献。

之前麦尔肯做出了几次错误推算，耗了些时间才确定若想锁定艾伊思塔先祖的居住地，必须先找到某个能当定位基准点的地标。从当初研究院整合的资料里翻找，这一带最明确的地标便是某一座沿岸遗迹。

"我了解了，那么……"俊看向身旁的伙伴，迟疑了一会儿，"泰鸠尔，侬可萝，麻烦你们侦察一下前方有没有狩群出没。"

俊依然不大习惯对往昔的同伴下达命令，总感到别扭。但两位奔灵者听令后很干脆地扬尘而去。大队跟在俊的后方。一个名为索菲亚的居民少女捧着"恒光之剑"，走在人群中央。

时不时，俊的心中仍有迷惑，想起若路凯还活着才会是值得信任的总队长。他不明白为何命运选择他,让他这么不适合的人扛起这样的重任……

但他想起路凯的时间越来越少。身为总队长,有千百件事需要他顾及。

过去一个多月,迁徙大队仍有人不幸逝去,总体状况却比预期要好。八位年迈的长者因体力不支死去,还有一个七岁的孩子脱队时落入深不见底的隐蔽冰崖。然而多数的居民似乎越来越能适应雪地里的长征,学会如何阻隔风寒,如何维持身体的灵活度。

俊让帕尔米斯设立一组边防部队,负责守护居民大队。

帕尔米斯的弓箭队包括莉比丝和侬可萝等人。韩德难以和他人沟通,因此算是独立的狙击手,但这不妨碍俊时常找他商谈决策,因为韩德或许是这帮人里最具生存能力的奔灵者。当然,所谓商谈就是俊提出问题,韩德点头或摇头。

而新建立的前沿探索部队,俊希望亚阎能担任指挥,传授探路的技巧给经验尚浅的奔灵者。这使许多人露出不安的神色,但最吃惊的或许是亚阎本人。

"你不怕我又突然爆发?"当时亚阎露出了奇怪的笑容,"我可是吓着了好几位统领阶级的家伙,因为我,他们很多人身受重伤。"

"你有效压制板子里的'暗灵'已经很久了。"俊就事论事地说,"艾伊思塔都告诉我了,离开瓦伊特蒙的前半年其实是你在引领大队。和你的能力相比,'暗灵'的风险不足挂齿。"俊心想若路凯在场,定会做出这样的决定吧……

他想起路凯曾不顾他人的眼光,将比性命更重要的文献托付给曾经打算背叛众人但拥有绝佳灵迅力的茄尔莫。

亚阎仍是一副不愿和他人合作的模样,头巾底下的目光和俊的白色眸子对视。"你应该不会不晓得,我动用了禁忌的'逆理奔灵'。"他发出讽刺的笑声,"你不会觉得不安吗?"

"只要你别教导其他人使用'第七属性'就行了。"俊那细霜般的睫毛轻闭,不疾不徐地回答,"挑选你的同伴吧。迁徙大队的路要怎么走,全看你们了。"

亚阎沉默片刻,露出一抹微笑。"呵,好吧,既然总队长这么看好我,我可以试试。"然而他的目光变得锐利。"但如果那些人资质不够,伤到自己,可别怪我会在前线抛下他们。"

那时他所挑选的尤里西恩和泰鸠尔等人听见这句话,都有些局促不安。

于是,七十名奔灵者大致分为亚阎的前沿侦察部队、帕尔米斯的边防部队,以及俊和艾伊思塔领导的迁徙大队主体。其中，拥有治愈能力的奔灵者约占二十名，只不过他们多数都还太年轻，称不上愈师。事实上，整群人里头只有一名资深愈师，就是牧拉玛，但他总是一副懒洋洋的模样，给人一种靠不住的感觉。

大伙儿经过越来越多远古建筑，俊让大队停下来好几次，派奔灵者搜寻可用之物。找到的银物，艾伊思塔分配给居民；找到的木头和稠油，他们烧火取暖。尚未腐化的硬器则做成雪橇或载具，让居民负责拖运物资。

某天夜晚他们在一座建筑中度过。俊独自走到黑夜里，想让脑子放空。他手里握着一片多角的透明石子，是死去的所罗门奔灵者玛洛娃给他们的。俊曾经给帆梦和总队长亚煌看过，但没人知道它有什么作用，判断可能只是一个普通的装饰品。

他盯着透明石子陷入思绪，前方三道人影走了过来。

"好看，好看。"依可萝戴着大大的酒红色棉帽，轻佻地仰望比她高一个头的帕尔米斯，并开心地用手拨弄他的精细发辫。

"你的品位有严重的问题。"在他们身旁的莉比丝冷冷说道，"他适合率性一点的风格，你把他绑得跟小女生似的。"

依可萝瞪大眼睛。"你的品位才诡异。哪有人半颗头绑成辫子，另外半颗放刘海？"

莉比丝用单个手指卷动右肩上的灰发辫。"我用弓箭杀敌时,有个动作叫'瞄准'。这是可以随便乱放箭的你不会懂的。"

"你在说什么啊?你的远古加农炮闭着眼睛都——"

帕尔米斯想阻止她俩斗嘴却办不到,因此暂别两位少女,走来俊的身边。"呼……她们总是这样。"

俊点头,看着依可萝和莉比丝走远。"谢谢你,愿意领导边防守卫的工作。"

"小事。"帕尔米斯说,"艾伊思塔选对人了,你还挺适合当总队长的嘛。"他爽朗地笑了笑。"大伙儿很愿意听你的话。"

帕尔米斯无心的一句话,却使俊的心情无比沉重。他们没什么选择,因为资深战士都被雨寒带走了。而且俊总隐约感觉人们愿意听从他有一部分是出于同情;所有人都知道联合远征队的惨况,知道他所经历的磨难。"不……"俊不自觉地说,"要是路凯在这儿,他会更加合适。他才是天生的领袖,能够无私地做决定。"

帕尔米斯听完沉默了一会儿。他把发辫给解了,若无其事地说:"你是不是遇到什么事都会先想起路凯?"

俊愣了下,然后露出微笑。"这阵子比较少了。"

帕尔米斯用手搔了搔头皮,甩甩头。"说真的,你觉得路凯真有那么伟大吗?"

俊望向弓箭手,不确定他想说什么。

"啊,别误会我的意思。路凯的性格我们都清楚。当然,大家永远会记得他牺牲自己救了数千条人命。"帕尔米斯停顿片刻,"但你说过,是他叫你把其中三张文献亲手交给艾伊思塔,对吧?"

俊没有回话,帕尔米斯接着说:"远征队应该有明文规定,所有带回来的文献必须第一时间交到黑允长老手里。就算不给长老,也该交给研究院吧?"

"然后呢?"

"怎么说呢……"帕尔米斯抓了抓落腮胡,"我们都知道路凯多重视远征队的原则和长老的嘱咐。但他知道自己将死的时候,做出的最后一个决定其实只是他个人的诉求,即使那样违背他一辈子遵从的原则。"

俊愣了几秒。确实……是路凯要求他必须亲手交给艾伊思塔,但俊从来没有想过这件事背后的含义。不安的感觉牵动了俊的神经。"你想说什么?"

"路凯和艾伊思塔以前的事,我们都晓得。两人或许不了了之,友谊长存,但路凯每次远征时心里挂念的还是她。她发上那些贝壳几乎都是路凯带给她的吧。"

白发奔灵者点点头。整个联合远征的旅程,路凯不断告诉众人得完成亚煌和三长老的托付,却从未提及过自己的心情……

"俊,他在生命最后一刻做出违规的决定,打破了过往的所有原则。你还能说他是'无私地做决定'吗?"

俊压根儿没想过这事儿,他甚至从没怀疑过路凯每一个举动背后的动机。

"我觉得,那些有能力领导众人的人,心理状态总是复杂的。领导者的信念不可能只建立在什么大公无私、为了全人类那种空泛的理念上。嘴里总挂着一切只为群众利益的冠冕堂皇的道理,才是最危险的。你想想桑柯夫,还有红狐。"帕尔米斯严肃地说,"即使成了联合部队的队长,路凯也从来没有背弃私情。我觉得这才是最重要的。领导者不能没有恐惧。"

"……嗯。"

"你说得没错,假如路凯在这儿,一定可以成为很称职的总队长。但你同样可以,别小看自己。"帕尔米斯拍了拍俊的肩膀。

俊吸了一口长气,感觉情绪缓缓沉淀下来。他没想到会从帕尔米斯口中听到这些话。"你知道吗,当初路凯问我要不要找你入队,但我却推荐了埃欧朗……那可能是个误判。"

"你说联合远征队?不,你可救了我一命,否则阵亡的就是我了。"帕尔米斯搔搔头说,"抱歉,我不该开这玩笑……别误会。"

"没关系。"俊露出了难得的笑容。从某方面来说,知道自己当初对帕尔米斯这个人判断失误,令俊感到欣慰。

同时,了解到路凯最后举动的意义,莫名地为俊的心底带来宽慰……基于千百种理由。

"总队长——"隔天早上,泰鸠尔从远方归来。

他的手腕扣着长长的虎爪耙,通常只有在战士们不确定狩体的"核"位于何处时,才会动用那兵器撕开硬雪形成的肌理,查探魔物的弱点。"遗迹在前方不远处,"泰鸠尔急着说,"那应该就是麦尔肯说的旧世界城市没错。但是……"

"但是什么?"俊问道。

"它和研究院的资料看起来完全不一样,你最好来看看。"

空气中飘来一波波湿冷的水汽,前方一片朦胧。大队缓缓行进,一片建筑物从雾中出现,零零散散,像是雪地里空荡荡的碉堡。人们诧异地看着它们,仿佛要踏入一个没有出口的迷阵。

和先前被巨型触手袭击的古镇相比,这座遗迹无论体积或数量都大上无数倍。迁徙至今,这是人们第一次踏入旧世界的"城市"。

俊和同伴们站在栖灵板上缓缓移动，长枪依托手肘戒备。居民踩着或新或旧的雪鞋，露出畏怯的神情。越来越多的白色建筑映入眼帘，成为繁密而毫不间断的景色。从地势判定，它们的根部都被深雪埋没。

俊屏住呼吸，一股情绪涌上来。这是许多人刚当上奔灵者时梦寐以求的场景……一排排建筑物倾斜着包夹过来，看似井然有序，却酝藏着某种野性，仿佛结冻的钢架曾经是繁密的丛林，庇护着逝去的游魂，释放千古空灵。他尝试想象五个世纪之前这里究竟是什么模样。

他们沿着一条长街似的雪道朝西北方走去。风带着湿气迎面而来，众人脚边飘着雪浪。

"那是什么声音？"后方有人说道。

身旁的艾伊思塔竖耳聆听，但俊早已发现了。持续不断的轰隆声响，随着步伐愈渐清晰。

"阳光庇佑……"牧拉玛难得露出彻底清醒的神态。居民则目瞪口呆。

水雾之中，垂立的影子慢慢浮现。它们是通天的巨塔，高耸入云。这些旧世界的高楼被白雪遮蔽所有墙面，像一整列远古的兵器屹立风中，也像沉寂的巨人肃穆等待。大队从中间迟缓地穿过，仿佛走在巨人的腰间。

"我和亚阎在'方舟'见过类似的白塔，没想到这里竟那么多……"艾伊思塔拉开兜帽，任绿发在身后飞扬，

"旧世界的人类……他们究竟怎么办到的……"

"看前面!"身旁的汤加诺亚惊呼,"那是湖泊?!原来水汽是这么来的。"

俊爬上隆起的雪堤,脚边有冻结的碎物,身后的众人也接连踩上来,目不转睛地看着。他们看见半座城市淹没在水中,包括那些高耸的塔楼。这片"湖泊"的堤岸实际上是堆积的钢架、瓦砾和难以辨识的残骸,它们被冻结在晶莹剔透的冰脉里。阻隔它们的水面有淡淡的涟漪和漂浮的碎冰。微风带着雾气穿过半沉的残破建筑物,轻抚人们的面庞。

"那里,那就是我在找的地标。"麦尔肯指向远方,成群建筑彼端的某样东西。

白茫茫的雾气中,隐约可见一座样貌特异的尖塔。"我需要到它正下方去记录时间值。如果估算没错,应该再过两三小时就是'正午'了,必须带着'恒光之剑'在那之前抵达。"

俊审视遗迹的情况,思考了一下。"接下来的路程对居民而言有难度。而且从方舟和所罗门的情况看来,遗迹的中心地带聚集大量狩群的概率很高。大队就在这儿等待吧。帕尔米斯,这里交由你指挥。找个据点设立防线,顺便看看邻近的建筑物有没有可用的银器。亚阁、韩德、艾伊思塔,你们和我保护麦尔肯,快去快回。"

亚阎绑好头巾。其他人也纷纷点头同意。

帕尔米斯和莉比丝开始分派弓箭手的边防位置。汤加诺亚、尤里西恩、牧拉玛、泰鸠尔、比克洛陶宛,还有依可萝,他们各自组织起支援小组,准备好从六个方位为居民大队护航。这些一年前仍稚嫩的年轻奔灵者,一言不发地扛起了保护居民安全的责任。

"我们几小时内就回来,"总队长俊说,"到时还得另辟蹊径绕过这座遗迹,叫居民先充分休息吧。"

"没问题,我们会先开始探勘路径。"帕尔米斯回道。

艾伊思塔已从少女索菲亚的手中接过"恒光之剑"。韩德拎起学者塞满古籍的背包。俊自己载上麦尔肯,亚阎则抽出双剑打头阵。五人刻不容缓地出发了。

半淹没在水里的建筑之间依旧有结冰的航道可循,他们奔驰其间,接连换了几个雪轨。后方,居民大队所在的堤岸立刻成为模糊的残影。一旁可见清澈的水面出现悠悠的波纹,头顶一幢幢高大的白色塔楼静静地晃过。这个旧世界的人造丛林沉浸在湖里,而水底不时可看见钢筋的周围泛着淡蓝光波,那是数世纪以来压缩在遗迹夹缝中的永冻冰。

轰隆的声响越来越明显,掩盖栖灵板的刮雪声。他们开始从遗迹左侧绕路而行,跃过漂流的残冰。三座尤其高耸的巨型塔楼映入眼帘,仿佛支撑世界的白柱,那模样竟有点像"恒光之剑"的三个玻璃管。

"我和亚阎找到'恒光之剑'的城市中心也有这样的巨塔。"艾伊思塔捧着恒光之剑滑过来,对俊和麦尔肯说道,"所以这里应该是这座遗迹最核心的地带。"

三座白塔从他们的身前晃到身后,"恒光之剑"像根移动的金色细针,挪动在成群的塔楼之间。

他们终于看见了目标的建筑——巨大的球形底座架起垂直的管状身躯,上方是又一个圆形物体,撑起刺针状的顶峰。它的表面一半是雪一半是冰,那模样像是半溶化的魔法尖塔。迷蒙的空气中,隐约可见整片天空以不寻常的速度在移动。

他们靠近时,才发现那尖塔的后方并非天空……

而是雪壁。比所有建筑物更高的白色高原,从东边的天际延伸至西边,以弯曲的弧度包夹在视野的左右两侧。它遮蔽了天际线,几乎要接触到云层。上千道瀑布缓缓落下,激起大量的水雾。"这地方竟然成了高原……"俊身后的麦尔肯吃惊地说,"这和旧世界文献里的图完全不一样。"

水流声震耳欲聋,即使距离依然遥远,俊依然能感受到水汽不断扫过皮肤。他们跃上一道环状的人工回廊,刮开紧密的轨迹一同前行,每个人的目光都无法从那景象上挪开。

壮丽的瀑布从高原的边缘落下,从他们的角度仰望,仿佛是灰色云层正在下起倾盆大雨。水流在底下形成蜿蜒的河,包围半岛状的城市遗迹,某些支流渗入堤岸,流入遗迹之间,才形成刚才所见的大片湖泊。俊等人来到球形巨塔的底部。

"请给我一些时间。"麦尔肯栖身在一个柱子旁,躲避袭来的水雾,手忙脚乱地从背包里掏出殷纸、尺规和双子针。"恒光之剑"摆放在他旁边,金色光束与尖塔并列。

等待的一两个小时,亚阎、艾伊思塔动身在附近查探,飞跃在各种凝雪的结构之间,试图进入那些远古的楼房。

韩德和俊一起帮麦尔肯举起"恒光之剑",给他空间盯着底盘下方等待。学者和之前一样,掌上放着打开的灵凛石项链。

俊凝视麦尔肯专注的侧脸。如果瓦伊特蒙没有出事,现在这位年轻的学者依然会在悄无声息的洞穴里帮帆梦整理书架,点上蜡烛誊写文献。但他现在说出的每句话,都将影响千百条人命。

当世界剧烈变化,每个人的每个决定都相互捆绑,承担同样的命运。就像路凯的一生影响了俊,影响了艾伊思塔,影响了亚阎,影响了所有奔灵者,影响了整个研究院。

白霜般的眼底渗出了泪水。面对无限增生的魔物，路凯并没有白白牺牲。没有人会白白牺牲。因为人类命运相系，人们的精神总会找到方法传承下去。

俊已明白一件事。身为领导者，依赖理性或依靠感觉去下决定，都不是最重要的差异。

真正重要的是每一个决定都在建立传承。帕尔米斯，艾伊思塔，亚阁，麦尔肯，他们每个人都有能力取代他。只要能驯服自己的恐惧，瞄准未来，人类就有希望。某天当他必须面对同样的抉择，不会再迟疑。

"俊——"艾伊思塔从远方就开始呼喊。她急切地滑来，在他面前刹住，"跟我来一趟，有东西你必须看一下。"

韩德双手接过"恒光之剑"，甩了下头示意。于是白发的奔灵者紧跟着绿发少女朝一幢极高的建筑滑去。相较于其他塔楼的工整和坚硬感，这幢高塔的外观给人某一种它正被看不见的双手扭转的错觉。那建筑还不算遗迹里最高的，看上去已非常震撼。

亚阁在底下等待他们。

建筑的最外层严重破损，钢架结满冰霜，里头有层略为扎实的白色内墙直通塔顶。"我们在里头找到一个梯道，跟我走。"亚阁领头穿越几道门，带他们进入崩塌的狭小空间。墙壁和阶梯均被薄雪覆盖，三人的栖灵板带着他们向上飞奔。"我有……很不好的预感。"艾伊思塔的声音听来在发抖。

他们花了好一段时间抵达某个接近塔顶的平台,冲出的刹那,风的感觉已很强劲,不像底下那种异常的安宁。当他们到了建筑顶端向下看,可以看见铺开的楼房,沉寂的湖泊,以及阵阵飘过的雾气。然后在艾伊思塔的指引下,俊看见包围整座遗迹的冰雪高原,千百条瀑布组成的叹息之壁。

"远方,你能看见吗?"艾伊思塔说。

他们所站之处无法看清高原的表面,然而有样东西却难以忽视,那令俊的脑子麻了起来——白色高原后方有道模糊的轮廓,从距离判定它的体积,至少比这遗迹里的任何建筑都要大上三倍。苍灰天空下,它的模样像扭曲的巨木,也像某种远古生物的脊椎。

"为什么它会在这里……"艾伊思塔不安地问。

俊睁着透明的双眸凝视,无法回答。

一年多前,和联合远征队前往所罗门时,他就见过这座冰脊塔矗立在海面。

半年前,迁徙大队经过印度尼西亚时也见过它,缚灵师正是在触碰它之后出现异样,从此一蹶不振。

而现在,庞大的冰脊塔又出现在他们的面前。若非艾伊思塔和亚阎攀上这幢建筑,没人会发现它就在那儿,像座沉默的图腾,诡异地俯视他们。

离　焱

　　舞刀使称自己的居住地为"日痕山",是地底火焰通往世间的大门。根据引领他们的使者——子藤的说法,在远古时期它有另一个名字,即为"樱岛"。

　　奔灵者把栖灵板拿在手上,跟随七名舞刀使徒步前进。凡尔萨裹着单薄的麻制披风,走在居民之间。尚未看到日痕山,却已望见漫天烟尘。一群人走在蜿蜒的沿岸道路,右侧是隆起的丘陵,左侧是清澈的海面。偶有浮冰漂来,凡尔萨却感觉那水面似乎从未真正结冻过。海的彼端能瞥见另一片陆地,那儿的白色矮丘绵延,只有几处被尖帽似的山岭打破剪影。

　　这里的雪地比其他地方阴灰,仔细瞧会发现上头染着斑斑黑尘。凡尔萨打量前方这群自称"舞刀使"的人:他们穿着袖口宽松的暗白衣袍,腰带连接到折痕匀称的裤脚,缠布的小腿胫底下脚踩类似雪鞋,但更加精巧结实,也更为沉重的复合皮靴。每位舞刀使的发上都系着缎带。

而令凡尔萨感到最奇怪的是他们的皮肤：这些人的面孔都画着某种银灰色的纹路，从眼睛下方延伸到脖子。几个未戴手套的舞刀使，手背上也有相同的银纹。

防寒的动物毛皮从子藤的肩头垂挂到整个后背，但凡尔萨看见他的左肩戴着某种皮革吊带，从袍子的切口突出来，悬挂着不成比例的长刀。

凡尔萨皱起眉头，心想若他判断无误，那似乎是柄未开刃的钝刃，并不锐利。它的表面纯黑，磨得精亮，凡尔萨甚至可以看见自己的倒影。果真如此，他们背着那么长的钝刀做什么用？

舞刀使没有用刀鞘，就这么拖行与人等高的长刀在雪地行走。

"我们右侧山峦的另一头就是鹿子岭，是个跨越数里的鹿场。"子藤告诉他们，"我们会定期派人去狩猎白鹿。不过那里也是裂嘴白妖最常出没的地方。"

"裂嘴白妖？"瓦伊特蒙的长老雨寒询问，"是指'狩'吗？"

"是的，就是你们所说的狩魔。它们活像从我们祖先流传的妖鬼故事里走出来。上百年来，一直频繁出没在那一带。"舞刀使和奔灵者使用的符文语近乎相同，除了腔调差异偶尔需要彼此重复几次，沟通没有太大的困难。另外，凡尔萨注意到这七名舞刀使没有一位是翡颜裔，均留着灰色或黑色的头发。

子藤有张略带稚气的脸,似乎由他负责和奔灵者打交道。他的态度相当和善,但当雨寒等人热切地问及舞刀使文明的某些事,他的回答总有股不易察觉的谨慎。

理所当然,他们不确定我们对他们会不会是威胁,凡尔萨心想。他还注意到一件事,就是子藤应该不是这七人当中的领袖。

一位高挑的舞刀使,名字似乎叫作炽信,至今未发一言,但凡尔萨留意到他一直在旁侧静静地打量瓦伊特蒙的来客。他的袍子内有层墨蓝色的衬衣,发上的缎带也是墨蓝,左肩同样倒扣着阴色长刀,握柄的尖端是一颗银灰色的雕饰,刻满某种远古的符文。感觉炽信更像这群人的头领。

众人经过一处类似沿海村庄之地,积雪的平房之间是铺满网的鱼类养殖场,以及从未见过的家禽牧场。里头的村民一个个抬起头,吃惊的神色不亚于和他们对望的瓦伊特蒙居民。凡尔萨看见不少女人和孩子,当中确实有些翡颜面孔的人。

慢慢地,日痕山映入眼帘。它从海面延展开来,是个广阔的雪岭,顶端正冒着乌烟。那浓烟和亚阇的暗灵竟有些相似。

不晓得他是否无恙……不晓得其他人是否安然无恙。

凡尔萨从未想过迁徙的旅途会以这种模式告终。当初陀文莎探知北方有另一个残存的人类文明，凡尔萨、雨寒和红狐都半信半疑，因此没有一五一十告诉其他人，只下注在北方或许有合适的地理环境，选择带着迁徙大队北进。但他错估了许多事。他错估了红狐的野心，也错估了黑允的女儿雨寒……

他和陀文莎的发展并不是预料中的事。自从凡尔萨在瓦伊特蒙之役解救了缚灵师，两人产生某种微妙的信任，那关系在一年多的迁徙当中获得巩固。保护缚灵师成了他的精神依托，从最初不情愿的职责，演变为发自内心的使命。即使凡尔萨不愿承认，自从雨寒成为唯一长老的一刻，凡尔萨就莫名感觉失去了什么。和雨寒的疏远让他感觉心里被掏空，而身旁的陀文莎抚平了他的无力感，弥补了他当时都没察觉的渴求。

当他的人生不再需要逃避，凡尔萨渴望拥有什么。他与陀文莎的相拥，几乎来自双向的本能。

然而……缚灵师毕竟和常人不同。

凡尔萨无法感受到她内心的情绪。除了彷徨与迷茫，以及时而涌现的热情，陀文莎几乎没有任何正常的情绪表现。她仿佛来自另一个世界。他们甚至无法像普通人一般交谈。但他曾告诉自己，或许这正是他想要的，一种最单纯的执念。

雨寒的做法却改变了一切。她杀死了陀文莎。就像她的母亲选择杀死加尔萨纳。

那种熟悉的怒意在胸腔沸腾,凡尔萨难以忘记陀文莎。她死去之后,凡尔萨以自己的羊驼披风裹住她的身子,将她埋葬。他忆起黑允的罪恶,黑允女儿的罪恶。如果有机会——

凡尔萨的思绪被一个声音打断。

"我们生怕如果缚灵师倒下,最后的生存希望便消失了。这是我们不得不赶路的理由。"费奇努兹似乎正以总队长的姿态在对一批奔灵者解说。不知不觉间,凡尔萨已走到他们的身后。

"原来如此。那么当初为何不先告知人们,目标是找到日痕山文明?"奥丁问道。

红狐斜视他,嘴角有抹隐晦的曲线。但他立刻收起表情,严肃地回答:"我只能寻求你们的谅解。长老带领众人并非易事,有太多不确定的因素得纳入考量。"

"如果……如果牧拉玛和艾伊思塔他们,还有其他居民没有遭遇不测……"奥丁口吻沉痛,眼神涣散,"现在大家都已经安全了。"

红狐回道:"现在只能往好的方面去想。如果舞刀使文明发现竟然来了数千个难民,会很难接纳我们。试想两千多个所罗门的流亡大队想入驻瓦伊特蒙,有多少人可以接受?资源短缺的情况下,机会更渺茫。"凡尔萨看见一些奔灵者点头。

一旦脱离地狱般的迁徙,获得平安,人们似乎完全接受了现况。凡尔萨怀疑若他对所有人说出统领阶层的恶行,他们说不定还会为他们辩护,视其为正当理由。

这一刻,你们应该很欣慰吧?自己属于被挑中的生还者,而非那些死于雪地的两千三百人。凡尔萨越想越觉得心里作呕。

费奇努兹发现凡尔萨就在身后,却未多说,只低声嘱咐其他人:"一切未成定数,现在放松还太早。冲突的可能性也必须列入考虑,我们得留意对方的武力情况。"

红狐开始分派工作,叫某些奔灵者在脑中记住对方战士的数量,另一些人则记录他们在日痕山的分布。

红狐的逻辑听起来总那么的合理,凡尔萨却看穿他的算计。先前拿到魂木时,优先制作栖灵板的要求必定也出于相同的考量。红狐需要掌控一切,而且是通过了力量的对比。

先前几次,狩的袭击和陀文莎之死接连毁了红狐的愿望。但凡尔萨已看清红狐的行事原则,成为总队长的他只会变本加厉。因此即使其他文明愿意收容他们,这一切还远远不会结束。

低沉的吼声令凡尔萨身体一颤。奔灵者全望向右方丘陵——雪坡上出现狩的身影，不下几十头，后方或许更多。

"别害怕，在这里你们是安全的。"子藤朝他们喊道。

有些奔灵者似乎本能地想放下手中的栖灵板，却被红狐制止。凡尔萨看见在狩群的对面，不知何时已出现十几位舞刀使阻挡在前。他们以沉着的步伐分散开来。

舞刀使握住背后的刀柄，然后以肩膀为支点，架起长刀。他们的动作有种难言的模式，双手高举额前，刀刃垂直向天。狩群快速冲向他们。凡尔萨微微有些吃惊，那些人就这么矗立在那，丝毫没有恐惧或躁动的神情。

与其说在等待，他们更像是在感受什么。

某一位舞刀使开始扭动手腕。他的握柄依然高悬面前，刀锋在身旁划开巨大的圆弧，尖端切开他右侧的雪地，然后左侧雪地。在他两旁的同伴也开始做出类似的动作；他们站定位置，除了微风吹拂衣摆，身躯动也不动，只有手腕急旋挥动，比他们还高的长刀在身旁舞出金属的刀光——忽然一道道虹光闪现，依附皮肤的银纹绽放开来。

刀刃拉开光轨，像包裹身体的一束束彩影。

与魔物接触的前一刻，舞刀使的身体旋转，长刀带着虹光劈斩。狩群接连爆开。

数十只狩就像白色浪潮袭来，却仿佛撞上几处不动的岩石，雪尘纷飞，冰屑四散，仿佛在白纸上用指甲刮开数道蓝痕。通过第一次撞击的狩则面对后方又一排舞刀使。

"我们……该去帮忙吗？"海渥克在后方问。

"看清楚再说。"红狐凝重地回答。

战斗进入近身缠斗，每位舞刀使在自己站定的地方扭转身躯，挥动长刀，拉开无数道光轨，斩杀的魔物不计其数。他们的动作流畅自然，仿佛在和彩光共舞。凡尔萨忽然察觉已有几名舞刀使挪身到狩群的后方。

接下来发生的事，凡尔萨在一瞬间难以理解。

一个舞刀使不停旋转，绕身拉起数圈光轨，然后他倏然以刃切开地面——燃烧的虹光劈开白雪朝前射去。另一个身子正在旋动的舞刀使刚好承接那道光波，将其卷入自身的虹光之中。闪动的彩光交融，不出几秒又抛向下一处。

虹光就像急燃的焰痕，从一个舞刀使射向下一个，在暗白的雪地画下剧烈闪动的巨大光阵，直到狩群全被包围其中。一阵刺眼的光芒令凡尔萨捂起眼。

片刻之后他睁眼，狩群全化为飞尘。凡尔萨根本还未看清发生了什么事，雪地上的虹光已逐渐消逝，飘散成零星的光点。众舞刀使身上的彩光也已淡去，只有皮肤上的银纹依旧闪烁，好一阵子才转暗。

"你们在前来的路途中，应该也受到许多裂嘴白妖侵扰？"

"我们……嗯，是的。"雨寒也因方才的情景吃惊，

"有许多奔灵者为了保护迁徙大队而牺牲了。"

"我能想象你们所面临的挑战与悲伤,看样子你们也经历了许多事。"子藤说,"数百年来,难以计量的舞刀使捐躯,才得以维持我们居处的安全。"

当众人经过刚才那群舞刀使,凡尔萨看见他们当中有几位女性,穿着红色裤裙,发系红色缎带。里头也有几位翡颜裔的面孔。然后他们从山坡路走向一个低地,左右两旁均可见海水包夹过来。日痕山就在正前方,就近看其实没有预期中的高。然而它静逸地躺在阴灰天空下,即使生烟阵阵,却有股肃然的感觉。

就是这地方,支撑着这一带的人类……凡尔萨看见连接日痕山的陆桥,入口处有排粗重的木架,规整地组成某种框形廊道。那儿通往这文明的中枢区域,也就是舞刀使的本部。

然而子藤却转向东边,并未朝那廊道去。"你们一路跋涉应该累了,我先安顿好你们,吃点东西,歇息一晚。"他带着瓦伊特蒙的人们朝另一个方向走去。看似是头领的炽信则带着其余几位舞刀使,一言不发地朝日痕山走去。

芬 澜

原以为待在遗迹外围便能安全，但艾伊思塔知道他们犯了致命的错误——"恒光之剑"熄灭的一刻，大地涌动起来。

迁徙大队正打算南行，废弃的建筑间却传来震耳欲聋的声响，仿佛整座城市都在摇晃。巨型触手从环状高原的雪壁突刺出来，瀑布的水流冲刷它冰晶般的躯体，表面有茎痕甩动。人群在惊慌中转向，却看见北方雪壁也破出了触手，撞碎整排的建筑，疾速翻转而来。

两条触手螺旋交绕，形成更加结实的屏障。它们就像交错的锁链，封锁住这处遗迹所在的半岛。

"糟了，它们打算把我们困在这儿！"艾伊思塔把灵凛石塞回胸口，喊着人群向后撤，身为总队长的俊已组织起奔灵者挡在前方。飞洒的雪雾中，越来越多的冰蓝色光闪现。两千多居民和数千头正在成形的魔物之间，是七十位奔灵者。

亚阎从某幢建筑的顶端跃下,两柄刀刃卡着细冰屑。"到处都是,看来这次它们来真格的了。"

"艾伊思塔!"俊朝她喊,"我们没有人力在空旷的地方防卫,带所有人撤回到遗迹的中心,找一处易于守备的建筑躲藏!"

"但这样子容易遭围困!"

"以我们现在的战力要突围,代价太大了!我们用建筑做屏障,撑到'恒光之剑'再次启动。"俊和尤里西恩等人接连唤出彩光,但并未主动迎击。

"我知道了!"艾伊思塔立刻退往后方,呼唤人群跟着她走。找到利于守备的地方将是生存关键。

在俊和其他人阻挡敌军的同时,她带领大队深入遗迹的核心地带。飘来的水汽湿润所有人的脸庞,他们跨越不成路径的积雪地,听着后方越演越烈的作战声响。

在无数高楼和浮冰充斥的湖泊上,众人仓促行进,有时几乎是连滚带爬。不少人在慌忙中落入水里,居民彼此牵着手,不敢停下脚步。

他们回到拥有球形底座的地标附近,攀上悬浮在湖面的环状回廊。在千流瀑布之墙被触手搅乱后,周边的水流都激荡起来。艾伊思塔探查过这一带,她得找出能让居民躲藏的理想地方。

瀑布的轰隆声短暂盖过战斗的声响。然而湖面正在迅速冻结，滚滚而来的白雪诞生出新的魔物身影。顷刻间，周围的景色已和数小时前她所看见的迥异，仿佛时间在加速运转，一切已被深雪淹埋。身边的楼房开始出现张牙舞爪的狩，它们垂直站立在建筑表面，就像她曾在方舟遗迹见过的那样。

人们全挤在廊道上，惊慌失措。

我们得离开这里！艾伊思塔紧张地扫视周围，猛然看见一幢她和亚阎进去过的建筑。

"大家跟我走——"她驱动栖灵板滑了过去，并在几位居民的帮忙下破开积雪的入口。

人群从环状回廊倾泻进去，拥入旧世界的建筑里头。

高耸的墙顶有隙缝透入微光，阴暗的内部比想象中宽阔，起码二十米高，斜梯穿梭其中，连接平台和廊道，全被薄雪覆盖。

"弓箭手！我们去那上头！"帕尔米斯指向某个横立在上方的平台，带着十几名奔灵者绕道上去驻守。

俊则派遣几位奔灵者守住狭窄的通道口，挡住拼命想挤进来的魔物。

艾伊思塔环顾四周，确定这是个坚固的空间。然而她依然要居民挪动到一个中间层的悬空平台，这样假如狩闯进来，他们又多一道守备，只需要挡在连接那地方的斜梯和廊道。

"亚阁,"身后的俊说,"我们得赶紧视察这个建筑物有没有已遭突破的入口。"

"明白。"亚阁露出笑容,拉低头巾,"啊,接下来的十八个小时会相当刺激。"他架开双剑,跃入凹陷的地底层,俊则找了几个奔灵者朝不同方向勘察。

艾伊思塔和两千多居民聚集在中央平台,几根柱子的后方有条短梯向上,通往一个隔绝的凹室。在那上头,愈师们开辟出照顾伤患的地方。艾伊思塔看见负伤的群众纷纷被抬上去,自己却什么忙也帮不上。

拆解自己的铁链后,她没了兵器,只能眼睁睁看着其他奔灵者和魔物交战,心急如焚,希望自己也能和他们并肩作战。

俊和亚阁又发现两处遭狩群突入之处,喊上人过去镇守。有些拿了奔灵者兵器的居民也鼓起勇气参与防守。

无论先前的感觉多么激昂,普通人毕竟和受过训练的战士不同;兵器在手,许多人却不知如何使用。高大的狩踏进来,冰爪刮开墙壁,胸口獠牙层层掀开。有些居民见到这一幕,连惊叫都不顾便丢下武器跑了。但也有居民咬牙坚持,以镀银的兵器卷起身旁奔灵者释出的虹光,一同扑向魔物。

接下来的数小时,艾伊思塔一边安抚居民,一边看着守备情况的发展。

总队长俊和一批人包围最初的入口,不敢松懈半分地面对闯入的魔物。地上发光的残冰屑越积越多,吹入的白雪也越堆越高。亚阎、尤里西恩分别带人镇守其他两个缺口。帕尔米斯的弓箭手则身处制高点,瞄准任何突破防线的魔物;唯一脱离弓箭队的是莉比丝,她游走在三个守备据点之间,蓄积灵力一阵子便射出巨大的虹光柱清除魔物,为守方换来短暂的喘息时间。

但时间并不站在他们这一边。狩群不断增生,攻势从未停止,奔灵者交替防御,体力却随着白昼的消逝而逐渐消耗。

现在才过了几小时……这样下去,我们根本撑不到明天。艾伊思塔双手紧握,无力地想。

忽然,她看见亚阎脱离岗位,滑过一道斜梯奔往俊的身旁。艾伊思塔知道出事了,起身挪动到他们身旁,刚好听见亚阎说:"……守备得交给其他人,我想办法杀出去,找那些巨型触角的弱点下手。"

艾伊思塔露出恐慌的神色。"外面至少有上千头魔物!而且根本不晓得有多少那样的巨型触手存在!"

"所以我得亲自去看看。"亚阎挥动手中的长剑。

"不行!太危险了!俊,阻止他这么做!"

白发男子表情僵住,和亚阎对望片刻。"艾伊思塔……他说得没错。这样下去不是办法。"

"看吧,总队长明理多了。"亚阁再次露出笑容。

"但你不能自己去,我们不能失去你。"俊不顾亚阁的反对,还是找来四名奔灵者陪同,包括弓箭手韩德。"如果情况不对就立刻返回,别硬干。"

"是吧,到时候还得猜猜哪个入口会被莉比丝清空。"亚阁笑了笑,和同伴们准备动身,艾伊思塔却抓住了他的披风。

"你一定……一定要安全归来。"她说。

头巾底下的淡灰色眸子凝望过来,锁住她的眼眸片刻。她以为亚阁要转身,却发现他的双唇贴了上来。

"去去就回。"他退后,转身滑行离去。

战斗一直持续到深夜,负伤的战士轮替岗位,居民几乎都从前线退下。摆放伤患的凹室人满为患,有些人得躺在阶梯上。

艾伊思塔拿着某个阵亡战士的长枪,和汤加诺亚等人一同守住亚阁留下的空缺。不知何时开始,魔物的攻势不再那么猛烈。渐渐地,每批狩之间甚至出现空当,给人足够的休息时间。艾伊思塔不停瞥向各据点,想象自己看见亚阁走进来。

好几个小时过去,却一点迹象也没有。

"啊！尤里西恩——"呐喊声从下方传来。一拨狩闯了进来，尤里西恩倒在血泊里颤抖。俊和数位奔灵者看见，从两旁的平台跳下去支援。他们拖走受伤的人，开始面对那几头狩。

又一波骚动拉过艾伊思塔的注意力，有人影聚集在旁侧的入口。她忽然瞥见反射虹光的金属口罩。

"韩德！"艾伊思塔飞奔过去，推开人群，看见他扛着满身是血的亚阁进来。

"愈师——愈师！"艾伊思塔抱着亚阁呐喊。她和韩德对望。"只剩下你们两人……"对方点头。

"真是狼狈……"亚阁的头巾不见了，灰发在脸庞撒开，喘息费力。他忍着疼痛说，"敌人比想象中还难缠……"艾伊思塔惊愣得说不出话，她从未想过亚阁会受这么严重的伤。

"让我来。"牧拉玛跪在他身旁，一手触碰栖灵板，另一手压住亚阁深得见骨的肩伤。愈师的颈上挂着防风镜，彩光从他手臂放射出来，呈树根状分散，再分散，直到缠绕亚阁整个躯干。光波扫过他的肌肤，亚阁痛苦地呻吟。治愈花了大约十分钟，牧拉玛单膝跪了下来，压着自己脑门。"我只能做到这么多了。"

"这样就够了。"亚阁扭动自己的肩膀，再让另外两位愈师协助包扎，"我们干掉两只触手，但应该还有更多。

很明显,狩群只消散一部分。"他咬牙,发出一声轻细的呻吟。"……感觉整个黑夜都在晃动,它们真的打算一劳永逸把我们全吞了。现在只能等到天亮时启动'恒光之剑',带居民离开。没有别的办法了。"

接下来的时间,人们面对零星的攻势,抓住机会轮替休息。亚阎拿着铁锹撬开剑刃上的暗冰屑,艾伊思塔担心地待在他身旁。从旁经过的汤加诺亚投来异样的眼光。

"你伤得很严重,"她揉了揉眼睛说,"我以为你……"

"哦,那是为了搭救某个白白送死的傻子。人没救成,自己却受伤了。"亚阎无奈地说,"早说过我自己去才对。"他听起来有一丝不悦,脸上却难掩悲伤。

艾伊思塔拉紧他的手。

"敌人也在学习怎么对付我们。"亚阎凝重地说,"以往待在遗迹外围多少都还有活路,没想到这次敌人竟然动用大批触手,把去路全封了。"

艾伊思塔把头靠在他身上,一股淡淡的睡意让她闭起了眼。听见嘶吼声醒来时,她发现自己一人裹着披风躺在地上。周围有居民慌张地走动,饱受惊吓的面孔被彩光点亮。

不知敌人是否意识到天快亮了,狩军发动了激烈的进攻。三个入口都有越来越多蓝光透进来,奔灵者全拥上去阻挡,再也没人可以休息。艾伊思塔看见亚阎在底下,那模样像在系紧披风。俊和帕尔米斯站在他身旁说着些什么。

"你要去哪?!"艾伊思塔跑过去,不可思议地望着他。

"我得再出去一趟。"亚阎手中的刀刃坑坑洼洼,残破不堪,"我和韩德两人去就行。"

"你疯了吗?你的身体撑不住的!"

"现在离天明约三小时,这表示我们得等待超过六小时才能启动'恒光之剑'。六小时,你明白吗?"他以长剑扫向建筑各个角落,到处都是激战的人群,狩的嘶吼和奔灵者的呐喊声此起彼伏。"我们的防守线撑不了那么久。接下来就是你最爱的居民通通遭到屠杀。"亚阎测试了一下两手剑刃的平衡。"我得走了。"

亚阎……艾伊思塔看着他,"我和……我和你一起去!"她不知自己为何说出这种话,但她的脑中一片混乱。

"呵呵,可爱的淑女,你看我伤得不够重,还想当个更称职的累赘?"他抬起少女没有铁链缠绕的手臂,给了她一个微笑,然后朝一旁点头。"莉比丝,我们准备好了。"

女弓箭手拉开长弓,汇聚虹光至箭锋。"——让开!"

巨大的光束贯穿出口,眼前的魔物瞬间蒸发,留下通往黑夜的长廊。亚阎与韩德立刻动身,消失在彼端。艾伊思塔只能低下头,祈祷他们平安。

但她并未料到亚阎离去后……再也没有归来。

白昼带来阴沉的天光,从墙檐的破窗渗入,微微点亮建筑内部。然而敌军像无法预测的潮水,时而激涌,时而静退。唯一确定的是敌人已锁定这两千多个人类,封锁所有去路,让他们一步都离不开这幢远古建筑。

"总队长!艾伊思塔!"几个小时后,年轻的学者麦尔肯捧着"恒光之剑"朝他们奔来。"现在……应该可以了,我们可以尝试启动!"

奔灵者一个个回望过来。他们染着血的面孔稍稍放松,仿佛看见了希望。

"终于……"泰鸠尔疲惫地说。

"好,让居民做好准备,我们得突围。"俊喘着气说,"但愿那些触手看见恒光降临,会主动让道……"

艾伊思塔表情空洞,一股恐惧油然而生。亚阁与韩德一直没回来,或许他们正在遗迹的某个角落,同样遭到围困。若是那样,当大队带着"阳光"离去后,他们该怎么办?

"俊,我有一个想法。"艾伊思塔开口。

众人凝望过来,她接着说:"让我带着'恒光之剑'去高原上的冰脊塔。"她知道自己的想法听来十分不理智,但她确实思考过一个可能性。"到目前为止,我们知道魔物之间有某种联系。杀死一个结点的首脑就能解决一批魔物。因此说不定……说不定那些触手都是从冰脊塔生成的。"

俊愣了半晌。"我们还没有证据来确认冰脊塔到底是什么。"

"你说过自己见过它很多次,不是吗?若非它在跟踪我们,就是那样的冰脊塔其实不止一座。"艾伊思塔急着说,"总之,它一定和白岛生成的魔物有关。那模样非常不寻常。"

白发的奔灵者看着手里的"恒光之剑",犹豫了。

"'恒光之剑'开启的时间有限,带着居民我们到底能走多远?"艾伊思塔设法说服他,"现在敌人执意要围杀我们,若无法彻底击败它们,就算给我们一段安全的时间离开封锁……明天我们在雪地依旧会被围困。到时候就没有遗迹的防御优势了。"

"我明白了。"俊的目光从艾伊思塔挪往身旁的战士,"你需要多少人陪同?"

"我自己去,你需要所有奔灵者来保护居民。"

"不行。"俊斩钉截铁地说,"外头的魔物每分钟都在递增,就连亚阎也需要韩德陪伴。"

艾伊思塔反驳他:"四周都是水流,只有我的雪灵可以胜任。"她感到焦急,在这儿讨论的每秒钟都是失去的时间。她害怕魔物的围剿会让大队坚持不到明天;也害怕亚阁正在某处等待,独自对抗上百头狩。"如果有'恒光之剑'在手,我不会有事的。"

俊捧着尚未开启的远古仪器,丝毫没有意愿要把它交给艾伊思塔。那霜白的眸子开始打量身边的战士,似乎想找出有谁适合协助这任务。

"俊!我们没时间了!"她大喊。

"这事没有商讨的余地!"

在艾伊思塔眼里,这还是俊第一次如此强硬。她心想俊总算有了总队长的样子,却彻底激发她的怒气。"还是你担心我要出了什么事,没人把'恒光之剑'带回来?"

俊只沉默半秒,很干脆地点头。"这是其中一个理由。"

围观的人们都僵直了身子,无人敢插口。战斗的声响在远方回荡,这儿的空气却像冻结了。

"听着!"艾伊思塔朝俊走了一步,和他面对面。"今天可以启动'恒光之剑'的时辰正一分一秒减少。"她凶狠地说,"这一趟都是水路,还有一座五百米高的瀑布得通过。不管是谁跟着我——包括你自己——都只会拖慢我的速度。"

俊望着她,神情松动了。

"总队长,你得做出决定。"艾伊思塔说,"不冒险失去'恒光之剑',还是尝试战胜敌人。"她知道两个选择都是赌注，或许最终的结果都一样。

然而，俊屏息片刻，交出了"恒光之剑"。"无论发生什么事，要活着回来。"

冲出建筑时，艾伊思塔转开旋钮。云层在头顶旋动，金光瞬间照射世间，与手中的仪器相连。一股久违的暖流贴近脸庞。

上一次她选择离开瓦伊特蒙，最终明白了自己的归属所在；这一次，她为了保护那个归处，选择独自离开所有人。

原本广大的湖泊已变成固状的雪地，挤满魔物，它们在艾伊思塔接近时本能地四散。她看见冻结的高楼之间有巨大的恶心纹理在挪动。

有触手到这么近的地方了？她果断地捧着恒光之剑绕道过去，由底下滑过——

沉寂的光束切过冰晶的腹面。触手发出骇人的声响断为两截，边缘冒着白烟，激烈扭晃。残余的部分疯狂甩动，一次次重击旁侧的高大建筑，震荡声让艾伊思塔差点捂住耳朵。那是先前他们带俊上去的塔楼，体积大到难以仰视，但有钢铁与雪块在周围散落，砸裂她周围的碎冰。那座高塔由底部崩裂开来，倾倒在另一幢建筑上。艾伊思塔没有回头,听着遗迹塌陷的巨响在后方扬起。

她把脸埋在手肘,遮掩横扫而过的雪浪。突然一旁出现大体积的狩,发狂似的想攻击她。眼角一道虹光屏障挡开它们。

"汤加诺亚!你怎么会——"她不可置信地望着儿时玩伴。

"不能让你一个人去!你会需要我的!"他喊道,"至少我也受过水中作战的训练!"

两人朝着瀑布之墙飞奔。脚下的冰层不断裂开,慢慢化为一摊摊浮冰,再被流动的溪水覆盖过去。艾伊思塔的栖灵板在混杂的水冰之间毫无阻碍地跃动,汤加诺亚的速度却被拖延了。

通天的瀑布就在前方,披挂在起码五百米高的白色断崖上。最底下隐约可见一排建筑废墟,部分淹没于冰壁,在瀑流的冲扫下若隐若现。而介于艾伊思塔与瀑布白墙之间的是一道蜿蜒的河流。

狩群已从四面八方涌来,毫不在意被溶解了雪块肌理,撑着奇形怪状的冰骨接近。许多细小的茎痕从水中出现,像是探出头的水蛇。

"艾伊思塔,你快走!"汤加诺亚转身张开虹光护网,压制住敌人。"我没法跟你上去,但可以掩护你!"他再度扩大炫目的光波。

艾伊思塔踌躇了一下,然后喊道:"你也要找地方躲避!绝对不能死!"

她暂且关闭"恒光之剑",捧着栖灵板跃进河川。她感受到水流强大的阻力,加大芬澜的力量带着她逆行。待她攀上一幢矮小建筑物的顶端回首而望,已不见汤加诺亚的彩光。水流在她两侧嘶吼,艾伊思塔抬头,明白她得耗尽芬澜的灵力,才有可能沿着瀑布上去。

片刻的思索令她不确定是否该这么做。一旦踏上那片白色高原,便没有回头路了。

艾伊思塔深吸口气。"芬澜——带我上去!"

潋 芒

　　静逸的风徐徐吹来，悠长的乌尘缠绕白雪，空中纷飞舞转。

　　炽信踩着松雪，沿着日痕山的西南坡道上行，来到山口附近。在他前方雪地里，几根矗立的木桩上头绑着飘扬的花色缎带。有个少女站在底下拉着线绳，宽松的袖口随风飘晃。

　　"霞奈。"

　　少女转过头来。"——哥哥。"她把线绳在木桩边缘的扣环上打了个结，然后朝他走来。

　　炽信看着她跛行的动作，哀伤浮现心头，但他克制住表情。"抱歉，来晚了，遇到一些事。"

　　少女微笑着摇头。"哥哥是议会首长，要操心许多事。"

　　"不……我们来了访客。"

　　"访客？"他们两人走上积雪的坡道，往高处攀爬。

　　"嗯，初次遇见的一群人。"炽信思索着那群来自南方的迁徙团队。他们当中约三分之一的人佩带武器，且握着奇特的板状物。带领他们跋涉千里的领导者是位比较年轻的女孩，这令他有些诧异。有一位戴着红褐毛披肩的中年人散发出异样的特质，炽信判定他在南方文化里是有独特影响力的男人，很可能掌控实权。

他们大致诉说了南方家乡"瓦伊特蒙"的遭遇，但模糊了许多细节。待他们休息过后得问清楚……

炽信陷入自己的思绪，才发觉霞奈已慢了自己好几步。"啊，抱歉。"他停下来，拉起她的手，牵着她爬上一道粗矮的石墙。霞奈拿出长巾，平铺于雪地，和兄长并坐。炽信解下长刀，水平摆在腰后的雪地上。

从他们的位置看去，雪坡挡住底下的村子，但仍可瞥见村落的西边一角。在海岸边缘，素色的三角平房散布着，其中好几幢建筑的表面漆上缤纷色彩，顶端插着金箔针，那是由青碧发色一族从北方带来的文化。隐约可见周边有渺小的人群正为今日的工作忙碌。

而在它的对岸，仅隔一道狭窄的海湾，便是白妖肆虐的鹿儿岛遗迹。

"那些访客来自南方，经过将近一年半的长途迁徙来到我们这里。"炽信若有所思地说。

"又是为了……在世界各地寻找人类文明？"

"不，他们的家园毁灭了。"

"咦?"霞奈眨了眨眼,明显感到困惑。

"裂嘴白妖大举入侵,他们是被迫的。"

"啊……我以为……"霞奈看向手腕上的某样东西。

"嗯,和我们之前所遇到的不同。"炽信说,"他们正在外领地歇息。皇刃即将召开议会,倾听他们发生的事。对了。"他打开腰间的皮革袋,拿出一个小罐子。霞奈的眼中已隐隐放出光彩。

她接过小罐子,从里头取出一朵蓝色的结晶物,像是易碎的小花。"好美……这株颜色比之前的还亮呢。"

"是啊,我和子藤在高隈一带的雪地找到的。"

"咦?高隈山?"霞奈面露忧色,目光在兄长的衣袍上搜索着什么。"哥哥,那是鹿场另一端,村民谣传有许多人……是不是去了就没有归来?"

"可以这么说……但多是没有结伴的舞刀使。"炽信卷起袖子,"我们遇到一些从未见过的白妖种。原以为双核以上的种类在遗迹外是看不见的,但这次遇到了一头五核妖。"他露出左臂,鲜红的绷带依然湿润。

"啊!伤口……"霞奈触碰他的肌肤,"……这伤口很深。"她赶紧卷起双边的袖口,从手腕取下一个黑晶色的手镯。

"我没事,霞奈,你不该继续使用这个东西。"

他的妹妹摇头,眼底有股倔强。炽信原本打算坚持,却吞回口中的话,静静地让霞奈解开他的绷带。手臂的伤可见肌理,像摊浮肿的肉泥。霞奈惊叹一声,但神情立刻宁静下来,以拇指和食指拿起手镯,在白雪上方晃动。

没什么事发生,于是霞奈站起身,以蹒跚的步伐朝一旁走去。

"霞奈……"炽信叹了口气。

"未有居所,无拘无束的自由神灵,请听我令,"她缓缓弯身,把手环在雪地上方一寸的位置绕圈子,专心吟咏,"请听我令,助予我治愈之力——"

渐渐地,微小的光点从雪中冒了出来,像浮空的气泡盘旋于手镯周围。霞奈将那些飘动的虹光点引来,再让手镯晃过炽信的手臂。光点没入湿润的伤口,不出几秒,血液迅速凝固。原本鲜红的肌理变得暗沉,浮肿也消了些。

她松了口气,戴回手镯,细心地帮炽信绑回绷带。

那手镯的材质和舞刀使的长刀看似有些雷同,却完全不一样。它并非铸造刀刃所用的黑曜石。"你不该继续使用它,这不是属于我们的东西。"炽信再次强调,"如果被其他舞刀使瞧见……"

"嗯,我会注意的。哥哥别担心,他们……不会有机会发现的。"

炽信咽了口唾沫,心中充满哀愁。他静默地望着妹妹细心地绑着绷带。

霞奈留着柔顺的淡灰长发，脸庞清秀白净，但在那对看似豁达的眸子底下，他知道她心中的感受。

自小，霞奈便跟随兄长练剑，一开始仅出于好奇，但某天她竟说自己也想成为舞刀使。炽信阻止不了，便试着传授刀技给她。众人诧异于妹妹的禀赋，每每给予褒扬，甚至连皇刃都曾给予她赞赏。当时炽信便感觉到，霞奈对"银封之日"的到来抱以向往。

三年前，就在她准备成为舞刀使之际，发生了某件事，让一切发生了变数。

腿部的残疾毁灭了她的梦想。现在，霞奈日复一日地待在远离村落的地方，接下隐蔽的工作。炽信从未开口询问，但他猜想……或许她是为了逃避众人的目光。

"我得回去了……皇刃很快要召开会议。"他挤出一丝笑容，"之后我再来和你分享南方世界的事迹。"炽信缓缓起身。有时他不禁思索，说不定自己……也是在逃避妹妹的目光吧。

他们两人沿着原来的路径返回，他在木桩之地和妹妹道别。

炽信边往下坡行，边调整左肩的皮革扣环，让长刀落入平衡的角度。他回头，看见霞奈站在缎带飘扬的木桩前，灰发与袖摆一同随风飘动，身影孤寂。

他长叹一声，转过身去。

离 焱

瓦伊特蒙的人群在被称之为"外领地"的内湾处待了一夜。

昼时的水面有雾气低悬,隐约看得见诸多小船漂浮在水面。用餐时,子藤将他们带往一个长形的平房内,像是某种集会厅堂。居民和奔灵者同样席地而坐。许多当地的平民来回奔走,再次准备好招待的食物,且不时投来好奇的目光。瓦伊特蒙的青年和少女也抱以同样眼神回望他们。

四百人的餐点不算少数,但从昨夜到今日,他们宾客从未等待太久便有食物端上。不幸的是,当中有一半肉质怪异,居民难以下咽,甚至有人露出惶恐的神色。凡尔萨曾在亚阍的训练下吃过好几次"熟食",没什么问题。技巧是迅速咀嚼掉充满焦味的鱼肉,再去享用偏生的部分。盘中还有某种细长的生菜,含入口中一股清爽,慢慢转为微辣的滋味。另外还有黑色的黏稠豆糊,足以饱腹。

四周都有背着长刀的人看守,凡尔萨发现他们均穿着暗白色衣袍,里头的衬衣则染成不同颜色,感觉似乎有种规矩。他还发现厅堂的周边摆满旧世界的遗物,包括装饰品和各式器具,数量比起瓦伊特蒙多很多。

早餐用后约两小时,身材高挑的舞刀使炽信再次出现。"瓦伊特蒙的长老,请你跟我来一趟。"他对雨寒说话的声音很斯文,却有种坚实的底蕴。"这边请。"

红狐、哈贺娜、额尔巴等人全跟着雨寒起身。然而炽信却说:"抱歉,请你只带两位使者陪同。不能携带武器以及你们的……'栖灵板'。"

众人交换眼神,明显感到不安。但雨寒仅迟疑片刻,便放下自己的板子。"我懂了,费奇努兹?"

红狐点头,解下从不离身的长弓与箭筒。

雨寒扫视身边的人,似乎在犹豫什么,最后说:"……凡尔萨,你可以陪同吗?"

"长老——"不仅哈贺娜及额尔巴开口,连愈师安雅儿都提出异议。

"雨寒,换个人吧。你知道他现在……"红狐瞥了眼身旁的舞刀使,停顿一下,"……不算是正规奔灵者。"

"没关系,没带栖灵板,我们都一样。"雨寒盯着凡尔萨。

本能推动他想一口回绝,然而凡尔萨握住拳头抑制住冲动。若让另一个统领阶级的家伙跟去，很可能人们又一次被卖了都不晓得。凡尔萨并不打算坐以待毙。

他抹了下嘴，站起身。

"很抱歉刚才没有正式自我介绍，"炽信说道，"我是舞刀使决策议会的首长，对内辅佐皇刃统领日痕山，对外主司境外狩猎。"他领着他们朝西方山丘的方向走去。"皇刃正在等待，他很期盼与来自世界彼端的人们做些交流。"凡尔萨试着辨识他浓厚口音底下的字义；炽信似乎是某种高阶部队的队长，而皇刃必然是统领这里的人。

子藤也跟来了。红狐和凡尔萨两人走在雨寒的后方，气氛紧张。费奇努兹轻声说道："别做出不该做的举动，这事关所有人的命运。"

凡尔萨直视前方，不予理会。

他们通过昨天看到的木架廊道。由双柱、横梁组成的框形门有九座，并排陈列于雪地，正面通往日痕山。雨寒触碰木头的表面说："这是'魂木'……"

"是的，"子藤微笑道，"远古时期我们脚下这片陆地尚不存在。是六百年前的某天，日痕山完全苏醒，喷发出的熔岩才形成这段陆桥，和旁邻的陆地连接起来。过往的白妖时常朝此地袭来，因此先祖在此以灵木搭起鸟居，以示边界。百年来，几代舞刀使就在守护灵的庇佑下，从未让白妖通过陆桥。"

"'守护灵'？你是指雪灵对吗，透过束灵仪式和人类魂魄相依的虹光？"雨寒说。

"是的，让雪地的神灵附着于身躯和刀刃，赋予我们退散白妖的能力。"子藤说，"但我不懂你说的束灵仪式是指什么？"

雨寒犹豫了一下，说："没什么……"她看了凡尔萨一眼，"我们双方文明似乎有很多不同之处，可以慢慢交流。"

日痕山就像座圆形的孤岛，他们沿着岸旁的路径绕过北方，看见更多的平房。那是个村落，许多小船停靠岸边，背着长刀的舞刀使轮番从船身拖下东西。

"他们在做什么？"红狐询问。

"他们是刚从'雾岛遗迹'归来的武士。"这次回答的是炽信。他的眼底多了一份忧郁，少了子藤的亲切感，口吻却不失恭敬，"我们定期派人去探寻，带回先人使用的物品以及生活所需的材料。"众人在他的指引下远眺，视线穿越迷蒙的雾气。

内湾对岸的那片陆地，确实隐约可见城市迹象。

"这么近的距离……没有狩出没吗？"红狐又问。

"有的。'露岛遗迹'，以及西侧的'鹿儿岛遗迹'都充斥着大量白妖，因此只允许有经验的舞刀使担任采寻工作。但偶尔，我们也会给新成员锻炼的机会。"炽信回道。

"刚成为舞刀使的生手得三四人结为任务组，去遗迹杀敌。"子藤补充道，"那是增强实力的必要修行。"

凡尔萨心底有个疑问，若水底的魔物跨海而来，日痕山是否暴露在威胁当中？

正当他思索之际，答案却已出现眼前。红狐和雨寒也注意到了——一整排铜锅浸泡在海水中，有人扛着整篮的白雪倒进去，也有人以水桶提起已融的水。一旁是由石阵围成一区一区的露天浴池，许多人身穿轻袍，悠闲地泡着交谈。热气使空气变得朦胧。

所以日痕山周边的海水几乎没有冻结的迹象，原来是这么回事。凡尔萨心想，这群人无须担忧瓦伊特蒙和所罗门遭遇的事，因为若依照俊当初推测巨型触手的生成是由水结为冰晶，这一带无论是内湾或南侧海面，尽是热泉。魔物必然无法通过。

他看向冒着烟的日痕山顶。很显然，即使隔岸便是魔物充斥，依偎在火山边让他们的心理能够承受恐惧，能够无视恐惧。

在炽信的带领下，他们开始沿着坡道攀爬，经过大片平房，绕向山的西北侧。凡尔萨看见雪坡上明显有几道沟渠的痕迹，但里头似乎是干枯的，朝下延伸而去，绕过大片平房的聚集处。

"那些是防备日痕山苏醒的,用来疏导岩浆。"子藤解释。渐渐地,他和炽信的脚步增快,在山坡路上和雨寒三人拉开了几步距离。

随着他们的位置升高,底下宽广的部落一览无遗,覆盖了日痕山几乎四分之一的沿海地。从外领地是看不见的。

凡尔萨落在队伍最后方,看着底下密集的平房和往来的人群,发现这里人口数或许是瓦伊特蒙的两倍。他意识到日痕山的这一侧才是舞刀使文明的核心地带。它有点类似黑底斯洞,各种设施与工坊都聚集于此。不同的是,瓦伊特蒙的人们将钟乳石窟雕塑为居所,这里的文明则找到方法结合新旧元素,善于利用从邻近遗迹搬来的东西重新建立起他们的社会。平民当中七成以上是灰薰裔,人群喧嚣繁忙,却有种秩序井然的群体默契。

俯瞰眼前的景象令凡尔萨不自觉地思念起瓦伊特蒙,这连他自己都感到惊讶。

他在心底盘问,像这样的地方,他是否会渴望长待?

"凡尔萨⋯⋯"雨寒回过头,细声说道,"我想请你担任我的随身护卫。还有明天之前,请你从奔灵者当中挑出三十人,充当瓦伊特蒙的使节团。今后我们双方文明谋合生存模式的过程里,由这群人负责和舞刀使交涉。"

红狐怔住。凡尔萨则皱着眉,一头雾水地说:"哼,你要我挑人,他们会同意吗?"

"由不得其他人。你只要思考该找谁便行了……我会下达命令。"

"我为什么得照你说的做?"烦躁使凡尔萨提高音量。

"因为我是你的长老。"雨寒的语气也随之转变,盯着凡尔萨的双眸像是结冻的冰。"否则请你离开这里,我会转告舞刀使你是个变节者。"

愤怒从凡尔萨胸口升起,然而他忽然发现红狐的表情更为狰狞。

"雨寒,"费奇努兹的语气异常地阴沉,"和舞刀使交涉,这是总队长的职权。我的使命便是协助长老做这些事。"

雨寒面无表情地直视红狐片刻,什么也没说。然后她转身跟上子藤与炽信。

走了几步后雨寒回首道:"还有,费奇努兹,请将凡尔萨的栖灵板和兵器归还给他。"

斜坡顶端是座拥有红梁的塔城。它的底部明显搭建在残留的旧世界建筑之上,工整的楣石、桩柱架起温和的扇形屋檐。与它相邻的是一幢样貌雷同,但小一号的黑色建筑。

"那是炼金厅堂,'化术师'的本部。"炽信朝黑色建筑示意道，"他们的工作繁多。提炼银液，过滤黑曜石，调配医药和易燃膏，都得依赖他们。"

"所以舞刀使主司外务，化术师主导内务？"雨寒说，"你们的化术师有点像我们的研究院与工坊单位合并起来。"

"啊，不，"炽信进一步解释，"有些化术师也是相当称职的舞刀使，子藤便是位杰出的化术师。"

子藤回过头来对他们一笑，微微施礼后说："容我先告辞，得去炼金厅堂处理些事。"他转往黑色建筑，炽信则带着其他人走向红梁塔城的大门。

炽信将长刀交给门口的卫士，踏入里头时，众人闻到一股令人心旷神怡的木香。厅的内部许多梁柱均由魂木构成。凡尔萨感到好奇，舞刀使文明似乎无须燃火，也不用制作栖灵板，所以把寻得的魂木都用在建筑上。

这里……真是个得天独厚的地方，他不禁思忖。

热泉环绕，提供融雪和天然防御的屏障；人们无须待在地底，因而享有昼时之光；同时他们有某种烹煮食物的方法，代表火源无碍。以现状看来，社会形态已稳定。

若是如此，他们会愿意打破现况，收留我们这些外来者吗？

走过一层阶梯，廊道内侧的厅堂已坐着九个人在等待。炽信引领他们，并简短地解释这是由九位成员组成的决策议会，统领整个文明。炽信自然也是其中一员。而第十位——坐在正中央的——便是"皇刃"。

"你们远道而来，辛苦了。"皇刃开口。

"我们很幸运，在穿越无数险境之后，有机会来到这里。"雨寒回道，"我代表我的子民向你们表达最深的谢意。"

凡尔萨和红狐并坐在长老后方，忽然感到异常不自在。不知从什么时候起，雨寒已变得非常不一样，她似乎完全适应了长老的身份，举止冷静，看来已不再软弱。她要求凡尔萨担任她的随身护卫，这虽然让她自己摆脱红狐的束缚，但凡尔萨总觉得在不知不觉中，他自己正受到雨寒的摆布。

啧……凡尔萨咬牙切齿地想，我不会再忘记你是黑允的女儿，我不会忘记你害死了陀文莎！

忽然有位使者匆匆赶来厅堂，跪在皇刃身旁耳语一阵。

皇刃看向雨寒等人说道："外驻的武士发现，有名女子跟随你们队伍的足迹，朝日痕山的方向走来。"

雨寒不解地沉默片刻，回望红狐及凡尔萨。他们两人同时露出困惑的表情。

"我们应该没有遗留下任何人，"费奇努兹沉着地说，"但或许……是某个脱队的成员也说不定。"

"你刚刚说朝这里走来，她没有使用栖灵板？"凡尔萨询问。

"派驻在沿岸的舞刀使说他们还无法确定。"那名使者回道。他以怀疑的眼神打量瓦伊特蒙的三人代表一阵,才接着说:"那女子的移动速度令人难以捉摸,他们想叫住她,对方却在雪丘间不断消失踪影。"

红狐面不改色地说:"不可能是我们的人,我们所有成员都在你们的领土接受款待。"

凡尔萨心生疑虑。继亚阎之后,难道艾伊思塔也找到了我们的所在地?果真如此,或许不是件坏事。

"没关系,"皇刃吩咐使者,"先叫武士们留住那个女子,之后再行处理。现在我们有事和宾客商谈。"使者欠身后便离开了厅堂。

众人的注意力回到舞刀使的首领身上。皇刃是个英俊挺拔的男子,只有眼窝边和嘴角的细微皱纹暗示了他的实际年龄。凡尔萨端详眼前这男人。他或许未达四十岁。袍子内的衬衣是独一无二的金色。脸颊两旁的银纹绕过眼侧,在太阳穴画出精细的线痕。一道伤疤从眉心斜切,直达右耳垂。他抬起头时,目光极具穿透力。

"那么,来自远方的长老,"皇刃对他们说,"请告诉我们瓦伊特蒙的故事吧。"

芬　澜

　　冰脊塔就在眼前，散发阴蓝色的光芒。它像两种反差物的合成体，仿佛把扭曲的肢干与某种远古生物的脊柱糅合在一起，激烈扭转。没有任何旧世界的建筑比它更加宏伟，更加骇人。

　　广大平原上，细丝般的金光切开云层，朝它接近。

　　艾伊思塔的湿润长发在身后飘摆，远离身后的瀑布与遗迹的战场。渐渐地，一股诡异的宁静降临，只有风声在耳边徐徐呼号。

　　她坚信那些触手是冰脊塔延伸出来的，一定是的！她必须以众人对她的信念下赌注。所有奔灵者都在等待，亚阁也在某处等待——她会以恒光之剑破坏那座巨塔，这么一来定能驱散遗迹里的所有魔物。

　　仿佛探测到她的意图，前方雪地开始发泡，产生一拨拨隆起物。它们的表面裂开细缝，绽出蓝光，然后朝上挺起身躯，成为胸口撕裂的狩。

"恒光之剑，庇佑我。"艾伊思塔轻声默念。她左手捧着远古仪器，右手抽出一柄镀银的短剑，然后加速疾驰——金色光柱穿越成群的白色大军时，艾伊思塔曲身保护自己，看见周围的魔物不断爆裂为雪尘。有利爪袭来，刮破她的肩膀和背部，但她丝毫未停歇。

人们都在等待……我不能失败！

艾伊思塔冲出魔物群，发现自己的披风仅剩半截碎布，索性扯下它抛在风中。她的背部满是血痕，大腿上的伤口也传来阵阵疼痛。突然她停住板子，看见前方竟有个庞大的湖泊。高原上，怎么会有这样的东西？

但冰脊塔就矗立在湖的中央。

后方的魔物已追来，艾伊思塔没时间思考，腾空跃入水中。

光束在水底便消失了。艾伊思塔抱住栖灵板，让虹光带着她向前游。湖水极度清澈，却被某种无法辨识的光源微微点亮，蒙上一层幽婉的蓝光。她距离湖底起码数百米，却能清楚看见底下有种巨型结构，似乎是旧世界的桥梁和相互交错的通道，犹如奔灵者的十字发辫的形状。她也看见数不清的远古建筑，沉眠在湖底。

水中有其他动静。她仔细看去，发现是鞭刺般的茎痕，闪动着从四面八方游来。

她浮出水面换了口气，再度潜水，让芬澜以极快的速度拉着她在水中前行。蓝光闪烁的鞭刺袭来,她紧握栖灵板在水底拉开柔顺的轨迹穿梭其间。鞭刺从哪儿冒出来的完全看不清,只知道有越来越多出现在眼前。它们高速射向艾伊思塔,像一道道恶意的锥刺。

她逐一闪避,猛然感到右腿传来灼烧般的痛楚。

巨墙般的冰脊塔就在前方,它表面的不规则形体占据她的视线,同时更多茎痕包夹过来,在她面前形成密网。

艾伊思塔先是挥刀斩断腿中的鞭刺,然后放出雪灵。芬澜化为绚光闪耀的虎鲸,咬碎阻挡在眼前的冰蓝色的网子。她穿过缺口,急速向前游,然后在扭曲的塔面找到一处斜坡,冲出湖面攀爬上去。

金色光束回到怀中。

艾伊思塔站在斜坡上,发现自己的腿上被剜出了个极深的洞,血肉挤出紧绷的裤管。她咬牙忍痛,乘上栖灵板在扭曲的纹理上滑行。阳光像道垂直的细线贴近巨塔的垂直主体。

冰脊塔的表面仿佛燃烧起来,渐渐化开一道凹陷的沟渠,里头有幽光在闪烁。

"他们都在等待……一定要成功!"艾伊思塔向前逼近,再向前逼近,直到庞大的冰脊塔烧为两段,从中央融解。当晶体般的表面组织散化,蓝光般的肌理散化,她看见更深的地方有一层紫色的网状组织,像稠密的紫色血管从她面前延伸到塔顶,仿佛有脉搏似的无声跳动着。

艾伊思塔发现在数百米的上方,密网的中央有个球体状的巨核,就像血管和心脏。它正在被无数圈锯齿状的蔓痕卷起并围住。蔓痕组成严密的防护衣,仿佛已意识到她带来的威胁,加剧扭转,封住巨核的表面。艾伊思塔立刻从底下滑过,让金光切过它。

当她抵达另一端,立刻明白自己的猜测无误。冰脊塔开始崩塌,从顶层开始逐渐坍塌,分解成块状物落入周围的水中——然而它的核心并未毁灭。

血管般的密网大面积地化开,遗落悬挂在其中央的巨核。它跟着慢慢粉碎的冰脊塔一层层落了下来。艾伊思塔正想闪避,却看见好几道锯齿蔓痕绕着它的表面滑动,融入巨核的裂缝,遮掩里头放射的紫光。

它正在复原!艾伊思塔惊讶地盯着它,毅然决然带着恒光之剑往回冲。

块状冰晶砸落在四周,但她乘着栖灵板再度切过巨核的底部。这次更多密网断裂,巨核重重落在她的身后,把她弹向水面。艾伊思塔在翻滚中稳住身子,恒光之剑却落入水里,光芒骤然消失。

她起身想扑过去,水中却冒出数道鞭刺迎面射来。

"啊——"艾伊思塔哀号,她的腹部、左臂和右腿都遭刺穿。然而比起疼痛,她看见更惊骇的景象——水中好几条冰色的鞭刺甩来,接连击中恒光之剑。

玻璃管破碎,底座迸裂开来,器械散落水底。

阳光……

艾伊思塔睁大眼睛,泪水涌现。人们赖以为生的光,她和亚阁自远方带回的信仰,路凯牺牲性命换回的希望……在她眼前粉碎了。

"你……"她愤怒地看向那巨核。脚下的塔座正在崩塌,冰水淹过脚边,巨核已有一半沉入水里。她挥动短剑,驾着栖灵板破开浪花,朝紫光之核奔去。

她用虹光覆盖的刀刃狠狠刺入核的一侧。然而它的体积比她大上数十倍,她的攻势一点用也没有——数道鞭刺从身后刺穿艾伊思塔的身体。

那些鞭刺从水里浮出,缓缓扭动,把哀号的女孩抬至半空。

栖灵板在空中翻转,落入底下的水中。虹光慢慢消失了。她满身是血,失去力气,颤抖的手掌已无力握住短剑,松开了手。

艾伊思塔的意识变得模糊。四肢传来剧痛,胸口有道血红的锥刺贯穿出来。

……我失败了……

亚阁……是我丢失了……我们最后的阳光……

泪水从脸颊落下。她无法阻止冰脊塔,她将孤单地在这里死去。但她无法接受所有人都将因此而亡。信任她的居民,跟随她的奔灵者。所有人。

"芬澜——"她用尽最后的气力大吼,"救我!"

水中的板子放射出螺旋虹光,化为鲸鱼的形体游绕一圈,猛咬水中的茎痕。

她从空中落下,沉入水里。

鲜血让眼前尽是红雾,她迷茫地盯着紫色的巨核;网状的锯齿蔓痕覆盖上去,结为冰晶,它正在修复自己。不知为何在这一刻,种种回忆在脑中闪现。她想起亚阁,想起图像中父母亲的模样,想起自己雀跃地成为奔灵者的那一刻,想起缚灵师带着她念过的祷文……

是啊……我说过束灵的誓言。

我是……奔灵者。

她抬起手,挣扎着游向栖灵板。拿起板子的一刹那,虚弱的彩光再现。她以意念驱动雪灵,带着她冲向巨核。

最后这一刻,艾伊思塔让自己闭上双眼,让思念化为声音和影像流过脑海。

消逝的生命,莫忘远方执念。

自沉睡中苏醒,唤醒对方到来。

"奔灵者——保护'阳光'!"亚阁对着所有人喊道。

艾伊思塔握住雨寒的双手,两个女孩紧紧抱着"恒光之剑"。金光扫过之处,巨狩底部化为随风飘散的尘埃。

两者相互牵引,永恒循环的意志。
环绕着生灵的轨迹,怀抱着净化的意念。
"跟上来——"亚阎丢下这句话,架着栖灵板往悬崖冲去。
"如果在这里止步,那我……永远只是那个被瓦伊特蒙禁锢的小女孩。"艾伊思塔望着崖边的白雪及前方的灰色天空,然后往前奔去。

以未来弥补过去,我们并未忘却远古的誓言。
纵使光明破灭,黑暗丛生;直到天地灭裂,生命终结,
我们是奔灵者——文明延续的轨迹,寒冷黑夜的光源。
一双双手握住镀银武器,刺向涌来的魔物大军。
那些人的脸孔或许熟悉,或许陌生,却拥有共同的使命。虹光扫过整排兵器,在空气中渲染开来。一个人倒下,另一人接上他的脚步。

我们是人类信念的守护者,远古遗迹的继承人,以银纹为脉,以魂木为骁,划开白色大地的冰冷之躯,燃烧灵魂深处的光引之魂。

艾伊思塔在水中睁开碧绿双眼,单手贴上栖灵板的雪纹封印。

"谢谢你……"她的另一只手轻轻触碰巨核鼓动的表面。

"芬澜——"

潋 芒

"这群人有不少疑点。"十人议会中的舞刀使因幡说,"在尚未了解他们那些'栖灵板'的能力之前,先别答应让他们留下或许较妥当。"

由炽信等七名舞刀使,两位平民代表,以及皇刃所组成的议会仍在进行。而来自瓦伊特蒙的访客三人,皇刃已派人带他们去参观山底的村子。

众人沉默,似乎一致认为不该立即接纳来自瓦伊特蒙的难民。"但如果我们不接受他们……他们还能去哪儿呢?"炽信试探性地说,"从远方的海域而来,仅剩一成的生还者,总不能见死不救。"

"有件奇怪的事,你们没有察觉嘛,一提到他们的子民丧生的原因,对方长老的回答似乎有点儿模糊……"说话的是舞刀使仑美,她拥有白皙的皮肤,黑色卷发高盘为髻。

"确实感觉像在避重就轻。"平民代表筑紫说道。

"还有方才使者报信中提到的女子,"因幡严肃地说,"如果不是他们带来的人,难道还有另一群人?是不是他们并未告诉我们所有实情?"他的目光凝望过来,"不过未经深思熟虑就并入新的文明可能会带来的灾害,炽信,你应该比我们都清楚吧?"

炽信深吸口气。

"我同意得再行观察,至少,先了解他们与雪地守护灵之间的关系。"皇刃做出结论,"这并非第一次有其他文明前来拜访,我们已有过惨痛的经验。三年前的事若重蹈覆辙,是所有人不愿看见的。"

众人低声议论,频频点头。

——那群来自欧洲大陆的使者,炽信心想。空中的魔导士。导致霞奈残疾的原因。

炽信在日痕山西岸的沿海地段找到瓦伊特蒙的长老。名为凡尔萨和费奇努兹的两名奔灵者陪同在旁,几位使者正带着他们参观温泉区。

"你们不仅浴池,连房子的外墙都围了那种孔状的石头?"雨寒长老环视后方的平房,上方是毫无光泽的粗糙灰岩。

"是的,那些是浮岩,从日痕山内部挖出的,有良好的隔热作用。"炽信回道。

"在瓦伊特蒙,我们也有一个洞穴专门做公共澡堂呢。"雨寒长老看着工整的石阵。它们切开沿岸的暖洋,并封住从日痕山侧边涌出的热泉,"但我们没有像你们这样的规模。如果……我的子民也能来感受一下,即使只是泡泡脚,应该也会有家乡的感觉。"她的面孔闪现一丝愁容。

"啊……嗯。"炽信点头道,"我先带你们回外领地吧。"

他们绕过日痕山的南方,看着天空一如既往地落下尘埃般的灰雪。最初遇见这群人,炽信的脑中便浮现某种直觉……霞奈因为事故整只右脚遭削开,即使旧伤已复合,她仍行走困难,亦无法远行。那已是三年前的事。

炽信思索着,若能从这些人身上学会奔灵的方法,或许……或许霞奈可以再次像正常人一样在雪地……

"长老,你们说过,奔灵者将守护灵封入魂木制成的长板之中,便能通过意识操控它,载着人移动是吗?"

"对的,人们首先得独自前往雪地寻找属于自己的雪灵。"年轻的女长老回道,"再经由一种称为'束灵'的仪式把人类的魂魄与雪灵相系。"

"啊,舞刀使亦然,每人得独自找到专属的灵体,并为守护灵命名。但我们没有所谓束灵仪式。"炽信回道,"我们有一批'绘银师',他们运用炼金厅堂制作的液态银,灌注到舞刀使的皮肤底下。它会带来剧疼,却是必要的过程。身上有银纹的人亲自接触到守护灵那一刻,魂魄便与其交合。"

瓦伊特蒙三人的神情都显诧异。"完全不需要任何形式的束灵仪式?"名为费奇努兹的男人说,"或许我们也该学学怎么做。唯一能进行仪式的缚灵师已死,我们担心再也无人能成为奔灵者。"

炽信闻言心中一沉。如此一来,便无法央求他们帮助霞奈了……但他仍沉稳地做出表达:"抱歉听到这样的事情,我……能理解你们的伤痛。或许之后——"

"啊!炽信,原来你在这里!"子藤语气急切地跑来。他站定身体,朝雨寒长老等三人点头示礼,急促地说:"你们听说了吧?有名怪异的女子出现在外领地。"

"是的,怎么了?"炽信问道。

"这……没人知道她怎么躲避所有人的耳目,但她似乎已潜入内领地。"

炽信侧目,忽然留意到女长老和总队长费奇努兹交换了不安的视线。炽信询问子藤:"有没有派人追去?未清楚对方目的之前,还是得先礼遇——"

"几位舞刀使找到她,却莫名受了伤。有人最后一次看到那女子,她正朝日痕山的山口走去。"

霞奈也在那附近。"我立刻就过去。"炽信说。

"还有一件事,"子藤看了一眼宾客,踌躇一阵才开口,"有些瓦伊特蒙的奔灵者,似乎想带兵器闯入内领地,去追踪那女子。因幡带着一批人在鸟居廊道前挡住了他们……"

"费奇努兹,你快去看一下怎么回事。"雨寒长老立刻对他说:"无论如何,先安抚好我们的人,别让他们闹事。"

子藤带着身穿红褐色披风的奔灵者抄捷径往山下走,炽信则带着雨寒及凡尔萨由另一条道路绕过山脊,前往日痕山口查探那件奇怪的事。他们沿途碰到几位舞刀使,同样在寻找那名未经许可便潜入禁足之地的入侵者。

他们随着蜿蜒的步道持续向上爬,来到山坡南面的时候,炽信眺望山脚下,发现陆桥之地果真聚集了许多身影,拿着长板的远方宾客和手持长刀的武士形成对峙的阵营。

瓦伊特蒙的女长老撞见,不可置信地说:"这太荒谬了。怎么会演变成这样?"她似乎这才了解情况的严重性,急切地说:"我得下去一趟,凡尔萨你留下——啊!"雨寒睁大眼,看向西边。

炽信也看见了。阴暗的天空下,有个灰色长发、披着羊驼毛的身躯疾速消失在山脊彼方。他们立刻追赶过去。

"那身影……不对……"雨寒喘着气,跟在炽信身旁。

他们在木桩之地找到那名女子。

几根系着花色缎带的木桩倒塌在雪里。那些柱子全由坚实的灵木所制，炽信却亲眼看见当那女子伸手晃过，木桩便"啪"的一声断裂。她正以渐快的步调朝着火山口走去。

忽然间，炽信瞥见妹妹的身影出现在某根柱子旁。她悲痛地环视遭破坏的圣洁之地。

霞奈跂着脚，似乎想拦截那名女入侵者。

"霞奈，别接近她——"炽信从左后肩压过刀柄，架起黑色长刀，转向那女人吼道，"站住！这里是祭祀神灵的圣地！你已经越界了！"

雨寒长老快速攀上雪坡，也朝她呐喊。"你是谁！？回过头来！"

淡灰长发在乌尘底下飘扬，女人高挑柔美的身影转了过来。雨寒和凡尔萨同时一怔，停下了脚步。

炽信不确定他们看见了什么，张望片刻问道："怎么……怎么回事？她是否为你们认识的人？"

雨寒愣在原地，无法回答。

凡尔萨睁着眼好几秒，才说出一个炽信不曾听过的名字："……陀文莎？"

潾　霜

所有人都看见阳光消失了。

防守建筑入口的各个据点都遭突破，人们沿着一层层平台向上逃，爬出破碎的窗架来到楼顶。阴灰的天空下，瀑布激起的水汽成为横扫眼前的细雨。他们的位置并不算高，却足以窥视到高原上的冰脊塔的局部轮廓，以及与它重叠的金色光束。

"撑下去！艾伊思塔很快就会解决敌人的本体！"几只狩的硬雪身躯正蹒跚地从窗架推挤出来，俊指挥一整排奔灵者上前抵挡，兵器带着虹光斩击。千道瀑布像浩瀚的幕帘覆盖视野，毫不间歇的轰隆声冲击听觉。

有居民尖叫，俊看过去，发现有冰爪出现在建筑某一侧的围栏之外。白色的躯干冒了出来。他和几位奔灵者立刻滑去刺杀那只狩，却望见底下的墙面还站了数十头，朝他们挪动过来。

帕尔米斯冲来，单脚踏上墙缘，三箭齐发。他的攻击具备超凡脱俗的穿透力,接连打穿狩的胸口,一次攻击毁灭了八只魔物。然而底下狩军密布,不断从周围的冰雪地集中过来。

艾伊思塔,你在做什么?……白发奔灵者望向高原,赫然发现"恒光之剑"消失了。

居民们也注意到了这个景象,面带恐惧盯着远方,哑然失声。好一阵子过去,阳光依然没有重现。天空被厚重的云层密封,狂风与上万头魔物齐声嘶吼。

"啊!看哪!"有人指向高原。

"冰脊塔垮掉了!"人们惊讶得捂起嘴。

远方那抹阴沉的倩影从中央崩塌,逐渐消失在高原天际线的后方。她真的办到了……俊深吸了口气。

视线一角,庞然大物般的触手在诸多高楼之间缓缓挪动,周围的冰地因它的重量不断破裂,又神奇地迅速结冻,成为凹凸不平的冰蓝异域。汤加诺亚的身影出现在它背上,张开虹光盾挡下甩来的鞭刺,沿着它的表面疾驰朝建筑顶端跃来。

他落在俊的身旁,在地上翻滚数圈。"——艾伊思塔成功了!"汤加诺亚喊道。

两旁的围栏冒出更多狩,有奔灵者闪避不及,身躯被利爪打穿。还有只巨大的狩单手抓住一名奔灵者,把他猛然刷过胸前的锐齿。那名战士被巨狩抛开,落在惊叫的居民当中,成了双脚抽搐血肉模糊的一摊东西,眼睛和口鼻扭曲在一起。

这是怎么回事?俊怔住。

战士们分身乏术,苍白身影仿佛又多了一倍,从四周爬上来。有只狩突破防线,挥掌刮过一排居民的脸,他们的鲜血喷溅在彼此身上。俊立即让虹光之燕划开那头狩的躯体,滑过去以长枪闪击,使其绽裂。

这到底怎么回事……俊环视身边的战况。狩群并未消散,更没有撤退的迹象。

"总队长!敌人……敌人数量越来——呃!"奔灵者的胸膛被削开,跪了下来。他的同伴替补上空缺的位置。然而魔物激增包围而来,防线拉得松散,被逼得随时可能溃堤。

"总队长——"

白发奔灵者僵着表情,思绪空白。"难道……"难道是我错估了情况?冰脊塔……和这些狩并无关联!

俊再度望向高地,依然没有"恒光之剑"的踪影。如此一来,莫非艾伊思塔也已经……

冰雪天空下,千万狩群大军充斥旧世界的建筑之间。人类站立的楼房就像蓝光海洋之中的孤岛,完全孤立无缘。巨大触手鼓动表面的恶心纹理,绕着他们缓缓蠕动。远处可见更多触手般的暗影,卷动着云雾。

"总队长！该怎么办？！"有人咆哮，有人哀号。俊呆立在原地，脑子乱成一团。他握着长枪的手在颤抖，眼底尽是恐惧，无法反应。

"别……别停下动作，对抗他们！"俊挤出几个无力的字，扭头看着楼顶混乱的攻防。冰冷空气中，唯一的温度来自长枪的握柄。他试着重拾战士的本能，明白事到如今除了抵抗至死，别无他法。他驱板滑过几层积雪的围栏，光燕掠过左肩，和枪刃交错劈开魔物。俊猛然抬头——

看见一条巨型触手的尾鞭甩落。它重击建筑一角，怦然压陷出庞大的凹洞。不少居民被砸得血肉模糊，洒得相邻的人群浑身是血。有人惊叫着滚落底下，也有人被各处攀爬上来的魔物围困。

俊试着起身，全身肌肉疼痛至极，伤口不断出血，却仍舞动枪刃想抵挡眼前的狩。他忽然发现双脚不听使唤，手也握不住兵器，挥击时长枪被抛了出去。在他身旁的奔灵者接连倒下，武器落在染血的白雪中。有人捂着肩伤，有人压住断腿，痛苦的叫声散播四方。泰鸠尔、牧拉玛，都因体力不支而倒地。

有居民发出号叫——

俊听不清楚他们在喊些什么，只看见有人拾起他的长枪。那居民把彩光绚烂的枪刃向前刺，直直插入狩的腹部。狩爪削掉他半个脑袋，另一位妇女却接上他的脚步，拿起长枪再往前压。更多居民持着兵器，卷动彩光，纷纷刺入那魔物的身躯……直到它爆裂开来。

面带三道伤疤的男人带着一批居民，挡在敌人的前方。

"增强你们雪灵的范围！"他们回头对奔灵者喊道。

有些战士似乎意识到该怎么做，他们跪坐在雪里，栖灵板散放出极限的虹光，一瞬间便横扫过一整排居民手中的武器。俊咬着牙也照着做，让潾霜化为稀薄的帷幔，在空气中渲染开来。帕尔米斯和其他弓箭手也加入；他们的箭筒已空，只能将雪灵之力借助给眼前的人。

就这样，数百位居民围成坚实的防线，一个人倒下，有另一人接上他的脚步。他们一同推向前，就算鲜血四溅，总有下一个人拾起镀银兵器。"保护奔灵者！"有人在呐喊，"挡住魔物！保护奔灵者！"

俊诧异地看着男男女女的身影涌入视线当中。

在身旁的尤里西恩已全身是伤，手臂松垂着动不了，然而他朝居民大叫："你们……你们对抗不了狩的！"

有个居民满脸恐惧，却磨灭不了眼底的坚决。"你们不能死，你们得保护我的家人。"

另一个女人也回望过来，泛着泪说："阳光消失了。这世界上，你们的雪灵就是仅存的光——"

一头狩咧开胸口的獠牙，愤怒的蓝光四射，发出沉重的低吼。面带三道伤疤的男子拿着短矛与它缠斗。狩的双臂猛然刺来,十二道利刃般的爪子沉入他的身体,慢慢向外拨。男子四肢抖动,口中满是血泡,头无力地向后仰。两旁的居民见到这骇人的情景,全惊慌地后退。

"……别退……缩……"他抬起头,面对整圈舞动的獠牙,"……拿起武器战斗,让那些怪物知道我们所有人……都有雪灵的帮助。让它们看清楚——我们全都是奔灵者!"

人们喊着战斗口号,拥向前去。男子死去,松开了手,但兵器落地前已有人接过。

俊压紧左肩,撑起身子。许多奔灵者也挺起伤势满布的身躯,用尽全力散放雪灵之力。"我们还没灭亡……"尤里西恩呐喊,"人类还没灭亡!"

能作战的居民保护着释放彩光的奔灵者,他们一同围成虹光弥漫的光壁,守护中央的老弱妇孺。弓箭队运用天生强大的抗缚性和灵体分散性传送出一波波彩光,成了防守之墙的枢纽。魔物发狂般地宰杀人群,但那些没有镀银武器的居民也蜂拥而上,运用铁锹、砌刀,任何可握在手的工具一点一滴敲开硬雪凝成的狩体,再让手持虹光兵器的人斩断里头的蓝冰髓。

一声巨响震撼周围。俊瞥见后方某幢大楼倾塌了,它的底座仿佛遭黑色火焰侵蚀殆尽——乌烟般的黑芒分解了钢铁和墙墩,迅速膨胀,啃噬接触到的一切。巨型触手也受到波及,疯狂地想闪避,表面一大半却犹如洒上了黑墨,融化开来。

一层层冰晶纹理退去,露出里头的紫光脉络。黑芒贪婪地覆盖上去。它被撕裂了,像泄了气似的瘫软下去,颜色迅速转暗。紧接着,楼顶一整群狩同时爆为雪尘。然后又一拨,再一拨——居民前方的魔物数量瞬间减少一半。

俊感觉自己心跳加速,突然脚下的地板歪斜了。他看见底下的湖泊尽是鞭刺般的茎痕,远方还有更多庞大的触手半浮于水面。他们的建筑似乎也受到黑芒波及,在摇晃中崩裂。残存的魔物持续袭来,更多苍白的狩攀上人们所在的楼顶。

莉比丝惊叫一声,被狩爪往旁弹开。她脱离了栖灵板,身体朝建筑角落的凹陷处滚下去,在碎裂的楼层间想抓住什么,却什么都抓不住。

俊动身滑去,随手捞过建筑物上的某根细管线,缠绕腰部打了结。他腾空跃出,千钧一发之际抓住她的衣裳。帕尔米斯已赶到,在后方拉住管线,撑住他们的身体。俊载着莉比丝,在裂缝满布的墙道间向上奔跳。

砰——建筑再次摇晃,俊脚下的地板崩裂开来。

"俊!"帕尔米斯拉紧那根管线。俊感到腰部一紧,疼痛感牵动脊椎,他就这么悬挂在倾斜的建筑物旁。石块和钢铁落入底下的湖中,数百道茎痕在水面晃动,怀抱杀意在等待。

"别放手!莉比丝,快叫其他奔灵者——"帕尔米斯正想转头叫喊,却发现魔物已从四周包围他。莉比丝拿着毫无用处的长弓,彷徨地张望。

帕尔米斯凝望过来,和俊的眼神相接片刻。"再撑一会儿,我会想办法……"

俊睁大白色的眼睛,看了一眼靴底的栖灵板。虹光燕子飞射出来,在空中拉开弧形轨迹,展开利刃般的羽翼。

俊蹬开双腿,以板子抵住墙面,拉紧管线。他和帕尔米斯最后一次对视,微微点头。

燕子划开一道彩影,切断绳索。

宇 蚀

彩光像片方形的屏障，沿着四面墙角压制住门扉。昏暗的色泽缓缓流转，撞击声接连不断。

亚阎盘腿坐地，背靠薄光覆盖的门。他和韩德两人所处的地方是个密封的廊道，彼端原本该通往某处，却在百年间遭冰雪堵塞。

随着外头每次撞击，亚阎感受到雪灵的状况变得更加不稳定。"宇蚀，保持这模样——别浮躁。"

每位奔灵者都视其雪灵的"真名"为最需要保守的秘密，因为唤出真名即能使唤那人的雪灵。但亚阎观望韩德的模样，知道他不会对自己造成威胁。这不仅因为韩德无法说话……

弓箭手的腹部淌血，金属壳制的口罩底下传出粗重的喘息声。他唯一的长弓兵器已断为两截。

没有愈师协助，他活不了多久了……亚阎没说什么。这是雪地的常态，没什么大不了。

亚阁明白自己的情况也好不到哪去，痉挛的肌肉，冻裂的皮肤，雪灵的力量正在慢慢流逝。他们联手干掉三条巨型触手，却发现湖底不断冒出更多。接着两人被追杀到某幢建筑物内的躲避之处，现在门的外头塞满了魔物。就算自己一个人，要活着离开的机会也很渺茫。

但他得想出办法……至少，得见到艾伊思塔最后一面。

自从她步入亚阁的人生，他才明白什么是平静。不知何时开始，看着她微笑的模样，他会感到安心，看见她宣泄情绪的样子也是。她生气的模样，哭泣的模样，开心的模样，哀伤的模样——都能使他的内心安定下来。艾伊思塔的存在，让不停扰乱亚阁心绪的暗灵也静了下来。

是那双碧绿色眼眸让他的世界恢复了平衡。因此他想保护她的纯粹。

当然唯一的一次例外，是当她打从心底瞧不起他的时候，就像那次她责骂亚阁是头无心的野兽。他确实顺从了，开始尝试与其他奔灵者合作，明知后果会如自己预期的那样，比单独作战的结果更糟。

"没想到死前最后一刻，竟然会跟你这家伙在一起。"亚阁看着韩德，笑了笑。

韩德虚弱地回望着他，没有吭声。

"啊，"亚阁猛然起身，离开栖灵板和封门的虹光，"宇蚀，坚持下去。"然后他蹲在发不出声的战友面前，试着以最诚恳的口吻说,"我很感激你之前救了我一命。但我有个非常重要的人得见,还不能死在这儿。你应该能了解吧?"

韩德盯着他,眼皮缓慢地眨动。

"而且,与其我们两个一起死,不如你自己死,你说是吧?"亚阎说,"我得试着杀出一条路回到她身边。但愿我不会太迟……不会只剩下屠杀过后的残迹。"他猛然起身。"那么我们就此别过,可以吗?"

韩德微微点头。铁门一次次遭到撞击,外头是千百头魔物的嘶吼。

亚阎走到门前,单脚捞回栖灵板,并抽出双剑,舒展手臂肌肉。他停顿了数秒,轻叹口气。然后他再次回到韩德面前。"别说我对你不够好。"亚阎把左手的镀银长剑放到韩德手中,帮他握住剑柄。

然后他唤回宇蚀——虹光像是蠕动的烟丝流回板中,并点亮刀锋。下一刻,铁门一声巨响弹了开来。他冲向前,回身以单刀快速而干脆地斩杀魔物。

苍白的身躯挤满长廊,亚阎劈开一条雪尘飞散的路径。他瞥了眼身后,看见魔物拥入韩德所在的地方。亚阎集中精神对抗前方的狩群,闯出廊道来到一个稍显宽阔的地方。然而视线中的魔物有增无减,他以长剑横砍、斜劈、刺击,摆腰再横砍,再度横砍,闯出魔物拥挤而成的白色碉堡。

单剑多出的重量给右臂负重，打乱身体和栖灵板之间的细微平衡，他只能吃力地尝试突进。那似乎不再重要了，因为前方都是狩群，根本无法行动。他确定自己无法闯出这里。

好多头狩同时张开撕裂的大口，贪婪的蓝光齿圈——被拨开，然后瞬间爆裂。

数秒间，所有魔物化为雪末，撒了一地冰屑。

亚阁以手遮挡双眼，不确定发生了什么事。前一刻依然充斥狩军的建筑内部，现在成为空荡荡的积雪之地。他滑过几个弯道，离开所在的楼层来到一个平台。

他被眼前的景象麻痹了大脑，无法思考究竟是怎么回事。双脚也像被凝结了一般，动也动不了。

城市遗迹里的千万狩群如今少了一大半，分散各处的庞大触手疯狂摆动，表面覆盖一层金铜色的光。魔物挣扎不了片刻，便爆裂开来，成为飞散的淡金色雪花。

一直以来，亚阁认为"恒光之剑"是这辈子唯一见证的奇迹……直到他抬起头。

空中有个巨大的缺口，从高地延伸过来——

云层慢慢旋绕，慢慢化开。洁净的光波以倾斜的角度洒入世间，点亮一幢幢楼房，点亮冻结的湖面，点亮亚阁的周围。温暖的触感扫过脸庞。遗迹不再是暗沉呆滞的灰白,顷刻间已被浓烈的白金光芒给笼罩。瀑布飘来阵阵水汽,闪烁着金色的气息。

千万魔物消散的速度和疾风吹拂的速度相当。残余的巨型触手听从了命运,全都沉寂下来。它们的表面结为金色的壳,然后无声地瓦解,飘散而去。冰层底下可见有蓝光在潜逃,幽幽地在湖底消失不见。

天空的洞持续扩大,四溢的金光和云层边缘的铅灰色呈现极端反差。亚阁睁着眼,感受周围的一切正在改变;吸入肺中的空气少了一点寒冷,扫过肌肤的水汽多了一点暖意,这座远古城市像被下了咒语,回归到早被遗忘的静谧。

在亚阁的眼前,由无数建筑勾勒出来的遗迹天际线,被炽热的白光燃得通亮刺眼。

潋 芒

灰发的女人裹着长长的羊驼毛披风,披风里头是苍白的胴体。她没有任何表情,眼珠像染上了一层白墨。在她四周的一圈雪地,波纹状的雪波不祥地浮动。

"她究竟是谁?"炽信手握细长的黑刀,急迫地问道。

"缚灵……缚灵师,"瓦伊特蒙的女长老不可思议地说,"但她应该已经死去,我们亲手埋葬了她……"

炽信直觉事情不对劲,立刻朝妹妹喊:"霞奈,别过去!到我这里来——"

波纹鼓动,扬起漫天雪尘。待炽信看清楚时,女子已从原来的位置消失。

她出现在他们中央。

"凡……"她露出痛苦的神情,但顷刻之间面孔已转变,像被看不见的手硬生生扭回毫无表情的模样。"重灵之躯,为一切祸根。你们打乱净化的意念,但到此为止。"她直视年轻的女长老,伸出纤细的手指,尖端是冰蓝色的指甲。雨寒满脸恐慌,惊得说不出话。"已注定,你们全都得死。"

炽信走过去,来到女子身后。"未经许可,这里不是你该——"那女人猛然向后挥手,指尖划过他的咽喉。

听见霞奈的尖叫,雨寒也发出惊叹。

炽信皱起眉,想喘气,却发现呼吸变得困难。他触摸自己的脖子,手上满是鲜血。"你……"他开始觉得晕眩,视线迅速模糊,但他依然紧握长刀。

润滑的血液让他费尽气力才能握住刀柄,脚步却已不稳。他朝那女人踏出一步。

又一道利爪挥过,切下炽信的头颅。

紧握长刀的手臂和头部一同滚落,洒了满地鲜血。浓稠的血泡在雪泥中涌动。血液的温度换来一阵暖气。

灰发女人周围的雪地破开,好几道冰蓝色的荆棘冒出,绕着她盘转。她的指甲慢慢变长,像是细锐的锥刺。

霞奈想跑过来,却在雪中跌倒。她扶着坍塌的木桩,半坐半滑地来到兄长的尸体旁。

原属宿主的意识渐渐消失了……

从无头尸体背上的银纹开始,虹光飘晃出来,犹如烟丝没入空气中。霞奈抱紧尸体放声哭泣。"哥哥……哥哥……"

忽然她看见柔弱无力的虹光丝,正随风逝去。

"不……潋芒!"她哭着喊道,"留下来!潋芒!"

守护灵仿佛重新有了意志,扭转回来,在她和兄长的尸体周围飘晃半晌。霞奈望着彩光盘旋,不知该怎么做。但渐渐地,守护灵却像找到归属,没入她身旁的魂木桩柱。

灰发的女人朝着霞奈不认识的两位外地人走去。他们频频后退,脸上尽是恐惧。雪地地面的膨胀程度加剧,数圈冰蓝荆棘搅动着白雪,像个隆起物一般把那女人抬了起来。

霞奈看得出神,不知该怎么反应。

下一刻,羊驼毛披风从那女人的身上落下。

"啊……"霞奈看见她的背部,惊讶得说不出话。

绚　痕

居民爬下倾斜的建筑，集合在鼓起的厚冰上。水流冲刷四处，比之前更加汹涌。

人们所站的冰层表面尽是干扁、暗沉的纹理。更远处也可看见许多那样的东西，有些覆盖着凝固的冰，有些淹没于川流底下；无数个之前活跃的巨型触手，如今已成了枯竭的残迹，它们就像碎裂的巨网，充斥城市遗迹各处。

琴手持帆布捆包的长板，仓促地回到人群当中。银珠般的眸子扫视周围，似乎没什么人注意到她——她忽然止步。

在一堆瓦砾残骸之间，有个男孩直愣愣地盯着她。他穿着学者的服装，琴有印象他一直跟在领军的奔灵者身旁。

难道……难道他看见了？琴紧张地低下头，三步并两步钻入人群里。

她看见有人在包扎伤者，也有人在瓦砾和残冰之间寻找生还者。一些拥有治愈能力的奔灵者则放出绿色光波，安抚群众。黑发少女走在居民的身影之间,听见人们的啜泣声,也看见有人跪着朝天赞颂。金色光芒改变了世界的色彩,将一切染上跃动的光影。

遗迹上方的天空是一圈稳固的缺口,无瑕的淡蓝色晴空,或许绵延数千里。人们议论纷纷,觉得这个景象难以置信。天空不再给人淤积的窒息感,仰望时,有种莫名辽阔的生息,就连琴也觉得呼吸的感觉变得不同。但在视野尽头,阴灰色的云层依然像一圈钢铁边界,框限住蓝天。

西边高原的一部分,因为某种不知名的理由而崩陷。瀑布的面积减少一半,水流激增似的横扫遗迹。琴停下脚步,看见汤姆斯跪在冰地上,磕着头祈祷。琴知道这位远亲……或许是自己唯一剩下的亲人。

他看见她,瞪大红肿的眼睛。然后他伸手抹抹脸,起身走来。

"你……你去了哪里?"汤姆斯看向她手中的帆布,"你带着那做什么?不过是一块木头……还是原来……你企图逃跑吗?"

黑发女孩没有回话。

"你的姑姑们全死了……"泪水从男人眼角流落,"怪物攻击我们,我们站的楼顶也塌了,你都看见了吗?"

琴的目光略过汤姆斯,盯向他身后的天空。汤姆斯哽咽起来,愤怒地说:"为什么死了那么多人,就你没事?

你回答呀！"

琴依旧一言不发，汤姆斯举起手掌。"你——你给我开口！"

有人抓住他的手腕。

亚阎的脸上满是血痕，腰间挂着两柄长剑。他的眼神充满杀气，吓着了汤姆斯。"琴，"他抛下目瞪口呆的男人，将少女拉到一旁，"你有看见艾伊思塔吗？你应该知道引光使是谁吧。"

琴思索片刻，然后摇头。亚阎数个月来一直教导自己如何控制"暗灵"，现在他的神情极度凝重，和之前几次见面时完全不同。"是吗……"亚阎扫视周围的人群，目光黯淡。

"太好了，你还活着。"有名颈上挂着防风镜的奔灵者走来。

"牧拉玛。"亚阎看向他叫道。

"我有几个……不太好的消息得告诉你。"

"等等……"亚阎举起手打断他的话，莞尔一笑，似乎在调节自己的呼吸。"你得先三思，再说出下句话。"亚阎尖锐地盯着对方，笑容变得僵硬。"否则就算你没死在我剑下，也不能保证我的雪灵会做出什么事。"

名为牧拉玛的男子沉默了数秒。亚阎忽然眨了眨双眼，看向一旁，仿佛在聆听什么。

然后琴也听见了……某种逐渐接近的声响。人们一个个抬起头来。

她跟着人们的视线扭头望去。

"那是……那是什么?"

"阳光庇佑…………"居民的嘴张得老大。

接连面对难以想象的魔物以及失而复得的阳光,人们试图控制情绪,去理解这一连串发生的事。然而此刻他们露出了更加震惊的神情,再也控制不住本能,开始惊呼起来。很明显地,无人敢相信眼前的情景。

一座巨大的冰山悬浮于半空,体积大过任何塔楼。在它两侧,数道瀑布被某种光晕笼罩,流落下来化为闪耀的水雾。那样的冰山共有三座,正缓缓经过遗迹上方。

冰山边缘,出现一群人的身影。

离 焱

陀文莎一步步走向凡尔萨和雨寒,蓝色荆棘盘绕在她脚边,混着白雪不停滑动。隆起的雪块像有意识的有机体,逐步吞蚀掉她裸露的肌肤。

凡尔萨全身僵硬,不可思议地盯着这个灰发女人。她真的是陀文莎吗?

那声音听来确实像是缚灵师,却也像空寂冰域中的天然回音,仿佛她从喉咙到脏腑全塞满了搅动的碎冰。"原来的打算,便是让她跟随你们,进入这个难以攻克的阵营……你竟然摧毁她的本尊之躯,令这身躯支撑不下去。"那双白墨般的瞳孔锁住了雨寒。这个女孩摇着头,仓促地后退。

"无惧火焰,是迟早的……凡尔……快带她走……"陀文莎的脸像要哭了出来,紧闭起眼。片刻之后再度睁开,已然恢复冷酷的神情。"现在你们没了她,已无办法。重灵劫掠轻灵之生存。接下来,所有文明残地,我将全部诛灭。"

凡尔萨惊讶地看见有东西从陀文莎的背后不断冒出——那是她的脊椎骨。一节节骨头从内部透出了蓝光,然后她的体内又衍生出三条晃动的荆棘,和急速盘绕在身边的束状冰棘相互交绕。硬雪正迅速遮蔽她的胴体。

突然一声裂开的巨响,陀文莎的四肢分开。众人发出惊骇之声。高耸的雪墩中央撕裂一道阴暗的光芒,好几排利齿冒出,饥渴地蠕动。

凡尔萨仰首,看着眼前的生物越挺越高。它的正中央是道狭长的缝,一层层冰齿从外向内延伸,里头是剧烈浮动的蓝光。看似嘴巴,又像巨型眼珠,它的顶端悬挂着陀文莎的脑袋。

她正俯视着凡尔萨。而在陀文莎面孔两旁像触角般高挂的,是她苍白的双腿。

那诡异的形态已不像人类。她的手臂在接近地面之处,从魔物的腹部伸出来,长如刀刃的冰蓝指甲刮弄着白雪。更往后的地方是硬雪凝成的一双巨大狩臂,各有六道巨型冰爪搁在雪地中,仿佛支撑着魔物的躯体。

它的背部披着好几束冰棘,延伸为一圈圈的保护网,朝着不同方向甩动。

陀文莎分裂的肢体竟然没有流出一滴血。

这一刻,凡尔萨才恍然大悟。他怔住了,对陀文莎说:"当初你触碰了冰脊塔后,告诉我们要往北方寻找残存的人类文明……"他的喉间一阵干涩,"原来那时,你就不是你了……"

从古至今的缚灵师或许懂得探知雪地的灵气,但从未有人可以探知"人类"聚集在何处——那是魔物的专长。换言之,在那时候陀文莎就已被魔物附体,才有办法带着他们找到舞刀使的营地。

她早已死亡。世间已不存在任何缚灵师。

远方的山脚下出现更多舞刀使的身影,他们纷纷抽出长刀,从雪地奔跑过来。或许五分钟内可以赶到。而在魔物后方,有个女孩倚着一根木桩,冰蓝荆棘在她周围旋绕。

"雨寒,带着那女孩走,离开这里。"凡尔萨对长老说。他们两人手无寸铁,连栖灵板也不在身旁。很明显,眼前魔物的任何一个举动,都能瞬间将他们全部置于死地。凡尔萨必须设法拖延时间,在舞刀使赶到之前,阻止魔物攻击雨寒和那女孩。他贸然向魔物走近一步,问出脑中仅存的问题:"如果陀文莎已死,那么你……到底是谁?"

厚重的铅灰天空下,魔物挺起身躯,陀文莎的面孔发出几声无法辨识的呢喃,然后停顿片刻。

"白岛。"

终　幕

亚细亚大陆，旧世界遗迹之地，惨烈的战役结束之后，瓦伊特蒙的生还者踏上了浮空的冰山，被带往世界的彼端。

冰脊塔毁灭后，千流瀑布后方的高原中央崩塌出一道深谷。水流汇集起来的力量，把那深谷越冲越深，瓦解它本来的模样。雪块和蓝冰被带到崖边，随着奔腾的水流滚滚而去，在溃堤中形成白浪。

沉浮之间，不再有寒冷的感觉，空气闻起来也有些不同。熟悉的感知全都消失，替换成魂魄深处莫名空寂的灵感。

有点儿像是……想回忆幼年时光，追想时却摆脱不了的距离感；又像沉入时间停滞的密封盒子里。

远古的气息弥漫在意识中，犹如睁眼盯着深海底下的无光带,却能看见一朵朵光尘。那些光尘化为气泡,仿佛万千个积聚的微小震动,在等待着被找到,等待着破茧而出。

否则,只有沉眠。

绵延不尽的白色山峦间,飘忽不定的丝绸寒雾中,某些地方集聚了更多的生物,仿佛它们本能地想发出啼鸣。

因此被听见了诉求。因此被吸引而来。

周围的雪地冒出彩影,先是含蓄的色彩,再化为一波波浮动的气泡。它们是充满野性的灵体,尚不明白自己的归属,却莫名凝聚,围绕着黑晶色的项链盘转,犹如远古天体在运行。

绿发少女静静躺在雪地里,流水悠轻地抚摸着她,仿佛在为她蕴酿一个龛座。

数小时间,世界逐渐变暗,成千上万的光点却不断飘来,形成一股洪流没入她的体内。一点一滴,一点一滴,她的伤口渐渐愈合,渐渐复原,直到她睁开了碧绿色的双眼,无神地凝望着深蓝天际。

"……我在哪里?"

雪纹能力表

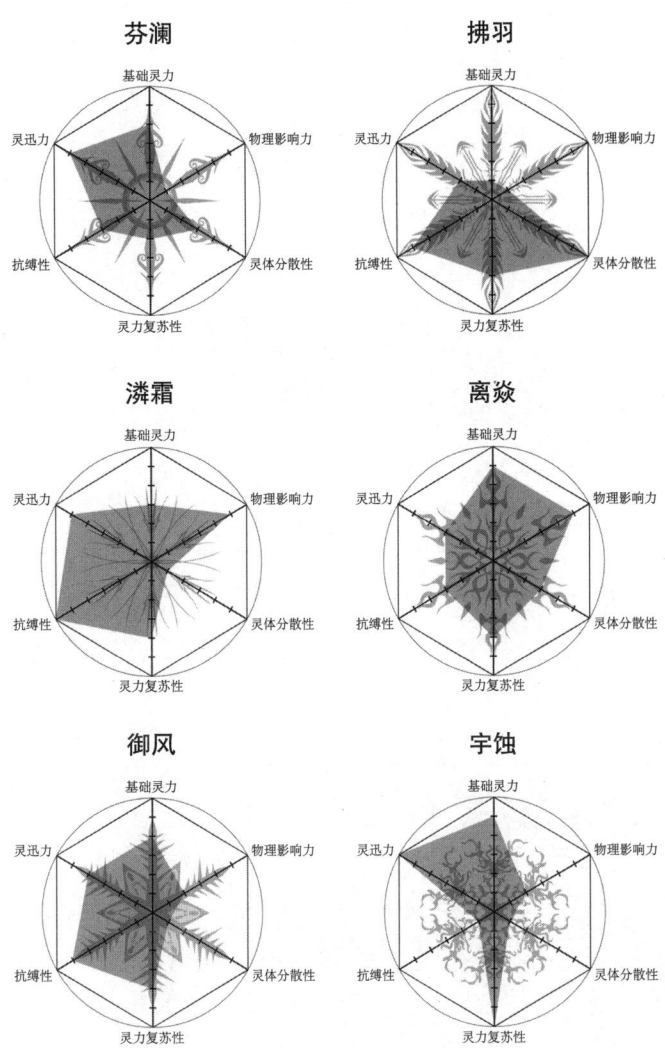

图书在版编目（CIP）数据

白凛世纪．2，迁徙／余卓轩著．——北京：新星出版社，2021.7
ISBN 978-7-5133-4270-4

Ⅰ.①白… Ⅱ.①余… Ⅲ.①长篇小说-中国-当代 Ⅳ.①I247.5

中国版本图书馆CIP数据核字（2021）第114226号

白凛世纪．2，迁徙

余卓轩 著

出版策划：黄　艳
责任编辑：杨　猛
责任印制：李珊珊
责任校对：刘　义

出版发行：	新星出版社
出 版 人：	马汝军
社　　址：	北京市西城区车公庄大街丙3号楼　　100044
网　　址：	www.newstarpress.com
电　　话：	010-88310888
传　　真：	010-65270449
读者服务：	010-88310811　　service@newstarpress.com
邮购地址：	北京市西城区车公庄大街丙3号楼　　100044
印　　刷：	北京盛通印刷股份有限公司
开　　本：	780mm×1092mm　　1/32
印　　张：	16
字　　数：	250千字
版　　次：	2021年7月第一版　　2021年7月第一次印刷
书　　号：	ISBN 978-7-5133-4270-4
定　　价：	49.00元

版权专有，侵权必究； 如有质量问题，请与印刷厂联系调换。